IHRE GEBROCHENE SEELE

WEITERE TITEL VON D.K. HOOD

Be Mine Forever

Cross My Heart

Fallen Angel

Lose Your Breath

Pray for Mercy

Kiss Her Goodnight

Her Bleeding Heart

Chase Her Shadow

Now You See Me

Their Wicked Games

D.K. HOOD

IHRE GEBROCHENE SEELE

Übersetzt von Cornelius Hartz

bookouture

Für Michelle, Jasmine, Savannah, Cooper, Zack, Jake, Wesley
und Gary

PROLOG

Dunkle Wolken bedeckten den Himmel und nahmen der endlosen Nacht jede Hoffnung auf etwas Licht vom abnehmenden Mond. Draußen heulte der Wind durch die Bäume, heftige Böen ließen das Haus erzittern. Sie lag ganz still, atmete die nach Alkohol stinkende Luft ein und gab keinen Laut von sich. Die Tür zum Schlafzimmer stand offen, und das Ticken der hundert Jahre alten Standuhr im Flur zeigte an, wie die Stunden und Minuten bis zum Morgengrauen verstrichen. Ihr Kopf pochte, und die Platzwunde an ihrer Lippe schmeckte metallisch, aber sie würden verschwinden, sie hatte alles genau geplant. Jetzt oder nie. Mit klopfendem Herzen glitt sie lautlos aus dem Bett und ging zur Tür, wobei sie ganz vorsichtig auf die Holzdielen trat, damit sie möglichst wenig knarrten. Sie hatte ihre Kleidung im Wäschekorb im Badezimmer versteckt und zog sich schnell an. Dann schlich sie lautlos wie ein Geist den Flur entlang zum Kinderzimmer.

Verwuschelt, aber voller Vorfreude auf das geheime Abenteuer zogen sich die Jungs ihre Jacken und Stiefel an, und dann schlichen sie gemeinsam den Flur entlang zur Treppe. Ihr war schwindelig vor Angst, als sie an der Schlafzimmertür vorbeikamen. Mit einem Finger an den Lippen bedeutete sie den Kindern, leise weiterzugehen.

Als der vertraute Mechanismus der Standuhr zu knirschen begann, erstarrte sie. *Gong, gong, gong, gong, gong, gong.*

Der Ton hallte durch das Haus wie ein Einbruchsalarm, aber als die Vibration des letzten Gongs verklungen war, war aus dem Schlafzimmer kein Laut zu hören. Sie folgte den Jungen die Treppe hinunter, und sie schlüpften schweigend durch die Haustür. Sie ergriff ihre Hände, und zusammen liefen sie zu dem alten, verbeulten Auto, das vor dem Haus parkte. Nachdem ihre Jungs eingestiegen waren, setzte sie sich hinters Lenkrad. Die Auffahrt war etwas abschüssig, und sie hatte vor, den Wagen erst ein Stück vom Haus wegrollen zu lassen, bevor sie den Motor anließ. Sie würden zum Reservat fahren; dort konnten sie sich verstecken, er würde sie niemals finden.

Nachdem sie den Schlüssel ins Zündschloss gefummelt hatte, warf sie einen letzten verstohlenen Blick auf das Haus. Ihr Herz setzte aus, als sie sah, dass das Schlafzimmerfenster hell erleuchtet war. Ein wutverzerrtes Gesicht starrte sie an. *Er weiß Bescheid. Er wird uns niemals gehen lassen.* Sie drehte den Schlüssel im Zündschloss. Das alte Auto zitterte und bebte, aber der Motor startete nicht. Sie schlug mit den Fäusten auf das Lenkrad. »Komm schon, komm schon.«

Sie pumpte das Gaspedal und versuchte es erneut, und diesmal sprang der Motor an. Ohne noch eine Sekunde zu verlieren, fuhr sie die verlassene Schotterstraße hinunter. Der Wagen ratterte über Baumwurzeln und tiefe Reifenspuren, die nach der Schneeschmelze im Schlamm zurückgeblieben waren. Hohe, bedrohlich wirkende Bäume säumten die Auffahrt wie grimmige Wächter und bildeten einen düsteren Tunnel zu ihrem Gefängnis. Als sie am anderen Ende dieses Tunnels durch das Tor fuhr, war am Horizont bereits der leichte Schleier der Morgensonne zu sehen. Jetzt war es nicht mehr weit. Sobald sie den Highway erreichen würde, wären sie frei.

Aber im Moment erstreckte sich vor ihr noch die alte Straße, die einst für die Minenarbeiter angelegt worden war. Die Wiesen unter dem wabernden Morgennebel wirkten wie ein aufgewühlter Ozean. Jedes Mal, wenn sie in den Rückspiegel schaute, krampfte sich ihr Magen vor Angst zusammen. Sie hatte schon mehrmals versucht zu fliehen, aber jedes Mal hatte er sie gefunden und wieder zurückgeschleppt. Er war inzwischen so oft besoffen, dass er sie über kurz oder lang totschlagen würde, und sie würde nicht zulassen, dass ein solches Monster ihre Söhne großzog. Als die dunkle Wand aus Kiefern in Sicht kam, die die Stanton Road säumte, starrte sie die lange, gewundene schwarze Straße hinunter, die sie in Sicherheit bringen würde, und trat das Gaspedal durch.

»Da ist Daddy.« Einer ihrer Söhne hatte sich auf seinem Sitz umgedreht und starrte aus dem Rückfenster. »Er ist bestimmt wieder wütend.«

Panik schnürte ihr die Kehle zu, und Schweiß rann ihr in den Nacken, als sie die Scheinwerfer sah, aber sie zwang sich, ruhig zu bleiben. »Bald sind wir auf dem Highway, dann kann er uns nicht mehr kriegen.«

Als sie in die Stanton Road einbog, nahm sie die Kurve so scharf, dass eine graue Wolke aus Staub und Schotter aufstieg. Als die abgenutzten Reifen Halt auf dem Asphalt fanden, trat sie das Gaspedal bis zum Bodenblech durch. Noch acht Kilometer bis zur Auffahrt, dann würden sie den Highway erreichen, und von da an waren es nur noch ein paar Kilometer bis zu der Privatstraße tief im Wald, die sie heimbringen würde. Als Native American würde sie mit ihren Söhnen verschwinden wie Rauch im Wind, sobald sie das Reservat betraten. Sie warf einen Blick in den Rückspiegel und musste schlucken. Die Scheinwerfer des Pick-ups erhellten die Straße, und er kam immer näher. Die leere Straße vor ihr erfüllte sie mit Schrecken. Sie hatte gehofft, dass ihnen ein Lieferwagen oder sonst jemand begegnen würde, wenn sie um diese Zeit in Richtung Black Rock Falls fuhren. Wenn er sie wieder einholte, wären sie ihm schutzlos ausgeliefert.

Als der Motor plötzlich stotterte und Dampf unter der Motorhaube hervorkam, stieß sie einen gequälten Schrei aus, aber sie fuhr unbeirrt weiter. Bäume flogen in einem Meer aus Grün und Schwarz an ihnen vorbei, aber ihr Blick blieb auf die gelbe Linie in der Mitte der schwarzen Fahrbahn gerichtet.

Grelles Licht traf ihren Spiegel und blendete sie, und dann hörte sie in der Ferne einen kraftvollen Motor aufheulen. Voller Angst versuchte sie, noch schneller zu fahren, und lenkte den Wagen auf die gelbe Linie in der Mitte der Fahrbahn; wenn er sie nicht überholen konnte, dann konnte er sie auch nicht von der Straße drängen. Im nächsten Moment quietschte ihr Motor, und es gab einen metallischen Knall. Dunkler Rauch quoll unter der Haube hervor und versperrte ihr die Sicht auf die Straße. Abgase füllten das Auto, hustend kurbelte sie das Fenster hinunter. Ein eiskalter Luftzug schlug ihr ins Gesicht. Die Lichter hinter ihr waren näher gekommen. Sie keuchte und trat verzweifelt auf das Gaspedal, doch der Motor stöhnte ein letztes Mal auf, und dann versagte er völlig. Sie rollten noch ein Stück weiter, aber er war schon fast da, das helle Licht der Scheinwerfer seines Pick-ups füllte den Innenraum des Wagens und brannte ihr in den Augen.

Ihnen blieben nur noch wenige Sekunden. Sie lenkte den Wagen an den Straßenrand, sprang hinaus und riss die Tür zum Fond auf. »Nehmt eure Rucksäcke und lauft in die Richtung da.« Sie deutete in den Wald. »Schaut nicht zurück.«

Sie ging in die entgegengesetzte Richtung, um den wütenden Irren, der gerade mit einer Schaufel in der Hand ganz langsam aus seinem Wagen stieg, von den Kindern wegzulocken.

»Mommy, lass uns nicht allein«, hörte sie einen der Jungen wimmern.

Sie blieb stehen, schaute hinter sich und sah, wie ihr Peiniger in den Wald stürzte. Voller Entsetzen musste sie mitansehen, wie er seinen Sohn packte, emporhob und zu Boden schleuderte. Der kleine Junge blieb regungslos liegen. Blut lief ihm aus der Nase. Sie rannte auf ihren Ehemann zu und schlug ihm mit den Fäusten gegen die Brust. »Was hast du getan?«

Sein Lachen ließ ihr die Haare zu Berge stehen. Er schleuderte sie zur Seite, und dann schwang er die Schaufel wie einen Baseballschläger. Das Klirren in ihrem Kopf ließ ihre Augen vibrieren. Sie fiel, und der Waldboden kam rasend schnell auf sie zu. Kiefernnadeln stachen ihr in die Wange. Sie hoffte, dass ihr anderer Sohn entkommen war, aber sie würde es nie erfahren. Als sie den Arm ausstreckte, um die Hand ihres kleinen Jungen zu berühren, stieg ihr der Geruch des Waldes in die Nase und füllte ihren Kopf, als wolle er sie beruhigen. Wie sie die nach Kiefern duftende Bergluft vermisst hatte! Die Welt vor ihren Augen verschwamm und wurde dann für ein paar Sekunden wieder scharf, sodass sie den Himmel sehen konnte. Die Gewitterwolken lösten sich auf, und die Strahlen der aufgehenden Sonne drangen durch die Bäume und tauchten die Zweige in goldenes Licht. Hoch über ihr kreiste ein Schwarm Krähen. Dann ließen sich die Vögel in den Bäumen nieder, als wollten sie sie willkommen heißen.

EINS

MONTAGNACHMITTAG

Mit klopfendem Herzen schlich Sheriff Jenna Alton in den Drugstore. Sie achtete darauf, dass eine Regalreihe zwischen ihr und dem jungen Mann mit der Skimaske war, der seine Pistole auf den Apotheker gerichtet hatte. Der Bursche hatte den Finger am Abzug, und seine Hände zitterten so stark, dass sie ihr ganzes Verhandlungsgeschick würde aufbieten müssen, um ihn daran zu hindern, den Apotheker aus nächster Nähe zu erschießen. Die Stimme ihres Stellvertreters und besten Freundes, Deputy David Kane, drang durch ihren Ohrhörer.

»Ziel anvisiert.«

Jenna tippte zweimal auf ihr Mikrofon, um zu signalisieren, dass sie ihn verstanden hatte. Einen eins sechsundneunzig großen Ex-Militär und Scharfschützen als Verstärkung zu haben, machte ihr das Leben in dieser Situation definitiv leichter; sie musste nur den Befehl geben, und im nächsten Moment würde das Gehirn des jungen Mannes durch den Laden fliegen. Ihr Herz pochte in ihren Ohren, während sie an den Kosmetikartikeln vorbeischlich. Die unterschiedlichen Düfte der zahllosen Produkte, die sich in den Regalen stapelten, schlugen ihr entgegen. Zu ihrer Rechten fing plötzlich etwas an zu brummen und ließ sie aufschrecken. Eine Kaffeemaschine. Sie holte tief Luft, spähte um die Ecke und begegnete dem erschrockenen Blick des Apothekers. Sie hob ihre Waffe, um zu zielen, trat näher, hielt einen Finger an die Lippen und bedeutete dem Mann im Kittel mit ihrer Glock, sich ein Stück von dem Bewaffneten zu entfernen.

»Was stehen Sie da so dumm rum und glotzen mich an?« Der junge Mann hob die Pistole und zielte dem Apotheker zwischen die Augen. »Wie oft muss ich es Ihnen noch sagen? Schmerztabletten, je stärker, desto besser. Machen Sie die Tasche hier voll.« Er schob einen Rucksack über den Tresen. »Und zwar sofort, wenn Sie weiterleben wollen.«

Jenna nickte dem Apotheker knapp zu. Der Schütze hatte ihm einen wunderbaren Vorwand gegeben, sich aus der unmittelbaren Gefahrenzone zu entfernen.

»Okay, okay, nimm ruhig den Finger vom Abzug, mein Junge.« Der Apotheker hob das Kinn. »Lieber gebe ich dir alles, was du willst, als zu riskieren, meine Frau und meine Kinder nie mehr wiederzusehen.« Er nahm den Rucksack, wandte sich ab und verschwand hinter einer Trennwand.

Jenna überprüfte ihre Position; jetzt, wo der Apotheker nicht mehr in der Schusslinie war, musste sie handeln. Das schmale Regal voller Gläser mit Babynahrung würde eine Kugel zwar nicht aufhalten, aber immerhin langsamer machen. Sie wollte den Mann nicht erschrecken und eine Schießerei vom Zaun brechen, also zielte sie mit ihrer Glock zwischen den Gläsern hindurch auf den Mann und sagte leise: »Sheriff's Department. Nehmen Sie Ihre Waffe runter, dann können wir reden, bevor jemand verletzt wird.«

»Hören Sie, Sheriff, ich will niemanden verletzen. Lassen Sie mich einfach mit den Medikamenten abhauen.« Der junge Mann starrte durch das Regal, hinter dem sie stand, und richtete seine Pistole auf sie.

»Jenna, ich warte auf deinen Befehl«, meldete sich Kane in ihrem Ohr.

Sie musterte den jungen Mann, der nun am ganzen Körper zitterte, und beschloss, dass es zumindest den Versuch wert war, mit ihm zu reden. »Wenn Sie Ihre Waffe nicht sofort fallen lassen, kommen Sie hier nicht lebend raus.« Sie hielt ihre Waffe in beiden Händen und richtete sie auf seine Brust. »Der Laden ist umzingelt, und draußen habe ich einen Scharfschützen, der auf Ihren Kopf zielt – er schießt nie daneben. Nehmen Sie die Waffe runter, dann können wir reden. Wenn Sie Hilfe brauchen, dann werden Sie sie auf diese Art und Weise nicht bekommen.«

»Sie verstehen das nicht.« Der Mann ließ die Pistole sinken und stieß ein gequältes Schluchzen aus. »Die haben mich gefeuert, und ich habe kein Geld mehr für die Schmerzmittel für meine Mutter. Sie liegt im Sterben, und ich bin seit Tagen zu Hause und kümmere mich um sie. Sie kann nicht noch eine Nacht ohne Tabletten sein.« Er hob seine Waffe wieder und zielte auf sie. »Ich gehe hier mit den Pillen raus, oder ich bringe Sie und den Apotheker um.«

Das war die falsche Antwort. Jenna hörte ein Zischen, und im selben Moment schlug eine Gewehrkugel in die Schulter des Mannes ein. Kane hatte ihn nicht töten, sondern nur entwaffnen wollen. Der Mann schrie auf, seine Pistole fiel auf die Fliesen. Er rutschte am Tresen hinunter, und dann saß er dort, schaukelte stöhnend hin und her und griff sich an den Arm. Jenna ging auf ihn zu und trat die Pistole aus seiner Reichweite. Dann zielte sie mit ihrer Glock auf seinen Kopf und starrte auf ihn hinunter. »Nehmen Sie die Maske ab. Wie heißen Sie?«

»Dirk Grainger.« Mit seiner blutverschmierten Hand zog er sich die Skimaske vom Kopf. Er sah sie mit schmerzerfüllten Augen an. »Wenn ich in den Knast muss, dann wird meine Mutter ganz allein und qualvoll sterben. Bitte, Sheriff, machen Sie mit mir, was Sie wollen, aber Sie müssen ihr helfen.«

»Sie haben gedroht, mich zu töten.« Jenna sah ihn scharf an. »Sie haben Glück, dass Sie in Black Rock Falls leben, sonst wären Sie tot.« Sie beugte sich vor, um seine Wunde zu inspizieren. »Ein glatter Durchschuss. Das wird schon wieder.«

»Die Sanitäter sind unterwegs«, verkündete Kane, als er den Laden betrat. Deputy Jake Rowley war dicht hinter ihm. Kane musterte Jenna, dann zog er sich einen OP-Handschuh über und bückte sich, um die Waffe aufzuheben. »Die ist gar nicht geladen.«

»Ich kenne den Knaben.« Der Apotheker kam hinter dem Tresen hervor und öffnete ein Verbandpäckchen. Er bückte sich und presste die Wundauflage auf die Schulter des Verwundeten. »Drück das darauf.« Er stand auf und drehte sich zu Jenna um. »Es stimmt. Das Pflegeheim hat seine Mutter vor ein paar Wochen vor die Tür gesetzt, und Dirk ist zu Hause geblieben, um sie zu pflegen. Ihm stand noch Urlaub zu, aber die Fabrik hat ihn trotzdem entlassen.« Er runzelte die Stirn. »Es ist schon spät. Wenn Sie Dirk jetzt verhaften, wer kümmert sich dann heute Nacht um seine Mutter?«

Jenna seufzte. Sie hatte Gerüchte über die Zustände in einem der örtlichen Pflegeheime gehört. »War sie auf der Palliativstation im Glen Park?«

»Ja, genau.« Dirk war kreidebleich. »Als sie unser Geld genommen haben, meinten sie, sie würde die bestmögliche Pflege bekommen, bis sie stirbt. Drei Monate war sie dort. Dann haben sie angerufen, um mir zu sagen, dass ich sie abholen soll, weil sie wohl doch nicht so bald sterben würde.« Er sah zu ihr auf. »Aber Dr. Brown und zwei andere Ärzte meinten, sie wäre im Endstadium.«

Jenna tauschte einen Blick mit Kane aus, er zuckte mit den Schultern. Sie schaute zu Dirk hinunter. »Ich werde sehen, was ich tun kann.«

»Danke, Ma'am.« Dirk war anzusehen, welche Angst er hatte. »Ich kann meine Mutter nicht so lange allein lassen. Es wird bald dunkel, jemand muss bei ihr sein.«

Jenna nickte. »Okay. Geben Sie mir Ihre Adresse und Ihren Hausschlüssel.« Sie schrieb sich die Adresse auf, und dann warteten sie auf die Sanitäter, die ihn ins Krankenhaus bringen würden. »Du fährst mit ihm, Jake«, wandte sie sich an Rowley. »Ich rufe dich später an.«

Als die Sanitäter Dirk auf einer Trage abtransportierten, wandte sie sich an Kane. »Wir müssen Hilfe für seine Mutter organisieren und dann das Chaos hier beseitigen.«

»Ich werde keine Anzeige erstatten.« Der Apotheker rückte seine Brille zurecht. »Ich kenne den Jungen schon sein ganzes Leben lang. Wenn der ein Verbrechen begeht, muss er wirklich verzweifelt sein. Offenbar weiß er weder ein noch aus.«

Jenna richtete sich auf. »Offenbar.« Sie drehte sich zu Kane um: »Komm mal mit nach draußen.« Sie trat vor die Tür, atmete den frischen Duft der Kiefern ein, den eine kühle Brise aus dem Stanton Forest herüberwehte, und beobachtete, wie sich der Krankenwagen in den laufenden Verkehr einfädelte. Als Sheriff war es ihre Aufgabe, Verbrecher vor Gericht zu bringen, aber sie hatte immer einen gewissen Ermessensspielraum.

Sie hatte einige Augenblicke lang ins Leere gestarrt, als Kanes Stimme sie aus ihren Gedanken holte.

»Also, was willst du tun, Jenna?« Kane ging zu seinem Wagen und lehnte sich gegen die Tür. »Er hat sich in eine sehr gefährliche Situation gebracht und mit einer Schusswaffe auf dich gezielt. Woher hätte ich wissen sollen, dass sie nicht geladen war?«

Jenna blickte auf die schneebedeckten Berge und zuckte mit den Schultern. »Ich habe auf dein Urteil vertraut.« Sie sah ihn an. »In der Regel machst du die Zielpersonen ja eher handlungsunfähig, als sie zu töten.«

»Ich dachte mir: Der zittert so sehr, der würde nicht mal

einen Elefanten treffen, und du warst ja schon in Deckung gegangen. Trotzdem, wenn du den Befehl gegeben hättest, hätte ich ihn getötet.« Kane schüttelte den Kopf.

»Hast du aber nicht. Du hast ihn nach bestem Wissen und Gewissen entwaffnet.« Sie überdachte die Situation noch einmal, und dann traf sie eine Entscheidung. »Wenn er nicht vorbestraft ist, werde ich ihn nicht festnehmen. Er war in einer Notlage, und seine Waffe war nicht geladen. Ich glaube nicht, dass er jemanden verletzen wollte, und er war völlig außer sich vor Sorge um seine Mutter. Ich werde ihn verwarnen, und dann lasse ihn laufen. Der Apotheker hat schon gesagt, dass er keine Anzeige erstattet, und die Schusswunde in seiner Schulter ist Strafe genug.« Sie seufzte. »Wenn er vor Gericht müsste, würde er wahrscheinlich nur eine Geldbuße bekommen, aber er hat kein Geld und keinen Job. Am Ende gerät er noch auf die schiefe Bahn.«

»Ich schaue mal nach.« Kane holte sein Smartphone hervor und suchte im Vorstrafenregister nach Grainger. »Nichts, nicht mal ein Knöllchen.«

»Okay, ruf Jake an. Sag ihm, wenn die Ärzte mit Grainger fertig sind, soll er ihn verwarnen und ihn nach Hause bringen. Wir sind hier fertig.« Jenna dachte ein paar Sekunden lang nach, dann hob sie einen Finger. »Gib mir nur eine Minute.« Sie zückte ihr Handy und rief in Dr. Browns Praxis an.

Kurz darauf erklang die Stimme des betagten Mediziners durch den Lautsprecher: »Was kann ich für Sie tun, Sheriff?«

»Wir haben hier ein Problem.« Jenna sah zu Kane hinüber. »Ich kann Sie natürlich nicht darum bitten, Informationen über eine Patientin preiszugeben, aber ich brauche sofortige Hilfe für Mrs Grainger. Das Pflegeheim hat sie vor ein paar Wochen entlassen, und ihr Sohn hat gerade versucht, den Drugstore zu überfallen, um ihr ihre Medikamente zu besorgen. Es muss sich jemand um sie kümmern; sie ist ganz allein.«

»Ich werde ein paar Anrufe tätigen. Ich bin gerne bereit, sie zu behandeln, und die Klinik für Sozialfälle wird sich um die Medikamente kümmern. Ich werde sehen, ob das Sunnybrook sie aufnimmt. Die haben mehrere Plätze für Patienten ohne Krankenversicherung. Ich werde ein paar Strippen ziehen und mich umgehend bei Ihnen melden.«

Jenna stieß einen Seufzer der Erleichterung aus. »Danke. Es ist dringend. Wir sind gerade auf dem Weg zu ihr, aber wir können nicht über Nacht bleiben.«

»Dirk hätte mich um Hilfe bitten sollen.« Dr. Brown seufzte. »Ich werde schon etwas für sie finden.«

»Ich danke Ihnen. Bitte melden Sie sich, wenn Sie etwas wissen.« Sie trennte die Verbindung. »Ich denke, wir gehen besser zum Haus und warten mit ihr, bis sie abgeholt wird. Das Problem ist, dass wir keine Schmerzmittel für sie haben.«

»Vielleicht kann Shane helfen.« Kane öffnete die Tür seines SUV und setzte sich hinter das Lenkrad.

Jenna kletterte auf den Beifahrersitz und starrte ihn ungläubig an. Shane Wolfe, Ex-Marine und jetzt Rechtsmediziner, war der Letzte, den sie angerufen hätte. »Meinst du nicht, es ist ein bisschen früh für einen Pathologen? Die arme Frau ist doch noch gar nicht gestorben.«

»Quatsch.« Kane startete den Motor und fuhr die Main Street hinunter. »Er hat eine ärztliche Zulassung und kann rezeptpflichtige Medikamente verschreiben. Bevor er Forensik studiert hat, war er praktischer Arzt. Und davor Feldsanitäter. Da es schnell gehen muss, ist er die beste Option, die wir haben.« Er gab die Adresse von Grainger in das Navi ein. Seit sie im Rahmen des Zeugenschutzprogramms nach Black Rock Falls gezogen war, mit neuem Namen und neuem Gesicht, hatte Jenna noch nichts mit alten oder gebrechlichen Menschen zu tun gehabt. Genauso wenig hatte sie in ihrem früheren Leben als DEA-Agentin Avril Parker irgendwelche nützlichen Einblicke in den Betrieb von Pflegeheimen erhalten. Sie zuckte mit den Schultern. »Okay, ich werde ihn anrufen. Ich hoffe, er ist nicht beschäftigt.«

»Das glaube ich kaum – in letzter Zeit ist hier ja niemand gestorben.« Er schaute auf das Navi und fuhr durch die Stadt.

Jenna warf ihm einen Blick zu. »Mal bloß nicht den Teufel an die Wand.« Seit sie Sheriff geworden war, hatte es eine ganze Reihe von Mordfällen gegeben. Sie genoss es, dass in ihrem Städtchen zur Abwechslung einmal relativ wenig los war.

»Abgesehen von unserem heutigen Adrenalinschub war der letzte Fall, in dem ich ermitteln durfte, eine Kiste Hundefutter, die vor dem 7-Eleven gestohlen wurde.« Er grinste sie an. »Mach dir keine Sorgen. Ich denke mal, die Serienmörder haben sich für den Winter verkrochen.«

Jenna lachte. »Sei dir da nicht so sicher. Bei unserem Pech kommen sie zu Halloween noch einmal aus ihren Löchern gekrochen.«

ZWEI

Dunkelheit erfüllte das Schlafzimmer, eine Schwärze, die so unbarmherzig war, dass Carol die großen Panoramafenster nur erahnen konnte. Kein einziger Mondstrahl drang durch die Scheiben, um die Nacht zu erhellen. Sie lag seit Stunden wach und lauschte dem Knarren des alten Hauses im Wind. Die Bäume draußen, vor einer Weile noch so hübsch in ihrem sommerlichen Grün, glichen jetzt schwarzen Skeletten, deren Äste an der Hauswand kratzten wie Fingernägel auf einer Schiefertafel. Der Schnee ließ dieses Jahr noch auf sich warten, aber ein Unwetter war im Anmarsch, und das alte Haus knarrte, als würde es sich darüber beschweren, dass ihm alle Knochen wehtaten. Ihr Herz pochte. Der Wind rüttelte am Haus, dass es sich fast so anhörte, als würde jemand die Treppe heraufsteigen. Selbst der beruhigende Duft und die Wärme ihres Ehemanns, der neben ihr schlief, konnten das Gefühl nicht lindern – diese intensive Vorahnung, dass etwas Furchtbares geschehen würde. Sie zog sich die Bettdecke bis zum Hals hoch. Schließlich fielen ihr die Augen zu. Sie war beinahe eingeschlafen, als sie ein vertrautes Knarren vernahm. Das waren die Dielen vor der Schlafzimmertür. Der Türknauf knirschte. In heller Panik stieß sie ihren Mann an. »Lucas, wach auf. Da ist jemand im Haus.«

Sie riss die Augen auf. Das Geräusch der Tür, die den Teppichboden streifte, klang in der Stille ohrenbetäubend. »Lucas!«

Im nächsten Moment erfüllte ein grelles Licht den Raum. Sie blinzelte und sah eine dunkle Gestalt in der Tür.

Peng, peng, peng.

Das Licht verschwand, und alles wurde erneut in tiefe Schwärze getaucht. Sie ließ ihre Hand zu Lucas hinübergleiten, und ihre Finger ertasteten die unverwechselbare Form einer Feder, die in der Lache einer klebrigen Flüssigkeit schwamm. Das warme Nass verteilte sich über das Laken und sickerte in ihr Nachthemd. Sie rollte sich vom Bett und ließ sich auf den Teppichboden fallen, zitternd vor Angst. Rote Flecken tanzten vor ihren Augen und blendeten sie. Sie musste hier weg.

Ihre Finger glitten über die Kante des Bettes, und dann kroch sie darunter und machte sich so klein wie möglich. Ihr Keuchen schien im Zimmer widerzuhallen; sie presste sich eine Faust in den Mund, vor Angst, man könne sie hören. Ihr Magen drehte sich um, als sie das Knirschen von Schuhen auf dem Teppichboden hörte. Die Schritte wurden leiser, offenbar verließ der Eindringling das Zimmer. Die Sekunden zogen sich hin wie Stunden, während sie dalag, ihre Knie umklammerte und versuchte, nicht zu atmen. Das Haus erzitterte und stöhnte, als riefe es um Hilfe, doch dann legte sich der Wind, und alles, was sie jetzt noch hörte, war das Geräusch vom Blut ihres Mannes, dessen Leben aus ihm herausfloss.

Tropf, tropf, tropf.

DREI

DIENSTAG

Deputy Jake Rowley war schon sein ganzes Arbeitsleben lang Deputy von Sheriff Alton. Er hatte viel von ihr gelernt, und er übernahm gerne zusätzliche Aufgaben. Als er den kaum verständlichen Anruf einer Frau erhalten hatte, die offenbar überzeugt war, dass jemand in ihrem Haus war, hatte er sich sofort ins Auto gesetzt. Doch seit der Herbstwind aufgefrischt hatte, häuften sich die Anrufe von Personen, die nachts seltsame Dinge hörten. Wenn in letzter Zeit mitten in der Nacht etwas passierte und er an der Reihe war, auszurücken, fand er sich jedes Mal in einem finsteren, unheimlichen Haus wieder. Auch jetzt spürte er wieder, wie sein Adrenalinspiegel rasant anstieg, als er die lange, dunkle, gewundene Auffahrt zu dem abgelegenen Haus der Robinsons hinauffuhr, wo sich möglicherweise eine unbefugte Person herumtrieb. Er fuhr frontal auf die Haustür zu, hielt an und ließ die Scheinwerfer brennen, als er ausstieg. Kiefern und kahle schwarze Bäume warfen lange Schatten auf die Fassade und ächzten bei jedem Windstoß. Die Tür stand sperrangelweit offen und lieferte das moderne Wohnhaus den Elementen aus. Der Wind hatte Blätter auf die Veranda und bis hinein in den Hausflur geweht, wo sie auf den polierten Holzdielen lagen. Rowley suchte die Umgebung ab, zog sich OP-Handschuhe über und betrat mit gezogener Waffe den stillen, stockdunklen Flur. »Sheriff's Department. Sind Sie da, Mrs Robinson?«

Sein Magen krampfte sich zusammen, als er im Licht seiner Taschenlampe Blutstropfen auf der Treppe sah und einen roten Streifen an der Wand, der aussah, als habe sich dort jemand abgestützt. Er hielt einen Moment inne – wenn er sich an die vorgegebenen Abläufe halten wollte, musste er jetzt zum Streifenwagen zurückgehen und über Funk Verstärkung anfordern. Er straffte die Schultern. Andererseits war die verzweifelte Frau, die vorhin angerufen hatte, vielleicht in Schwierigkeiten. Er rief noch einmal nach Mrs Robinson, doch lediglich das knarzende Haus antwortete ihm. Man musste schon ein ziemlicher Idiot sein, um ganz allein in einem dunklen Haus umherzuirren. Im Lichtstrahl seiner Taschenlampe suchte er die Wände ab, fand eine Reihe Lichtschalter und schaltete sie ein. Sofort war das Erdgeschoss hell erleuchtet, nur ein paar dunkle Zimmer gingen vom Flur ab. Wachsam und mit klopfendem Herzen betrat er das Zimmer zu seiner Rechten und knipste das Licht an. Nachdem er sich überzeugt hatte, dass dort niemand war, schloss er die Tür und checkte das nächste Zimmer, bis er zur Küche kam. Dahinter befand sich ein kleiner Vorraum, von dem aus eine Tür nach draußen führte. Sie war abgeschlossen.

Ein Geräusch ließ ihn aufhorchen, aber es war bloß wieder das Haus. Die Bäume standen so dicht daneben, dass die Äste bei jedem Windstoß an den Wänden kratzten und an die Fenster klopften. Er verließ die Küche. »Mrs Robinson, sind Sie hier?«

Nichts.

Er musste schlucken, als er sich überlegte, was es bedeuten mochte, dass die Frau nicht antwortete, und ging zurück in den Flur. Als er im Erdgeschoss alle Räume überprüft hatte, starrte er auf die Blutspur auf der Treppe. Vorsichtig, um keine Spuren

zu vernichten, folgte er der Linie der dunkelroten Tropfen zu
zwei Türen unter der Treppe. Die eine war mit einem Schiebe-
riegel gesichert, der offen stand; er nahm an, dass diese Tür in
den Keller führte. Bei der anderen war der Türgriff mit Blut
verschmiert. Da er sich nicht ohne Verstärkung in den Keller
wagen würde, schob er den Riegel vor. Mit klopfendem Herzen
wandte er sich der anderen Tür zu; den Rücken zur Wand und
die Waffe im Anschlag öffnete er sie.

Ein gequältes Schluchzen ertönte, und als er um die geöffnete Tür herumspähte, befand sich dahinter eine Besenkammer, in der eine blutüberströmte Frau kauerte, die nur einen
Pyjama trug. »Carol Robinson?«

Statt zu antworten, machte sie einen Satz auf ihn zu und
plapperte wie eine Verrückte. Er hielt sie auf Abstand und
redete mit ruhiger Stimme auf sie ein. »Mrs Robinson, ich bin
Deputy Rowley. Sie sind jetzt in Sicherheit.«

Die Frau stieß einen hysterischen Schrei aus und starrte ihn
mit aufgerissenen Augen an und schlug um sich wie besessen.
Er hatte keine Wahl – er packte sie, drehte sie herum, legte ihr
Handschellen an und zerrte die schreiende Frau in die Küche.
Vielleicht war sie selbst die Mörderin, da wollte er kein Risiko
eingehen. Er sah sich nach einer geeigneten Stelle um und
befestigte die Handschellen mit einem Kabelbinder an einem
stabilen Geschirrtuchhalter, der an der Kochinsel befestigt war.
Er holte einen Küchenstuhl für die Frau, die zitterte, aber nun
endlich still war. »Setzen Sie sich, ich überprüfe den Rest des
Hauses und hole Ihnen eine Decke.«

Er schluckte schwer und ging zurück zum Treppenhaus.
Oben war alles dunkel, und das ständige Scharren und Ächzen
der Bäume draußen machte ihn nervös. Er stieg die Treppe
hinauf und folgte der Blutspur, schaltete nach und nach das
Licht ein und hielt vor einer offenen Tür inne. Der warme
Geruch von Blut kroch ihm in die Nase; was auch immer ihn in
dem Zimmer erwartete – es musste schrecklich sein. Er trat seit-

lich an die Tür. Kein Laut kam aus dem Inneren. Dann nahm er all seinen Mut zusammen, schaute hinein und leuchtete den Raum mit seiner Taschenlampe ab. Im Lichtstrahl sah er einen Blutfleck auf dem cremefarbenen Teppichboden, dann wurde das Bett sichtbar. Sein Magen krampfte sich zusammen, als er einen blutüberströmten Körper im Schlafanzug erblickte. Ein absoluter Albtraum. Neben der Leiche hatte eine Lache aus geronnenem Blut das einst makellos weiße Bettlaken dunkel gefärbt. Er drückte auf den Lichtschalter, wandte sich ab und lehnte sich keuchend gegen die Tür.

Er verdrängte das Bedürfnis, sich zu übergeben, überprüfte die übrigen drei Zimmer im Obergeschoss und fand im Schrank eine Wolldecke. Er ging wieder nach unten. Obwohl in allen Zimmern Licht brannte, behielt er die ganze Zeit die Umgebung im Auge. Falls sich der Mörder hier doch noch irgendwo versteckte und er ihn übersehen hatte, war er in akuter Gefahr.

Er ging zurück in die Küche und legte Mrs Robinson die Decke um. »Sie sind jetzt in Sicherheit. Es ist niemand hier. Wollen Sie mir erzählen, was passiert ist?«

Die Frau hatte aufgehört, zu schreien. Sie sagte kein Wort und starrte nur verstört ins Leere.

Rowley räusperte sich. »Es tut mir leid, dass ich Ihnen Handschellen angelegt habe, aber solange ich nicht weiß, was hier passiert ist, sind Sie die Hauptverdächtige. Ich werde Hilfe holen.«

Als er zur Haustür ging, zog er sein Telefon aus der Tasche und rief seine Chefin an. Er schaltete das Licht auf der Veranda ein und setzte sich in seinen Wagen, damit Mrs Robinson sein Telefonat mit Jenna nicht mitbekam. Er war überrascht, wie schnell sie ranging, immerhin war es schon nach zwei Uhr morgens.

»Na, Jake, was gibt's?«

Rowley schlug sein Notizbuch auf. »Möglicher Einbruch in ein Haus am Riverside Drive in Majestic Rapids. Ich bin vor

Ort. Ein Toter, Name: Lucas Robinson. Erschossen. Carol Robinson, seine Frau, hat 911 angerufen. Ich habe eine Frau, von der ich annehme, dass sie es ist, aber sie ist ziemlich hysterisch. Sie wartet in der Küche auf mich.«

»Hast du beim Opfer den Puls gefühlt?«

»Oh, das war nicht nötig. Dem Anschein nach hat der Schütze ihm mit einem Hohlspitzgeschoss in den Kopf geschossen.« Rowley räusperte sich. »Das konnte ich schon von der Tür aus sehen. Kein schöner Anblick.«

»Vielleicht ist die Frau die Täterin.« Jenna klang alarmiert. »Dreh ihr bloß nicht den Rücken zu.«

»Verstanden.« Rowley seufzte. Als ob er solch einen Anfängerfehler begehen würde. »Da es keine Anzeichen für einen Einbruch zu geben scheint und im Haus nichts durcheinander oder durchwühlt aussieht, bin ich zu demselben Schluss gekommen und habe Mrs Robinson fixiert. Sie war nicht begeistert, aber ich habe es ihr so bequem wie möglich gemacht. Ich habe das Haus gecheckt und überall das Licht eingeschaltet, nur den Keller habe ich noch nicht überprüft. Ich habe den Riegel vor die Kellertür geschoben, aber ich dachte, bevor ich da allein hinuntergehe, warte ich lieber auf Verstärkung.«

»So ist es ja auch Vorschrift. Sonst noch etwas, das ich wissen sollte?«

Er gab ihr einen Abriss der Situation. »Das Standort hier ist ganz schön abgelegen. Die Bäume stehen so dicht am Haus, als hätte man es dahinter verstecken wollen. Es gibt keinen Rasen oder Garten, nur eine lange, kurvenreiche Einfahrt. Wenn der Wind die Bäume gegen das Haus schlagen lässt, hört man von überall her Geräusche.«

»Hat die Küche nur eine Tür, oder gibt es vielleicht noch eine Hintertür?«

Rowley sah sich um, während er sprach. In den Schatten, die über die Veranda hinwegzogen, konnte sich gut und gerne ein Mörder verbergen. »Die Küche befindet sich an der Rückseite vom Haus. Sie hat zwei Türen, eine geht vom Flur ab, und eine führt zu einem Vorraum, der hinter der Küche liegt und von dem aus eine Tür nach draußen führt. Ich habe sichergestellt, dass die Hintertür abgeschlossen ist, und ich habe die Vordertür im Blick.«

»Okay, ruf Shane an. Geh und bleib in der Küche bei Mrs Robinson. Schalte dein Funkgerät ein. Ich melde mich wieder, wenn ich in der Nähe bin. Ich mache mich sofort auf den Weg.«

»Verstanden.« Rowley trennte die Verbindung und rief den Rechtsmediziner, Shane Wolfe, an.

Der Rechtsmediziner würde in Kürze eintreffen, kurz darauf Sheriff Alton. Erleichtert atmete er auf und ging zurück zum Haus. In der Küche fand er auf dem Tresen eine Dose mit Kaffee und befüllte die Kaffeemaschine. Carol Robinson zitterte so stark, dass er befürchtete, sie könne einen Schock erlitten haben. Er versuchte, ihr ein paar Worte zu entlocken. Sie blieb stumm, schien sich aber ein wenig zu beruhigen. Als der Kaffee fertig war, machte er eine ihrer Hände los und schob ihr einen Becher hin. Dann ging er in Deckung, für den Fall, dass sie den Becher nach ihm werfen würde.

Die Zeit schien besonders langsam zu vergehen, und jedes Knarren des Hauses ließ ihn aufhorchen. Er behielt eine Hand an seiner Waffe und nippte an seinem Becher. Zehn Minuten waren vergangen. Immerhin trank die Frau jetzt den Kaffee und hatte aufgehört zu zittern.

Er holte tief Luft. »Sheriff Alton ist auf dem Weg. Haben Sie Angehörige, die ich für Sie anrufen soll? Oder Ihren Anwalt?«

Die Frau hob langsam den Kopf und sah ihn lange mit ihren blutunterlaufenen Augen an, als überlege sie, was sie antworten sollte. Die Art und Weise, wie sie ihn anschaute, verunsicherte ihn. Ohne den Blick von seinem Gesicht abzuwenden, schüttelte sie fast unmerklich den Kopf. Sehr zu seiner Erleichterung hörte er im nächsten Moment ein Auto. Er stellte seinen Becher auf den Tresen, ging zur Haustür und schaute hinaus, wobei er hinter dem Türrahmen in Deckung ging. Schließlich wusste er nicht, ob die Frau in der Küche die Täterin war oder vielleicht ein Verrückter auf dem Gelände herumlief. Während Wolfes weißer Van rückwärts neben seinem Streifenwagen einparkte, suchte er den Wald hinter ihm nach Bewegung ab. Der Wind in den Bäumen ließ die ganze Umgebung lebendig erscheinen. Er öffnete die Tür, als Wolfe sich der Treppe zur Veranda näherte. »Hast du auf dem Weg hierher jemanden gesehen?«

»Nein. Wie ist die Lage?« Wolfe hatte seinen Forensik-Koffer in der Hand und warf ihm einen Leichensack zu. »Wir werden zuerst den Tatort nach Spuren absuchen, dann hole ich die Trage für die Leiche.« Er schaute auf Rowleys Handschuhe. »Hast du irgendetwas ohne Handschuhe angefasst?«

Rowley schüttelte den Kopf. »Nein, und ich bin auch nicht in die Nähe des Bluts gegangen.« Er folgte Wolfe hinein ins Haus. »Die Ehefrau, Carol Robinson, ist in der Küche. Sie benimmt sich ein bisschen komisch, vielleicht solltest du erst einmal mit ihr sprechen.«

»Wenn sie mit im Zimmer war, als ihr Mann erschossen wurde, überrascht mich das nicht.« Wolfe blieb hinter der Eingangstür stehen, schaute auf die Treppe und stieß einen Pfiff aus. »Ist sie verletzt?«

Rowley folgte seinem Blick zu der blutverschmierten Wand neben der Treppe und den Flur hinunter zu den blutigen Handabdrücken auf der Tür zur Besenkammer. »Konnte ich nicht feststellen. Sie sagt nicht viel.«

»Leg den Leichensack irgendwohin, ich gebe dir ein paar Überzieher für deine Schuhe. Wir wollen den Tatort nicht mehr verunreinigen als nötig.« Wolfe stellte seine Tasche auf einen Tisch im Flur, holte ein Paar Überschuhe aus Plastik heraus und gab sie Rowley, dann streifte er sich selbst welche über die Schuhe. »Ich werde nach Mrs Robinson sehen, und dann gehen wir nach oben.«

»Ich habe sie fixiert.« Rowley wies den Weg in die Küche. »Ich glaube, es geht ihr gut.«

»Mrs Robinson? Mein Name ist Shane Wolfe, ich bin der Rechtsmediziner. Ich möchte Sie nur auf Verletzungen untersuchen und ein paar Abstriche machen.« Als sie nicht reagierte, tauschte Wolfe einen Blick mit Rowley. »Katatonie nach einem Schock, das ist nichts Ungewöhnliches.«

Wolfe untersuchte sie, und Rowley sah zu. Als sie danach immer noch nicht sprechen wollte, seufzte Wolfe. »Ich rufe die Sanitäter; sie muss in einer psychiatrischen Einrichtung untersucht werden.«

»Ist er tot? Lucas, mein Mann – ist er tot?« Mrs Robinsons Stimme war leise und zittrig.

»Ich fürchte ja.« Wolfe tätschelte ihr den Rücken. »Mein Beileid. Können Sie mir sagen, was passiert ist?«

»Ein Mann ... mit einer Waffe.« Ihre Hände zitterten und sie blickte sich hektisch mit aufgerissenen Augen um. »Er ist noch hier. Ich kann fühlen, wie er mich anschaut.«

Rowley warf einen Blick über die Schulter und überprüfte erneut den Flur. Im nächsten Moment hörten sie einen lauten Knall aus der Richtung des Kellers, gefolgt von einem durchdringenden Heulen.

VIER

Er hatte vergessen, wie kalt es in Montana im Oktober war. Nicht, dass es ihn störte. Die eisige Kälte, die durch seine Kleidung drang, schärfte seine Aufmerksamkeit. Er liebte die Dunkelheit. Die langen Schatten und die schwarzen Bäume, die ihn umgaben, machten alles nur noch aufregender. Windböen pfiffen durch die Kiefern und wirbelten in großen Wolken das Herbstlaub auf. Die Laute verdeckten das Geräusch seiner Schritte, als er durch die Bäume schlich und sich dem Haus näherte. Er wäre am liebsten mit im Haus gewesen, um die Geschehnisse aus nächster Nähe zu beobachten. Die schluchzenden Schreie der Frau hallten noch immer in seinen Ohren wider, und er wünschte sich, dieser herrliche Klang hätte nie aufgehört. Es war wie Musik in seinen Ohren und hatte ihn für das entschädigt, was bei diesem Mord gefehlt hatte: das Betteln und Flehen, das er normalerweise zu hören bekam, sobald jemandem klar wurde, dass er sterben würde. Einen schlafenden Mann zu erschießen, war im Vergleich ziemlich öde. Das hier war Black Rock Falls, und er war es den Menschen in diesem wunderschönen County schuldig, ihnen so viel Mord und Chaos zu bieten, wie er nur konnte.

Als er nun hinter dem verdorrten Gestrüpp kauerte, kam es ihm vor, als hätte sich das Gebäude in ein von innen beleuchtetes Puppenhaus verwandelt. Da der Deputy, der als Erster eingetroffen war, alle Lichter eingeschaltet hatte, konnte er ungehindert in alle Zimmer schauen, die zum Wald gingen. Er konnte sogar in den Flur und bis in die Küche sehen. Die breite Treppe und die mit Blut verschmierte Wand machten ihn neugierig. Was war geschehen, nachdem er gegangen war? Hatte sich die Frau im Blut ihres Mannes gewälzt, bevor sie schreiend in die Nacht hinausgerannt war? Er starrte auf die sperrangelweit geöffnete Tür und fragte sich, warum der junge Deputy die Vorhänge nicht zugezogen hatte. Wenn er gewollt hätte, hätte er ihn ganz einfach durch eines der Fenster erschießen können. Wer sich im Haus befand und nach draußen blickte, würde ihn in der Dunkelheit nicht sehen können, bis es zu spät war.

Er unterdrückte ein Glucksen. Sheriff Alton würde bald eintreffen, und dann würde er sich aus nächster Nähe davon überzeugen können, ob sie wirklich eine so gewiefte Ermittlerin war, wie es hieß. Er hatte schon viel über sie gehört. Bei Männern wie ihm war sie schon fast so etwas wie eine Kultfigur. Ja, er hatte Freunde – Freunde, deren Namen nicht kannte, logisch. In Chatrooms, die so tief im Internet verborgen waren, dass kein Unbefugter sie finden konnte, war Sheriff Jenna Alton immer wieder Gesprächsthema, und für manche war es der größte Traum, sie einmal auszutricksen. Bald würden noch mehr düstere Gestalten auf die Bildfläche treten, die der Versuchung nicht widerstehen konnten, die Herausforderung anzunehmen.

FÜNF

Jenna saß beim ersten Klingeln ihres Handys kerzengerade im Bett. Zuerst dachte sie an Dirk Graingers Mutter. Sie hatten die schwerkranke Frau im Pflegeheim Sunnybrook unterbringen können, Dr. Brown kümmerte sich um sie. Doch schon am Klingelton konnte sie feststellen, dass es Deputy Jake Rowley war, der sie mitten in der Nacht anrief. Jenna hatte den jungen Mann, der als blutiger Anfänger zu ihrem Team gestoßen war, zu einem erstklassigen Gesetzeshüter ausgebildet. Er war an der Reihe, die eingehenden Notrufe entgegenzunehmen, und sie wusste, wenn er sie nachts aus dem Bett klingelte, musste etwas Schlimmes passiert sein. Der Wind rüttelte an den Fensterläden, als sie die Nachttischlampe einschaltete und auf die Uhr schaute. Um diese nachtschlafende Zeit handelte es sich garantiert um einen Toten. Sie nahm den Anruf entgegen und schnappte sich Stift und Notizblock.

Nachdem das Gespräch beendet war, strich sich Jenna die Haare aus den Augen und rief direkt Kane an. Wie üblich war er schon in der nächsten Sekunde hellwach und machte sich abfahrbereit.

Jenna zog sich an und eilte zur Haustür. Als sie sich ihren

Einsatzgürtel umgeschnallt hatte und in ihre Jacke geschlüpft war, sah sie schon die Scheinwerfer von Kanes SUV auf sich zukommen. Es hatte seine Vorteile, dass ein Deputy in einem Häuschen auf dem Gelände ihrer Ranch wohnte. Sie aktivierte die Alarmanlage und ging zur Tür hinaus in die dunkle, stürmische Nacht. Ein eiskalter Windstoß traf sie mit voller Wucht und drang durch ihre dicke Jacke. Sie bekam eine Gänsehaut. Als sie in Kanes Wagen kletterte, den er liebevoll »das Biest« nannte, hatte die Kälte ihre Wangen schon ganz taub werden lassen. »Gib Gas. Jake ist da draußen ganz allein.«

»Verstanden. Ich habe den Motor laufen lassen, seit du angerufen hast, und es ist kein Eis auf den Straßen. Wir werden im Nullkommanichts da sein.« Der starke Motor heulte auf, und die Reifen des SUV ließen Kies an den Zaun prasseln, als Kane losfuhr.

»Ich dachte erst, es würde heute regnen, aber wenn man sich die Wolken so ansieht – vielleicht bringen sie sogar schon den ersten Schnee.« Jenna fiel auf, dass Kanes Spürhund nicht auf seinem üblichen Platz auf dem Rücksitz saß. »Für Duke ist es wohl schon zu kalt?«

»Ganz genau. Ich habe ihn in seinem Korb schlafen lassen, ich fand, heute Nacht darf er mal im Warmen bleiben.« Kane raste die Auffahrt hinunter. »Was hat Jake gesagt?«

Jenna erzählte von dem Anruf, gab die Adresse in das Navi ein und wandte sich ihm zu. »Bewaffnetes Eindringen in einen Privathaushalt hatten wir in der Form noch nie, oder? Meinst du, es war einfach nur ein Einbrecher?«

»Ein einfacher Einbrecher, der Hohlspitzgeschosse verwendet? Wohl kaum.« Kane bog auf den Highway ein, der zur Stadt führte. »Normalerweise schnappen die sich alles, was wertvoll ist, und verschwinden so schnell wie möglich wieder. Ich bin gespannt, was die Untersuchung des Tatorts ergibt.«

»Ich hoffe, es war kein Profi. Ich habe schon ein paar Morde gesehen, an denen das Kartell beteiligt war. Das waren regelrechte Hinrichtungen.« Jenna lehnte sich in ihrem Sitz zurück und versuchte die unschönen Erinnerungen zu verdrängen, die wie ein Film in ihrem Kopf abspulten. »In ein Haus einzubrechen und jemanden im Schlaf zu erschießen, würde das Kartell, ohne zu zögern, fertigbringen.«

»Tja. Diese Stadt ist so weitläufig, im Hinterland kann alles Mögliche passieren.« Kane beschleunigte, und »das Biest« schnurrte, als sie durch das offene Grasland fuhren, das Jennas Ranch umgab. Die Nacht war stockdunkel, kein einziger Stern lugte durch die dichte Wolkendecke. »Was wissen wir über das Opfer?«

»Mal gucken, was ich finden kann.« Jenna holte ihr Smartphone hervor und loggte sich in die Datenbank ein. »Keine Vorstrafen. Soweit ich sehen kann, war er Finanzberater und arbeitete hier im Ort in der Bank.«

»Vielleicht hat er jemanden schlecht beraten.« Kanes Blick blieb auf die Straße geheftet. »Menschen haben schon aus geringerem Anlass getötet.«

Jenna starrte aus dem Fenster. »Ich kann mich nicht erinnern, jemals in Majestic Rapids gewesen zu sein. Das muss die Wohnsiedlung in der Nähe des neuen White Water Rapids Park sein.«

»Ich glaube, es liegt zwischen dem Park und der Ski-Lodge.« Kane warf ihr einen Blick zu. »Ich freue mich schon auf den Schnee dieses Jahr. Es ist lange her, dass ich Gelegenheit hatte, auf die Piste zu gehen. Vergiss nicht, dass du versprochen hast, für ein Wochenende mitzukommen und mir Gesellschaft zu leisten, sobald Schnee liegt und wir etwas Freizeit haben. Allein Ski zu fahren macht keinen Spaß.«

Jenna lachte. »Keine Sorge, das vergesse ich nicht. Das wird ein richtiger kleiner Urlaub.« Sie zog eine Strickmütze aus ihrer Jackentasche und setzte sie auf. »Vielleicht kommen Jake und Sandy ja auch mit. Ich glaube, es wird langsam ernst bei den beiden.«

»Wir könnten ihn ja mal fragen.« Kane grinste. »Und Shane und seine Mädchen auch. Ich finde, die Stadt kann mal ein paar Tage ohne uns auskommen.«

»Wir können immer noch auf Walters zurückgreifen.« Ihr dienstältester Deputy war immer zur Stelle, wenn Not am Mann war. »Und wenn die vier apokalyptischen Reiter in die Stadt geritten kommen, sind wir nur einen Telefonanruf entfernt.«

Jenna schmunzelte, als Kane in die Main Street einbog und die Scheinwerfer die ersten Halloween-Dekorationen anstrahlten. Die Einwohner von Black Rock Falls gaben sich bei jedem Fest größte Mühe, den Ort zu verschönern, Halloween war da keine Ausnahme. Als sie die Vororte erreichten, wirkten die meisten Häuser wie Kulissen für einen Horrorfilm. »Wenn man sich unsere nette kleine Stadt so anschaut, sind die apokalyptischen Reiter vielleicht schon da.«

»Hoffentlich nicht!«

Die Dunkelheit um den SUV schien noch dichter zu werden, während Jenna nach der Einfahrt zur Ranch der Robinsons Ausschau hielt. »Ich dachte, in dieser Gegend gäbe es mehr Häuser. Den letzten Kilometer über habe ich gerade einmal zwei Einfahrten gesehen.«

»Vielleicht sind die wie du und wollen möglichst viel Land, damit ihre Pferde genug Auslauf haben.« Kane fuhr langsamer, als das Navi ihm anzeigte, dass sie bald an ihre Abzweigung kommen würden. »Sieht so aus, als wären wir gleich da.«

Im Licht der Scheinwerfer tauchte ein Briefkasten auf. Jenna las den Namen, der darauf stand, und nickte. »Ja, hier ist es, und zum Glück steht das Tor weit offen.«

Jenna schaute aus dem Fenster, während sie die kurvenreiche Auffahrt hinunterfuhren. Ein ungutes Gefühl beschlich sie. Die Bäume bildeten zu beiden Seiten der Straße eine dichte Wand, und es kam ihr vor, als versuchten sie, den vorbeifahrenden SUV zu packen; die langen Äste ragten aus der

Schwärze in die Nacht heraus wie die Klauen von Dämonen, nur um im nächsten Moment wieder zu Bäumen zu werden, sobald der Lichtkegel der Scheinwerfer sie erreichte. Da es sonst keine Lichtquelle gab, wirkte es, als würden sie in einen Tunnel fahren. »Hier draußen könnte ich nicht leben. Was meinst du, wie lange man hier im Winter auf den Schneepflug warten muss? Die Kurven hier sind so eng, da kommt er doch nie und nimmer durch.«

»Die wenigsten Leute haben das Glück wie du, dass der Fahrer des örtlichen Schneepflugs bei ihnen in der Nachbarschaft wohnt. Die benutzen ihren eigenen.« Er warf ihr einen flüchtigen Blick zu. »Ich will mir dieses Jahr auch einen zulegen.«

Kane verblüffte sie immer wieder aufs Neue. Jenna starrte ihn an. »Du willst dir einen Schneepflug kaufen?«

»Na sicher, die Dinger sind klasse. Also, nur so einen Aufsatz für vorne am SUV. Rowley hat sich gerade auch einen neuen geholt, den hat er mir gezeigt, als ich das letzte Mal bei ihm war. Wenn es wieder so schneit wie letztes Jahr, können wir den gut gebrauchen, und ich glaube kaum, dass das Wetter in Zukunft viel besser wird.«

»Okay, aber das bedeutet ja noch mehr Arbeit für dich.« Jenna versuchte, in der Dunkelheit vor ihnen etwas zu erkennen. »Ich sehe überhaupt keine Lichter, und diese Auffahrt fühlt sich an, als würden wir im Kreis fahren.«

»Und sie ist viel zu eng. Keine Ahnung, was man tun soll, wenn einem hier ein anderes Auto entgegenkommt.« Kane schaute sich um und wandte sich ihr zu. »Ich sehe auch keinerlei Sicherheitsvorkehrungen«, sagte er und hob eine Augenbraue. »Hier stehen die Bäume so eng, da ist der Ärger vorprogrammiert. Bei dem Ruf, den diese Stadt hat, sollte man meinen, dass die Leute ihre Ranch besser sichern würden.«

Nach ein paar weiteren hundert Metern auf dem gewundenen Weg schimmerten endlich die Lichter des Hauses durch die Bäume. Jenna stieß einen Seufzer der Erleichterung aus, als sie um die nächste Kurve bogen und Rowleys Streifenwagen und den Wagen des Rechtsmediziners erblickten. »Sieht so aus, als wäre der Rest der Gang schon drinnen.«

Sie steckte sich ihren Knopf ins Ohr und schaltete das Funkgerät an ihrem Gürtel ein. »Jake, wir sind da, wir parken gerade. Wie ich sehe, steht die Eingangstür offen. Wie ist euer Status?«

»Wir haben gerade etwas gehört, vielleicht aus dem Keller.«

Jenna richtete sich unwillkürlich auf. »Okay, wartet auf Verstärkung.«

»Verstanden. Hier ist überall Blut. Ihr braucht Handschuhe und Überschuhe.«

»Wir sollten wachsam sein«, sagte Jenna zu Kane. »Jake war noch nicht im Keller. Und offenbar ist da eine Menge Blut, wir sollten uns also Handschuhe und Überschuhe überziehen.«

»Hab ich dabei. Ich hole sie.« Kane stieg aus dem Wagen und öffnete die Hintertür. »Hier.« Er reichte ihr, was sie benötigten.

Als sie die Treppe zur Vordertür hinaufstiegen, erblickte Jenna sofort Wolfe und Rowley, die mit gezogenen Pistolen in einen langen Flur starrten. Sie streifte sich die Plastiküberzieher über die Stiefel, schlüpfte in die OP-Handschuhe und schloss hinter sich und Kane die Tür. »Wie ist die Lage?«

»Hör mal.« Rowley deutete mit dem Kinn auf eine Tür am Ende des Flurs. »Klingt, als wäre irgendjemand oder irgendetwas im Keller.« Das unheimliche Kreischen und Klopfen jagten Jenna einen eisigen Schauer über den Rücken.

Warum bekomme ausgerechnet ich immer die gruseligen Häuser und dunklen Keller ab?

SECHS

Das Letzte, was Jenna mitten in der Nacht im Anschluss an einen brutalen Mord tun wollte, war eine dunkle Treppe hinunterzusteigen, bei der sie nicht wusste, was am unteren Ende lauerte. Sie tauschte einen Blick mit Kane, der mit den Schultern zuckte. Seit sie angekommen waren, strapazierten die abgeschiedene Lage des Hauses der Robinsons und die merkwürdigen Geräusche ihre Nerven. Die Vorstellung, die Tür zu einem Keller zu öffnen, aus dem schaurige Klänge drangen, ließ in ihrem Kopf diverse Szenarien ablaufen, von denen eines schlimmer war als das andere. Sie schaute in Rowleys schlohweißes Gesicht, zog ihre Waffe und ging an ihm vorbei. »Bleib hier und halte uns den Rücken frei. Wir gehen nachsehen.« Sie schluckte schwer. »Shane, würdest du auf Mrs Robinson aufpassen, bis wir hier fertig sind?«

»Gerne.« Wolfe steckte seine Waffe ein, drehte sich um und ging in die Küche.

Durch die Kellertür drangen ein lautes Wimmern und ein dumpfes Rumpeln. Sie wandte sich zu Kane um und versuchte, die Angst zu verdrängen, die ihr den Magen zusammenschnürte. »Immerhin sind es nicht die apokalyptischen Reiter.«

»Nee, höchstens ein, zwei Höllenhunde.« Kane deutete ein Lächeln an. »Oder ein verletzter Bär. Was auch immer das ist: Ein Mensch macht solche Geräusche nicht.«

Na super, sehr beruhigend. Kane hat wirklich ein Talent dafür, angespannte Situation zu entschärfen. »Gut, dass du nicht an Geister glaubst, sonst würden wir hier die ganze Nacht stehen. Die Tür geht nach innen auf – such dir eine Seite aus.« Sie ignorierte die Kampf-oder-Flucht-Reaktion ihres Körpers, die ihr das Herz in der Brust pochen ließ, und atmete tief durch. »Bereit?«

»Klar.« Kane zog seine Waffe, entsicherte sie und blickte in die Finsternis. Seine Stimme dröhnte durch den dunklen Raum. »Sheriff's Department, ist da unten jemand?«

Wieder ertönten das Wimmern und das Rumpeln. Jenna wiederholte Kanes Frage, und als keine Antwort kam, trat sie näher an die Türöffnung heran. Die Luft, die aus dem Keller kam, war eiskalt. Zu ihrer Überraschung roch es gar nicht so muffig, wie man es normalerweise bei einem Keller erwartete, sondern nach nassem Zement, als habe der Besitzer vor Kurzem etwas gemauert. In einer Hand spürte sie die beruhigende Wärme ihrer Glock, mit der anderen tastete sie um den Türrahmen herum und fand einen Lichtschalter. Sie schaltete hin und her, aber nichts geschah. Natürlich funktionierte das Licht nicht – im Grunde hatte sie nichts anderes erwartet. Eine schreckliche Vorahnung beschlich sie. Es konnte gut sein, dass sie gerade mitten in eine Falle tappten; und hier oben am Treppenabsatz waren sie die perfekte Zielscheibe. Sie drückte sich an die Wand neben der Tür und sah Kane an. »Warum geht jedes Mal, wenn wir in einen Keller hinuntersteigen, das Licht nicht?«

Sie schaltete ihre Taschenlampe ein und richtete den grellweißen Lichtkegel auf die Kellertreppe. Unten kam ein offener Sack Zement ins Blickfeld, neben dem eine Schaufel an der Wand lehnte. Lange Schatten ragten in jeden Winkel, und sie rührte sich nicht, bis sie alle Ecken abgeleuchtet hatte. Der Raum war L-förmig, und sie konnte nicht sehen, was sich hinter der Ecke befand. Natürlich. *Gehe niemals in einen dunklen Keller*, warnte sie ihr Unterbewusstsein in Dauerschleife. »Es kommt einem vor, als würde uns das, was da im Dunkeln lauert, geradezu herausfordern, in unser Verderben zu laufen.«

»Wenigstens ist die Treppe breit.« Kanes Taschenlampe leuchtete auf. Er stellte sich neben sie in die Türöffnung, und gemeinsam leuchteten sie in den Keller hinunter. »Sieht leer aus, aber ich denke, wir sollten nachsehen, was da hinter der Ecke ist.«

Das Wimmern und Rumpeln erklang erneut, und Jenna sträubten sich die Nackenhaare. »Da ist es wieder. Woher kommt das?«

»Ein Heizofen vielleicht?« Kane ging langsam die Treppe hinunter. Er blieb dicht an der Wand und leuchtete in die Richtung, in die er mit seiner Pistole zielte.

Nachdem er um die Ecke verschwunden war, war das Geräusch wieder zu hören. »Scheiße!«, rief Kane und stieß ein ersticktes Lachen aus. »Der hat mich fast zu Tode erschreckt!«

Mit klopfendem Herzen eilte Jenna an seine Seite. Die Dunkelheit kroch hinter ihr her, ein eisiger Luftzug drang in ihre Jeans. Als sie um die Ecke bog, versperrten ihr Kanes breite Schultern die Sicht. »Was ist da?«

Der Schein von Kanes Taschenlampe wanderte über einen ausgewachsenen Grizzly. »Sieht aus, als hätten die Robinsons etwas für ausgestopfte Tiere übrig.« Die Glasaugen des Tiers reflektierten das Licht. »Komischer Ort, um so ein Ungetüm aufzubewahren, hier unten in der Feuchtigkeit.«

Obwohl sie ja wusste, dass der Bär längst tot war, fuhr Jenna der Schrecken in alle Glieder, als der Lichtschein über das klaffende Maul und die ausgestreckten Pfoten wanderte. Sie trat einen Schritt zurück und unterdrückte den Drang, wegzurennen. Nachdem sie den restlichen Raum abgeleuchtet hatte, seufzte sie. »Sonst ist hier ja gar nichts.«

»Nein, nur der Bär und der Ofen. Aber die verursachen beide nicht diese Geräusche.« Er leuchtete ein Fenster in Kopfhöhe an. »Sondern das hier.«

Jenna betrachtete das offene Fenster. Die Scheibe war hochgeklappt und mit einem Stock gesichert. Der Lärm kam von den Fensterläden, die ächzten und quietschten, wenn sie auf- und zuschwangen. Hin und wieder ließ ein Windstoß sie gegen die Hauswand knallen. Sie leuchtete mit ihrer Taschenlampe den Boden ab. Blätter waren hereingefallen und hatten einen kleinen Haufen gebildet, und sie konnte undeutliche Fußspuren erkennen, die von dort wegführten. »Ich glaube, wir haben den Einstiegspunkt gefunden.«

Sie ging näher heran, um das Fenster in Augenschein zu nehmen. »Wir lassen das erst einmal so. Wenn es hell ist, werden wir draußen nach Fingerspuren und Fußabdrücken suchen.«

»Na klar.« Kane steckte seine Waffe ins Holster. »Ich mache noch ein paar Aufnahmen hiervon.« Er holte sein Handy hervor und schoss die Fotos.

Jenna musste blinzeln, als der Blitz den Raum erhellte. Sie drehte sich um und suchte den Boden ab. In einer Ecke fand sie einen Fleck, wo der Zement noch feucht war. »Mach auch davon ein Foto. Ich hoffe, die haben hier keine Leichen vergraben.«

Als er fertig war, ging sie die Treppe wieder hinauf, dicht gefolgt von Kane. Nachdem sie die Kellertür hinter sich verriegelt hatte, blickte sie in Rowleys besorgtes Gesicht. »Nichts weiter, nur ein offenes Fenster. Das Geräusch kommt von den Fensterläden. Sieht aus, als wäre das die Stelle, an der der Eindringling ins Haus gekommen ist. Wir kommen später noch einmal her und sehen uns das bei Tageslicht an. Ach ja, da unten ist ein ausgestopfter Bär.« Sie lächelte ihn an. »Am besten gehst du in die Küche und löst Shane ab. Ich werde mir den Tatort ansehen und dann Mrs Robinson befragen, falls sie reden möchte. Hat sie jemanden, bei dem sie den Rest der Nacht verbringen kann?«

»Nein.« Rowley runzelte die Stirn. »Das hatte ich sie bereits gefragt.«

»Nun, hier kann sie nicht bleiben.« Jenna runzelte die Stirn. »Ruf das Krankenhaus an, sie sollen sie auf unsere gesicherte Abteilung legen. Ich möchte, dass sie von einem Arzt untersucht wird, der auch ein psychologisches Gutachten erstellt. Auf der Station kann ihr nichts passieren, aber sorg dafür, dass der Wachdienst vom Krankenhaus ein Auge auf sie hat, bis wir jemanden gefunden haben, der sich um sie kümmert. Ich werde ihr eine Tasche packen, sobald Shane seine vorläufige Untersuchung des Tatorts abgeschlossen hat.«

»Verstanden.« Rowley wandte sich ab und ging in die Küche.

Jenna wartete, bis Wolfe zurückkam, dann folgten sie ihm im Gänsemarsch die Treppe hinauf, wobei sie darauf achteten, nicht auf die Blutspritzer zu treten. Das Schlafzimmer ging von einem kleinen Flur am oberen Ende der Treppe ab, und die Tür stand weit offen. Blut klebte auf dem strahlend weißen Lack und am Rahmen, als wäre jemand dagegen gestolpert. Vom Anblick, der sich ihnen im Zimmer bot, wurde Jenna übel. Sie hatte schon viele Tatorte gesehen, mit verstümmelten Leichen und übel zugerichteten Brandopfern, aber selten war es so schlimm gewesen wie hier, und selten war der Geruch von frischem Blut so durchdringend gewesen. Wegzuschauen war keine Option. Sie nahm die Gesichtsmaske, die Kane ihr in die Hand drückte, und setzte sie auf. Was sie hier entdeckte, konnte entscheidend dafür sein, den Mörder zu identifizieren. Wie furchtbar es auch sein mochte: Es war ihre Aufgabe, dafür zu sorgen, dass dem Opfer Gerechtigkeit widerfuhr.

Bei der Untersuchung eines Tatorts hatte stets der Rechtsmediziner das Sagen, und Jenna lauschte Wolfe, der alles, was er vorfand, kommentierte. Um sie herum wimmerte und stöhnte das Haus. Seit sie in Black Rock Falls lebte, hatte sie noch kein so übles Wetter erlebt. Als wäre der Anblick des blutgetränkten Toten nicht schon schlimm genug, klapperten plötzlich wieder die Fenster. Sie schaute sich um und erblickte Kane, der seine übliche professionelle Miene aufgesetzt hatte. Er besaß genau wie Wolfe die erstaunliche Begabung, seine Gefühle auszublenden und sich auf den Tatort als Ganzes zu konzentrieren. Aufgrund ihrer Ausbildung konnte sie ihre eigenen Emotionen ebenfalls bis zu einem gewissen Grad ausblenden, aber Wolfe und Kane in Aktion zu sehen, war durchaus beeindruckend. »Hast du schon ein Fazit für uns, Shane?«

»Das Opfer ist männlich«, fasste Wolfe seine Erkenntnisse zusammen. »Viel mehr kann ich zum Toten selbst noch nicht sagen. Ich habe eine schwarze Feder auf dem Bett gefunden. Vielleicht bedeutet sie nichts, aber ich habe sie zur Sicherheit eingepackt.« Wolfe machte mehrere Fotos vom Tatort. Er ging durch das Zimmer und richtete seine Kamera auf jeden erdenklichen Winkel, bevor er das blutgetränkte Laken zurückzog. »Nach den Metallsplittern in der Wand und in der Matratze zu urteilen, würde ich sagen, dass es sich um zwei oder drei Kopf-schüsse handelt. Jake hatte recht, das waren Hohlspitzgeschosse.« Er seufzte. »Eine Kugel hätte gereicht, zwei oder drei sind schon zu viel. In gewisser Weise ist es wie bei einer Messerste-cherei: Man kann jemanden mit einem einzigen Stich töten, aber im Zorn sticht man immer mehrmals auf eine Person ein. Wenn man bedenkt, dass sonst im Haus nichts angerührt wurde, würde ich sagen, dass persönliche Motive hinter der Tat stehen.«

»Oder vielleicht ein Profikiller?« Jenna sah Kane an. »Das ist doch dein Fachgebiet. Was meinst du?«

»Möglich.« Kane beugte sich über das Bett und untersuchte die Geschossfragmente. »Dass er Hohlspitzgeschosse verwendet hat, beweist, dass von Anfang an eine Tötungsabsicht vorlag. Solche Geschosse sind einzig und allein zum Töten da, und wer auch immer das getan hat, hat seine Zielperson ausgeschaltet, ohne die Frau des Mannes zu verletzen.«

»Oder die Frau war es selbst.« Jenna verdrängte die Übelkeit und trat an seine Seite, um sich die Leiche näher anzuschauen. »Es sieht alles sehr gut geplant aus. Ich habe keine Anzeichen für ein gewaltsames Eindringen gesehen, morgen früh werden wir mehr wissen. Wir gehen davon aus, dass er durch den Keller hereingekommen ist und dann direkt hier nach oben gegangen ist, zwei oder drei Schüsse abgegeben hat und das Haus durch die Vordertür wieder verlassen hat, die er dabei offen stehen ließ.«

»Ganz genau.« Kane richtete sich auf und wandte sich an Jenna. »Wenn die Robinsons das Kellerfenster selbst offen gelassen hätten, zum Beispiel damit der feuchte Zement trocknet, hätten sie sicherlich die Fensterläden gesichert.«

Jenna nickte. »Und die Kellertür verriegelt.« Sie erschauderte. »Das Fenster ist so groß, dass ein Bär ins Haus hätte eindringen können. Warum haben sie die Tür nicht verriegelt? Ich glaube, ich muss mal mit Mrs Robinson reden.« Sie sah Wolfe an. »Jake meinte, sie hätte nicht mit ihm gesprochen. Hat sie dir etwas erzählt?«

»Nur, dass jemand ihren Mann erschossen hat. Ich habe Proben genommen und Fotos von den Blutspritzern an ihrer Kleidung gemacht. Das wird uns zeigen, wo sie sich in dem Moment, als die Schüsse abgegeben wurden, befand, und falls sie selbst geschossen hat, werde ich Schmauchspuren an ihrer Hand finden.« Wolfe fuhr fort, rund um das Opfer Metallstückchen aufzusammeln. »Geh behutsam mit ihr um, sie ist das reinste Nervenbündel.«

»Ein Nervenbündel oder eine gute Schauspielerin.« Jenna wandte sich ab und ging zur Tür. »Das offene Fenster und die unverriegelte Tür – war das wirklich Zufall? Ich frage mich, ob sie jemanden angeheuert hat, um ihren Mann zu töten – und wenn ja, warum?«

SIEBEN

Jenna betrat die Küche und setzte sich an den Tisch. Sie holte ihr Notizbuch hervor und betrachtete die sichtlich aufgewühlte Frau, die ihr gegenüber saß. Sie war Ende vierzig und zierlich, und das Blut hatte ihr blondes Haar zu roten Dreadlocks verklebt. Auf dem Tisch neben ihr lag ein Handy, das mit dunkelroten Fingerabdrücken übersät war. »Ich bin Sheriff Alton. Können Sie mir Ihren Namen sagen?«

»Carol, Carol Robinson.« Die Frau drehte einen leeren Becher in ihrer Hand. »Ich hätte gerne noch einen Kaffee, wenn ich darf.« Sie schob den Becher beiseite und knibbelte an dem getrockneten Blut an ihren Händen. »Sie können sich gerne auch einen nehmen.«

Jenna war erleichtert, dass die Frau jetzt offenbar doch kommunizieren wollte. »Gerne.« Sie blickte zu Rowley hinüber, zeigte auf den Becher und nickte ihm zu. Dann lehnte sie sich auf den Tisch und sah Mrs Robinson an. »Wollen Sie mir erzählen, was hier passiert ist?«

Sie musste eine ganze Weile warten, bis Mrs Robinson sich gesammelt hatte. »Fangen wir an, als Sie im Bett lagen. Hat Sie irgendetwas geweckt?«

»Nein, ich war schon seit Stunden wach. Wir haben noch keinen kompletten Winter hier verbracht, und ich hatte nicht gedacht, dass das Haus so laut ist. Der Wind hat das Haus heulen lassen und an den Fensterläden gerüttelt, dass es sich manchmal anhörte, als würde jemand versuchen, sie mit Gewalt zu öffnen. Ich dachte, ich hätte gehört, wie die Dielen auf dem Treppenabsatz knarrten, und ich habe versucht, Lucas zu wecken, um ihm zu sagen, dass jemand im Haus ist.« Mrs Robinson sah Jenna an. Ihre Hände zitterten.

Jenna nickte. »Das machen Sie sehr gut. Ist Lucas aufgewacht?«

»Nein, er rührte sich nicht, und dann ging auch schon das Licht an. Es blendete mich, ich konnte nur einen Schatten in der Tür sehen. Ich hörte es dreimal knallen, allerdings nicht so laut wie Schüsse, und dann war es wieder dunkel. Ich rief Lucas' Namen, aber er reagierte nicht, und dann spürte ich überall auf mir sein Blut.« Mrs Robinson starrte ins Leere und schüttelte sich, als ob sie die Szene gerade noch einmal durchlebte. »Ich habe ihm nicht geholfen. Ich weiß, ich hätte es tun sollen, aber ich hatte solche Angst. Ich habe mich unter dem Bett versteckt und gewartet.«

»Und wann haben Sie uns angerufen?« Jenna runzelte die Stirn. »Wo war Ihr Handy?«

»Das lag auf dem Nachttisch. Ich bin unter dem Bett hervorgekrochen, um es zu holen, und dann habe ich 911 gewählt.« Mrs Robinson schluckte schwer und kniff die Augen zusammen. »Das Licht vom Display ... Ich sah, wie das Blut auf den Teppich tropfte. Da war so viel Blut ... Ich musste einfach raus da. Ich bin die Treppe hinunter und habe mich in der Besenkammer versteckt.« Sie hob den Kaffee an ihre Lippen. Ihre Hände zitterten so sehr, dass sie ein wenig vom Kaffee verschüttete, er lief ihr über die Finger. »Ich bin nicht zurück, um Lucas zu helfen. Ich bin schuld, dass er tot ist, oder?« Sie stieß ein heulendes Schluchzen aus. »Ich habe ihn umgebracht!«

Jenna schüttelte den Kopf und sagte leise und mitfühlend: »Nein, er war auf der Stelle tot. Sie hätten ihn nicht mehr retten können, Mrs Robinson.« Sie nippte an ihrem Kaffee, dankbar für das heiße Getränk. »Erinnern Sie sich daran, ob Sie das Fenster im Keller geöffnet haben? Oder warum die Kellertür nicht verriegelt war?«

»Nein.« Mrs Robinson sah verwirrt aus. »Lucas war vor dem Abendessen unten und hat den Fußboden ausgebessert. Das war nur eine ganz kleine Reparatur. Vielleicht hat er nicht daran gedacht, hinter sich den Riegel vorzuschieben. Ich weiß nicht genau. Ich war damit beschäftigt, unser Abendessen zu kochen.«

»Okay«, sagte Jenna. »Macht es Ihnen etwas aus, wenn wir das Haus durchsuchen und eventuelle Beweisstücke mitnehmen, die uns Aufschluss über den Mörder Ihres Mannes geben könnten?«

»Nein, gar nicht. Tun Sie das.« Mrs Robinson sah sie mit großen Augen an. »Ich will, dass Sie die Person erwischen, die Lucas das angetan hat.«

Jenna fiel auf, dass sie »die Person« gesagt hatte, was ein wenig ungewöhnlich klang. »Hatte Ihr Mann Feinde – vielleicht jemanden, dem er Geld schuldete?«

»Lucas? Feinde?« Mrs Robinson schüttelte den Kopf. »Nein, alle mochten ihn.«

Jenna runzelte die Stirn. »Hat er Sie jemals geschlagen?«

»Nein, wir waren sehr glücklich verheiratet. Er war der perfekte Ehemann.« Da Mrs Robinson die Letzte war, die das Opfer lebend gesehen hatte, brauchte Jenna noch mehr Informationen. Zum Glück schien Mrs Robinson von Minute zu Minute klarer zu werden. Dass sie erzählen musste, linderte den Schock.

»Was ist mit den Leuten bei seiner Arbeit?«

»Ich glaube nicht.« Mrs Robinson begegnete ihrem Blick und zuckte mit den Schultern. »Er sagte immer, er könne es nicht allen Leuten recht machen, aber er tue sein Bestes.«

»Okay, ich werde morgen früh mit seinem Chef sprechen. Wo hat er gearbeitet?« Jenna schrieb sich die Antwort auf. Dann blickte sie wieder die Frau an. »Wir haben keine Waffe gefunden. Haben Sie irgendwelche Waffen im Haus?«

»Ja.« Mrs Robinsons Blick wanderte zum Flur. »Im Arbeitszimmer gibt es einen Waffentresor. Die Schlüssel hängen da drüben.« Sie deutete auf ein kleines Schlüsselbrett neben der Tür zum Hauswirtschaftsraum.

Jenna sah zu Rowley auf. »Schau mal nach, was für Munition du da findest.«

Rowley verschwand, und sie wandte sich wieder an Mrs Robinson. »Haben Sie sich in letzter Zeit mit Ihrem Mann gestritten?«

»Nein.« Mrs Robinson zerrte an dem Kabelbinder. »Sie glauben doch nicht im Ernst, dass ich ihn umgebracht habe, oder?«

Jenna verzog keine Miene. »Es tut mir wirklich leid, aber wir müssen immer solche Fragen stellen, wenn jemand getötet wurde. Ich muss herausfinden, warum jemand Ihren Mann erschossen hat, und wir haben keine Anzeichen dafür gefunden, dass jemand eingebrochen ist. Haben Sie irgendwelche Wertsachen im Haus?«

»Nein, gar nichts.«

»Okay.« Jenna nickte. »Wenn Sie dazu in der Lage sind, würde ich gerne mit Ihnen durch das Haus gehen, um nachzusehen, ob etwas fehlt.«

»Das einzig Wertvolle hier unten ist der Fernseher. Oben haben wir einen Safe, aber ich weiß genau, dass der Mann, der Lucas erschossen hat, an dem nicht dran war.« Mrs Robinsons Gesicht war blass, und ihr Blick ging ins Leere. »Das hätte ich gehört. Der Safe ist in den Kleiderschrank eingebaut, und die

Schiebetür macht ein Geräusch. Und der Mörder ist auch gar
nicht so weit ins Schlafzimmer hereingekommen.«

Jenna blickte auf, als Rowley wieder in den Raum kam. Er
hielt ihr sein Smartphone hin und zeigte ihr Fotos der Waffen
im Tresor. Sie ging die Fotos durch und sah ein paar Jagdge-
wehre und eine Glock, aber mit normaler Munition. »Danke.«

Jenna hörte die Sirene eines Krankenwagens. Sie sah in
Mrs Robinsons rotgeränderte Augen. »Man wird Sie gleich ins
Krankenhaus bringen, dort können Sie sich waschen, und ich
möchte, dass Sie sich von einem Psychiater untersuchen lassen.
Wenn Sie damit einverstanden sind, wird das Krankenhaus
gleich einige Dokumente für Sie ausfertigen, die Sie unterschreiben müssen. Es kostet Sie nichts.«

»Ist gut.« Mrs Robinson nickte bedächtig.

Jenna blickte von ihren Notizen auf. »Haben Sie irgendwelche Medikamente, die Sie mitnehmen müssen?«

»Nein.« Mrs Robinson starrte auf ihr blutiges Nachthemd.
Sie zitterte. »Ich brauche aber Kleidung zum Wechseln und ein
paar Toilettenartikel, wenn ich eine Weile dableiben soll.«

»Selbstverständlich. Ich gehe und packe Ihnen eine Tasche.
Ich möchte, dass Sie in der Klinik bleiben, bis wir unsere
Ermittlungen abgeschlossen haben und der Tatortreiniger da
war.« Jenna wandte sich an Rowley. »Die Sanitäter sollen
draußen bleiben. Ich will nicht, dass sie durch das Haus stap-
fen. Ich bin in ein paar Minuten wieder da.« Sie verließ die
Küche und ging den Flur hinunter.

Ein paar Dinge gingen ihr durch den Kopf. Wenn der
Schütze wirklich Hohlspitzgeschosse verwendet hatte, dann
hätte schon der erste Schuss das Opfer getötet. Der Mörder
hätte nur Blutspritzer abbekommen, wenn er seine drei Schüsse
aus nächster Nähe abgegeben hatte. Mrs Robinson war voller
Blut, und Jenna nahm an, dass das Muster der Blutspritzer
durchaus dazu passte, dass sie im Bett neben ihrem Mann
gelegen hatte, als er erschossen wurde. Dennoch war es

möglich, dass sie die Täterin war. Als Rowley anfangs das Haus durchsucht hatte, hatte er nach einem Eindringling gesucht, nicht nach einer Waffe. Vielleicht hatte Mrs Robinson ihre Waffe in der Besenkammer versteckt. Nach der Blutspur zu urteilen, war dies der einzig mögliche Ort, es sei denn, sie lag noch unter dem Ehebett im Obergeschoss. Dafür, dass sie Zeugin eines grausamen Mordes geworden war, hatte sich Mrs Robinson erstaunlich schnell gesammelt. Vielleicht hatte Mrs Robinson die ganze Sache inszeniert. Vielleicht hatte sie von der Tür aus ihren Mann erschossen, die Waffe irgendwo versteckt, die Polizei angerufen und war dann wieder nach oben gegangen und hatte sich im Blut ihres Mannes gewälzt. Jenna hatte in ihrem Leben schon so viele seltsame Dinge erlebt, dass sie dieses Szenario zumindest in Betracht zog.

Sie ging zur Besenkammer und leuchtete mit ihrer Taschenlampe hinein. Eine Waffe fand sie nicht, dafür aber ein Paar Stiefel mit Spuren von Zement an den Sohlen. *Vielleicht war es ja doch Lucas Robinson, der das Kellerfenster geöffnet hat.*

Der Mord war zwar nicht der grausamste, den Kane während seiner Zeit in Black Rock Falls hatte aufklären müssen, aber doch ziemlich weit oben auf der Liste. Mit einem Laserscanner vermaß er den Raum und rief Wolfe die Zahlen zu. Er stand direkt in der Tür. »Ich nehme an, der Schütze stand hier.«

»Das ergibt Sinn.« Jenna trat hinter ihn und zog sich eine Gesichtsmaske über. »Mrs Robinson sagte, das Licht ging an, es gab drei nicht allzu laute Schüsse, und dann ging das Licht wieder aus.«

Der Winkel schien nicht hinzukommen. Kane runzelte die Stirn. »Wie groß wird der Schütze gewesen sein, den Blutsprit-zern nach zu urteilen? Von hier aus erscheint mir der Winkel zu hoch.«

»Ich nehme mal den Kopf – also die Lage des Kopfes, wie ich sie mir gemerkt habe – und messe von dort aus.« Wolfe streckte die Hand nach dem Gerät aus und richtete es dann auf die Tür. »Okay, nach den Messwerten würde ich sagen, er war knapp eins achtzig. Das hängt natürlich auch davon ab, ob er die Waffe mit einer oder zwei Händen gehalten hat. Manche Leute gehen ein wenig in die Knie, wenn sie mit beiden Händen an der Pistole schießen. Wie würdest du es tun, Dave?«

»Nach dem Ablauf, wie Jenna ihn beschrieben hat, würde ich mit einer Hand das Licht anmachen, mit der anderen schießen, dann das Licht wieder ausschalten und verschwinden.« Kane untersuchte die Wand und sah dann Jenna an. »Na, das ist ja interessant.«

»Was denn?« Jenna hob die Augenbrauen.

Kane spielte den Bewegungsablauf des Schützen nach und lächelte sie an. »Also, eines wissen wir mit ziemlicher Sicherheit: Der Täter ist Linkshänder.«

»Wie kommst du darauf?« Jenna runzelte die Stirn.

»Das Timing. Wäre der Schütze Rechtshänder gewesen, hätte es zwischen dem Moment, wo er das Licht eingeschaltet hat, und dem Zielen und Schießen eine Pause geben müssen. Lichtschalter befinden sich immer rechts neben der Tür. Wenn ich also das Licht anschalte, schieße und es dann wieder ausschalte, würde ich Zeit verlieren, während ich meine Pistole von einer Hand in die andere nehme. Genauso, wenn ich mich zum Schalter hindrehe, um ihn zu betätigen, und dann erst ziele. In dem Fall hätte sie genug Zeit gehabt, den Mörder zu sehen.« Kane demonstrierte den Schuss mit der rechten Hand, dann mit der linken. »Seht ihr? Wenn der Schuss sofort fiel, wie Mrs Robinson behauptet hat, muss der Schütze Linkshänder sein.«

»Oder Beidhänder«, warf Jenna ein und sah ihn skeptisch

an. »Ich habe dich auch schon mit links und mit rechts schießen sehen.«

»Stimmt«, sagte Kane und zuckte mit den Schultern. »Aber hier scheinen wir es mit einem Profikiller zu tun zu haben. Ein Profi muss schnell handeln. Er kam aus der Dunkelheit und wird damit gerechnet haben, dass die plötzliche Helligkeit ihn eine Zehntelsekunde lang blenden würde. Die schwächere Hand ist in der Regel ungenauer, das hätte ein Profi nicht riskiert.«

»Nun, das ist doch schon mal ein Anfang. Der Täter ist also einen Meter achtzig groß und Linkshänder.« Jenna sah Wolfe an. »Die Sanitäter sind im Anmarsch. Kann ich für Mrs Robinson Kleidung zum Wechseln aus dem Schrank nehmen? Ach ja, sie hat erwähnt, dass es hinten im Schrank einen Safe gibt. Dave, würdest du dir den mal ansehen? Und schau dir danach den Rest vom Haus an, ob jemand etwas durchsucht hat. Wir brauchen keinen Durchsuchungsbeschluss. Mrs Robinson hat mir mündlich die Erlaubnis gegeben.«

»Kein Problem, mach ruhig«, sagte Wolfe und sah Jenna über seine Maske hinweg an. »Ich bin hier fertig. Ich gehe jetzt und hole die Trage.«

Kane ging zu dem Kleiderschrank, der eine ganze Wand einnahm, und schob die Tür auf. Die Kufen machten ein schleifendes Geräusch, offenbar mussten sie mal wieder geölt werden. Er schob mehrere Anzüge und Hemden, die an einer Kleiderstange hingen, beiseite und sah den in die Wand eingelassenen Safe. Er fand diverse Fingerspuren, scannte sie ein und fand eine Übereinstimmung mit dem Opfer. Ansonsten schien der Safe unversehrt zu sein. Er drehte sich um und sah Jenna an. »Die Abdrücke auf dem Safe sind nicht verschmiert. Ich bezweifle, dass hier jemand dran war, seit das Opfer ihn zuletzt geöffnet hat.«

»Mrs Robinson erwähnte, dass die Schranktür ein Geräusch macht. Sie meinte, sie hätte niemanden das Zimmer betreten oder die Schranktür öffnen gehört.« Jenna nahm einen Koffer, tat ein paar Kleidungsstücke hinein und ging ins Bad. »Gut, ich habe alles, was ich brauche.« Ihre Stimme hallte in dem kleinen Raum wider.

Kane steckte den Kopf aus der Schranktür. »Wie lange willst du Mrs Robinson in der gesicherten Abteilung lassen?«

»Weiß ich noch nicht.« Jenna kam mit einem Necessaire und einigen Toilettenartikeln heraus und tat alles in den Koffer. »Sie hat keine Angehörigen. Wenn sie ein paar Tage unter psychiatrischer Aufsicht ist, hat Shane genug Zeit, sich hier ungestört umzuschauen.« Sie klappte den Koffer zu und sah zu ihm auf. »Ihr glaubt beide, dass es sich um einen Profikiller handelt, aber ich möchte, dass ihr noch eine andere Möglichkeit in Betracht zieht: dass sie die Täterin ist. Sie schießt von der Tür aus auf ihren Mann – sie ist eine große Frau, bestimmt eins achtundsiebzig. Dann geht sie ganz nah an ihn heran und schießt noch zweimal auf das, was von seinem Kopf übrig ist, um sicherzugehen, dass er tot ist. Blutüberströmt geht sie die Treppe hinab und versteckt sich in der Besenkammer, um auf Rowley zu warten. Die Haustür stand offen. Kann sein, dass sie sie geöffnet hat, bevor sie die Treppe hinaufgegangen ist, um ihren Mann zu töten, und als sie wieder herunterkam, hat sie die Waffe draußen in die Büsche geworfen. Die Blutspur geht weit genug nach draußen.«

Kane nickte langsam. »Hmm, möglich ist das. Und was ist dann mit dem Fenster im Keller?«

»Ich würde sagen, das Opfer hat das Fenster selbst geöffnet, damit der Zement schneller trocknet. Er kam die Treppe hinauf und hat vergessen, die Tür zu verriegeln, vielleicht wollte er später noch einmal hinuntergehen. Ich habe in der Besenkammer seine Stiefel gefunden.« Jenna runzelte die Stirn. »Wir müssen warten, bis es hell wird, um die Gegend gründlich abzusuchen. Wir müssen prüfen, ob vor dem Kellerfenster Fußspuren sind, und nach der Waffe suchen.«

»Okay.« Kane nahm ihr den Koffer ab. »Die Sanitäter sind da.«

»Gut, mir wäre es lieber, wenn sie nicht mitbekommt, wie Shane die Leiche abtransportiert.« Jenna eilte die Treppe hinunter.

Kane blickte ihr hinterher. Für ihn sah das Szenario definitiv nach dem Anschlag eines Profikillers aus, aber Jenna akzeptierte selten einfach so die offensichtlichste Lösung und betrachtete einen Fall lieber aus jedem denkbaren Blickwinkel heraus. Vom Flur her kamen Stimmen, und er ging die Treppe hinunter, um den Sanitätern den Koffer zu übergeben. Im nächsten Moment kam Jenna mit Mrs Robinson aus der Küche.

»Sie sind nicht zufällig Linkshänderin?«, fragte Jenna beiläufig, als sie sie zu den Sanitätern geleitete.

»Bin ich, woher wissen Sie das?« Mrs Robinson warf ihr einen verwirrten Blick zu.

»Ach, das war nur so eine Ahnung.« Jenna sah Kane vielsagend an und wandte sich dann wieder Mrs Robinson zu. »Versuchen Sie, sich etwas auszuruhen. Wir kommen morgen früh vorbei, um mit Ihnen zu sprechen.« Sie nickte den Sanitätern zu, und sie nahmen die Frau mit.

Kane sah Jenna an und hob eine Augenbraue. »Nur so eine Ahnung, hm?«

»Hast du nicht irgendwann mal gesagt, dass der letzte Mensch, der ein Mordopfer lebend zu Gesicht bekommt, der Mörder ist?« Jenna lächelte. »Manchmal ist die Lösung so naheliegend.«

ACHT

In den Ecken der Windschutzscheibe des Pick-ups saß Raureif. Es war stockdunkel, als Parker Louis darauf wartete, dass sein Freund Tim Addams aus dem Haus kam. Ein schwacher Lichtschein drang aus der Haustür, und einen Moment später saß Tim auf dem Beifahrersitz. Parker sah ihn an und grinste. »Wir haben genug Zeit, um fertig zu sein, bevor die Frühschicht auftaucht.«

»Ja. Trotzdem wäre es gut, möglichst nicht aufzufallen, wenn wir so früh durch die Gegend fahren.« Tim warf seinen Rucksack auf den Rücksitz und sah Parker an. »Also fahr schön langsam.« Er schaute sich um. »Gut, dass du dein Gewehr nicht mitgenommen hast. Wenn der Chef früher kommt als sonst und uns erwischt, können die Bullen immerhin nicht sagen, dass wir bewaffnet waren.« Eine Wolke Atemluft kam aus seinem Mund und umschwebte sein Gesicht wie Zigarettenrauch. »Es ist arschkalt hier drin. Kann ich die Heizung aufdrehen?«

»Logo.« Parker lenkte den Wagen vom Bordstein weg und fuhr gemächlich los.

Langsam spürte er die Aufregung in sich aufsteigen. Die Idee, sich auf eine Baustelle zu schleichen und Haushaltsgeräte zu stehlen, bevor die Bauarbeiter zur Arbeit kamen, war einfach genial. Der Polier verzichtete lieber darauf, die Skihütten abzuschließen, als seinen Arbeitern einen Satz Schlüssel anzuvertrauen. Sein Misstrauen war ihr Vorteil: So konnten sie problemlos die Hütten ausrauben und mit dem Inhalt gratis ihr eigenes Zuhause ausstatten.

Flecken von Eis, die die schwarze Fahrbahn übersäten, glitzerten im Scheinwerferlicht. Als sie die Stadt hinter sich ließen, nahm Parker die Straße, die durch den Wald führte, und beschleunigte. Er fuhr in Richtung der Auffahrt zum Highway. Wenn die Straßen frei blieben, würden sie zu den Hütten des neuen Ski-Resorts höchstens zwanzig Minuten brauchen.

Vor ihm tuckerte ein alter Pick-up, dessen Auspuff einen Rauchschwaden in die reine Bergluft blies. Er überholte ihn, hupte und zeigte dem Fahrer den Mittelfinger. Das Fahrzeug wurde langsamer und zog an den Fahrbahnrand hinüber. »Der hat Schiss vor uns. Lust auf ein Spielchen?«

Parker fuhr ein paar Sekunden im normalen Tempo weiter, dann nahm er den Fuß vom Gas und drosselte seine Geschwindigkeit auf fünfzig Kilometer pro Stunde. Er warf einen Blick in den Spiegel und wartete darauf, dass der Pick-up ausscherte und ihn überholte. Er kicherte. Er liebte dieses Spiel. Er wartete ab, bis das Fahrzeug neben ihm war, dann beschleunigte er. Der alte Pick-up neben ihm fuhr schneller, und Parker trat das Gaspedal durch. Er johlte vor Aufregung. »Mann, sieh dir den alten Trottel an, der will doch glatt ein Rennen mit uns fahren.« Als er sah, dass ihnen ein Sattelschlepper entgegenkam, lachte er auf. Er fuhr jetzt genauso schnell wie der Pick-up neben ihm und ließ dem anderen keine Chance, wieder auf die rechte Spur zu kommen. Eine Hupe ertönte, und der andere Fahrer legte eine Vollbremsung hin. Parker schaute in den Rückspiegel und sah, dass der Pick-up ins Schleudern geriet und die Reifen qualmten, als er hinter ihm einscherte und den entgegenkommenden Sattelschlepper nur knapp verfehlte. »O Mann, ich dachte, der Laster würde ihn in Einzelteilen über den Highway verteilen.« Tim lachte und drehte sich auf seinem Sitz um. »So ein Clown. Wollte unbedingt überholen, dabei hätte er nur langsamer fahren müssen.«

Parker warf einen Blick in den Spiegel und wurde wieder langsamer. »Da kommt er. Meinst du, der versucht noch einmal, uns zu überholen?« Er grinste Tim an. »Oder hat er Schiss?«

»Vergiss ihn, sonst schaffen wir es nicht bis zum Skigebiet, bevor die Arbeiter anrücken – das war doch der Plan, oder?« Tim warf einen Blick über die Schulter. »Ich glaube nicht, dass der uns noch einmal überholen will.«

»Dann zwinge ich hin halt dazu.« Parker bremste ab, bis er kaum mehr als Schrittgeschwindigkeit fuhr, und als der Pick-up zum Überholen ansetzte, beschleunigte er wieder. Doch anstatt sein Spiel mitzuspielen, ließ sich der andere Fahrer zurückfallen. »Ha, ich hab doch gleich gesagt, der hat Schiss. Mann, ich glaube, ich habe gesehen, wie dem Rauch aus den Ohren kam.«

»Meinst du? Der kommt nämlich gerade ziemlich schnell näher. Tritt aufs Gas!« Tim hielt sich an der Rückenlehne des Sitzes fest. »Scheiße! Der hält nicht an!«

Ein Ruck von hinten und ein Knall, das Knirschen von Metall auf Metall, Parker wurde nach vorne geschleudert. Der Sicherheitsgurt schnitt ihm schmerzhaft in den Hals, als sein Pick-up über die Fahrbahn schlidderte. »Was zum Teufel ...?«

Er trat das Gaspedal durch, und der Wagen heulte auf und machte einen Satz nach vorne, geriet aber ins Schleudern, als er ein vereistes Stück Fahrbahn erwischte. Er kurbelte wie wild am Lenkrad und versuchte, zu beschleunigen, aber der alte Pick-up rammte sie noch einmal und schob sie wie ein Rammbock von der Straße. Sein Wagen rumpelte über das tote Unterholz, und Parker lenkte ihn zwischen die Stämme zweier hoher Kiefern. Sein kostbarer Besitz kam ruckartig zum Stehen, und er atmete eine große Dampfwolke aus. Er warf einen Blick in den Spiegel und starrte entsetzt auf das, was er dort sah.

Die Scheinwerfer des alten Pick-ups erhellten den High-way, ein unheimlicher Nebel stieg auf und waberte wie ein Haufen tanzender Geister über den schwarzen Asphalt. Der Fahrer stieg aus und trat in den Lichtkegel. Er war komplett in Schwarz gekleidet und trug einen Cowboyhut, den er tief ins Gesicht gezogen hatte. In einer Hand hatte er ein mächtiges Jagdgewehr, und er ging zielstrebig auf sie zu. Parker fluchte leise vor sich hin: »Verdammt, warum habe ich bloß mein Gewehr zu Hause vergessen.«

Sie waren völlig wehrlos. Parker sah voller Entsetzen, wie der Mann langsam das Gewehr an die Schulter hob, und zitterte vor Panik. »Der Typ ist völlig durchgeknallt! Ich lasse mich doch nicht erschießen.« Er packte Tim an der Schulter. »Raus hier. Im Wald wird er uns nicht finden.« Er schaltete die Innenbeleuchtung aus, ließ sich aus der Tür fallen und hastete blindlings über das trockene Wintergestrüpp zwischen den hohen Kiefern hindurch. Hinter sich hörte er Tim schwer atmen. Es war so dunkel, dass er gegen einen Baum lief und Tim mit ihm zusammenstieß. Ein stechender Schmerz fuhr in sein Knie, als es mit dem Baumstamm kollidierte. Tim fiel auf ihn drauf, und zusammen landeten sie auf dem Waldboden. Von unten bohrten sich die Tannennadeln wie Glasscherben in seine Jeans. Er griff nach einem niedrigen Ast, um seinen schmerzenden Körper emporzuziehen, und stellte sich auf das intakte Bein. Er biss vor Schmerzen die Zähne zusammen und humpelte weiter durch die Finsternis. Äste schlitzten ihm die Wangen auf, eiskaltes Wasser tropfte ihm in den Nacken.

»Langsam, du machst zu viel Lärm.« Tim zog hinten an seiner Jacke. »Versteck dich lieber hinter einem Baum und warte ab, vielleicht hat er ja seinen Spaß gehabt und ist schon wieder weg.«

Parker zitterte vor Angst. Er stand hinter dem Stamm einer Kiefer, beugte sich vor, die Hände auf den Knien, und sog eiskalte Luft in seine Lungen. Er konnte gerade so Tim neben sich ausmachen, der in die Richtung starrte, aus der sie gekommen waren. »Siehst du was?«, flüsterte er.

»Nein. Hör mal.« Tim wandte ihm sein Gesicht zu. Es war leichenblass. »Er kommt näher!«

Parker zitterte, und jedes Haar an seinem Körper richtete sich auf. Die gleichmäßigen Schritte des Fremden knirschten durch den Wald, und dann tauchte eine Gestalt mit grün leuchtenden Augen aus der Dunkelheit auf.

»Scheiße, der hat ein Nachtsichtgerät. Lauf!«

Als er sich umdrehte, zerriss ein ohrenbetäubender Schuss die Stille, und durch seine linke Schulter zuckte ein glühender Schmerz. Als er auf die Knie sank, fiel ein zweiter Schuss und explodierte in seinem Kopf. Sein Augenlicht erlosch wie eine Kerze im Wind.

NEUN

Der Wind hatte die ganze Nacht über angehalten und am frühen Morgen Graupelschauer mitgebracht. Schneekristalle benetzten Kanes Wangen, als er zu seinem SUV eilte. Er war vor ein paar Stunden ins Bett gefallen, hatte aber nicht schlafen können, da ihn der Gedanke an den Tatort nicht loslassen wollte. Also war er wieder aufgestanden und hatte die Pferde versorgt. Aufgrund des Wetters würde er sie heute im Stall lassen. Die Arbeit mit den Pferden half ihm, einen klaren Kopf zu bekommen. In seinem früheren Leben war er Scharfschütze beim Militär gewesen, und die Szenerie im Haus der Robinsons letzte Nacht hatte ihn stark daran erinnert, wie er damals vorgegangen war, wenn er jemanden beseitigte. Er hatte mehr Menschen durch sein Zielfernrohr gesehen, als ihm lieb war. Für ihn gab es kaum einen Zweifel daran, dass Lucas Robinson Opfer eines Mordsanschlags geworden war, ausgeführt von einem Profikiller. So überzeugt Jenna zu sein schien, dass Carol Robinson, die Ehefrau des Opfers, die Täterin war: Er hatte seine Zweifel. Sicher, einiges deutete in ihre Richtung. Sie war die einzige andere Person, von der sich bislang beweisen ließ, dass sie sich in der Mordnacht im Haus befunden hatte. Sie

hatten keine weiteren Fingerspuren gefunden, und die Fußabdrücke im Staub unter dem Kellerfenster konnten durchaus
vom Mordopfer stammen, immerhin hatte der Mann vor
seinem Tod dort unten gearbeitet. Kane hievte seinen Spürhund Duke auf den Rücksitz, schnallte ihn an und setzte sich
hinter das Steuer. Dann holte er sein Handy heraus und rief
Wolfe an. »Morgen, Shane. Hast du Mrs Robinson gestern
Nacht noch auf Schmauchspuren untersucht?«

»Ja, das Ergebnis war negativ. Sie hat ihren Mann nicht
erschossen. Im Krankenhaus habe ich auch ihre Haare untersucht – sie hatte winzige Fragmente seines Schädels im Haar.
Sie muss neben ihm gelegen haben, als die Schüsse fielen,
genau wie sie gesagt hat.«

Kane räusperte sich. »Okay, danke, das gebe ich an Jenna
weiter.«

»Ich führe heute Vormittag gegen elf die Obduktion an
Lucas Robinson durch, falls ihr vorbeikommen wollt. Die
Todesursache ist natürlich ziemlich offensichtlich, aber ich
muss halt sichergehen.« Wolfe gähnte. »Ich brauche Schlaf.
Meinst du, ihr könnt die Verbrechensrate für den Rest der
Woche niedrig halten?«

Kane grinste. »Ich werde mein Bestes tun. Wir machen uns
jetzt auf den Weg ins Büro, wir sehen uns später.« Er trennte
die Verbindung, fuhr rückwärts aus der Garage und dann die
Auffahrt hinunter zu Jennas Veranda.

Wie üblich kam sie im selben Moment, als er vorfuhr, aus
der Tür und hüpfte auf den Beifahrersitz.

»Morgen.«

»Nur ›Morgen‹, ohne ›guten‹?«, frotzelte sie. »Okay, den
dunklen Ringen unter deinen Augen nach zu urteilen, hast du
auch keinen Schlaf bekommen.« Sie reichte ihm zwei Thermo-
becher mit Kaffee. »Ich glaube, ich brauche eine Koffein-Infu-
sion, wenn ich den heutigen Tag überleben will.«

Kane steckte die Becher in die Getränkehalter und wartete,

bis sie sich angeschnallt hatte, dann fuhr er los in Richtung Highway. »Ja, wenn man sich solch einen Tatort anschaut, löst das eine Kampf-oder-Flucht-Reaktion aus, und es dauert eine Weile, bis sich unser Körper von dem Adrenalinschub erholt hat.«

»Stimmt, und dann geht es uns so, wie es uns jetzt geht.« Sie sah ihn erschöpft an, aber dann lachte sie: »Hey, glaubst du, Duke fühlt sich die ganze Zeit so?«

»Vielleicht, in letzter Zeit scheint alles sehr anstrengend für ihn zu sein«, sagte Kane. Die Scheibenwischer schoben Eispartikel über die Windschutzscheibe. »Vielleicht ist es die kalte Witterung.«

»Du warst doch mit ihm beim Tierarzt, was hat der denn gesagt?« Jenna drehte sich in ihrem Sitz um und betrachtete den Hund. »Ihm fehlt doch nichts, oder?«

Hinter ihnen stieß Duke ein klägliches Heulen aus und vergrub seine Nase in der Wolldecke.

»Was ist denn, Duke?« Jenna beugte sich über den Sitz und kraulte dem Hund die Ohren.

Kane schaute kurz zu ihr hinüber. »Du hast das eine der zwei bösen Wörter gesagt, T-I-E-R-A-R-Z-T. Das löst die gleiche panische Reaktion aus wie B-A-D-E-N.« Er kicherte. »Erstaunlich, dass ich bestimmte Wörter vor ihm buchstabieren muss, damit er mich nicht versteht. Wie dem auch sei, ihm geht es gut. Er hat ein wenig Übergewicht, aber das ist kein Grund zur Sorge, und es ist auch ganz normal für diese Hunderasse, dass sie Energie spart, damit sie genügend hat, wenn es drauf ankommt.« Er grinste sie an. »Du hättest ihn bei Du-weißt-schon-wem sehen sollen. Ich konnte ihn kaum dazu bringen, durch die Tür zu gehen. Er hat sich einfach hingesetzt und sich geweigert, auch nur einen Muskel zu bewegen. Am Ende musste ich ihn ins Sprechzimmer hineintragen. Und als er mitbekommen hat, wie der Doktor die Spritze für die Impfung aufzog, hat er ein markerschütterndes

Geheul ausgestoßen und versucht, vom Behandlungstisch zu springen.«

»Als wir das erste Mal mit ihm dort waren, hat er nicht so ein Theater gemacht. Was ist denn seitdem passiert?« Jenna warf ihm einen besorgten Blick zu. »Du-weißt-schon-wer hat ihm doch nicht wehtun müssen, oder?«

Kane lächelte. »Nein. Damals, als ich ihn zu mir genommen habe, war er so krank, dass er sich selbst schon fast aufgegeben hatte. Er war nur noch Haut und Knochen und hatte eine schlimme Ohrenentzündung. Du-weißt-schon-wer hat ihm die Krallen gestutzt und diverse Spritzen gegeben. Ich denke mal, er erinnert sich daran, wie unangenehm das war.« Er schaute sie an. »Er hat ein sehr gutes Gedächtnis.« Kane bog auf den Highway ein und starrte in den trüben Morgen. »Ich habe vorhin mit Shane gesprochen. Der Schmauchspurentest bei Mrs Robinson ist negativ ausgefallen.«

»Dann sind wir also wieder am Anfang.« Jenna seufzte. »Mein Gefühl sagt mir, dass sie etwas damit zu tun hat.« Sie fröstelte. »Was dagegen, wenn ich die Heizung aufdrehe?«

Kane lächelte sie an. »Kein Problem, es wird ein langer, kalter Tag werden.«

»Das mit Sicherheit.«

Jenna blieb für den Rest der Fahrt zum Sheriff's Department still, nippte an ihrem Kaffee und starrte aus dem Fenster.

Kane hielt auf dem Parkplatz neben Rowleys Wagen und stieg aus. Er öffnete die Tür zum Fond und hob Duke, der ganz eindeutig lieber sitzen geblieben wäre, auf den Bürgersteig. Ohne einen Blick zurück huschte der Spürhund die Treppe hinauf und schlüpfte durch die Glastüren. Kane nahm seinen Kaffee und wartete auf Jenna. »Du bist so still heute Morgen. Hast du was auf dem Herzen?«

»Ja.« Sie ging die Treppe hinauf und betrat das warme Gebäude. »Wir müssen nachher noch einmal zum Haus der Robinsons gehen und nach der Stelle suchen, wo der Eindringling ins Haus gekommen ist.« Sie reichte ihm ihren Kaffee, zog ihre Handschuhe aus und wandte sich dann der Frau hinter dem Empfangstresen zu. »Hi, Maggie, gibt es heute Morgen irgendetwas Dringendes?«

»Bis jetzt nicht.« Maggie bedachte sie mit einem strahlenden Lächeln. »Vielleicht bleibt der Tag ja ruhig, und wir können alle früh Feierabend machen und es uns zu Hause vor dem Kamin gemütlich machen.«

»Hört sich gut an.« Jenna nahm Kane ihren Kaffee wieder ab und machte sich dann auf den Weg in ihr Büro. »Schnapp dir Jake, dann gehen wir den Robinson-Fall durch.«

Kane räusperte sich. »Jawohl, Ma'am.«

»Wie bitte?« Jenna blieb in der Tür stehen und starrte ihn an. »Einen Morgen frühstücke ich mal nicht mit dir, und schon nennst du mich wieder ›Ma'am‹?« Sie verengte ihren Blick. »Oder bedrückt dich irgendetwas?«

»Mich?« Kane zuckte mit den Schultern. »Nö. Nur der Fall, der ist ganz schön seltsam.«

»Okay.« Jenna schüttelte den Kopf und verschwand in ihrem Büro.

Kane stellte seinen Kaffee auf den Schreibtisch, zog die Jacke aus und sah Rowley an. »Morgen.« Er deutete mit dem Kinn in Richtung von Jennas Bürotür. »Gleich ist Lagebesprechung bei ihr.«

»Das habe ich mir schon gedacht.« Rowley lächelte und klopfte ihm auf den Rücken. »Also alles wie immer.«

Kane nahm seinen Becher, ging voran in Jennas Büro und setzte sich. »Haben wir gestern Abend irgendetwas übersehen?«

»Nein«, sagte Jenna. »Wir haben eine gründliche Tatortuntersuchung durchgeführt, und nach dem vorläufigen mündlichen Bericht von Wolfe am Tatort und dem negativen Ergebnis des Schmauchspurentests scheint jetzt klar zu sein, dass es sich bei diesem Mord um einen Einbruch oder einen geplanten

Anschlag handelt.« Sie blickte Rowley an. »Ich habe deinen
Bericht gelesen und gestaunt, dass Mrs Robinson so wenig
kooperativ war, als du am Tatort eintrafst. Als ich mit ihr
gesprochen habe, schien sie völlig klar. Bist du sicher, dass sie
dir nichts erzählt hat?«

»Ich dachte, sie stünde unter Schock oder hätte gerade
ihren Mann ermordet.« Rowley runzelte die Stirn. »Als sie
anrief, war ihr vielleicht noch nicht ganz klar geworden, was
gerade passiert war. Ich bin kein Arzt, aber ich denke mal, so
ein Schock kann einen Menschen auch zeitversetzt
überkommen.«

»Hast du etwas in der Nähe des Hauses gehört oder gesehen? Ein anderes Auto, irgendetwas?« Jenna faltete ihre Hände
auf dem Tisch. »Oder hast du auf dem Highway jemanden
überholt? Ist dir jemand entgegengekommen?«

»Nein, ich habe niemanden gesehen, und wenn im Haus
jemand herumgerannt wäre, hätte ich das bei dem Wind und
all dem Getöse nicht gehört.« Rowley schluckte, und sein
Adamsapfel wippte auf und ab. »Draußen konnte ich in der
Finsternis kaum mehr als ein paar Meter weit sehen, überall
wehte Laub umher, Äste kratzten an den Fenstern. Ich habe
jeden Moment damit gerechnet, dass sich jemand auf mich
stürzt.«

Kane kicherte. »O Mann, sobald es auf Halloween zugeht,
haben alle ständig die Hose voll.«

»Als ich ankam, habe ich direkt das Haus durchsucht und
Mrs Robinson gefunden«, sagte Rowley und sah Jenna an.
»Aber als ich das Opfer gefunden habe, wünschte ich, ich hätte
sofort bei meiner Ankunft Verstärkung angefordert.«

»Okay. Da ich bei unserem ersten Rundgang durchs Haus
nicht feststellen konnte, dass irgendetwas unordentlich oder
durchwühlt war, schließe ich Raub als Motiv erst einmal aus.«
Jenna schaute auf ihre Notizen und sah dann Kane an. »Ich

stimme dir zu, alles deutet auf einen professionellen Mordanschlag hin.«

Kane nickte. »Ja, das Ganze wurde sehr akkurat durchgeführt.« Er nippte an seinem Kaffee und schaute sie über den Rand des Bechers hinweg an.

»Wir haben also einen Profikiller in der Stadt?« Jenna fuhr sich mit beiden Händen durchs Haar. »Das wird ja von Sekunde zu Sekunde besser.«

ZEHN

Ein Windstoß ließ eisigen Regen wie Schrot gegen das Fenster prasseln, und Jenna fröstelte bei dem Gedanken, dass sie gleich wieder hinaus in die Kälte musste. Sie sah ihre Deputys an. Von ihrem Dienstrang her konnte sie eigentlich auch im Warmen bleiben und alles delegieren, aber das war nicht ihre Art. Bei dem Gedanken unterdrückte sie ein Lächeln. Sie konzentrierte sich wieder auf den Fall. »Okay, wenn es ein Profikiller oder ein Auftragsmörder war, stellt sich mir die Frage: Warum sollte jemand einen Finanzberater beseitigen wollen?«

»Vielleicht hat er jemanden betrogen?« Rowley zuckte mit den Schultern. »Oder er hat jemanden schlecht beraten, und derjenige hat sein Geld verloren.«

»Das halte ich für wenig wahrscheinlich.« Kane rutschte in seinem Stuhl hin und her. »Ein Auftragsmörder ist nicht nur schwer zu finden, es wäre auch extrem teuer, so jemanden hierherzuholen.«

Jenna trommelte nachdenklich mit den Fingern auf dem Schreibtisch. »Dann müssen wir uns eingehender mit dem Leben des Ehepaars beschäftigen. Wenn Lucas Robinson immer wieder mit den Reichen und Berühmten zu tun hatte, hat er vielleicht den Falschen gegen sich aufgebracht. Jake, ich möchte, dass du alles über den Mann herausfindest. Wo er sich aufhielt, was er tat und mit wem. Ob er zum Beispiel eine Affäre mit der Frau eines reichen Mannes hatte.« Sie erstellte eine To-do-Liste in ihrem Notizbuch. »Schau dir die Klatschspalte der Zeitung an, ob da irgendwelche Vorkommnisse besprochen wurden, und befrage seine Mitarbeiter. In Büros wird gerne getratscht, also sprich mit allen, die er kannte.«

»Okay.« Rowley kritzelte in sein Notizbuch. »Und die Frau, was ist mit der?«

Jenna nickte. »Stimmt, mach dich über die bitte auch schlau. Ich wette, dass beide ihre Leichen im Keller haben. Ich meine, warum lebt man in einer solchen Isolation, wenn man nichts zu verbergen hat?«

»Geht klar.« Rowley blickte sie an. »Ich schätze, ihr geht wieder raus in die Kälte?«

Jenna sah ihn an und verzog das Gesicht. »Ja, wir werden uns den Tatort noch einmal ansehen und Mrs Robinson im Krankenhaus besuchen. Wenn wir Zeit haben, werden wir auch noch in der Leichenhalle vorbeischauen, wo Mr Robinson obduziert wird.« Sie verengte ihren Blick. »Oder wollen wir lieber tauschen?«

»Nein, nein.« Rowley stand hastig auf. »Ich bin schon weg.« Er ging zur Tür hinaus.

Jenna faltete ihren Notizblock zusammen, stand auf und sah Kane an. »Können wir los? Wir haben ein Verbrechen aufzuklären.«

»Gerne.« Kane schenkte ihr ein müdes Lächeln und erhob sich. »Ich hole meine Sachen.« Er drehte sich um und schlenderte zur Tür hinaus.

Im Tageslicht wirkte das Haus der Robinsons nicht weniger einschüchternd als am Abend zuvor. Als sie die kurvenreiche

Auffahrt hinauffuhren und das Haus in Sichtweite kam, sondierte Jenna die Umgebung und schüttelte den Kopf. »Robinson muss verrückt gewesen sein, das Haus so nah an den Bäumen zu bauen. Wenn hier ein Feuer ausbricht, hat man keine Chance, zu entkommen.«

»Ich kann mir nicht einmal vorstellen, dass man dort viel Schlaf bekommt.« Kane hielt vor der Treppe zur Eingangstür an und drehte sich zu ihr um. »Die Bäume stehen so dicht am Haus, dass sie drinnen jede Menge Lärm machen. Letzte Nacht dachte ich, es könnte jeden Moment ein Ast eines der Fenster einschlagen.«

»Vielleicht hat Robinson deshalb den Eindringling nicht gehört?« Jenna schloss den Reißverschluss ihrer Jacke. »Er war wahrscheinlich an das Knarren und Wimmern gewöhnt. Hier könnte jeder einbrechen, ohne dass man davon aufwacht.« Sie zog ihre Kapuze über ihre Wollmütze, darauf gefasst, gleich in die Kälte hinauszutreten. »Er hat so tief geschlafen, dass er nicht einmal aufgewacht ist, als der Mörder den Raum betrat und sein Gehirn über die Wand verteilt wurde.«

Kane schüttelte den Kopf. »Ich frage mich, ob seine Frau vor der Schießerei etwas Ungewöhnliches gehört hat.«

Jenna streckte die Hand nach dem Türgriff aus. »Sie meinte, sie hätte nur die Dielen knarren gehört. Wir können sie ja nachher fragen, ob sie sich noch an etwas anderes erinnert.«

Sobald Jenna die Beifahrertür öffnete, prasselte ihr der Schneeregen ins Gesicht. »Igitt! Ich wünschte, es würde endlich richtig schneien.« Sie legte den Kopf schief und rannte die Treppe hinauf zur Haustür. Sie zog einen Handschuh aus, durchtrennte das Tatortband an der Tür und griff in ihre Jacke. Sie holte die Schlüssel aus der Tasche und war überrascht, wie warm sie sich anfühlten.

Als sie die Tür öffnete, empfing sie der Geruch des Todes. Jenna schüttelte den Kopf. »Wir bleiben zusammen. Gut möglich, dass der Mörder noch hier ist, und wenn er wirklich ein Profi ist, kann er uns in Sekundenschnelle erledigen.« Sie stieß die Tür weit auf. »Vielleicht sollten wir etwas frische Luft hereinlassen, um den Gestank zu vertreiben.« Sie sah Kane an. »Erinnere mich daran, dass ich Mrs Robinson wegen des Tatortreinigers Bescheid sage. Sie sollte hier saubermachen lassen, bevor sie zurückkommt.« Sie ging die Treppe wieder hinunter. »*Falls* sie zurückkommt. Ich würde hier nicht alleine leben wollen, vor allem nicht nach dem, was passiert ist.«

»Man könnte was draus machen.« Kane sah sich um. »Eigentlich ist das eine erstklassige Immobilie, aber nach dem, was hier passiert ist, wird sie kaum noch jemand kaufen wollen.«

Jenna bemerkte seinen Gesichtsausdruck. »Kaum jemand außer dir, oder?«

»Wer weiß, vielleicht irgendwann mal.« Er lächelte schief. »Dass hier jemand ermordet wurde, stört mich nicht. Hauptsache, man hat die passenden Sicherheitsvorkehrungen. Aber ich habe nicht vor, aus meiner Hütte auszuziehen, solange die Hausherrin mich nicht vor die Tür setzt.«

Kane warf ihr einen so traurigen Blick zu, dass sie kichern musste. »Da kannst du lange warten. Komm schon, wir haben einen Job zu erledigen.« Der Wind blies ihr weiterhin Graupel ins Gesicht, als sie an der Seite des Hauses entlangging und sich auf der Suche nach dem offenen Kellerfenster zwischen den Bäumen hindurchzwängte. Plötzlich blieb sie wie erstarrt stehen. »Das kann nichts Gutes bedeuten.«

Die Läden des Kellerfensters waren geschlossen.

Sofort drehte sie sich um und suchte die dicht stehenden Bäume ab. Ein Schauer lief ihr über den Rücken. Kane ging neben ihr ebenfalls in Habachtstellung, und beide suchten sie instinktiv hinter einem tropfnassen Baumstamm Schutz. War da jemand im Wald, der sie beobachtete und nur auf ihre Rückkehr gewartet hatte, um sie ebenfalls umzubringen? Jenna senkte die Stimme und flüsterte: »Siehst du jemanden?«

»Nein, aber das hat nichts zu bedeuten. Bei dem Wind und der schlechten Sicht würden wir jemanden, der sich im Wald versteckt, ohnehin weder hören noch sehen.« Kane drehte sich um und betrachtete den Boden. »Jemand ist hier gewesen, seit der Graupel eingesetzt hat. Diese Spuren sind frisch.« Er folgte den Fußspuren und drehte sich dann wieder zu ihr um. »Jemand hat den Stromzähler abgelesen. Wahrscheinlich wusste er, dass niemand zu Hause ist, und es hat geregnet, und da hat er die Fensterläden geschlossen. Als nachbarschaftliche Geste.«

Frustriert seufzte Jenna und stieß eine Dampfwolke aus. »Ja, und dabei hat er alle etwaigen Spuren eines Einbruchs verwischt.« Sie beugte sich vor, um einen Blick auf die Fensterläden zu werfen. »Keine Anzeichen für ein gewaltsames Eindringen.« Sie versuchte, die Läden zu öffnen. »Die sind fest verschlossen. Vielleicht ist noch einmal jemand eingebrochen und hat sie von innen geschlossen?«

»Ich schätze, wir müssen in den Keller gehen und nachsehen.« Kane verengte seinen Blick. »Ich habe die Kellertür verriegelt, als wir gestern Abend gegangen sind, wenn also jemand durch dieses Fenster eingestiegen ist, dann ist er immer noch im Keller.«

Ein eisiges Rinnsal lief Jenna in den Kragen ihrer Jacke und ließ sie frösteln. »O Mann, dieser Tag wird von Sekunde zu Sekunde besser.«

Jenna schaute sich aufmerksam um, als sie ins Haus voranging. Im Flur zogen sie und Kane sich OP-Handschuhe über, dann schloss sie hinter ihnen die Haustür. »Wir schauen in alle Zimmer, nur für den Fall.«

»Verstanden.« Kane wies mit dem Kinn nach links. »Jeder für sich?«

Jenna dachte an ihren letzten Besuch. Alle Zimmer in der unteren Etage waren geräumig und hatten nur wenige Möbel.

Dort hätte ein Eindringling es schwer, sich zu verstecken.«Ja, aber zuerst sehen wir nach, ob der Keller noch verriegelt ist.«

»Okay.« Kane ging in den Flur, sie folgte ihm. »Ist er. Ich kann von hier aus sehen, dass der Riegel vorgeschoben ist.«

»Gut, dann teilen wir uns auf. Du checkst das Arbeitszimmer und die obere Etage, ich gehe nach rechts. Wir rufen uns zu, was wir vorfinden.«

Mit dem Rücken zur Wand ging Jenna zum Wohnzimmer. Sie drehte den Knauf und stieß die Tür auf. Sie warf einen Blick in den Raum, sah, dass er leer war, und schloss die Tür wieder. »Wohnzimmer gesichert!«

Als sie sich in Richtung Küche bewegte, hörte sie Kane rufen, die Zimmer im Obergeschoss seien ebenfalls gesichert. Sie trafen sich an der Küchentür. Jenna spähte um die halb offene Tür herum, dann trat sie ein. Nachdem sie den Vorraum und die Hintertür überprüft hatte, sagte sie: »Hier ist niemand gewesen. Wenn jemand das Haus betreten hätte, dann hätte er unweigerlich Dreck hereingebracht, und die Fußmatte vorne war trocken, bevor wir sie benutzt haben.«

»Wollen wir in den Keller?« Kane ging zur Küchentür.

»Warte.« Jenna runzelte die Stirn. »Wir machen die Tür auf und rufen.« Sie seufzte. »Ich würde lieber gleich nach Hinweisen suchen, warum jemand Lucas Robinson ermorden wollte.« Sie sah zu, wie Kane die Kellertür entriegelte.

Er leuchtete mit seiner Taschenlampe und rief, aber es kam keine Antwort. Dann sah er Jenna an und zuckte mit den Schultern. »Da unten ist niemand. Oder soll ich nachsehen?«

Jenna schüttelte den Kopf. Der Gedanke, noch einmal in einen dunklen Keller zu gehen, ließ sie erschaudern. »Das ist nicht nötig. Wir haben alles, was wir brauchen. Ich hole die Stiefel, die ich in der Besenkammer gefunden habe, und bringe sie zu Wolfe, damit er sie mit den Fußabdrücken unter dem Fenster vergleicht.«

»Ich nehme die Festplatte aus seinem Computer mit.« Kane

ging in Richtung Bürotür. »Oder hast du irgendwo einen Laptop gesehen?«

»Nein, aber auf einem Stuhl im Schlafzimmer lag eine Aktentasche.« Jenna schluckte schwer bei dem Gedanken, noch einmal den blutigen Tatort betreten zu müssen. »Ich gehe sie holen.«

Ohne eine Antwort abzuwarten, zog sie eine Gesichtsmaske aus ihrer Tasche und lief die Treppe hinauf, wobei sie es vermied, auf die Blutspritzer zu treten. Im Schlafzimmer versuchte sie, die Blutlachen rund um das Bett zu ignorieren, als sie sich die Aktentasche schnappte. Als sie die Treppe wieder hinunterging, hörte sie Reifen auf Schotter. Eine Autotür schlug zu, und kurz darauf klopfte jemand an die Haustür. Kane kam aus dem Büro und trat an ihre Seite. Sie sah ihn an. »Scheint so, als käme Besuch.«

»Hmm. Besuch, der sich offenbar nicht allzu sehr um Tatortband kümmert.« Kane ging auf die Tür zu und griff nach seiner Waffe.

ELF

Kane spähte durchs Fenster. Ein triefnasser alter Mann stand auf der Veranda. Er hatte faltige Wangen, und ein Büschel grauer Haare lugte vorne aus seiner pelzgefütterten Trappermütze hervor. Durch eine schwarz umrandete Brille blickten ihn braune Augen an. Der Besucher hatte sich gegen das Wetter dick eingemummelt, sodass Kane nicht erkennen konnte, ob er eine Waffe trug. Kane öffnete die Haustür eine Handbreit und betrachtete den Mann, wobei er dessen Körpersprache genau beobachtete und auf Anzeichen von Aggression achtete. »Kann ich Ihnen helfen?«

»Vielleicht. Ich habe ein Stück weiter hinten auf der Stanton Road einen Pick-up-Truck im Gebüsch gesehen.« Der Mann deutete mit dem Daumen hinter sich. »Ich habe angehalten, um nachzusehen, und da stinkt es, als hätte jemand einen Hirsch überfahren. Ich dachte, es wäre ein Unfall, also habe ich 911 angerufen, und da hieß es, der Sheriff wäre unter dieser Adresse zu erreichen, und wenn ich schon in der Nähe wäre, dann sollte ich doch einfach vorbeifahren und Ihnen die Unfallstelle zeigen.«

Während der Mann noch sprach, klingelte Jennas Handy. Kane konnte hören, wie sie mit Maggie sprach. Er runzelte die Stirn. »Verstehe«, sagte er, trat auf die Veranda und stellte sich so hin, dass der Besucher nicht durchs Fenster schauen und die blutigen Wände im Inneren des Hauses entdecken konnte. Er zog sein Notizbuch hervor. »Haben Sie nachgesehen, ob jemand verletzt wurde?«

»Nein, der Geruch war so übel, da dachte ich, es wäre besser, gleich die Polizei zu rufen.« Der Fremde scharrte mit den Füßen. »Ich mische mich ungern in Dinge ein, die mich nichts angehen.«

»Sie haben das schon ganz richtig gemacht.« Kane begegnete dem aufgewühlten Blick des Mannes. »Ich brauche trotzdem Ihre Kontaktdaten. Und was tun Sie eigentlich hier draußen bei diesem Wetter?«

»Tom Dickson, ich komme aus Saddle Creek. Dort habe ich eine Hütte. Ich war auf dem Weg in die Stadt, um mir Arbeit zu suchen.« Dickson schaute finster drein. »Die Fabrik hat mich für den Winter entlassen. Ich war dort noch nicht lange genug angestellt, um bezahlten Urlaub zu bekommen.«

Kane entspannte sich ein wenig. Saddle Creek war eine abgelegene Gegend in den Ausläufern des Stanton Forest. Seit er in Black Rock Falls war, hatte er immer wieder mit Menschen zu tun gehabt, die in den kleinen Hütten im Wald lebten, abseits der Zivilisation. »Im Moment gibt es hier keine freien Stellen. Vielleicht versuchen Sie es mal bei einer der Ranches weiter draußen. Die haben alle Vieh, das im Winter versorgt werden muss.« Er hörte, wie Jenna das Gespräch beendete und zur Tür kam.

»Ich dachte eigentlich an den Gemüseladen.« Dickson rieb seine Hände aneinander. »Ganz schön kalt hier draußen.«

Kane drehte sich zu Jenna um, die mit der Aktentasche in der Hand aus der Tür trat. »Sheriff, das ist Tom Dickson. Er hat an der Stanton Road ein verunfalltes Auto gefunden.«

»Ja, Maggie hat gerade angerufen und gesagt, dass er auf dem Weg hierher ist. Wir sehen uns das mal an.« Jenna schloss die Tür hinter sich und bedachte Dickson mit einem langen, nachdenklichen Blick. »Haben Sie genug Vorräte für den Winter? Sie werden da draußen bald eingeschneit sein.«

»Nun ja, Ma'am, die hatte ich, bis ein Bär in meinen Schuppen eingebrochen ist. Er ist mit ein paar Kumpanen zurückgekommen und hat alles leergefressen.« Dickson seufzte. »Dann hat mich die Fabrik entlassen, als Letzter rein, als Erster raus, haben sie gesagt, daher bin ich gerade auf der Suche nach Arbeit.«

»Wir brauchen in der Dienststelle jemanden, der im Keller Kisten stapelt.« Jenna hob eine Augenbraue. »Das dauert einen Tag, und da unten ist es schön warm. Würde Ihnen das helfen?«

»Aber sicher doch, Ma'am. Ich danke Ihnen.« Dickson sah sie fragend an. »Soll ich Ihnen die Unfallstelle zeigen?«

»Gerne.« Jenna folgte ihm die Treppe hinunter. »Danach fahren Sie zum Sheriff's Department und sprechen mit Maggie am Tresen. Ich sage ihr Bescheid. Sie wird Ihnen zeigen, was zu tun ist. Vielleicht kennt sie noch andere Leute in der Stadt, denen Sie zur Hand gehen können.«

Als sie zu den Autos gingen, fiel Kane auf, dass Dickson humpelte. Wie alt er auch immer sein mochte, er hatte es offenbar nicht leicht. »Haben Sie Erfahrung mit Pferden?«

»Aber sicher«, sagte Dickson und lächelte. »Mein Wallach war's, der mich auf den Bären aufmerksam gemacht hat. Nervige Biester. Als ich rauskam, war es schon zu spät.« Er schwang sich in seinen Wagen. »Fahren Sie am Ende der Auffahrt rechts. Es ist etwa einen halben Kilometer den Highway hinunter auf der linken Seite.«

Kane zog seine Latexhandschuhe aus und seine dicken Lederhandschuhe an, dann legte er die Tasche mit der Festplatte in den Kofferraum seines SUV. Er drehte sich um und nahm Jenna die Aktentasche ab. »Bist du sicher, dass du einen völlig Fremden in unseren Keller lassen willst?«

»Was soll er denn stehlen – die Heizung?« Sie grinste ihn an. »Der alte Mann ist doch wirklich arm dran. Wäre es dir lieber, ich schicke ihn zur Suppenküche?«

Kane schloss den Kofferraum und öffnete die Fahrertür. »Du hast recht. Außerdem wird Maggie ein Auge auf ihn haben.«

»Und Rowley. Walters ist diese Woche ebenfalls für ein paar Tage in der Dienststelle. Der wird schon dafür sorgen, dass Dickson sich benimmt.« Jenna kletterte auf den Beifahrersitz und wandte sich ihm zu. »Die Leute in der Stadt kümmern sich umeinander. Sobald sich herumspricht, dass er Hilfe braucht, wird er Arbeit bekommen. Ein Mann wie der nimmt keine Almosen.«

»Ich schätze, bis Feierabend wird Maggie dafür gesorgt haben, dass es der ganze Ort weiß.« Kane startete den Motor und fuhr die Auffahrt hinunter. Er sah zu Jenna hinüber. »Wenn das ein Unfall war und es letzte Nacht passiert ist, dann bezweifle ich, dass bei diesem Wetter da draußen jemand überlebt hat.«

»Wenn es nach überfahrenem Tier stinkt, ist das schon lange vor letzter Nacht passiert. Bei diesem Wetter verwest man nicht so schnell.«

Obwohl Schneeregen auf die Windschutzscheibe prasselte und die Auffahrt vor ihnen in einem grauen Dunstschleier verschwand, hatte Kane den anderen Fahrer bald eingeholt. Es war ein kalter, nasser, trüber Tag, und als sie auf die Stanton Road einbogen, ließen der dichte Nebel und die hohen, majestätischen Kiefern es aussehen, als würden sie mitten durch einen brodelnden See fahren. Wasser tropfte von den Ästen und verschwand im Nebel, den der Wind immer wieder aufwirbelte. Kane sah Jenna an. »Ich frage mich, wie er bei diesem Wetter einen Unfallwagen gesehen hat. Ich kann kaum die Fahrbahn erkennen.«

»Stimmt, wobei es in der letzten Stunde schlimmer geworden ist.« Sie steckte ihr Haar unter die Mütze und zog sich Handschuhe an. »Er wird langsamer. Von hier aus kann ich nichts sehen.« Sie seufzte. »Ich habe das ungute Gefühl, dass wir uns hier eine ganze Weile aufhalten werden.« Sie deutete auf das Heck eines Pick-ups, der zwischen zwei dicken Kiefern eingekeilt war. »Da ist er.«

»Ich sehe ihn.« Der Pick-up war durch das Unterholz gepflügt und zwischen zwei Bäumen zum Stehen gekommen. »Das müsste der Fahrer eigentlich überlebt haben. Ich frage mich, was passiert ist.« Nur die Heckklappe war zu sehen; der Wald und der dichte Nebel schienen den Rest des Fahrzeugs zu verschlucken. Kane hielt hinter Dicksons Wagen. Als er die Tür öffnete, überkam ihn plötzlich eine Welle des Unbehagens. Er schaute sich in alle Richtungen um. Der Nebel war jetzt so dicht, dass es aussah, als steckte Dicksons Wagen in einer Wolke.

»Vielleicht hatte er einen Herzinfarkt oder so was.« Jenna ging um die Motorhaube herum und sah Kane an.

»Möglich. Mal sehen, ob wir den Fahrer finden. Anschließend suchen wir nach Bremsspuren.« Kanes Bauchgefühl sagte ihm, dass irgendetwas an diesem Szenario ganz und gar nicht stimmte.

»Tod rieche ich nicht. Aber wir sollten trotzdem vorsichtig sein.« Jennas leise Stimme kam von dicht hinter ihm und drückte genau das aus, was er dachte. In der Stille konnte er hören, wie sie ihre Waffe aus dem Holster zog.

»Verstanden.« Kane sah zu Dickson hinüber, der beide Hände am Lenkrad hatte. Als er das Fenster herunterließ, wedelte Kane mit der Hand. »Danke, wir übernehmen das ab hier.«

Der alte Mann nickte ihnen zu, dann fuhr er davon. In Black Rock Falls geschahen so viele seltsame Dinge, dass sie es beinahe schon erwarteten, bald in die nächste Falle zu tappen. Er drehte sich um und sah sie an. »Ich rieche auch nichts. Wenn das hier eine Falle ist, dann sind Zeit und Ort extrem gut gewählt. Bei dem Nebel und dem ständigen Graupel sieht man ja kaum die eigene Hand vor Augen. Hier könnten überall Stolperdrähte sein.«

»Ich behalte den Boden im Blick, du guckst nach oben. Fußabdrücke sehe ich nicht.« Jenna suchte den Boden mit ihrer Taschenlampe ab. »Auch keine Bodenunebenheiten oder Stolperdrähte.«

Kane blickte hinauf in die Baumkronen und runzelte die Stirn. »Über uns ist nichts außer Krähen, die da oben sitzen und warten. Hier muss es irgendwo einen Kadaver geben. Ich frage mich nur, warum die da oben sind und nicht am Boden.«

»Wir können nicht den ganzen Tag hier herumstehen und Vögel beobachten.« Jenna deutete in Richtung des Pick-ups. »Die Leiche könnte im Fahrzeug sein, dann kämen die Krähen nicht heran.«

Als sie langsam zwischen den tropfenden Bäumen hindurchgingen, fühlte sich der mit Kiefernnadeln übersäte Boden unter ihren Füßen an, als liefen sie über eine Wolldecke. Um sie herum herrschte eine geradezu unheimliche Stille. Im Stanton Forest herrschte normalerweise reges Treiben, hier gab es eine Vielzahl an Tieren. Trotz des Wetters war die Stille ungewöhnlich – ein Warnsignal, dass etwas nicht stimmte. Vor ihnen tauchte der Pick-up aus dem Nebel auf; mehrere Beulen zierten die Heckklappe, die Fahrer- und Beifahrertür standen offen. Kane machte Fotos mit seinem Handy und näherte sich langsam dem Fahrzeug. Er warf einen Blick ins Innere der Fahrerkabine: Dort war keine Spur von Blut, aber vor beiden Türen war der Waldboden aufgewühlt. »Sieht aus, als wären sie vor irgendetwas auf der Flucht gewesen.« Er machte weitere Fotos, doch dann blieb sein Blick an etwas hängen. Ein Schauer lief ihm über den Rücken, und seine Nackenhaare stellten sich auf. »Was haben wir denn da?« Er pflückte eine schwarze Feder vom Vordersitz und hielt sie hoch. »Hat Wolfe nicht neben Lucas Robinson ebenfalls eine schwarze Feder gefunden?«

»Ja, aber das muss nichts heißen.« Sie zeigte nach oben. »Die stammt wahrscheinlich von den Krähen. Der Wind hat sie in den Pick-up geweht.«

»Ich werde sie trotzdem eintüten.« Er blinzelte in den unerbittlichen Schneeregen. Selbst die hohen Kiefern boten ihnen nicht allzu viel Schutz. »Im Pick-up ist kein Blut zu finden. Am logischsten wäre es, wenn die Insassen zurück zum Highway gegangen wären.«

»Von den abgeknickten Ästen her zu urteilen, sind sie aber in diese Richtung gegangen.« Jenna ging voraus, blieb dann aber abrupt stehen. »Ein Luchs!«

Kane trat neben sie, fuchtelte mit den Armen und brüllte: »Los, verschwinde!« Der Luchs hob seine blutgetränkte Schnauze von der Leiche eines Mannes und knurrte, aber dann wich er zurück und verschwand mit ein paar Hüpfern im Wald. »Der Luchs hat die Krähen ferngehalten.«

»Da drüben liegt noch eine Leiche.« Jenna drehte sich zu ihm um, ihr Gesicht war blass. »Kopfschuss, alle beide.«

Kane hockte sich neben das erste Opfer. »Der hier ist weggerannt und hat eine Kugel in die Schulter bekommen und dann eine in den Kopf. Der Wunde nach zu urteilen, war die Munition für einen Bären gedacht.«

»Bei dem hier das Gleiche. Er hat eine Wunde im Rücken, ein Kopfschuss hat ihn getötet.« Jenna lehnte sich gegen einen Baum und seufzte. »Mach so viele Fotos wie möglich. Ich melde es der Dienststelle und lasse Shane herkommen.« Sie hob ihren Blick und sah Kane an. »Vielleicht haben diese Federn ja doch etwas zu bedeuten. Trotzdem hoffe ich, dass diese Morde und der im Haus nicht miteinander in Verbindung stehen. Das Letzte, was wir an Halloween brauchen, ist wieder ein verdammter Serienmörder in der Stadt.«

ZWÖLF

So grau dieser Tag auch war, der Anblick der vor dem Lebensmittelladen aufgestapelten orangefarbenen Kürbisse rang Shane Wolfe ein Lächeln ab. Zu Halloween schnitzte er mit seinen drei Töchtern immer einen Kürbis. Das war eine ihrer wenigen Traditionen, die von früher übrig waren, als sie noch eine richtige Familie gewesen waren – bevor seine Frau an Krebs gestorben war. Nachdem er ein passendes Exemplar erstanden hatte, machte Wolfe einen großen Schritt über den schlammigen, mit Laub durchsetzten Sturzbach, der den Rinnstein hinunterfloss, und hievte den Kürbis in den Kofferraum seines SUV. So viel er im Moment auch auf der Arbeit zu tun hatte: Er hatte sich vorgenommen, seinen Töchtern Emily, Julie und Anna ein ganz normales Leben zu ermöglichen. Das war seine oberste Priorität. Alle drei hatten wie er blondes Haar und graue Augen, aber zum Glück hatten sie die zierliche Statur und die positive Lebenseinstellung ihrer Mutter geerbt. Emily trat in seine beruflichen Fußstapfen und studierte am Black Rock Falls College, um Rechtsmedizinerin zu werden. Julie besuchte die Highschool und war extrem klug, und für seine Jüngste, Anna, gab es im Leben nichts Wichtigeres, als auf dem gescheckten Pony zu reiten, das Kane ihr im Sommer zum Geburtstag geschenkt hatte. Er verzog das Gesicht, als sein Handy klingelte, und klopfte den Regen von seinem Hut, bevor er ins Auto stieg. Er fischte das Handy aus seiner Jackentasche. »Wolfe.«

»Ich bin's, Jenna. Ich fürchte, du musst die Obduktion an Robinson verschieben. Wir haben einen Doppelmord draußen an der Stanton Road. Mehrere Opfer mit Schusswunden. Der Täter hat sie verfolgt und hinterrücks erschossen. Wir sind vor Ort. Ich schicke dir die Koordinaten.«

»Ich bin gerade in der Stadt. Emily und Webber sind bei mir im Institut. Ich hole sie und meinen Van und bin so schnell wie möglich bei euch.« Wolfe trennte die Verbindung und ließ den Motor an.

Seine Tochter Emily und sein anderer Assistent, Deputy Colt Webber, der zu seinem Team gestoßen war und jetzt Forensik studierte, hatten in seiner Abwesenheit Blutspritzer vom Fall Robinson untersuchen sollen. Jetzt kamen zwei weitere Tote hinzu, die die kostbare Zeit, die ihm für die Familie blieb, noch weiter dezimieren würden. Er seufzte und machte sich auf den Weg durch die nebelverhangene Stadt, bis er ein paar Minuten später in der Rechtsmedizin ankam. Er zog seine ID-Karte durch den Scanner und nahm erfreut zur Kenntnis, dass seine Assistenten voll und ganz auf die Aufgabe konzentriert waren, die er ihnen übertragen hatte. »Wir haben einen Doppelmord im Stanton Forest. Dave und Jenna sind vor Ort. Es ist kalt, nass und schlammig – zieht euch Gummistiefel und Regenkleidung an.«

Kurz darauf stiegen sie in den Van, und er gab die Koordinaten des Tatorts ein. »Habt ihr heute Nachmittag Vorlesungen?«

»Ja.« Emily lugte unter der Kapuze eines Regenmantels hervor, der ihr zwei Nummern zu groß war. »Aber um drei sind wir fertig.«

Wolfe bog in die Stanton Road ein und spähte durch den wirbelnden Nebel. Die wenigen Menschen, die trotz des Wetters zu Fuß unterwegs waren, hasteten den Kopf gegen den Wind gebeugt den Bürgersteig entlang, die Krempe ihrer Hüte fest umklammert. »Wir verschieben die Obduktion von Robinson auf sechzehn Uhr. Ich werde schauen, was wir hier haben, aber die Obduktion der Opfer aus dem Stanton Forest setze ich jetzt schon für morgen früh an. Kommt nach dem Frühstück direkt in die Rechtsmedizin, ihr habt ja erst nach dem Mittag Uni, oder?«

»Ach, Dad, warum denn so früh?« Emily fröstelte. »Es ist eiskalt.«

»Willst du nun Forensikerin werden, oder hast du es dir anders überlegt?« Wolfe richtete seinen Blick auf die verschlammte Straße vor ihm.

»Sei nicht albern.« Emily sah ihn säuerlich an. »Man wird ja wohl noch fragen dürfen.«

Wolfe verkniff sich ein Grinsen. Sie war ihrer Mutter so ähnlich. Er freute sich immer wieder darüber, dass sie die Courage ihrer Mutter geerbt hatte. In dem Beruf, den sie sich ausgesucht hatte, würde sie sie brauchen. Er schaute sie an und zuckte mit den Schultern. »Nichts, was wir in diesem Job tun, ist besonders angenehm, Emily, man muss einfach lächeln und es hinnehmen.« Er räusperte sich. »Irgendwelche Einwände, Webber?«

»Nein, Sir.« Webber runzelte die Stirn. »Drei Morde in zwölf Stunden. Ob sich hier pünktlich zu Halloween ein Serienmörder herumtreibt?«

Wolfe blickte ihn an. »Ziehen Sie keine voreiligen Schlüsse, bevor wir die Obduktionen abgeschlossen haben. Allzu oft sind die Dinge nicht so, wie sie zunächst scheinen.«

»Dad«, sagte Emily, »hat Jenna schon herausgefunden, wie Mr Robinsons Mörder ins Haus gekommen ist?«

Wolfe zuckte mit den Schultern. »Ich habe noch keinen

Bericht von ihr. Ich vermute, sie wurde zu dem neuen Tatort gerufen, bevor sie Zeit hatte, einen zu schreiben.« Er runzelte die Stirn. »Solch ein Wetter habe ich noch nie erlebt – es ist so windig und graupelig, und trotzdem hängt noch Nebel in der Luft.«

»Das kommt daher, dass wir hier in ziemlich großer Höhe liegen.« Webber rieb das Kondenswasser von der Seitenscheibe. »Aber vielleicht liegt es auch einfach daran, dass bald Halloween ist. Da sollen ja seltsame Dinge vor sich gehen. Geister kommen aus dem Jenseits zurück und solche Sachen.«

»Und, haben Sie vor, an Halloween auf der Old Mitcham Ranch zu übernachten?«, fragte Wolfe und kicherte. »Oder sind die College-Studenten heutzutage zu erwachsen für so etwas?«

»Dahin bringen mich keine zehn Pferde.« Webber gab ein ersticktes Lachen von sich. »Ich habe keine Angst vor Geistern, es ist nur viel zu kalt, um dort die Nacht zu verbringen.«

»Natürlich.« Wolfe richtete seinen Blick wieder auf die Straße.

Vor ihnen tauchten die Scheinwerfer von Kanes schwarzem SUV aus dem Nebel auf. Wolfe verlangsamte das Tempo, schaltete den Warnblinker ein und hielt davor an. Er zog seine warmen Lederhandschuhe aus und tauschte sie gegen OP-Handschuhe, die er aus einer Schachtel auf dem Armaturenbrett zog. »Handschuhe an, Masken an. Webber, holen Sie den Metalldetektor aus dem Kofferraum. Falls der Mörder ein Gewehr benutzt hat, könnten wir Hülsen finden.«

»Was ist mit Schutzanzügen?« Emily dachte einen Moment nach, dann schüttelte sie den Kopf. »Die brauchen wir nicht, oder? Es hat in den letzten Tagen so viel geregnet, da sind eh alle Spuren weg, oder?«

Wolfe sah Jenna und Kane aus dem Wald kommen, der Regen tropfte von ihren Hutkrempen. »Wahrscheinlich hast du recht. Wartet hier, ich sehe mir das mal eben an.« Er stieg aus dem Wagen und ging auf Jenna und Kane zu. »Wie sieht's aus?«

»Für mich sieht es so aus, als wäre das Fahrzeug verfolgt worden«, sagte Jenna. »Der Fahrer hat die Kontrolle verloren, ist durch die Bäume gekracht und dort drüben zum Stehen gekommen.« Sie zeigte zum Wagen. »Die Türen stehen weit offen, offenbar haben sie den Pick-up fluchtartig verlassen. Ich habe nach Fußspuren gesucht, von hier hinten aus, wo der Wagen das Gebüsch niedergewalzt hat.«

»Ich habe Bremsspuren auf der Straße gefunden, aber bei dem Schneeregen ist es schwer zu sagen, wie lange sie schon da sind.« Kane spähte in die Fahrerkabine, dann richtete er sich auf. »Ich habe nichts gefunden, was darauf hindeutet, dass der Schütze ihnen in den Wald gefolgt ist. Die Kiefernnadeln sind so dicht, sie bilden einen richtigen Teppich. Sieht so aus, als hätte der Schütze ein Gewehr benutzt. Wir haben nach Patronenhülsen gesucht und den Boden mit Taschenlampen abgeleuchtet, aber nichts gefunden. Vielleicht haben wir sie trotzdem übersehen, so düster, wie es heute hier im Wald ist.«

»Zwei Schüsse pro Opfer, soweit wir das feststellen können.« Jenna verzog den Mund. »Wir haben einen Luchs aufgescheucht, der war an einem der Opfer dran und hat es angenagt. Wir haben Fotos vom Tatort gemacht. Ich schicke sie dir.«

Wolfe nickte. »Okay.« Er drehte sich um und bedeutete Emily und Webber, zu ihnen zu kommen.

Emily gab ihm den Forensik-Koffer. Er wandte sich an Webber: »Nehmen Sie den Metalldetektor und suchen Sie alles ab, vom Straßenrand bis zu den Leichen. Wenn Sie etwas finden, machen Sie Fotos von der Fundstelle, bevor Sie es eintüten.«

»Ja, Sir.« Webber machte sich an die Arbeit.

Wolfe wandte sich an Jenna. »Geh voran, und zeig uns die

Leichen.« Zu Emily sagte er: »Du gehst hinter Jenna. Denk dran, hier ist irgendwo ein Luchs in der Nähe.«

Wolfe folgte den beiden, und Kane gesellte sich zu ihm. »Zufall?«, fragte er seinen alten Weggefährten.

»Ich weiß nicht.« Kane duckte sich, um einem niedrigen Ast auszuweichen. »Beide Tatorte machen den Eindruck, als sei ein Profi am Werk gewesen. Andererseits gibt es in der Stadt eine ganze Reihe Jäger, die gute Schützen sind.« Er klopfte ihm auf den Rücken. »Endlich wieder eine weitere Reihe mysteriöser Todesfälle in Black Rock Falls, die du aufklären darfst, was?«

Wolfe schüttelte den Kopf. »Ich? Wohl kaum. Normalerweise ist es nicht weiter schwer herauszufinden, wie jemand gestorben ist. Aber falls diese Morde zusammenhängen und es ein Profi war, wie du sagst, beneide ich dich und Jenna nicht um die Ermittlungsarbeit, die vor euch liegt.«

»Geht mir genauso«, gestand Kane und runzelte die Stirn. »Bevor ich hierher gezogen bin, dachte ich, ich hätte schon alles gesehen, wozu Menschen fähig sind.« Er seufzte. »Mann, da hatte ich noch nicht einmal an der Oberfläche gekratzt.«

DREIZEHN

MITTWOCH, GEGEN MITTAG

Die Kellnerin in Aunt Betty's Café stieß im Vorbeigehen gegen seinen Tisch. Sein Becher schwappte über, und der Kaffee landete auf dem Teller mit seinen Zimtschnecken. Er hatte nicht mehr viel Zeit, nachdem er schon eine Ewigkeit in der Warteschlange gestanden hatte. Der Mann vor ihm hatte penetrant nach nassem Hund gestunken und seine Nerven gereizt, und bei dem Gedanken daran, dass jetzt alles noch länger dauern würde, weil er auf neue Zimtschnecken warten musste, kam ihm die Galle hoch. Um in dem überfüllten Café keine Szene zu machen und womöglich noch die Aufmerksamkeit der anderen Gäste auf sich zu lenken, wartete er, bis die Kellnerin wieder vorbeikam. Er zeigte auf das ruinierte Gebäck. »Sie sind gegen meinen Tisch gestoßen.«

»Ach, ich fürchte, ich bin heute etwas ungeschickt. Kann ich Ihnen sonst noch etwas bringen?« Sie wischte den Kaffee vom Tisch und füllte seinen Kaffeebecher nach, dann sah sie ihn erwartungsvoll an.

»Es reicht, wenn Sie mir die Zimtschnecken ersetzen.«

»Ich glaube nicht, dass das geht.« Sie schaute über die

Schulter zum Tresen. »Das wird mir bestimmt vom Lohn abgezogen.«

Er sah sie prüfend an. Aunt Betty's Café war bekannt für sein großartiges Essen und seinen großartigen Service – so verhieß es zumindest das Schild draußen. »Sagen Sie mal, wenn ich Ihr Auto zu Schrott fahre, meinen Sie nicht, dann sollte ich für den Schaden aufkommen?«

»Klar, wenn Sie schuld sind?« Die Kellnerin rollte mit den Augen und stieß einen gelangweilten Seufzer aus. »Ist doch logisch.«

Er nickte, während ein Zorn in ihm aufstieg, den er nur allzu gut kannte. Das Bedürfnis, sie an der Kehle zu packen und das Leben aus ihr herauszuquetschen, war geradezu überwältigend. »Genau.«

Entweder hatte sie ihm nicht zugehört, oder sie war zu dumm, um zu verstehen, was er meinte. Wortlos nahm sie den Teller mit den durchweichten Zimtschnecken, bahnte sich ihren Weg zwischen den Tischen hindurch und verschwand in der Küche. Er verdrängte seinen Zorn und schaute sich um, um sich zu vergewissern, dass niemand sein Gespräch mit der Kellnerin mitbekommen hatte. In einer eingeübten Bewegung ballte er die Hände zu Fäusten, um die Kontrolle zu bewahren. Die Frau, die vorhin seine Bestellung aufgenommen hatte, blickte in seine Richtung. Er senkte das Kinn, damit die Krempe seines Cowboyhuts seine Gesichtszüge verdeckte, aber aus dem Augenwinkel sah er, wie sie hinter dem Tresen hervorkam und auf ihn zuging. Als sie nahe genug war, konnte er das Namensschild an ihrer Bluse entziffern. Darauf stand: *Susie Hartwig, Manager*.

»Es tut mir leid, Ruby hat heute ihren ersten Tag«, sagte Susie und lächelte ihn an. »Selbstverständlich bekommen Sie neue Zimtschnecken, und Ihr Essen geht aufs Haus.«

Er tippte sich an den Hut. »Danke, Ma'am.«

Wenige Augenblicke später kam Susie mit einem Teller

zurück, auf dem Zimtschnecken lagen und ein Stück Apfelkuchen, frisch aus dem Ofen.

Er sah zu ihr auf. »Ist Ruby neu hier im Ort?«

»Ja, sie kommt aus der Stadt.« Susie lächelte. »Sie muss sich
erst noch mit unseren Gepflogenheiten vertraut machen.«

Er nippte an seinem Kaffee. »Ich wette, das kriegt sie hin.«

Während Susie sich vom Tisch entfernte, beäugte er unter
der Krempe seines Hutes hinweg Ruby und schmiedete neue
Pläne. Typen, die auf dem Highway versuchten, ihn zu verar-
schen, hatten einen schnellen Tod verdient, aber vorlaute
Weiber gingen ihm noch mehr auf die Nerven. Sein Blick blieb
auf ihrem Gesicht haften, und eine Welle der Erregung lief
durch ihn hindurch. Für sie würde er sich etwas ganz Beson-
deres ausdenken.

VIERZEHN

Nach der Mittagspause ließ sich Jenna in ihren Bürostuhl fallen. Sie war im Sunnybrook-Pflegeheim vorbeigefahren, um Mrs Grainger zu besuchen. Die schwerkranke Frau fühlte sich dort wohl, und sie war Jenna sehr dankbar dafür, dass sie solche Nachsicht mit ihrem Sohn hatte. Auf Drängen von Dr. Brown hatte sie Dirk gebeten, sich einer psychiatrischen Untersuchung zu unterziehen, wozu er laut Dr. Brown eine Woche lang im Krankenhaus bleiben würde. Sie hatte außerdem in der Fabrik vorbeigeschaut und mit dem Besitzer gesprochen. Der sagte, er habe nicht gewusst, dass es Dirks Mutter so schlecht gehe; als er nach seinem Urlaub nicht zur Arbeit erschienen sei, habe er ihm gekündigt. Er werde ihn aber sofort wieder einstellen und dafür sorgen, dass seine Krankenversicherung in Ordnung sei. Jenna seufzte zufrieden. Sie hatte einen guten Teil ihrer wertvollen Zeit opfern müssen, um das Leben von Familie Grainger wieder in geordnete Bahnen zu lenken, aber das war es wert gewesen.

Sie versuchte, den unablässig an die Fenster prasselnden Graupel zu ignorieren, als sie die Brieftaschen von Parker Louis und Timothy Addams auf ihren Schreibtisch legte und die

Namen in der Datenbank aufrief. Wie das erste Opfer, Lucas Robinson, war keiner der beiden vorbestraft. Sie hatten keine Waffen in ihren Autos gehabt. Auf dem Papier sahen sie wie ganz normale Menschen aus, die ihrem ganz normalen Leben nachgingen. *Warum mussten sie sterben?*

Sie starrte auf die Führerscheine der beiden Männer und schüttelte den Kopf; beide Karten wiesen den goldenen Stern auf, der sie als offizielle Ausweisdokumente des Staates Montana kennzeichnete, aber die Identität der Männer ließ sich damit noch lange nicht belegen. Die Kopfschüsse hatten dafür gesorgt, dass es keine Gesichter mehr gab, anhand derer etwaige Angehörige die Leichen hätten identifizieren können. Wolfe hatte die Opfer sicherlich bereits auf Erkennungsmerkmale oder Tätowierungen untersucht und Abdrücke der Zähne genommen, in der Hoffnung, dass die Männer irgendwann bei einem Zahnarzt in der Gegend gewesen waren. Jenna fiel die undankbare Aufgabe zu, die nächsten Angehörigen aufzusuchen und ihnen Fragen zu stellen, um die Identität der Toten festzustellen und die Erlaubnis einzuholen, dass der Zahnarzt seine Akten herausgeben durfte.

Hinten auf dem Pick-up der Opfer klebte ein Aufkleber, der für das neue Ski-Resort warb, und das Werkzeug auf der Ladefläche ließ darauf schließen, dass beide Männer zum Zeitpunkt des Mordes auf dem Weg zur Arbeit gewesen waren. Also hatte sie Kane und Rowley zu dem expandierenden Ski-Resort geschickt, um mit dem Bauleiter zu sprechen und zu schauen, ob er die Männer wiedererkannte.

Jenna war gerade dabei, die sozialen Medien nach den drei Mordopfern abzusuchen, als es an ihrer Tür klopfte. Sie hob den Kopf. »Herein.«

»Tag, Jenna.« In der Tür stand Atohi Blackhawk, ein guter Freund und begabter Fährtensucher, der ihnen immer wieder bei ihren Fällen half.

Jenna lächelte. Sie war froh, ein freundliches Gesicht zu sehen. »Hey, was treibt dich bei diesem Wetter nach draußen?«

»Ich habe dir etwas mitgebracht.« Der Native American stellte einen Getränkehalter mit drei To-go-Bechern Kaffee und eine Papiertüte auf ihren Schreibtisch. »Ich habe Dave vor Aunt Betty's getroffen. Er war dabei, dir dein Mittagessen zu holen, und da wir dich ohnehin besuchen wollten, hat er mich gebeten, es dir zu bringen.« Er ließ seine weißen Zähne aufblitzen. »Also habe ich auch noch Kaffee geholt.«

»Vielen Dank, aber zieh doch erst mal deine nasse Jacke aus, und setz dich.« Plötzlich überkam sie der Heißhunger. Sie schaute in die Papiertüte.

»Ich habe jemanden dabei, den ich dir gerne vorstellen möchte.« Atohi drehte sich um und schaute zur Tür. »Jenna, das hier ist Brad Kelly, ein Cousin von mir aus dem Reservat.« Er winkte einen großen Mann in den Zwanzigern herein. Er hatte einen Blick wie ein Tiger, und als er seinen durchnässten Stetson abnahm, kamen dunkle, glatte Haare zum Vorschein, die ihm bis an den Kragen reichten. »Brad kam als Junge zu uns, nachdem seine Mutter verschwunden war. Er ging weg, als er achtzehn wurde, aber jetzt ist er wieder da. Er hat ein Anliegen, und wir brauchen eure Hilfe.«

Jenna nahm den Becher, auf den ihr Name gekritzelt war, und nickte. »Klar doch. Was kann ich für Sie tun?«

»Als ich ein kleiner Junge war, habe ich mitangesehen, wie mein Vater meine Mutter getötet hat.« Brads durchdringender Blick blieb auf ihr Gesicht geheftet. »Meinen Bruder hat er auch getötet.«

Jenna runzelte die Stirn. »Haben Sie mit der Stammespolizei gesprochen? Für das, was im Reservat geschieht, sind ja erst einmal die zuständig.«

»Nein, das war hier in Black Rock Falls«, sagte Brad erregt. »Atohi glaubt, dass Sie vielleicht Aufzeichnungen haben, die wir verwenden können, um nachzuforschen.«

»Sicher. Wie lange ist das denn her?« Jenna zückte ihren Stift und machte sich Notizen.

»Zwanzig Jahre.« Brad runzelte die Stirn. »Das genaue Datum weiß ich nicht mehr. Ich habe niemandem von meiner Mutter erzählt, weil ich mich nicht erinnern konnte. Atohi weiß noch, dass es Spätherbst war, als ich im Reservat ankam. Mir ist jetzt klar, dass ich das alles sehr lange verdrängt habe. Erst als die Polizisten mir sagten, mein Vater sei gestorben, kam die Erinnerung Stück für Stück zurück.«

Jenna begegnete seinem Blick. Sie fragte sich, wie verlässlich jemandes Erinnerung nach so langer Zeit sein konnte. »Wo waren Sie denn ab Ihrem achtzehnten Lebensjahr?«

»Alaska.« Brad runzelte die Stirn. »Ich habe das Reservat verlassen, weil mein Vater hinter mir her war.«

»Warum sind Sie denn mit achtzehn nicht zur Polizei gegangen? Sie hätten doch damals schon hierherkommen und mit dem Sheriff sprechen können, um ihn verhaften zu lassen. Mord verjährt schließlich nicht.«

»Ich wusste nicht mehr, wie ich überhaupt ins Reservat gekommen war, und selbst wenn ich mich an jenen Morgen erinnert hätte, glauben Sie im Ernst, der Sheriff hätte mich angehört?« Brad ballte die Fäuste auf dem Tisch. »Ich weiß genau, was dann passiert wäre: Mein Vater hätte mich auch noch umgebracht. Ich musste so weit wie möglich weg von ihm. Das Einzige, an das ich mich damals erinnerte, war, dass meine Mutter mir gesagt hatte, ich soll weglaufen.«

»Das stimmt«, bestätigte Atohi. »Meine Mutter nahm ihn auf und hat mir später erzählt, wie das war, als er ins Reservat kam.« Seine dunklen Augen waren auf ihr Gesicht gerichtet. »Er stand unter Schock und sprach kein Wort. Meine Eltern wurden misstrauisch, und mein Vater ging zu Joe Kelly, um mit ihm zu sprechen, unter dem Vorwand, die Familie zum Geburtstag meines Großvaters einzuladen. Kelly sagte ihm, Luitl, Brads Mutter, hätte ihn verlassen und die Jungen mitgenommen.« Er schüttelte den Kopf, sein Blick war voller Trauer. »Das ist die verkürzte Version der Ereignisse. Aber glaub mir: Joe Kelly war ein Feigling, der seine Frau verprügelt hat und zu viel Angst hatte, um auch nur einen Fuß ins Reservat zu setzen. Meine Familie hoffte, Luitl würde irgendwann zurückkommen.«

»Sie sehen, es ist nichts passiert. Auch wenn ich mich hätte erinnern können, hätte doch niemand auf mich gehört.« Brads Blick durchbohrte sie. »Ich glaube, wir sind hier an der falschen Adresse. Unsere eigenen Leute sollten sich darum kümmern.«

»Ich höre Ihnen ja zu, Brad, aber Sie müssen mir ein wenig auf die Sprünge helfen. Ich brauche alle Details. Namen, Geburtsdaten, Adressen, alles, woran Sie sich erinnern können.« Jenna machte sich wieder Notizen, während er antwortete, und dann hob sie den Kopf und begegnete seinem durchdringenden Blick. »Ich nehme an, Ihr Vater war kein Native American?«

»Nein, aber meine Mutter war eine Blackhawk, Atohis Cousine.« Brad zuckte mit den Schultern. »Nach dem Angriff meines Vaters rannte ich durch den Wald. Meine Mutter hatte uns gesagt, was wir tun sollen, wenn wir fliehen müssen, nämlich dem Fluss folgen, bis wir zu einem Felsen kommen, der aussieht wie ein Bär, und dann der Straße zum Reservat folgen. Ich war mehrere Tage unterwegs, aber dann fand ich es, und sie nahmen mich auf und kümmerten sich um mich.«

Jenna fand seine Geschichte seltsam. Wenn sein Vater seine Mutter und seinen Bruder getötet hatte, hätte jemand die Leichen finden müssen. Die Behörden wären benachrichtigt worden, und sein Vater wäre verhaftet und vor Gericht gestellt worden. »Warum melden Sie sich erst jetzt, wo Ihr Vater tot ist? Man kann ihn ja nicht mehr anklagen.«

»Das nicht, aber wenn ich die sterblichen Überreste meiner Familie finde, kann ich den Rechtsmediziner bitten, den Fall zur Untersuchung an die Behörden weiterzuleiten. Ich will, dass die Wahrheit ans Licht kommt. Warum wurden meine Mutter und mein Bruder nie als vermisst gemeldet? Jemand muss meinen Vater gedeckt haben, ihm geholfen haben, das zu vertuschen. Ich will, dass derjenige dafür bezahlt.«

Jenna nickte. »Was wissen Sie noch von dem Tag, an dem Ihre Mutter und Ihr Bruder starben? Was hat Ihren Vater so wütend gemacht, dass er sie umgebracht hat?«

»Nichts, er hat sie und uns sowieso ständig geschlagen.« Der Zorn, der sich mit einem Mal auf Brads Gesicht zeigte, war so intensiv, dass Jenna erschrak. »Mom wollte ins Reservat fliehen. Sie wusste, dass sie sich dort verstecken konnte und ihre Familie sie beschützen würde. Sie würden ihn niemals in ihre Nähe lassen. Ich erinnere mich, wie ich die Treppe hinunterschlich und zum Auto rannte. Wir hatten gerade den Wald erreicht, als er uns erwischte. Er kam mit einer Schaufel hinter uns her, und Mom sagte mir, ich solle rennen und mich nicht umdrehen. Ich rannte ein Stück, aber dann blieb ich stehen, um zu sehen, was passiert war. Sie waren beide voller Blut, und mein Vater stand mit einer Schaufel über ihnen. Er schrie mich an, ich solle stehen bleiben, aber ich rannte los wie der Wind. Ich hörte noch, wie er mich durch den Wald verfolgte, das ging eine ganze Weile, aber ich versteckte mich in einem Unterstand für Jäger. Da schlief ich ein, und als ich aufwachte, wusste ich nur noch, dass ich vor meinem Vater weglaufen und es ins Reservat schaffen musste.«

Jenna tippte mit ihrem Stift auf den Tisch. »Wann sind Ihnen diese Details wieder eingefallen?«

»Wie ich schon sagte, an dem Tag, als die Polizei mir gesagt hat, dass mein Vater tot ist.« Brad fuhr sich mit einer Hand durch sein dichtes schwarzes Haar. »Jeden Tag kam ein bisschen mehr zurück, und dann erinnerte ich mich plötzlich wieder ganz deutlich an alles. Ich musste hierher zurückkommen. Bestimmt wandert der Geist meiner Mutter durch den Wald und kommt nicht zur Ruhe.«

»Okay.« Jenna schaute auf ihren Computer. »In den letzten
Jahren haben wir viele alte Akten digitalisiert und in unser
System hochgeladen. Ich bin mir nicht sicher, ob die so weit
zurückreichen, aber ich kann ja mal nachschauen.« Sie lächelte
ihn an. »Vor zwanzig Jahren gab es in Black Rock Falls noch
nicht so viele Verbrechen wie heute.« Sie wandte sich dem Bildschirm zu und gab die Namen in die Suchmaske ein.

»Ach ja?« Brad lehnte sich in seinem Stuhl zurück. »Vielleicht können wir Ihnen helfen. Atohi hat mir erzählt, dass Sie
ihn oft um Hilfe bitten.«

»Meistens als Fährtensucher, aber Jenna kann immer auf
mich zählen, wenn sie Hilfe braucht.« Atohi blickte ihn an.
»Unterschätz Sheriff Alton nicht. Sie hat schon so manchen
Serienmörder zur Strecke gebracht.«

»Ja, ich weiß.« Brad griff nach seinem Kaffee. »Das ist ja
kein Geheimnis.«

Jenna starrte ungläubig auf den Computerbildschirm. »Es
gibt einen Bericht von Ihrer Lehrerin, die sich besorgt zeigte,
weil sie seit einer Woche weder Sie noch Ihren Bruder gesehen
hatte. Der Sheriff schreibt in seinen Notizen, er habe mit Ihrem
Vater gesprochen, und der habe gesagt, Ihre Mutter habe seine
Söhne genommen und sei zu ihrem Volk zurückgekehrt.« Sie
sah Brad an, der starrte zurück, sein Blick war wie in Stein
gemeißelt. »Es gab keine Folgemaßnahmen.« Sie runzelte die
Stirn. »Damals war das Prozedere noch ein anderes, schätze ich.
Ich hätte mich definitiv im Reservat erkundigt, ob Ihre Mutter
in Sicherheit ist.«

Brad sagte nichts, Schließlich räusperte sich Atohi, als wolle
er das peinliche Schweigen beenden. »Wir haben noch vor dem
ersten Schnee die Stellen im Wald abgesucht, an die Brad sich
erinnern kann. Wir sind eine ganze Gruppe, und ich habe die
Förster benachrichtigt, damit sie wissen, wo wir zugange sind,
und damit sie die Jäger von dem Areal fernhalten.«

Jenna nickte. »Das war schon mal sehr gut. Haltet mich auf

dem Laufenden, wenn ihr irgendetwas findet. Fasst nichts an. Wolfe wird es überprüfen, und er kennt einen forensischen Anthropologen aus Helena, der ihm schon bei anderen Fällen geholfen hat.« Sie sah Brad direkt an. »Kann ich sonst noch etwas für Sie tun?«

»Mir war nicht klar, dass wir Ihre Erlaubnis brauchen, um in unserem Wald irgendetwas anzufassen.« Brad stand auf. »Aber wenn es dazu beiträgt, dass meiner Mutter und meinem Bruder Gerechtigkeit widerfährt, kann ich dieses Mal wohl damit leben.« Er drehte sich um, schnappte sich seine Jacke und seinen Hut von den Haken neben der Tür und stürmte hinaus.

Jenna stand auf, ging zur Tür und schaute ihm hinterher. »Habe ich etwas Falsches gesagt?«

»Nee.« Atohi seufzte. »Seit seiner Rückkehr ist er ein wenig überempfindlich. Nimm das nicht persönlich.«

Das Maß an Wut, das Brad ausgestrahlt hatte, fand sie ziemlich beunruhigend. Sie schüttelte den Kopf. »Das tue ich nicht, aber er wirkt so wütend. Als hätte ich ihn irgendwie enttäuscht.« Sie ging zurück zu ihrem Schreibtisch und lehnte sich dagegen.

»Du hast uns sehr geholfen. Jetzt wissen wir schon einmal, warum niemand nach ihnen gesucht hat.« Atohi stand auf und umarmte Jenna. »Danke für deine Hilfe.«

»Jederzeit.« Überrascht von dieser herzlichen Geste wandte sie den Blick von Atohi ab und bemerkte, dass Kane in der Tür stand. »Ich hoffe, ihr findet etwas. Das wird ihm helfen, die Vergangenheit zu verarbeiten.« Sie reichte Atohi Hut und Jacke.

»Danke.« Atohi lächelte ihr zu und bückte sich, um Duke zu begrüßen, der schwanzwedelnd an Kane vorbei in den Raum gelaufen kam. »Ich muss leider schon wieder weg«, sagte er an Kane gewandt.

»Sicher.« Kane trat zur Seite. »Habt ihr etwas herausgekriegt?«

»Jenna wird es dir berichten.« Atohi setzte seinen Hut auf und zog seine Jacke an. »Wir sehen uns später.«

»Okay.« Kane schloss die Tür und lehnte sich dagegen.

»Was?« Jenna hob eine Augenbraue.

»Sollte ich eifersüchtig sein?« Er zog seine Jacke aus und hängte sie an einen der Haken. Dann nahm er seinen schwarzen Stetson ab und schüttelte den Regen davon ab, bevor er ihn auf ihren Schreibtisch legte.

Jenna unterdrückte ein Lächeln und zuckte mit den Schultern. »Nein, aber er ist ein bemerkenswert attraktiver Mann, findest du nicht?«

»Ich achte nicht so sehr darauf, wie attraktiv andere Männer sind.« Kane verschränkte die Arme vor seiner breiten Brust. »Was ist denn passiert, dass sein Kumpel so wutentbrannt hier rausgerannt ist?«

Jenna zuckte mit den Schultern. »Gut möglich, dass er unserer wachsenden Zahl an Mordfällen gerade einen weiteren hinzugefügt hat. Einen Cold Case. Er behauptet, sein Vater hätte vor zwanzig Jahren seine Mutter und seinen Bruder brutal ermordet. Er glaubt, dass der Geist seiner Mutter durch den Wald wandert und nicht zur Ruhe kommt.«

»Ein Fall, der zwanzig Jahre lang auf uns gewartet hat ... Meinst du, das ist die Rache des Schicksals für das, was wir getan haben, bevor wir hierhergekommen sind?« Kane setzte sich und sah zu ihr auf. »Hast du nicht neulich gesagt, dass um Halloween herum immer seltsame Dinge passieren? Ziemlich gruselig, was?«

FÜNFZEHN

Den Kopf gesenkt, beschleunigte Atohi seinen Schritt, um Brad einzuholen. Die eisige Kälte drang durch seine ohnehin schon feuchte Jacke, und der Wind blies ihm eisigen Regen ins Gesicht, der ihm unangenehm den Hals hinunterlief. Er sprang zur Seite, um zwei Bulldoggen auszuweichen, die eine sehr voluminöse Frau hinter sich herzogen. Unter der Kapuze ihrer Jacke sah man nur ihre Augen, sie sah aus wie ein riesiges rotes Wollknäuel in Gummistiefeln. Er lief weiter und sah gerade noch, wie Brad Aunt Betty's Café betrat. Er ging ihm hinterher. Im Inneren des Diners empfingen ihn wohlige Wärme und der Duft leckerer Speisen. Atohi nahm seinen Hut ab und lächelte Susie Hartwig hinter dem Tresen an. »Sieht so aus, als kämen wir heute einfach nicht von euch los.«

»Ich habe gerade eine Ladung Kirschkuchen aus dem Ofen geholt«, verkündete Susie und lächelte. »Hat Sie der Geruch angelockt, dass Sie schon wieder hier sind?«

»Nein«, sagte Brad und warf Susie einen unwirschen Blick zu. »Uns ist kalt, und wir sind durchnässt, und hier kann man sich gut aufwärmen. Ich nehme das Chili und den Apfelkuchen.«

»Okay, und Sie, Atohi?«

»Chili hört sich gut an, aber für mich Kirschkuchen. Da kann ich nicht Nein sagen.« Atohi grinste. »Ich bin überrascht, dass ihr überhaupt noch welchen dahabt, wo Dave Kane in der Stadt ist.«

»Wir haben extra viel gebacken.« Sie rief der Küche die Bestellung zu und drehte sich dann wieder zu ihm um. »Ruby wird es Ihnen bringen – und seien Sie nett zu ihr, sie hat einen schlechten Tag. Das arme Mädchen verschüttet schon den ganzen Tag die Getränke.«

Atohi nickte. »Alles klar.« Er winkte Brad zu einem Tisch, und sie zogen ihre nassen Mäntel aus. »Musst du so unhöflich sein? Das sind anständige Leute hier.« Atohi hängte seine Jacke an die Rückenlehne seines Stuhls, bevor er sich setzte.

Brad tat es ihm gleich und ließ sich auf seinen Stuhl fallen. »Anständige Leute? Na, wir werden ja sehen.« Er verzog den Mund zu einem Grinsen, als die Kellnerin Ruby mit einer Kanne Kaffee und zwei Bechern auf sie zukam.

»Schon wieder da?« Sie lächelte Brad an, während sie den Kaffee einschenkte. »Ihre Bestellung kommt sofort.«

»Wie ich höre, haben Sie einen schlechten Tag? Sie haben was verschüttet?« Brad lehnte sich in seinem Stuhl zurück und sah sie an. »Vielleicht kann ich Ihren Tag ein wenig besser machen. Wir könnten doch mal zusammen einen Kaffee trinken gehen, wie wär's?«

»Oh ...« Ruby sah ihn an und errötete. »Das wäre toll. Ich kenne noch nicht viele Leute hier.«

»Wo wohnen Sie denn?« Brad deutete ein Lächeln an. »Ich wohne draußen im Reservat.«

»Oh, ich draußen am Elk Creek. Das Haus gehört meiner Tante.« Sie verdrehte die Augen. »Ich wohne bei ihr, bis ich eine eigene Wohnung gefunden habe. Das ist echt ätzend. Ich muss den Bus nehmen, und der hält ganz am Ende unserer

Straße. Wenn ich zu Hause ankomme, bin ich immer völlig durchnässt.«

»Ich könnte am Freitagabend vorbeikommen; wir könnten Kaffee trinken, und ich fahre Sie danach nach Hause.« Brad warf Atohi einen kurzen schalkhaften Blick zu.

»Ja, super!« Ruby zuckte zusammen, als die Glocke am Tresen ertönte. »Das wird Ihr Essen sein«, sagte sie und eilte davon.

Atohi starrte ihn an. »Willst du irgendetwas beweisen?«

»Vielleicht.« Brad zuckte mit den Schultern. »Ich hätte gedacht, dass sie mir einen Korb gibt.« Er sah Atohi einen Moment lang an. »Du kennst dich doch hier aus. Wohin kann ich mit ihr gehen, wo wir einen Kaffee und vielleicht auch was zu essen bekommen?«

»Es gibt eine Pizzeria am anderen Ende der Stadt, die gerade eröffnet wurde.« Atohi tat sich Sahne und Zucker in den Kaffee und rührte langsam um. »Das Cattleman's Hotel dürfte eine Nummer zu schick sein.«

»Nee, Pizzeria klingt gut.« Brad seufzte. »Ich schätze, ich sollte bis übermorgen mal meinen Pick-up saubermachen.«

»Du solltest lieber meinen Wagen nehmen.« Atohi grinste. »Zumindest wenn du vorhast, einen guten Eindruck zu machen. Ich wundere mich, dass deine alte Karre überhaupt noch anspringt.«

»Der läuft schon noch ganz gut, die Karosserie werde ich demnächst in Ordnung bringen.« Brad trommelte mit den Fingern auf den Tisch. »Meine Mutter zu finden, ist erst einmal wichtiger.« Er sah Atohi einige Sekunden lang an, als würde er sich überlegen, ob er dessen Angebot annehmen sollte. »Aber ich nehme gerne deinen Wagen. Danke.«

»Was hast du nach der Schneeschmelze vor?« Atohi lehnte sich zurück, als Ruby mit dem Essen kam. »Bei den ganzen Touristen, die inzwischen hierherkommen, verdiene ich ganz gut als Fremdenführer. Die Leute hören sich gerne die alten

Geschichten über den Wald an, und so sorge ich dafür, dass sie mehr Respekt für unser Land bekommen.«

»Mit Leuten konnte ich noch nie so richtig.« Brad schaufelte einen Löffel Chili in sich hinein. »Ich werde schon Arbeit finden. Bisher bin ich auch ohne fremde Hilfe ganz gut zurechtgekommen.«

Atohi war unbehaglich zumute. Er musterte seinen Freund. Was war Brad in Alaska widerfahren, das ihn dermaßen verändert hatte? Seine ständigen Stimmungsschwankungen machten ihm Sorgen. Als Ruby an ihren Tisch getreten war, hatte sich der zornige Mann, der ihm gegenübersaß, von einem Augenblick auf den anderen in einen locker-lässigen Romeo verwandelt, der sie um ein Date gebeten hatte. Anschließend war sofort der sarkastische Brad zurückgekehrt, und jetzt fragte sich Atohi, welche von Brads Persönlichkeiten eigentlich die authentischere war.

SECHZEHN

Kane stand vor dem Whiteboard, das Jenna bereits in drei Spalten unterteilt hatte, über die sie »Lucas Robinson« und die mutmaßlichen Namen der beiden anderen Mordopfer geschrieben hatte. In die Spalten hatte sie die wenigen Informationen eingetragen, über die sie bisher verfügten. Kane nahm den Stift aus der Halterung, drehte sich um und sah sie und Rowley an. »Okay, wir haben jetzt die Bestätigung, dass Parker Louis und Tim Addams zusammen beim Ski-Resort gearbeitet haben. Sie waren am zweiten Bauabschnitt der Skihütten beteiligt.« Er wartete, bis Jenna aufhörte, ihr Sandwich zu kauen.

»Mit wem habt ihr gesprochen?«, fragte Jenna und nahm einen Schluck Kaffee.

»Dem Bauleiter.« Rowley schaute auf seine Notizen. »Sid Glover.«

»Ich habe das Nummernschild des Fahrzeugs überprüft, der Wagen gehört Parker Louis«, berichtete Jenna und holte die andere Hälfte ihres Sandwiches aus der Papiertüte. »Da die Führerscheine mit dieser Information übereinstimmen, kann Wolfe die Angehörigen kontaktieren. Falls beide Männer vermisst werden, wird er die Erlaubnis einholen, die zahnärztlichen Unterlagen zu vergleichen, und dann haben wir eine eindeutige Identifizierung.«

Kane schrieb alles in Stichworten an die Tafel. Ihm fiel auf, dass Jenna die Augenbrauen hob. »Habe ich irgendetwas übersehen?«

»Nee.« Sie grinste. »Aber sogar deine Handschrift ist von geradezu militärischer Präzision. Wie kann es sein, dass du so viel auf so kleinem Raum unterbringst und es trotzdem noch lesbar ist?«

»Keine Ahnung.« Leicht verlegen räusperte sich Kane. »Ich habe noch ein paar Informationen über Lucas Robinson. Wir waren in der Bank und haben mit ein paar seiner Kollegen gesprochen. Rowley hat eine Liste mit seinen Bekannten erstellt – soweit wir wissen, war er ein ziemlicher Draufgänger.«

»Draufgänger? Du meinst, Schürzenjäger?« Jenna sah ihn interessiert an.

Kane verengte seinen Blick. »Ganz genau. Nach dem, was wir gehört haben, hatte er eine nicht allzu geheime Affäre mit Ann Turner, einer Friseurin, die hier im Ort im Schönheitssalon arbeitet.«

»Ann? Die kenne ich.« Jenna lehnte sich in ihrem Stuhl zurück und sah ihn an. »Die ist doch noch so jung, vielleicht achtzehn oder neunzehn. Ich frage mich, ob seine Frau davon wusste.«

»Dann hätte sie ein Motiv.« Rowley strich sich das lockige Haar glatt und zuckte mit den Schultern. »Ich meine, wenn Mrs Robinson von der Affäre wusste, hat sie vielleicht einen Auftragskiller angeheuert.« Er sah Kane an. »Du meintest doch, der Mord sah aus wie das Werk eines Profis.« Er wandte sich wieder an Jenna. »Wenn das stimmt, wie geht es dann weiter?«

»Wir haben derzeit keine stichhaltigen Beweise, die auf eine Beteiligung von Mrs Robinson hindeuten. Da brauchen wir mehr als nur einen Anfangsverdacht.« Jenna machte sich

Notizen. »Wir werden uns die Obduktion anschauen und den Bericht von Wolfe abwarten. Falls er die Möglichkeit eines professionellen Auftragsmordes in Betracht zieht, haben wir hinreichende Verdachtsmomente, um einen richterlichen Beschluss zu beantragen, um ihre Bank- und Telefonunterlagen einzusehen. Falls Mrs Robinson zum Beispiel eine große Summe abgehoben hat, reicht das, um sie zum Verhör vorzuladen.« Sie sah zu Kane auf. »Wir werden uns bei den Ermittlungen vorerst auf diese Möglichkeit konzentrieren.«

Kane machte Notizen auf dem Whiteboard und wandte sich dann wieder an Jenna. »Was ist mit Ian Clark, diesem Typen, den wir letzten Herbst wegen Einbruch drangekriegt haben? Der ist gerade aus dem Gefängnis entlassen worden.« Er begegnete Jennas Blick. »Er wohnt wieder zu Hause, bei seinen Eltern in der Maple Street. Dass jemand vom Einbrecher direkt zum Mörder wird, ist kaum die Regel, aber wer weiß, was er im Gefängnis erlebt hat?«

»Ganz recht. Ich habe seine Adresse garantiert in den Akten; wir werden nach der Obduktion vorbeifahren und mit ihm reden.« Jenna kaute auf ihrer Unterlippe. »Okay, kommen wir zu den Morden im Stanton Forest.«

Kane schrieb einen weiteren Namen auf das Whiteboard. »Wir haben einen möglichen Verdächtigen, vielleicht sogar zwei. Da ist einmal Cliff Young. Der war laut dem Bauleiter vom Ski-Resort am Samstagabend in eine Schlägerei mit den beiden Opfern vor der Triple Z Bar verwickelt. Er hatte dort ein paar Bier getrunken, und dann kam es zu der Auseinandersetzung. Grund war wohl ein Vorfall bei der Arbeit.«

»Hast du seine Kontaktdaten?« Jenna machte sich Notizen.

»Rowley hat sie.« Kane fügte noch einen Namen hinzu. Er wartete, bis Rowley ihr Youngs Daten diktiert hatte, dann fuhr er fort: »Nummer zwei ist sein guter Kumpel Kyler Hall, und jetzt wird es interessant.«

»Inwiefern?« Jenna hob den Blick und sah ihn an.

»Ich hätte eher gesagt: Jetzt wird es kompliziert.« Rowley seufzte. »Diese Fälle sind komplexer, als man denkt.«

Kane setzte sich auf den Stuhl vor Jennas Schreibtisch. »Also, wir haben mit einigen Leuten von der Baustelle gesprochen und herausgefunden, dass Young und Hall gute Freunde sind. Cliff Young ist ein paarmal mit Ann ausgegangen, bevor sie die Affäre mit Lucas Robinson angefangen hat. Young war nicht gerade glücklich darüber, dass seine Angebetete plötzlich mit einem älteren Mann herumschäkerte.«

»Alles klar.« Jenna tippte mit ihrem Stift auf den Tisch. »Und Hall? Wie passt der in dieses Tohuwabohu hinein?«

Kane legte den rechten Stiefel auf dem linken Knie ab und lehnte sich in seinem Stuhl zurück. »Letztes Jahr hat er sich von Robinson finanziell beraten lassen, und am Ende war all sein Geld futsch.«

»Beide Männer hätten also ein Motiv für den Mord an Robinson«, stellte Jenna fest und starrte ins Leere. »Und wenn sie sich so nahestehen, wie du sagst, haben sie vielleicht auch die Männer im Wald ermordet. Weißt du, ob Hall an der Schlägerei im Triple Z beteiligt war?«

»Wir wissen immerhin, dass er dort war«, bestätigte Kane. »Wir sollten in der Bar vorbeischauen und gucken, ob wir Zeugen der Schlägerei finden.«

»Viel Glück damit.« Rowley grinste. »Die Jungs da reden nicht gerne mit der Polizei.«

»Der Grund für die Schlägerei könnte Aufschluss über das Motiv für die Morde im Wald geben. Wir haben eine Menge zu tun.« Jenna starrte einen Moment auf die Tafel, und dann sah sie Kane an. »Du und Rowley fahrt zum Triple Z – schaut, was ihr über die Schlägerei herausfinden könnt. Ich mache hier weiter, und wenn ihr bis vier Uhr nicht zurück seid, fahre ich in die Rechtsmedizin zur Obduktion von Robinson.«

Kane stand auf. »Verstanden.« Er setzte seinen Stetson auf und griff nach seiner Jacke. »Na komm, Duke.« Zu seiner Überraschung erhob sich der Hund sofort, schüttelte sich von der Nase bis zum Schwanz, wobei die langen Ohren und die Lefzen schlackerten, und wartete dann geduldig, bis sein Herrchen ihm einen gefütterten Regenmantel angezogen hatte. Als Kane sich wieder aufrichtete, sah er in Rowleys amüsiertes Gesicht. »Sonst wird ihm kalt.«

»Er hat doch Fell.« Rowley setzte sich seinen Hut auf. »Du verhätschelst ihn ja richtig.«

Kane blickte in Dukes treue braune Augen und musste daran denken, wie es ihm ging, als er ihn während Ermittlungen in den Bergen gefunden hatte. Damals war er nur noch Haut und Knochen gewesen. Es war ein Wunder, dass der Hund so sanftmütig war, nachdem er früher so grausam misshandelt worden war. Er kraulte Duke hinter den Ohren. »Das ist er auch wert.«

Den ganzen Weg bis zum Triple Z trommelte der Graupel auf Kanes Wagen. Die eingeschränkte Sicht auf dem Highway erschwerte die Fahrt, selbst die Sattelschlepper kamen langsamer voran als sonst. Aber der Zahl der Autos auf dem Parkplatz nach zu urteilen, hielt auch das widrigste Wetter die Stammgäste nicht davon ab, das Triple Z zu frequentieren. Er parkte so nah wie möglich am Eingang. Als er die Tür zum Fond öffnete und Duke aufforderte, mitzukommen, öffnete der nur kurz die Augen und schloss sie dann wieder. »Na gut, dann bleib halt hier.« Er legte eine Decke über den Hund und schloss die Tür.

»Mein Hund ist fast immer draußen, bei jedem Wetter. Ganz freiwillig.« Rowley zog sich gegen den Graupel seinen Hut ins Gesicht. »Er kommt und geht, wie er will, durch die Hundeklappe. Das Problem ist: Er darf nur bis in den Vorraum.« Er seufzte. »Normalerweise muss ich ihn erst mal saubermachen, wenn ich nach Hause komme.«

Kane kicherte. »Vielleicht solltest du ihm auch einen Regenmantel kaufen.«

Er trat ein und rümpfte die Nase, als er vom Gestank von schalem Bier, Schweiß und zu Tode frittierten Corn Dogs empfangen wurde. Er bahnte sich seinen Weg durch die Tische hin zur Bar, ignorierte die stechenden Blicke der Gäste und wartete darauf, dass der Barkeeper einen Gast zu Ende bediente. Das Sheriff's Department ließ das Triple Z und seine Gäste normalerweise in Ruhe, wenn sie nicht gerade herbeordert wurden, um eine Schlägerei zu schlichten. Diese Bar war wie ein Bienenstock, in dem man besser nicht allzu viel herumstocherte. Als der Barkeeper den Tresen abgewischt und sich sein Tuch über die Schulter geworfen hatte, winkte Kane ihn zu sich. »Was können Sie mir über die Schlägerei auf dem Parkplatz am Samstagabend erzählen?«

»Nix«, sagte der Barkeeper und grinste. »Hier gibt es fast jeden Tag eine Schlägerei, Deputy. Nicht ganz leicht, da den Überblick zu behalten.«

Kane beugte sich über den Tresen, senkte seine Stimme und funkelte den Barkeeper an. »Wenn wir das nächste Mal einfach wegbleiben, wenn Sie den Notruf wählen, werden Sie das nicht mehr so lustig finden«, zischte er ihm zu. Dann richtete er sich auf und blickte sich in der Bar um. »Ich weiß noch, wie ich Ihnen beim letzten Mal, als hier eine Massenschlägerei ausgebrochen ist, das Leben gerettet habe und wie meine Chefin persönlich dafür gesorgt hat, dass Sie Schadenersatz erhalten. Unsere Deputys haben ebenfalls mehr getan als ihre bloße Pflicht und sind dabei sogar verletzt worden.« Er schnaubte. »Ich brauche ein paar Antworten. Zwei der Männer, die hier in eine Schlägerei verwickelt waren, wurden ermordet im Wald aufgefunden.« Er lehnte sich auf den gebeizten Holztresen und musterte sein Gegenüber. »Ich schlage also vor, dass Sie aufhören, zu grinsen, und anfangen, zu kooperieren. Wer war alles beteiligt? Wenn Sie nicht wissen, wer die Keilerei angezettelt hat, will ich wenigstens den Namen von jemandem, der es weiß.«

»Wie, was – ermordet?« Aus dem Gesicht des Barkeepers wich alle Farbe. »Ich sage Ihnen gerne, was ich gehört habe, aber ich werde auf keinen Fall vor Gericht aussagen. Ein Barkeeper ist wie ein Priester – die Leute wissen, dass sie uns alles erzählen können, ohne dass wir es überall ausplaudern.«

Kane nahm sein Notizbuch heraus und zückte den Stift. »Fangen Sie doch einfach von vorne an: Wer war hier, und was haben Sie überhört?«

»Cliff Young und Kyler Hall saßen an der Bar, als Parker Louis und Tim Addams hereinkamen.« Der Barkeeper starrte einen Moment ins Leere und richtete seinen Blick dann wieder auf Kane. »Sie stritten sich über eine Lieferung von Elektro-Großgeräten.« Er sah sich nervös um und begann, mit Nachdruck die Bar zu polieren. »Cliff und Kyler klauen von der Baustelle im Skigebiet. Sie wissen, wann die Einrichtung für die neuen Skihütten angeliefert wird, und haben sich an den Sachen bedient. Anscheinend waren es anfangs nur ein, zwei Dinge. Parker und Tim hatten davon Wind bekommen und wollten mitmischen.«

»Was war denn dann der Auslöser für den Streit?«, fragte Rowley und trat an den Tresen heran.

»Parker drohte, alles dem Boss zu erzählen, wenn sie die beiden nicht an ihrem nächsten Raubzug beteiligen würden.« Der Barkeeper wandte sich ab, füllte zwei Gläser mit Mineralwasser und schob sie Kane und Rowley hinüber. »Cliff ist total ausgerastet und meinte, er würde Parker eher umbringen, bevor er sich von ihm erpressen lässt.« Er runzelte die Stirn. »Dann sind sie rausgegangen und haben da weitergemacht. War das alles, was Sie wissen wollten?« Er deutete mit dem Kinn auf die Bar, die plötzlich viel leerer war als bei ihrer Ankunft. »Wenn Sie hier herumhängen, ist das ganz schlecht fürs Geschäft.«

Kane machte sich Notizen und richtete dann seinen Blick

auf den Barkeeper. »Ich habe Ihren Namen gar nicht mitbekommen.«

»Hank Dunaway. Ich wohne hier im Gebäude, in einem der Zimmer hinten.«

Kane schob seinen Stift zurück in die Halterung an seinem Notizblock und erwiderte den Blick des Mannes. »Nun, Mr Dunaway, leider gibt es für Barkeeper kein Beichtgeheimnis. Mit dieser Information sind Sie ein Zeuge, der in diesem Fall wichtige Beweise liefern kann. Falls die Staatsanwaltschaft Sie vorlädt, um auszusagen, haben Sie leider keine Wahl.«

»Dann weigere ich mich.« Dunaway sah ihn entsetzt an. »Dazu können Sie mich nicht zwingen.«

Kane blieb nicht verborgen, dass dem Mann der kalte Schweiß auf der Stirn stand. »Das liegt nicht mehr in meiner Hand. Der Staatsanwalt kann Sie vorladen, und dann müssen Sie vor Gericht erscheinen, und wenn Sie nicht erscheinen, wird Haftbefehl gegen Sie erlassen. Manch einer, der das getan hat, ist wegen Missachtung des Gerichts ins Gefängnis gewandert.« Er legte ein paar Dollar für die Getränke auf den Tresen und lächelte Dunaway an. »Nur für den Fall, dass irgendjemand hier denken sollte, Sie würden uns bestechen.« Er drehte sich um und verließ die Bar.

Rowley folgte ihm. Als sie draußen waren, grinste er und sagte: »Sehr geschmeidig.«

Kane lächelte. »Ich mache nur meinen Job.« Er ging zu seinem SUV, stieg ein und drehte sich zu Duke um, der sich schlafend auf dem Rücksitz zusammengerollt hatte. »Ich frage mich wirklich, warum du immer darauf bestehst, mitzukommen, mein Junge, wenn du dann doch nicht raus in den Regen willst.«

»Er ist halt schlauer, als du denkst.« Rowley kletterte auf den Beifahrersitz und grinste ihn an. »Wohin als Nächstes?«

Kane startete den Motor und schaute dann auf die Uhr. »Wenn wir uns beeilen, sind wir zurück im Ort, bevor Jenna in die Rechtsmedizin fährt.« Seine Gedanken kreisten wieder um den Fall. Ob es wirklich zwei Mörder waren, die in Black Rock Falls ihr Unwesen trieben? Vielleicht ja ein Mörder und ein Mitläufer, das kam öfter vor. Psychopathen mit Alphamännchen-Charisma verleiteten oft andere zum Töten. Kane bog auf den Highway ab. Als sie die Stadt erreichten, sah er Rowley an, der in Gedanken versunken schien. »Wie läuft es eigentlich mit dir und Sandy? Du hast sie den ganzen Tag noch nicht erwähnt.«

»Es läuft gut ... sogar besser als gut.« Rowley kicherte. »Ich gewöhne mich langsam daran, sie immer um mich zu haben. Vielleicht frage ich sie bald, ob sie mich heiraten will.«

Kane lächelte ihn an. »Die lässt du dir nicht durch die Lappen gehen, was?«

»Auf keinen Fall.« Rowley starrte verträumt vor sich hin. »Sie ist die Frau meines Lebens, das weiß ich einfach.« Er sah Kane an. »Meinst du, Jenna lässt uns zusammen in dem Haus wohnen? Immerhin gehört es der Dienststelle.«

»Bestimmt«, sagte Kane. »Ich wüsste nicht, warum sie dich auf die Straße setzen sollte, nur weil du heiratest. Sie mag Sandy, wir alle mögen sie. Sie gehört doch jetzt schon fast zur Familie.«

»Klasse.« Rowley räusperte sich. »Aber ich werde Jenna auf jeden Fall wegen dem Haus fragen, bevor ich um Sandys Hand anhalte.«

Kane parkte auf seinem persönlichen Stellplatz vor dem Sheriff's Department und öffnete die Hintertür, damit Duke herausspringen konnte. Der Hund senkte den Kopf, rannte die Treppe hinauf und bahnte sich seinen Weg durch die Glastüren. Kane sah ihm kopfschüttelnd hinterher. »Gern geschehen.«

SIEBZEHN

Jenna lauschte Kanes Bericht über die Unterhaltung zwischen Kyler Hall, Cliff Young und den beiden mutmaßlichen Mordopfern aus dem Wald, Parker Louis und Tim Addams. Anschließend saß sie da und sah ihre beiden Deputys skeptisch an. »Das klingt mir alles zu simpel. Wann haben wir jemals einen Mordfall so schnell aufgeklärt?«

»Vielleicht haben wir dieses Mal ja einfach Glück.« Kane nippte an dem heißen Kaffee, der bei ihrer Rückkehr bereitgestanden hatte.

»Wir sind hier in Black Rock Falls, Glück hat damit nichts zu tun.« Irgendetwas war faul, das hatte Jenna im Gefühl. Sie runzelte die Stirn. »Natürlich müssen wir die Verdächtigen unter die Lupe nehmen, aber ich glaube, wir werden in diesem Fall noch mehr in die Tiefe gehen müssen. Jake, du gehst rüber zum Bestattungsinstitut, da arbeitet Ian Clark, unser anderer potenzieller Verdächtiger, als Reinigungskraft. Finde heraus, wo er sich zur Zeit der Morde aufgehalten hat. Ich habe seine Akte gelesen, und es fällt mir schwer zu glauben, dass er in ein Haus einbricht, jemanden tötet und trotzdem nichts mitnimmt. Er wirkt auch nicht einschüchternd genug, um zwei Männer zu jagen und sie hinterrücks zu erschießen.« Sie rieb sich die Schläfen. »Aber ich nehme an, während seiner Zeit im Gefängnis könnte er sich verändert haben.«

»Gut, mach ich.« Schon in der Tür, drehte sich Rowley noch einmal zu ihr um. »Ähm, darf ich dir eine persönliche Frage stellen, bevor ich gehe?«

»Ja, was gibt's denn?«

»Falls ich heiraten sollte, dürfte ich dann trotzdem in dem Haus wohnen bleiben? Immerhin gehört es ja dem Sheriff's Department.«

Jenna konnte sich ein Lächeln nicht verkneifen. »Ja, natürlich. Solange ich Sheriff bin, kannst du da wohnen. Aber ich hoffe doch, dass du dir irgendwann eine eigene Bleibe suchst. Wer weiß, ob die Bewohner unserer schönen Stadt nicht eines Tages die Nase voll haben von mir?«

»Ich hoffe, ich kann in ein, zwei Jahren hier in der Nähe eine Ranch kaufen.« Rowley grinste. »Ach, bitte erwähn das nicht Sandy gegenüber, ich habe sie noch gar nicht gefragt. Das will ich Weihnachten tun.«

»Ich schweige wie ein Grab.« Rowley verschwand, und Jenna ging um den Schreibtisch herum und schnappte sich ihre Jacke. »Auf geht's, Dave, wir kommen zu spät zur Obduktion.« Sie schaute Duke an. »Du bleibst besser bei Maggie. Na komm, alter Junge.« Sie klopfte sich gegen das Bein, und Duke setzte sich in Bewegung und folgte ihr zur Tür hinaus.

An der Rezeption wartete Jenna, bis Duke in seinen Korb hinter dem Tresen geklettert war, dann wandte sie sich an Maggie. »Wie kommt unser fleißiger Helfer zurecht?«

»Der legt sich ganz schön ins Zeug.« Maggie begegnete ihrem Blick. »Ich wusste nicht, ob er Geld hat. Er hat von sich aus keine Pause gemacht, also habe ich ihn zu Aunt Betty's geschickt, damit er etwas zu essen bekommt, und Susie Hartwig hat dafür gesorgt, dass er etwas in den Magen kriegt.« Sie runzelte die Stirn. »Der Arme scheint mir nicht so recht zu wissen, wohin mit sich.«

»Ein Bär hat seine gesamten Vorräte vernichtet, und die Fabrik hat ihn gefeuert«, erklärte Jenna. »Geben Sie ihm heute Nachmittag zweihundert Dollar, und falls Sie dazu kommen, schauen Sie doch mal, ob jemand in der Stadt Arbeit für ihn hat.«

»Werde ich tun.« Maggie grinste. »Ich fange direkt mit Rowley an. Der hat neulich gejammert, dass seine Garage noch aufgeräumt werden muss, bevor der Schnee kommt.«

Jenna lächelte. »Gute Idee.« Sie winkte ihr zu und folgte Kane nach draußen. Im Gehen zog sie sich die Kapuze ihrer Jacke über die Mütze.

Schnee machte ihr nichts aus – die Kälte hatte etwas Erfrischendes, Reinigendes –, aber der Graupel ging ihr ganz schön auf die Nerven. Alles war feucht, und der eiskalte Schneeregen schien durch sämtliche Kleidung zu dringen. Auch der Nebel ließ nicht nach. Er zog sich mehr und mehr um die Stadt zusammen und nahm einem die Sicht. Es war beklemmend. Mit gesenktem Kopf ging sie zu Kanes SUV. Im Wagen schnallte sie sich an und sagte zu Kane: »Wenn sich das Wetter nicht bald ändert, fällt Halloween ins Wasser.«

»Laut Wetterbericht soll es heute Nachmittag aufklaren.« Kane ließ den Motor an und setzte zurück. »Der Wind hat aufgefrischt; vielleicht bläst er die Wolken weg. Allerdings wird es dann auch sofort frieren, und da alles nass ist, werden die Straßen glatt sein. Das wird ganz schön gefährlich.« Er stöhnte auf. »Oh, das habe ich dir noch gar nicht erzählt: Einer der Investoren vom Ski-Resort hat von der Old Mitcham Ranch gehört und sie gekauft, als Touristenattraktion. Sie verteilen bereits Flyer und machen überall in den Medien Werbung für Halloween.«

Ein Schauer lief Jenna über den Rücken, als sie Erinnerungen an die alte Ranch und deren Geschichte überkamen.

Alles hatte vor einigen Jahrzehnten mit einem Selbstmord angefangen, und in jüngerer Zeit hatte der brutale Mord an zwei
jungen Frauen dafür gesorgt, dass das baufällige Gebäude
endgültig zur Legende wurde. Die Einheimischen behaupteten
steif und fest, dass die Geister der verlorenen Seelen die Old
Mitcham Ranch heimsuchten und ein Fluch auf ihr lastete. Seit
sie selbst dort fast gestorben war und miterlebt hatte, was den
früheren Besitzern widerfahren war, glaubte sie beinahe
tatsächlich an diesen Fluch. »Wer geht denn zum Vergnügen
dahin?«

»Ich nicht, aber so etwas zieht Leute an, die sich gerne
gruseln.« Kane hupte, als ein streunender Hund vom Fußgän-
gerweg auf die Straße lief. Er machte eine Vollbremsung.

Jennas Sicherheitsgurt schnitt ihr so fest in den Hals, dass
sie kaum Luft bekam. »Ey!«

»Verdammt, der Hund da wird noch einen Unfall verursachen.« Kane fuhr rechts ran und hielt an.

Jenna starrte der zerlumpten Promenadenmischung hinterher. »Fahr weiter, Dave. Wir haben keine Zeit, den einzufan-
gen. Ich rufe mal eben die Stadtverwaltung an und sorge dafür,
dass der Hundefänger nach ihm Ausschau hält.« Sie holte ihr
Handy aus der Tasche.

Als sie wieder aufgelegt hatte, erreichten sie die Rechtsmedizin. Obwohl der Graupel in einen leichten Regen überge-
gangen war, eilten sie im Laufschritt hinein. Jenna zog ihre
Karte durch den Scanner an der Tür, und sie schlüpften aus
ihren Jacken und hängten sie an die Hakenleiste im Korridor.
Als sie auf die Leichenhalle zusteuerten, steckte Emily Wolfe
ihren Kopf aus der Tür und winkte ihnen zu.

Jenna lächelte sie an. »Tut mir leid, dass wir zu spät
kommen.«

»Wir haben noch nicht angefangen.« Emily kam ihnen auf
dem Korridor entgegen und reichte ihnen OP-Masken und
Latexhandschuhe. »Ich sage Dad Bescheid, dass ihr hier seid.

Was für ein interessanter Fall! Ich freue mich schon darauf, was uns das Opfer alles für Geheimnisse verraten wird.« Sie machte auf dem Absatz kehrt und marschierte zurück in die Leichenhalle.

Jenna sah zu Kane, der sie amüsiert anschaute. Sein makabrer Sinn für Humor kam immer in den unpassendsten Momenten zum Vorschein. Wahrscheinlich fand er so Ausgleich für den Stress, den der Anblick so vieler toter und mitunter verstümmelter Leichen bei ihm auslöste.

»Okay, Dave, spuck's schon aus.«

»Ach, nichts.« Kane legte die Maske an, aber auch die konnte sein Lächeln nicht verbergen. »Ich habe mich nur gefragt, wie viele Geheimnisse ein Mann verraten kann, der quasi keinen Kopf mehr hat.«

Darauf fiel Jenna keine Erwiderung ein – sie hob die Arme und ließ sie an ihre Seiten fallen. Dann setzte sie eine ernste Miene auf und öffnete die Tür. Der übliche Geruch begrüßte sie, die unverwechselbare Mischung aus Tod und Antiseptika. »Guten Tag, allerseits.«

»Okay, es ist schon spät. Nur eines, bevor wir anfangen: Ich habe die Opfer aus dem Stanton Forest identifiziert. Wir werden morgen die Obduktionen durchführen.« Wolfe sah Jenna über seine OP-Maske hinweg an. »Weiter mit dem Fall Robinson. Ich habe gestern Abend am Tatort Blutproben entnommen und den Blutalkohol getestet, bevor die Verwesung einsetzte. Offenbar hatte Mr Robinson ein paar Drinks intus, als er zu Bett ging.« Er zog das Laken von der Leiche. »Ich lasse auch einen vollständigen Toxin-Test der Proben durchführen.«

»Gibt es Grund zur Annahme, dass ihn jemand unter Drogen gesetzt hat?« Emilys blassgraue Augen blickten Jenna an.

Jenna schüttelte den Kopf. »Nein. Seine Frau hat ausgesagt, dass sie jemanden im Haus gehört und versucht hat, ihren Mann zu wecken, bevor der Schütze den Raum betrat.«

»Ganz genau.« Wolfe zog das über dem Untersuchungstisch angebrachte Aufnahmegerät herunter. »Die Menge an Alkohol, die er konsumiert hatte, hätte ihn nicht dermaßen Schachmatt gesetzt. Es muss einen anderen Grund geben, warum sie ihn nicht wecken konnte. Auch wenn wir keine Schmauchspuren auf der Haut der Frau gefunden haben, die angezeigt hätten, dass sie ihn erschossen hat, können wir dennoch nicht ausschließen, dass sie etwas damit zu tun hatte.«

»Also, ich schlafe immer wie ein Toter.« Webber räusperte sich. »Vielleicht ging ihm das ähnlich.«

»Ich ziehe alles in Betracht, aber das wird seine Frau beantworten müssen.« Wolfe sah Jenna an. »Okay, bitte keine weiteren Fragen. Ich werde jetzt meine Beobachtungen aufzeichnen.«

Jenna wartete geduldig, während Wolfe den Toten als gesunden Mann mit für seine Größe normalem Gewicht beschrieb. Nichts schien ungewöhnlich oder fehl am Platz zu sein, bis Wolfe die Aufnahme anhielt und Webber die Leiche umdrehte. Ihr Blick glitt über den Torso, wobei sie versuchte, den zerfetzten Hals zu ignorieren, über dem ein Teil des Kopfes fehlte. Sie konzentrierte sich auf eine verfärbte Stelle auf der Haut. »Sind das Beißspuren?«

»Sieht ganz danach aus.« Wolfe hielt ein beleuchtetes Vergrößerungsglas darauf. »Webber, machen Sie ein paar Aufnahmen von dem Areal.« Er trat zurück. »Irgendwelche Vorschläge?«

»Was würdest du sagen, Shane, wie alt ist das?« Kane ging näher heran und betrachtete den Biss.

»Nicht ganz neu – drei Tage oder etwas mehr.« Wolfe drehte sich um und sah ihn an. »Die Zähne sind durch die Haut gedrungen, aber die Heilung ist schon ziemlich weit fortgeschritten. Man beachte auch die violette Färbung des Blutergusses. Normalerweise verändert sich ein Bluterguss innerhalb der ersten Tage nach einer Verletzung von rot zu blau zu lila. Vielleicht hat ihn seine Frau gebissen.«

Jenna schwirrten die Implikationen dieser Verletzung durch den Kopf. »Wenn sie es nicht war, aber sie den Biss bemerkt hat, wird sie gewusst haben, dass er eine Affäre hatte.« Sie stieß einen langen Seufzer aus. »Verdammt, wie können wir Mrs Robinson fragen, ob sie ihren Mann gebissen hat, ohne damit in eine Wespennest zu stechen? Soweit wir wissen, hat sie keine Ahnung von den Affären ihres Mannes.«

»Dann fragen wir halt die Geliebte.« Kane bemerkte Wolfes erstaunte Miene. »Tut mir leid, wir hatten noch keine Zeit, dich auf den neuesten Stand zu bringen. Wir haben gerade erst erfahren, dass Robinson ein Schürzenjäger war. Er hatte offenbar eine Affäre mit Ann Turner.«

»Der Friseurin?« Emily starrte ihn an. »Die hatte was mit ihm?«

Jenna nickte. »Scheint so. Ich glaube, wir sollten uns so oder so mit Ann unterhalten.«

»Ich nehme an, sie weiß noch nicht, dass er tot ist.« Kane verzog das Gesicht. »Es gibt nichts Schlimmeres, als jemandem schlechte Nachrichten überbringen zu müssen.«

ACHTZEHN

MITTWOCHABEND

Es überraschte ihn immer wieder, dass die Leute nicht mitbekamen, dass ihnen jemand auf den Fersen war, bis es zu spät war. Obwohl der Graupel sich endlich verzogen hatte, hatte Ruby seinen Pick-up nicht bemerkt, der ihr bis zur Bushaltestelle gefolgt war. Dann war er im Schneckentempo hinter dem Bus hergefahren, als würde er die schlaffe, regennasse Halloween-Dekoration vor den Häusern betrachten, und hatte darauf gewartet, dass sie wieder ausstieg. An diesem Ende der Stadt wurden die Häuser weniger, und die Grundstücksgrenzen wurden nicht durch weiße Lattenzäune, sondern durch Stacheldraht markiert. So nahe am Wald hatten viele der Ranches eine von Bäumen gesäumte Auffahrt, und die Leute benutzten diese Wege als Abkürzung zu ihren Häusern, statt weiter der Straße zu folgen. Sein Herz schlug schneller, als Ruby aus dem Bus stieg, der tuckernd davonfuhr und eine schwarze Rauchwolke ausstieß. Er hielt am Bordstein, ein gutes Stück entfernt von der nächsten Straßenlaterne, während sie den Bürgersteig entlanglief, um sogleich in eine unbeleuchtete Auffahrt einzubiegen.

Die Kälte überkam ihn wie eine beinahe tranceartige Illusion. Sein Körper schien einen eigenen Willen zu haben, als er aus dem Pick-up stieg. Er ging gebückt und hinkte – jeder, der aus dem Fenster schaute und ihn sah, würde ihn für einen alten Mann halten, der gegen den Wind ankämpfte, während er in der Dämmerung nach Hause schlich. Er ging langsam auf den Eingang der Auffahrt zu. Vor sich konnte er gerade noch Rubys schlanke Silhouette ausmachen. Sie stapfte durch eine dicke Schicht Herbstlaub am Straßenrand.

Der Kies knirschte unter seinen Stiefeln. Er spürte mehr, als dass er es sah, dass Ruby stehen blieb und ihn über eine Schulter hinweg anschaute. Er ging schneller, und als er bis auf wenige Meter an sie herangekommen war, konnte er ihre Angst schmecken. Sie ging jetzt ebenfalls schneller. Ihr Atem bildete große Dampfwolken, die sie wie ein himmlisches Wesen wirken ließen, das jeden Moment abheben und ihm für immer entschweben konnte. Er trat extra laut auf, als er ihr näher kam, und amüsierte sich darüber, wie sie im Zickzack lief, wie ein verängstigtes Kaninchen. Als er den gelben Schein einer Straßenlaterne am Ende des dunklen Weges sah, seufzte er, drehte sich um und ging zurück zu seinem Wagen. Ruby hatte seinen Appetit geweckt, und wenn sie sich das nächste Mal begegneten, würde sie ihren Tod nicht kommen sehen.

NEUNZEHN

DONNERSTAGMORGEN

Die Sonne kam gerade erst über den Horizont gekrochen, als Kane sich an den Zaun lehnte, der den Paddock umgab. Versonnen lächelnd beobachtete er die Pferde, die mit aufgestellten Ohren umeinanderliefen und schnaubten. Der Himmel war so klar, dass man meilenweit gucken konnte. Endlich konnte er die Pferde tagsüber wieder aus dem Stall lassen, damit sie das saftige grüne Gras genießen konnten. Er starrte in die Ferne und freute sich über die Aussicht. Es war so schön, wieder die Berge zu sehen. Als Jenna mit Stroh im Haar auf ihn zukam, grinste er sie an und zupfte die Halme heraus. »Danke, dass du mir mit den Pferden geholfen hast.«

»Das sind auch meine Pferde.« Sie gähnte. »Aufstehen, Sport treiben, die Ställe ausmisten, und das alles vor der Arbeit – das ist selbst für jemanden wie dich ganz schön viel, wenn wir gleichzeitig mehrere Mordfälle aufzuklären haben.« Sie wandte sich ab und ging auf das Haus zu. »Du hast mich schon viel zu lange verschont.«

Er kicherte und ging im Gleichschritt neben ihr her. »Du hilfst mir jeden Abend, sie zu füttern, und ich habe doch gesagt, dass ich für die Pferde zuständig bin, wenn wir uns welche anschaffen.«

»Mag sein, aber wenn wir uns nicht beeilen, verpassen wir die Obduktion der Toten vom Stanton Forest.« Jenna schaute auf ihre Uhr. »Schaffst du es noch, zu duschen und Frühstück zu machen? Ich habe Shane gesagt, dass wir kurz vor neun da sind.«

Kane pfiff nach Duke. »Kein Problem. Und falls wir nachher spät dran sind, fahren wir einfach mit Blaulicht.« Er grinste sie an und joggte hinüber zu seiner Hütte.

Beim Frühstück überdachte er den Ablauf noch einmal. »Eigentlich könnten wir auch etwas später zur Rechtsmedizin fahren. Wolfe hat bestimmt ohnehin schon mit den Obduktionen begonnen, und Webber kann als polizeilicher Zeuge fungieren.« Er führte eine Gabel voll Rührei zum Mund. »Wir könnten erst einmal die Friseurin in ihrem Salon befragen und danach zu Shane und uns anhören, was er entdeckt hat.«

»Wir könnten schon, aber ich bin lieber von Anfang an dabei, um Fragen zu stellen.« Jenna runzelte die Stirn. »Ich weiß, dass du glaubst, die meisten Beweise würde man am Tatort finden, aber meiner Ansicht nach haben die Opfer uns auch immer noch eine Menge zu erzählen.«

»Okay, okay.« Kane stand auf, sammelte die Teller ein und kratzte die nicht aufgegessenen Eier in Dukes Napf. Noch bevor Kane die Spülmaschine fertig eingeräumt hatte, hatte der Hund sie verputzt. »Möchtest du noch Kaffee?«

»Nein, danke.« Jenna richtete sich auf, umrundete den Tisch und räumte ihren Becher in die Spülmaschine. »Wir werden hinterher mit der Friseurin sprechen. Wie hieß sie noch gleich?«

»Ann Turner.« Kane schnallte seinen Dienstgürtel um und setzte seinen Hut auf. »Abfahrbereit?«

»Ja.« Jenna steckte ihr Handy in die Tasche. »Soll Duke mit?«

Kane ging zur Tür und schnappte sich unterwegs seine Jacke, Duke war ihm dicht auf den Fersen. »Es regnet nicht, also wird er uns kaum von der Seite weichen. Ich denke mal, während der Obduktionen wird er in Shanes Büro warten können. Ich glaube nicht, dass wir Zeit haben, vorher noch beim Sheriff's Department vorbeizuschauen.«

»Shane wird schon nichts dagegen haben.« Jenna ging auf Kanes Wagen zu. »Sein Büro ist ja kein steriler Bereich. Duke wird wahrscheinlich eh die ganze Zeit schlafen.«

Kane öffnete die Hintertür seines SUV, hob Duke auf den Sitz und schnallte ihn in seinem Geschirr fest. »Es kann höchstens sein, dass er anfängt zu jaulen, wenn er die Leichen riecht.«

»Hui, dann kommt er vielleicht in die Zeitung.« Jenna erklomm den Beifahrersitz und grinste ihn an. »Ich sehe die Schlagzeile schon vor mir: ›Geisterhaftes Heulen im örtlichen Leichenschauhaus an Halloween‹!«

»Kannst du dir vorstellen, wie Shane vom Fernsehen interviewt wird?« Kane startete den Motor und fuhr die Auffahrt hinunter. »›Mr Wolfe, haben Sie in letzter Zeit den Mond angeheult?‹« Er gluckste. »Fang lieber gar nicht erst davon an, sonst macht er wieder dieses Gesicht, als hätte er gerade in eine Zitrone gebissen.« Sie bogen auf den Highway ein.

»Ich werde mich hüten.« Jennas fröhliche Miene wurde ernst, als ihr Telefon klingelte. »Es ist Jake, ich stelle ihn auf Lautsprecher. Guten Morgen, gibt es ein Problem?«

»Nein, alles gut. Da ihr direkt zur Rechtsmedizin fahrt, dachte ich, ich bringe euch auf den neuesten Stand, was den Verdächtigen angeht, den ich gestern befragt habe. Ian Clark.« Rowley klang ganz begeistert. »Er hat ein Alibi für den Robinson-Mord. Ich habe es heute Morgen auf dem Weg überprüft, und der Leichenbestatter hat mir bestätigt, dass er an dem fraglichen Abend drei Stunden lang bei ihm war, um eine Leiche zu präparieren, und dass er die Räumlichkeiten dort nicht verlassen hat.«

»Okay, dann können wir ihn wohl von der Liste streichen. Danke, dass du mir Bescheid gesagt hast.« Jenna lehnte sich in ihrem Sitz zurück und sah Kane an. »Einer weniger. Hey, ist das Eis?« Sie deutete auf die schimmernden Flecken auf dem Asphalt.

»Sieht ganz danach aus.« Kane fuhr langsamer, um dem Eis auszuweichen. Er hatte gehofft, nach dem morgendlichen Frost wäre inzwischen alles wieder geschmolzen. »Die Temperatur fällt gerade rasant, und der nasse Asphalt hatte noch keine Zeit zum Trocknen.« Im nächsten Moment flitzte eine schwarze Katze mit struppig-feuchtem Fell über die Straße. Kane ging in die Eisen und verfehlte sie nur knapp. Die Hinterräder seines SUV glitten auf dem Eis weg, und er geriet so nah an den Straßengraben, dass die Vorderräder durch das trockene Gebüsch krachten, bevor er die Kontrolle wiedererlangte. Eine Handbreit vom Graben entfernt kam er zum Stehen. »Wo kommt die denn her? Hier gibt es meilenweit keine andere bewohnte Ranch.« Er spähte aus dem Fenster, aber die Katze war schon im Unterholz verschwunden.

»Na super, als würden wir noch mehr Unglück brauchen.« Jenna schaute zu einer Baumgruppe hinüber. »Als ich das letzte Mal vorbeikam, saß eine Katze auf dem Torpfosten an der Auffahrt zur Old Mitcham Ranch. Die gehört wahrscheinlich einem der Handwerker, die dort arbeiten. Dem Mann mit dem Schneepflug kann sie nicht gehören, der ist in Florida, und er würde eine Katze nicht unbeaufsichtigt lassen.«

Als Duke plötzlich bellte und aufheulte, stellten sich Kane die Nackenhaare auf. Er bog wieder auf den Highway ein. »Diese Reaktion hätte ich von Duke nicht erwartet. Andererseits sind uns in letzter Zeit auch eher selten Katzen über den Weg gelaufen.« Er schaute zu Jenna hinüber. »Du glaubst nicht wirklich, dass schwarze Katzen Unglück bringen, oder?«

»Nein, eher nicht.« Jenna räusperte sich. »Ich hatte einen Nachbarn, der hatte eine Bombay-Katze mit glänzend-schwarzem Fell und wunderschönen kupferfarbenen Augen. Eine wirklich schöne Katze. Ich habe mich eine Zeit lang um das Tier gekümmert, nachdem ihr Haus abgebrannt war.« Sie seufzte. »Die arme Frau hatte alles verloren, außer ihre Katze.«

Kane sah sie an, dann richtete er die Augen wieder auf die Straße. »Dann ist an der Sache mit dem Unglück ja vielleicht doch was dran, hm?«

Als sie in die Main Street einbogen, verlangsamte Kane das Tempo. Die eisbedeckte schwarze Fahrbahn glitzerte im Sonnenlicht, und gleich zwei Auffahrunfälle blockierten die Straße. Auf dem Bürgersteig hatte sich zwischen zerfledderten Halloween-Wimpeln ein Haufen Schaulustiger versammelt, die Gesichter zum Schutz vor der bitterkalten Luft in Schals und Mützen verborgen. Er fuhr rechts ran und versuchte zu erkennen, was weiter vorne los war. »Sieht höchstens nach Blechschaden aus.«

»Verdammt. Jetzt kommen wir noch später.« Jenna stieg aus. »Ich werde Jake anrufen. Er wird sich um die Unfälle kümmern müssen. Geh mal kurz nachschauen, ob jemand verletzt ist. Wir müssen die Nebenstraßen nehmen, sonst verpassen wir die Obduktionen.« Sie seufzte. »Ich schicke auch jemanden raus, der die Straßen streut.«

Als Kane aus dem SUV stieg, fuhr ihm sofort die Kälte in den Kopf. Auf der kurzen Fahrt von Jennas Ranch in den Ort war die Temperatur noch einmal beträchtlich gesunken, und die Metallplatte, die er seit dem Anschlag mit der Autobombe damals im Schädel hatte, verursachte ihm, wie so oft im Winter, starke Kopfschmerzen. Er steckte den Kopf zurück in den Innenraum, holte seine Wollmütze aus der Mittelkonsole und setzte sie auf. Seinen Stetson ließ er auf dem Fahrersitz liegen. Er zog die Kapuze hoch und biss gegen den drohenden Schmerz die Zähne zusammen. Seine Stiefel knirschten auf dem Eis, als er auf den ersten Auffahrunfall zuging. »Sind Sie verletzt, Ma'am?« Er spähte in das Auto.

Die junge Frau schüttelte den Kopf, und er nickte und ging weiter zum nächsten Fahrzeug. Es war so glatt, dass er bei jedem Schritt auszurutschen drohte. Nachdem er alle Beteiligten überprüft hatte, verlor er tatsächlich kurz den Halt, und dann schlidderte er zu Jenna zurück. »Niemand ist verletzt. Der plötzliche Temperatursturz hat für Glatteis gesorgt, dieses Ende der Main Street ist komplett vereist. Das andere Ende sollte aber frei sein, auf den Teil der Stadt scheint bereits die Sonne. Hier liegt der Asphalt noch im Schatten.«

»Die Streufahrzeuge sind auf dem Weg.« Jenna stellte sich mitten auf die Straße und lenkte den Verkehr in Richtung Ronan Road um. »Aber wir müssen dafür sorgen, dass der Verkehr weiterfließt, sonst kommen sie nicht durch.« Sie blickte ihn an. »Du bist blass wie ein Gespenst. Kopfschmerzen?«

Kane zuckte zusammen. Er war für sie ein offenes Buch. »Ja, ich werde ein paar Tabletten nehmen, sobald wir in der in der Rechtsmedizin sind.«

»Nein.« Sie sah ihn stirnrunzelnd an. »Die nimmst du jetzt sofort. Jake holt Walters ab, der kann den Verkehr regeln, während Jake die Unfallberichte ausfüllt. Du wartest hier im Wagen.« Sie wandte sich ab und ging die Mittellinie entlang. Das gelbe Sheriff-Logo vorne und hinten auf ihrer Winteruniform machte dem entgegenkommenden Verkehr sofort klar, wer hier das Sagen hatte.

ZWANZIG

»Geht's dir jetzt besser?«, fragte Jenna, als Kane auf dem Parkplatz der Rechtsmedizin hielt.

»Ja, danke.« Kane zog sich die Mütze über die Ohren und langte nach dem Türgriff.

»Warte.« Jenna rollte mit den Augen. Sie vermutete, dass ihr Deputy, ein Ex-Special-Forces-Agent mit gelegentlichen Machoallüren, es ihr übelnahm, dass sie ihm vorschrieb, wie er seine Verletzung versorgen sollte, aber er verlangte sich oft zu viel ab. Als seine Vorgesetzte und gute Freundin war es ihre Pflicht, dafür zu sorgen, dass er besser auf sich aufpasste.

»Wir sind spät dran.« Kane sah sie unverwandt an, seine Hand schwebte über dem Türgriff.

Sie schaute ihm direkt in die Augen. »Ich werde mich nicht dafür entschuldigen, dass ich darauf bestehe, dass du deine Medikamente nimmst.« Sie nahm seinen verärgerten Blick wahr und schluckte. »Du bist selbst schuld, wenn du bei diesem Wetter ohne Mütze rausgehst.«

»Ich hatte es halt eilig.« Kane stieg aus dem SUV, öffnete die Tür zum Fond und schnallte Duke los. »Weißt du, ich habe diese strenge Chefin, die mich schon vor Sonnenaufgang schuften lässt. Ich hatte meine Mütze abgenommen, um zu duschen, bevor ich ihr das Frühstück machen musste, und habe vergessen, sie wieder aufzusetzen, bevor ich das Haus verlassen habe. Meine Schuld.« Er lächelte sie an, seine Augen funkelten belustigt. »Ich weiß deine Besorgnis wirklich zu schätzen, Jenna. Das bedeutet mir sehr viel.«

Sie stieg aus dem SUV und traf ihn an der Eingangstür. »Streng? *Moi*?« Sie stieß die Glastür auf und ging hinein. »Wohl kaum.«

Jenna wartete nicht auf Kane, der erst noch Duke in Wolfes Büro einsperrte, sondern ging direkt zur Leichenhalle. Sie zog ihre Jacke aus und hängte sie an einen der Kleiderhaken neben der Tür, schnappte sich eine Maske und Handschuhe, zog ihre Karte durch den Scanner und ging hinein. Der Geruch von verwesendem Fleisch schlug ihr entgegen, als sie sich im Raum umsah. Auf den Monitoren waren Röntgenbilder und diverse gruselige Aufnahmen vom Tatort zu sehen. Sie betrachtete sie, aber auf einigen konnte sie die Stelle, wo sie die Leichen gefunden hatten, gar nicht wiedererkennen. Wolfe blickte auf und hielt das Aufnahmegerät an. Sie nickte ihm zu: »Tut mir leid, dass wir zu spät kommen. Wir mussten uns um mehrere Unfälle auf der Main Street kümmern. Dort gibt es Glatteis. Was ist denn das hier?« Sie zeigte auf die Fotos. »Ich erkenne unseren Tatort da gar nicht wieder.«

»Das ist er auch nicht. Die Morde im Stanton Forest haben Ähnlichkeit mit einem Fall in Butte. Emily hat sich gestern Abend auf die Suche gemacht, ob es ein Muster gibt. Ich habe den Eindruck, dass diese Fälle zusammenhängen.« Wolfe warf einen Blick zur Tür, als Kane eintrat. »Zwei Männer wurden erschossen und einfach am Straßenrand liegen gelassen.«

Fasziniert studierte Jenna die ihr unbekannten Tatortfotos. »Beiden wurde in den Rücken geschossen und dann in den Kopf?«

»Genau. Man könnte meinen, der Schütze hätte sie erst aus

der Ferne niedergestreckt und dann aus nächster Nähe erledigt, aber das ist nicht der Fall.« Wolfe sah Kane an. »Ich glaube, dieser Schütze hat hier so etwas wie eine Signatur hinterlassen.«

»Meinst du die Federn, die wir an beiden Tatorten gefunden haben?« Kane trat an den Untersuchungstisch und betrachtete den Leichnam.

»Nein. Von Federn steht in den Berichten nichts. Vielleicht hat man dic übersehen.« Wolfe zoomte mit einer Fernbedienung auf ein Obduktionsfoto eines anderen Opfers. »Ich meine den Winkel der Schüsse. Die Verletzungen sind die gleichen wie bei Parker Louis und Tim Addams. Was würdest du sagen, Dave?«

»Dem Einschusswinkel nach zu urteilen, würde ich sagen, ein Schuss in die Schulter, und als das Opfer zusammensackte, ein weiterer Schuss in den Kopf, also zwei schnelle Schüsse aus derselben Entfernung.« Kane sah Jenna an. »Ein Opfer mag Zufall sein, aber zwei identische Opfer in einer anderen Stadt – das spricht meiner Ansicht nach für eine charakteristische Tötungsmethode. Er hätte die beiden ganz leicht mit einem Kopfschuss ausschalten können. Das wäre eine saubere Tötung gewesen. Ein Profikiller würde einen Schuss abgeben und sich aus dem Staub machen. Das hier sieht für mich danach aus, als hätte er ihnen maximale Schmerzen zufügen wollen.« Er zeigte auf die Röntgenbilder der Opfer aus dem Stanton Forest. »Diese Verletzung ist unerträglich schmerzhaft, aber um einem so das Schlüsselbein zu zertrümmern, muss man verdammt gut zielen können.«

Fasziniert betrachtete Jenna die Röntgenbilder. »Wenn die Kopfschüsse so schnell hinterherkamen, wird der Schmerz aber nicht besonders lange angehalten zu haben, höchstens Sekunden. Würde das einen Psychopathen befriedigen?« Sie wandte sich an Kane. »Wir haben schon viele gehabt, die ihre Opfer gequält haben und es darauf angelegt haben, dass sie möglichst langsam sterben. Mit was für einem Verrückten haben wir es diesmal zu tun?«

»Ich würde gerne nach weiteren Übereinstimmungen mit diesem Fall suchen und vielleicht mit den beteiligten Profilern sprechen, bevor ich eine Entscheidung treffe. Wir ihr seht, decken diese Verbrechen beide Enden des Spektrums ab.« Kane rieb sich den Nacken. »Wir haben etwas, das wie die Tat eines Profis aussieht, wahrscheinlich ein Auftragsmord. Nehmen wir an, deshalb ist der Mörder in der Stadt. Der Robinson-Mord war geradezu klinisch-präzise durchgeführt, aber dann haben wir diese beiden hier.« Er wies in Richtung der Opfer. »Das sind sicher keine Auftragsmorde. Ich denke mal, die haben einfach Pech gehabt und sind einem Psychopathen in die Quere gekommen.«

»Hmm.« Jenna wandte sich an Emily. »Wie weit hast du gesucht?«

»In ganz Montana. Ich habe die Zeitungsarchive durchgeschaut und anschließend in Butte angerufen, um mir die Akten schicken zu lassen.« Emily warf ihrem Vater einen abschätzigen Blick zu. »Die anderen Datenbanken darf ich ja leider nicht durchsuchen.«

Jenna lächelte hinter ihrer OP-Maske. »Mach dir nichts draus. Ähnliche Verbrechen aufzuspüren, ist sowieso eher unser Job.« Sie wandte sich wieder an Kane. »Wie weit würde ein Auftragskiller reisen?«

»Das hängt von mehreren Faktoren ab. Zuerst einmal: Arbeitet er auf eigene Rechnung, oder hat er einen Boss?« Kane hob die Augenbrauen. »Er könnte einem Kartell angehören, aber wenn Robinson nicht in Drogen, Glücksspiel oder Menschenhandel verwickelt war, was ich bezweifle, oder vor Gericht gegen einen Gangster aussagen musste, würde ich sagen, der Killer ist Freelancer.«

Jenna ging jetzt schon auf die Nerven, welche Ausmaße der Fall annahm. »Wenn wir ähnliche Morde finden, müssen wir uns mit den dortigen Dienststellen in Verbindung setzen und mit den Kollegen sprechen, die die Fälle bearbeitet haben.« Sie konnte sich wenig Schlimmeres vorstellen. Der Umgang mit verschiedenen Ablagesystemen war das eine, aber jeder Ermittler hatte auch seine eigenen Methoden, Verbrechen aufzuklären. Klar, alle hielten sich an die Vorschriften, aber nur wenige konnten mit ihrem Team mithalten. Manchmal waren es gerade die kleinen Dinge, die bei einer Untersuchung übersehen wurden und die geholfen hätten, einen Fall zu lösen.

»Noch Fragen, oder soll ich fortfahren?« Wolfes Stimme riss sie aus ihren Gedanken.

Jenna schüttelte den Kopf. »Schon gut. Was hast du noch entdeckt?«

»Ihr bekommt einen vollständigen Bericht von mir, sobald die toxikologischen Ergebnisse vorliegen, aber soweit ich feststellen kann, waren sowohl Louis als auch Addams für ihr Alter gesund. Die Todesursache war bei beiden ein Schuss in den Kopf. Aufgrund der kleinen Eintrittswunde, der permanenten Wundhöhle, wo das Projektil ausgetreten ist, und der Spritzer von Hirnsubstanz am Tatort kann ich mit Sicherheit sagen, dass Hohlspitzgeschosse verwendet wurden, und aufgrund des Ausmaßes der erlittenen Schäden würde ich sagen, dass die Tatwaffe ein Gewehr war.«

Jenna betrachtete die Leiche von Tim Addams. »Warum unterscheiden sich die Austrittswunden an der Schulter von den Kopfschüssen? Könnte das bedeuten, dass es zwei Schützen waren?«

»Nein.« Wolfe räusperte sich, als wollte er dafür sorgen, dass Emily und Webber aufpassten. »Hier geht es um kinetische Energie, also die Größe eines Projektils und die Geschwindigkeit, mit der es sich fortbewegt, wenn es sein Ziel trifft. Der Schaden, den es anrichtet, hängt von der Art des Gewebes ab, in das es eindringt. Weichgewebe absorbiert relativ wenig Energie vom Projektil, sodass es das Gewebe leicht durchdringt und wenig Schaden anrichtet. Schädel oder Knochen absorbieren hingegen so viel Energie, dass das Projektil massive Schäden verursacht.«

»Aber wir haben am Tatort nur Fragmente gefunden. Haben wir nichts, womit wir einen ballistischen Test durchführen können?« Voller Sorge, dass sie wichtige Beweise übersehen hatten, blickte Jenna Kane an. »Wenn die Kugeln Weichgewebe durchschlagen haben, hätten wir doch zumindest eines der Geschosse im Inneren des Opfers finden müssen.«

»Ich fürchte nicht. Die Kugel traf auf einen Knochen, bevor sie ausgetreten ist. Weichgewebe absorbiert kinetische Energie und bremst das Projektil, sodass es oft im Körper verbleibt. Aber wenn ein Hohlspitzgeschoss auf Knochen trifft, erhöht sich die kinetische Energie so sehr, dass das Geschoss aufpilzt und am Austrittspunkt für eine große permanente Wundhöhle sorgt.« Wolfe sah sie an. »Ich habe Fragmente vom Fall Robinson und das, was wir am Tatort im Stanton Forest gefunden haben. Ich werde alles untersuchen, um festzustellen, ob beide Male dieselbe Waffe benutzt wurde. Allerdings bezweifle ich das. Beim Mord an Robinson wurde sicherlich kein Gewehr verwendet, im Wald aber schon; aus einer solchen Entfernung wäre es ohne Gewehr nicht zu solchen Schäden an den Opfern gekommen. Besorgt mir die Tatwaffen, dann kann ich einen Test durchführen und feststellen, ob wir eine Übereinstimmung haben.«

Leichter gesagt als getan. Jenna wandte sich an Emily. »Kannst du mir die Fallakten aus Butte rüberschicken? Wir fahren zurück ins Büro und schauen, was wir noch herausfinden können.«

»Mache ich jetzt gleich.« Emily ging zum Computer und tippte auf der Tastatur herum. »Erledigt.«

»Okay.« Wolfe wandte sich an Webber. »Nähen Sie Mr Louis wieder zu. Emily, du versorgst Mr Addams. Wenn ihr fertig seid, bringt die Gewebeproben ins Labor.« Er zog seine

Handschuhe aus und ging zur Tür. »Ich muss mit Dave und Jenna in meinem Büro sprechen.«

Jenna und Kane folgten ihm in den Korridor. »Stimmt etwas nicht?«, wollte Jenna wissen.

»Ich habe einen Verdacht, was diesen Mörder angeht.« Wolfe wies in Richtung der Tür zur Leichenhalle. »Die Vorgehensweise des Täters ist mir nicht neu, ich habe über ähnliche Fälle in anderen Bundesstaaten gelesen.« Er ging voran zu seinem Büro. »Ich habe eine Kontaktfrau beim FBI, die in Baltimore an mehreren Fällen gearbeitet hat, bei denen der Mörder eine schwarze Feder am Tatort zurückgelassen hat. Mit der sollten wir unbedingt sprechen. Es gibt garantiert noch mehr Fälle wie diese. Wenn wir es tatsächlich mit einem extrem gefährlichen und aktiven Serienmörder zu tun haben, der von Bundesstaat zu Bundesstaat zieht, können wir jede Hilfe brauchen, die wir kriegen können.«

EINUNDZWANZIG

SNAKESKIN GULLY, MONTANA

Jo Blake sank erschöpft in ihren Bürostuhl und fuhr sich mit beiden Händen durchs Haar. *Was tue ich hier eigentlich?* Die Wahrheit hatte ihr hässliches Gesicht gezeigt, und sie schob sie beiseite – noch mehr Stress konnte sie einfach nicht ertragen. Der Umzug mit ihrer siebenjährigen Tochter und die Einrichtung einer FBI-Außenstelle in einem Kuhdorf in Montana waren schon nervig genug, und jetzt klingelte auch noch ihr Telefon. »Special Agent Jo Blake.«

»Ich bin's, Shane Wolfe.«

Jo strahlte, stand auf und ging ins Hauptbüro. »Das ist ja mal eine Überraschung! Ich habe gehört, du hast dein altes Leben aufgegeben und bist Forensiker? Wo wohnst du denn jetzt?«

»In Black Rock Falls, Montana, auch bekannt als Hauptstadt der Serienkiller. Ich bin der Rechtsmediziner für diesen und die angrenzenden Countys.« Wolfe räusperte sich. »Wir haben hier einen guten Profiler, aber wenn du Zeit hast, hätte ich ein paar Fragen an dich. Es geht um einen Fall hier bei uns.«

»Montana? Die Welt ist wirklich klein, da bin ich jetzt

auch. Ich wohne in Snakeskin Gully.« Jos Stimme hallte in dem riesigen, fast leeren Raum wider. »Ich helfe dir gerne, sobald ich mich etwas eingelebt habe. Gib mir ein paar Tage Zeit. Ich habe kein Personal. Mir wurde ein Agent zugewiesen, aber ich konnte ihn noch nicht aufspüren. Ich stelle dich mal eben auf Lautsprecher, keine Sorge, hier ist es so sicher wie in Fort Knox. Wir haben eine alte Feuerwache, ein riesiges Gebäude mit Hubschrauberlandeplatz auf dem Dach. Ich habe sogar meinen eigenen Heli, aber niemanden, der ihn fliegen kann.«

»Aber wieso bist du nicht mehr in Washington?«

Jos Magen kribbelte und sie schluckte, um zu verhindern, dass die Wut und die Reue wieder hochkamen. »Lange Geschichte, aber nach einer chaotischen Scheidung hat mich der Chef hierhergeschickt, um eine neue Außenstelle einzurichten. Ich bin mit Jaime hier, und du erinnerst dich sicher noch an Clara, ihr Kindermädchen?« Sie seufzte. »Aber genug von mir. Ich habe vom Tod deiner Frau erfahren, es tut mir so leid. Kommen die Mädchen zurecht?«

»Danke, denen geht es so weit gut.«

Jos Kopf war plötzlich voller Erinnerungen an eine glückliche Familie und gemütliche gemeinsame Grillabende. »Okay, was kann ich für dich tun?«

»Erinnerst du dich an diese Reihe von ungeklärten Morden in und um Baltimore?« Wolfe hielt einen Moment inne. »Alle Morde wiesen bestimmte Ähnlichkeiten auf, zum Beispiel wurde jedes Mal eine schwarze Feder am Tatort zurückgelassen. Du warst überzeugt, dass es immer derselbe Täter war. Weißt du noch?«

Jo dachte einen Moment lang nach und nickte vor sich hin. Die brutalen Morde mit den seltsamen Wendungen hatten sie damals an die Grenze der mentalen Belastbarkeit geführt. »Klar erinnere ich mich. Der Chamäleon-Mörder. Ich habe auch bei Mordfällen in anderen Bundesstaaten Ähnlichkeiten gefunden. Einige der Taten sahen aus wie von einem Profi durchgeführte

Auftragsmorde, andere wirkten eher persönlich. Der Fall hat mich immer wieder vor Rätsel gestellt. Entweder haben wir es mit drei oder mehr Mördern zu tun oder mit einer Person, die mehrere gewalttätige Persönlichkeiten besitzt. Vielleicht leidet er an einer dissoziativen Identitätsstörung. Aber er ist immer noch da draußen, wir haben ihn nicht geschnappt.«

»Ich fürchte, er ist jetzt hier bei uns aufgetaucht.«

Ein kalter Schauer lief ihr über den Rücken, wie eine Warnung, eine Aufforderung, sich aus drohendem Ärger herauszuhalten. Bilder flackerten vor ihrem geistigen Auge auf, die zu schrecklich waren, als dass ihr Verstand sie hätte verarbeiten können. Dann gelang es ihr, sich zusammenzureißen. »Schick mir die Akte. Ich werde schauen, ob es Überschneidungen mit meinen Akten gibt. Wenn es sich um denselben Mörder handelt, werde ich deinen Sheriff unterstützen, aber dazu brauche ich erst mal ein Team; im Moment bin ich hier noch ganz allein.«

»Es eilt nicht. Wir haben hier ein ganz ausgezeichnetes Team. Jenna Alton hat schon viele Mordfälle gelöst, und ihr bester Deputy und Profiler ist ein Ex-Militär.« Wolfe klang, als wäre er stolz auf die Menschen, mit denen er zusammenarbeitete. »Ich werde mit ihr reden. Wenn es derselbe Mann ist, kennst du ihn besser als wir. Ich werde alle Behörden bitten, mich zu kontaktieren, falls in ihrem Staat ähnliche Fälle aufgetreten sind. Offenbar kommt dieser Killer ja ganz schön weit rum.«

Jo gab »Black Rock Falls« in Google Maps ein, um nachzuschauen, wo sich das Städtchen befand. »Ich melde mich bei dir, sobald ich die Unterlagen durchgegangen bin und ausgepackt habe.« Die Karte zeigte einen abgelegenen Ort am Rande einer Bergkette. »Ich habe deinen Standort gefunden. Das scheint ja fast so ein abgelegenes Kuhdorf zu sein wie meins. Aber über drei Autostunden entfernt. Falls es derselbe Täter ist, kann ich ein paar Tage für euch erübrigen, aber allzu lange kann ich nicht von hier weg. Wir sind gerade erst hergezogen, und Jaime hat morgen den ersten Schultag in ihrer neuen Schule. Sie hat die Scheidung nicht sehr gut verkraftet.« Sie stand auf und ging zum Fenster, durch das sie das örtliche Sheriff's Department sah.

»Das kann ich mir vorstellen. Anna hat sich nach dem Tod ihrer Mutter wochenlang zurückgezogen. Ich möchte nicht, dass Jaime leiden muss. Wir können uns ja auch per Video-anruf verständigen, falls nötig. Die Straßen nach Black Rock Falls sind nicht sicher für jemanden, der allein im Auto fährt, und das Wetter hier draußen ist unberechenbar.« Wolfe klang erschöpft. »Es ist eine hübsche Kleinstadt, nette Leute, aber aus irgendeinem Grund zieht sie die Mörder magisch an.«

Jo ging zurück in ihr Büro und setzte sich hinter den Schreibtisch. Sie drehte den Becher mit der Kerbe im Rand und der Aufschrift »World's Best Mom« auf ihrem Schreibtisch, nahm einen der Stifte, die darin steckten, und fügte ihrer To-do-Liste ein paar Notizen hinzu. »So, wie der Wetterbericht aussieht, werde ich ohnehin nicht das Auto nehmen. Es kommt drauf an, wann ich einen Piloten für meinen Helikopter finde. Angeblich gibt es irgendwo hier draußen einen Kollegen namens Carter, der in den Wäldern untergetaucht ist. Dem soll ich mitteilen, dass er jetzt wieder zum aktiven Dienst antreten soll.«

»Du willst mir doch nicht etwa weismachen, dass man dir Ty Carter zugeteilt hat?«, fragte Wolfe. Er klang ehrlich erstaunt.

Jo ließ ihren Kopf in die Hände sinken. »O Gott, bitte sag mir nicht, dass mit dem irgendetwas nicht stimmt.« Sie starrte auf das Display ihres Handys. »Ich weiß von ihm nur, dass er sechsunddreißig ist und ein ehemaliger Navy Seal, der irgend-wann zum FBI gewechselt ist, wo er fünf Jahre lang in der Abteilung für Verbrechensbekämpfung tätig war. Offenbar ein Spitzenmann auf seinem Gebiet. Hubschrauberpilot und

Waffenexperte. Wurde wegen PTBS beurlaubt, nachdem bei einem Einsatz drei unschuldige Kinder ums Leben kamen, und offenbar hat er nicht die Absicht, in absehbarer Zeit an seinen Arbeitsplatz zurückzukehren.«

»Der ist echt gut – einer der besten Ermittler, die es gibt.« Wolfe räusperte sich. »Zumindest war er das, bevor er untergetaucht ist. Zu der Zeit hatte er auch ein paar familiäre Probleme, und zwar nicht zu knapp. Ab da verlor sich seine Spur. Das war vor etwa zwei Jahren.« Er hielt einen Moment inne. »Er war auch in Cyberkriminalität verwickelt. Hast du einen Agenten, der sich um diesen Bereich kümmert?«

»Da muss ich dir wohl einiges erklären.« Jo rollte mit den Augen. »Erinnerst du dich an Alexis Davenport, die Leiterin meiner Abteilung?«

»O ja. Die war immer mit Vorsicht zu genießen.«

»John hatte eine Affäre mit ihr und hat ihr ein paar persönliche Dinge über mich verraten, die meine Karriere beenden könnten.« Jo ballte ihre Hände so fest, dass ihre Knöchel schmerzten. »Alexis wollte meine Unterschrift auf den Scheidungspapieren und mich so weit weg wie möglich von Washington platzieren. Sie hat mir ein Ultimatum gestellt. Wenn ich dem nicht nachgekommen wäre, hätte ich mittellos auf der Straße gestanden. Aber meine Mission ist wirklich das Letzte. Ich hocke hier im letzten Winkel des Wilden Westens und habe den Auftrag, ein Team zusammenzustellen und eine FBI-Abteilung aufzubauen, die die Sheriffs in abgelegenen Ortschaften bei der Tatort-Untersuchung unterstützt.« Sie bemühte sich, ihre Stimme nicht zittern zu lassen. »Sie hat mir eine Liste mit drei potenziellen Mitarbeitern gegeben. Der erste ist ein Büromensch hier aus dem Ort, der heute Morgen nicht zur Arbeit erschienen ist. Der zweite ist Ty Carter. Und der dritte ist unser Computer-Superstar, ein Cyber-Krimineller, der im Jugendknast saß und seitdem für die Guten als Hacker tätig ist, Spitzname: ›Undertaker‹. Der arbeitet im örtlichen Computerladen.« Sie schnaubte. »Du siehst, mein Freund, das Leben hier ist einfach wunderbar.«

»Verstehe. Du brauchst bestimmt einen Rechtsmediziner. Wenn du keinen hast, wende dich gerne an mich, dann helfe ich aus.«

Jo richtete sich in ihrem Stuhl auf. »Vielleicht kann ich dich ja abwerben. Wir haben hier eine hochmoderne Einrichtung. Ich habe darauf bestanden, dass ich ein Gebäude bekomme, das mit allem ausgestattet ist, was wir brauchen. Das muss ich Alexis zugutehalten: Was sie mir hier zur Verfügung gestellt hat, ist das Beste vom Besten. Sie war wohl der Meinung, dass mein Ehemann es wert ist.«

»Siehst du das auch so, Jo?« Wolfes Stimme beruhigte ihre angespannten Nerven.

Sie starrte auf ihr Smartphone und unterdrückte das Bedürfnis, hysterisch loszulachen, so absurd erschien es ihr in diesem Moment, wie sich ihr altes Leben von heute auf morgen in Luft aufgelöst hatte. »Um ehrlich zu sein: Ich glaube, die beiden verdienen einander. Aber genug von mir. Ich schaue mir die Akten an und rufe dich dann zurück.«

»Danke, Jo.« Wolfe legte auf.

Als die E-Mail mit den Akten eintraf, überflog Jo sie kurz, und dann starrte sie einen Moment lang ins Leere. Die Beschreibung der Tatorte war allzu vertraut und ließ nur eine Schlussfolgerung zu: Der Chamäleon-Killer war nach Black Rock Falls gekommen. Sie schüttelte ungläubig den Kopf. »Das kann ja heiter werden.«

ZWEIUNDZWANZIG

STANTON FOREST, BLACK ROCK FALLS

Atohi Blackhawk schluckte schwer. Was da unter dem Schneebeerenstrauch hervorlugte, war definitiv die obere Hälfte eines menschlichen Schädels. Er trat ein paar Schritte zurück, nahm eine Rolle gelbes Absperrband aus der Tasche und band es um eine hohe Kiefer in der Nähe. Er wandte sich um und ging quer über das sorgfältig angelegte Raster, das sie unermüdlich abgesucht hatten, zurück zu Brad Kelly. »Brad, ich habe etwas gefunden.« Er packte Brads Arm. »Geh nicht hinüber, es ist besser, wenn wir an der Fundstelle nichts durcheinanderbringen.«

»Ich muss das sehen.« Brad starrte ihn voller Verzweiflung an, seine Augen weit aufgerissen, und riss sich los.

Atohi schlang die Arme um ihn und hielt ihn fest. »Nein! Da gibt es nichts zu sehen. Verhalte dich wie der Sohn, den sie kannte – sei stark und mutig.« In seinen Armen entspannten sich Brads Muskeln, und Atohi seufzte erleichtert. »Es liegt jetzt nicht mehr in unserer Hand. Shane Wolfe ist ein guter Mann. Er wird sie respektvoll behandeln, darauf gebe ich dir mein Wort.«

»Der weiß doch gar nichts über unsere Kultur. Na schön,

wir haben ja ohnehin keine Wahl, oder?« Brad schüttelte den Kopf. »Sie ist da, wo ich sie in meinem Traum gesehen habe.« Er drehte sich um und deutete zwischen den Bäumen hindurch. »Ich weiß noch, dass ich zu diesem Felsen dahinten gerannt bin und dass ich Wasser habe rauschen hören.«

Atohi nickte. »Falls sie es ist, wird sie jetzt ihren Frieden finden. Wir werden sie nach Hause bringen.«

»Ist mein Bruder auch dabei?« Brad nickte in Richtung der Fundstelle.

Atohi schüttelte ihn. »Weiß ich nicht. Ich habe nur einen Schädel gesehen. Vielleicht ist es weder sie noch dein Bruder. Wir müssen abwarten.« Er winkte einen seiner Freunde herüber. »Geh mit Brad zurück zu den Zelten und wartet da auf mich. Ich werde Shane anrufen, der wird uns sagen, wie es weitergeht.« Er holte sein Handy heraus und suchte Wolfes Nummer.

»Na gut.« Mit hängenden Schultern wandte Brad sich ab.

»Shane, ich bin's, Atohi.« Er ging zurück zur Fundstelle. »Ich habe einen Schädel gefunden. Ich schicke dir die Koordinaten. Wann kannst du hier sein?«

»Bist du sicher, dass es ein menschlicher Schädel ist?« Wolfe klang kurz angebunden, und Atohi konnte im Hintergrund Stimmen hören.

»Ja, der obere Teil des Schädels ist sichtbar und beide Augenhöhlen. Ich habe die Fundstelle markiert, außer mir war da niemand dran.« Atohi schaute zu Brad hinüber, der auf einem Baumstamm saß und aus einem Becher trank, und seufzte. »Brad befürchtet, dass ihr die Tote nicht respektvoll behandelt, aber ich habe ihm erklärt, wie das läuft. Er scheint jetzt einverstanden zu sein.«

»Hat er dich direkt zum Fundort geführt?« Wolfe klang skeptisch.

Atohi starrte zu der Stelle hinüber. »Nein, er wusste nur die allgemeine Richtung. Hat sich an bestimmte Orientierungspunkte erinnert. Wir haben ein Gebiet hinter einem Bach abgesucht, an das er sich aus der Nacht erinnerte, in der sein Vater seine Mutter und seinen Bruder getötet hat. Wir haben ein Raster angelegt und uns zum Suchen aufgeteilt. Ich hatte Glück.«

»Ich komme gleich und sehe mir das an, aber ich kann kaum mehr tun, als die Überreste zu sichern. Wir brauchen ein Team von forensischen Anthropologen, die den Leichnam bergen und etwaige Spuren sichern. Ich habe eine gute Bekannte in Helena, die werde ich bitten, zu kommen.« Wolfe räusperte sich. »Wahrscheinlich hat der Mörder beide Opfer zusammen verscharrt. Es wäre besser, wenn Ihr Freund nicht dabei ist.«

Atohi starrte in die Ferne. »Da wird er kaum einwilligen. Bestimmt wird er hier so lange zelten, bis er sich davon überzeugt hat, dass seine Mutter in Sicherheit ist. Er meinte, er hätte Träume gehabt. Ich weiß nicht, wie stabil er ist. Ich kenne ihn schon lange, und er hat sich verändert. Als hätte ihn die Erinnerung an das, was passiert ist, ein wenig verrückt gemacht.«

»Das überrascht mich nicht – das muss ein ganz schöner Schock gewesen sein.« Shanes Stimme war nur noch gedämpft zu hören, als er sich vom Telefon abwandte und mit jemand anderem sprach. »Ah, sorry, ich habe nur rasch Emily gebeten, Jenna anzurufen und ihr zu berichten, was ihr gefunden habt. Ich setze mich jetzt gleich ins Auto und komme zu euch. Wie weit seid ihr vom Highway entfernt?«

»Gar nicht weit. Nur ein paar Hundert Meter. Du wirst unsere Wagen am Waldrand parken sehen. Ich schicke Jenna ebenfalls die Koordinaten.« Atohi drehte sich um und sah, dass Brad ihn anstarrte. Er nickte ihm zu.

»Bin schon unterwegs.« Wolfe trennte die Verbindung.

DREIUNDZWANZIG

Jenna musste gegen den Wind ankämpfen, als sie die Main Street entlang zum Schönheitssalon ging. Das Eis war geschmolzen, und der feuchte Bürgersteig glitzerte in der Sonne. Die kalte Luft, die von den schneebedeckten Bergen in der Ferne herüberwehte, roch nach Schnee, doch im Moment trübte noch keine Wolke den strahlend blauen Himmel. Das liebte sie an Black Rock Falls: Egal, was in ihrer Stadt passierte oder wie mies es ihr ging, die wunderschöne Landschaft machte jeden Tag lebenswert. Sie nickte den Passanten zu, die ihr begegneten, und alle grüßten sie wie eine alte Freundin. Ja, in dieser Stadt zu leben war schon speziell.

Im Schönheitssalon herrschte wie meistens reger Betrieb, und eine junge Frau kam an den Tresen, um sie zu begrüßen. Die chemischen Dämpfe, die ihr entgegenschlugen, ließen Jenna kurz die Nase rümpfen, dann lächelte sie. »Ich würde gerne mit Ann sprechen.«

»Sie macht gerade eine Kundin fertig.« Die junge Frau wies auf eine Reihe von Sesseln. »Setzen Sie sich, es dauert nicht lange.«

Jenna schaute auf ihre Uhr. Die Obduktionen hatten länger

gedauert als erwartet, und sie wollte heute Nachmittag noch
Cliff Young und Kyler Hall beim Ski-Resort erwischen. Um
Zeit zu sparen, war Kane gerade auf dem Weg zu Aunt Betty's,
um ihnen Mittagessen zu holen. Sie würden unterwegs im Auto
essen. Ihr Telefon klingelte, und sie schaute stirnrunzelnd auf
das Display. »Hi, Emily, was gibt's?«

Nachdem Emily von Atohi Blackhawks Anruf berichtet
hatte, lehnte sich Jenna in ihrem Stuhl zurück und ließ die
Schultern hängen. Noch ein ungelöster Fall; sie würde bald ein
weiteres Team Deputys brauchen, um die Arbeitslast zu bewältigen. »Okay, sag deinem Vater, ich bin noch bei einer Befragung, danach kommen wir sofort rüber.« Sie blickte auf, als
Ann in ihre Richtung kam und ihre Kundin zum Tresen geleitete. »Hallo, Ann, können wir uns irgendwo unterhalten?«

»Klar, kommen Sie.« Sie ging voraus zu einer kleinen
Küchenzeile. »Gab es eine Beschwerde? Dann müssen Sie mit
dem Besitzer sprechen. Ich arbeite nur hier.«

Jenna schüttelte den Kopf. »Nein, es geht um Lucas Robinson.« Sie achtete genau darauf, wie die Frau reagierte. »Den
kennen Sie doch, oder?«

Die Reaktion war anders, als Jenna erwartet hatte. Ann sah
sie angriffslustig an. »Es ist seine Frau, oder? Hat sie Sie hierhergeschickt, damit ich gefeuert werde?« Sie stemmte die
Hände in die Hüften. »Er hat mir erzählt, dass sie nicht sehr
glücklich darüber war, als er ihr gesagt hat, er würde sich von
ihr scheiden lassen. Er meinte, wir sollten einen Gang runter-
schalten, bis er sein Vermögen vor ihr in Sicherheit gebracht
hat. Die zwei haben seit über einem Jahr nicht mehr im selben
Zimmer geschlafen.«

Das ist ja hochinteressant. Jenna holte ihr Notizbuch heraus
und machte sich Notizen. »Wann haben Sie Mr Robinson
zuletzt gesehen?«

»Sonntagvormittag.« Ann kicherte. »Er hat seiner Frau
gesagt, er geht in die Kirche.«

Jenna hob eine Augenbraue. »Und wie lange dauert Ihre Beziehung schon an?«

»Ungefähr ein Vierteljahr.« Ann begegnete ihrem Blick. »Wir sind sehr verliebt.«

»Sie waren vor ihm mit Cliff Young zusammen, ist das richtig?« Jenna schaute auf ihre Notizen.

»Ja.« Ann wickelte sich eine Haarsträhne um einen Finger. »Der war ganz schön sauer, als ich mit ihm Schluss gemacht habe.«

»Sie sollten sich besser setzen.« Jenna zog einen Stuhl heran und wartete, bis sie Platz genommen hatte. »Lucas Robinson ist tot. Jemand ist in sein Haus eingebrochen und hat ihn erschossen.«

»O mein Gott!« Ann sah sie entsetzt an, begann schnell und stoßweise zu atmen, und dann stieß sie einen Schrei aus, der dafür sorgte, dass alle Anwesenden zu ihnen herüberschauten.

Die Besitzerin kam auf sie zu, und Jenna erklärte ihr rasch, was los war. Dann trat sie zur Küchenzeile, füllte ein Glas mit Wasser, reichte es Ann und setzte sich ihr gegenüber, so dicht, dass sich ihre Knie beinahe berührten. »Ann, hat Lucas jemals erwähnt, dass irgendjemand ihm etwas antun wollte? Hat er sich Sorgen deswegen gemacht?«

»Nein«, schluchzte Ann und hob ihr Gesicht, über das die Tränen liefen. »Nur seine Frau. Die hat ihn nicht verstanden.«

Jenna konnte der verzweifelten jungen Frau die Wahrheit nicht vorenthalten. Sie beugte sich vor und legte ihr eine Hand auf die Schulter. »Angeblich hatte Lucas mehrere Freundinnen gleichzeitig.« Plötzlich sah Ann gar nicht mehr verzweifelt aus, sondern eher erstaunt. »Die meisten Männer, die eine Affäre haben, sagen ihrer Geliebten, dass sie ihre Frau verlassen werden. Seine Ehefrau hatte keinen Streit mit ihm, er ist im Bett neben ihr gestorben.« Jenna seufzte. »Das mit den Affären war allgemein bekannt. Fragen Sie nur seine Arbeitskollegen. So bin ich ja auch auf Sie gekommen.«

»Dann hat er mich also nur benutzt?« Ann machte große Augen. »Was für ein Schwein.«

»Es gibt ein sehr wichtiges Detail, das ich wissen muss.« Jenna sprach besonders langsam und ruhig. »Sie sind nicht in Schwierigkeiten, aber ich muss Sie das fragen: Haben Sie Mr Robinson in den letzten Tagen zufällig gebissen?«

»O Gott.« Ann sah sie entsetzt an. »So hat seine Frau es herausgefunden, oder? Ja, das war ich – wir haben herumge-macht, und das geriet dann ein bisschen außer Kontrolle, das ist alles.«

»Ich weiß gar nicht, ob seine Frau von seinen Affären wuss-te«, sagte Jenna, stand auf und klappte ihr Notizbuch zu. »Das ist im Moment alles, Ann. Mein herzliches Beileid.« Sie reichte der jungen Frau ihre Visitenkarte. »Wenn Ihnen noch irgend-etwas einfällt, zum Beispiel dass er irgendjemanden erwähnt hat, der etwas gegen ihn hatte, rufen Sie mich bitte an.« Sie ging zur Tür und ließ die Frau sitzen, die ihr fassungslos hinterher-starrte.

Im selben Moment, als sie auf den Bürgersteig trat, hielt Kane am Bordstein. Sie stieg in den SUV. »Tolles Timing.«

»Und? Hat sie eine Vermutung, wer Robinson getötet hat?«

Jenna schüttelte den Kopf. »Nein, sie wusste nicht einmal, dass er tot ist. Emily hat mich angerufen, Atohi hat im Wald Knochen gefunden. Shane ist schon auf dem Weg. Wir helfen ihm gleich, den Fundort zu sichern, und kommen dann hoffent-lich noch rechtzeitig zum Ski-Resort, bevor Hall und Young Feierabend haben.« Sie seufzte. »Vorausgesetzt, sie sind heute überhaupt zur Arbeit erschienen und nicht schon auf halbem Weg nach Kanada.«

Kane wartete, bis ein mit Schweinen beladener Lastwagen vorbeigefahren war, dann wendete er und fuhr in Richtung Stanton Forest. »Hat Wolfe den Namen des FBI-Agenten erwähnt, den er wegen der Morde anrufen wollte?« Ohne hineinzuschauen, griff er in die Tüte mit Sandwiches auf seinem Schoß.

»Nein, ich habe seit der Obduktion nicht mehr mit ihm gesprochen.« Jenna nahm die Tüte mit dem Essen und schaute hinein. »Hast du Angst, dass es jemand ist, den du von früher kennst?«

»Nicht wirklich.« Kane zuckte mit den Schultern. »Als Agent Josh Martin vor ein paar Monaten vorbeikam, um bei dem Fall mit dem vermissten Mädchen zu helfen, hat er mich auch nicht erkannt, und mit dem habe ich sogar schon einmal zusammengearbeitet.« Er runzelte die Stirn. »Ich frage mich nur, wer es ist.«

Sie fuhren die Stanton Road hinunter, bis Jenna mehrere Pick-ups sah, die am Waldrand parkten, und Wolfes weißen Van mit dem Aufkleber an der Seite, der ihn als Rechtsmediziner auswies. »Wir können ihn ja gleich fragen.« Als Kane hinter dem Van hielt, schob sich Jenna den letzten Bissen ihres Sandwichs in den Mund und griff nach ihrem Pappbecher. »Sehr gut, offenbar ist Shane noch da.« Sie ging zum Van.

»Jenna, Dave.« Wolfe kletterte aus dem Wagen. Er hatte ein GPS-Gerät in der Hand. »Die Fundstelle liegt etwa zweihundert Meter in diese Richtung.« Er deutete in den Wald. »Ich schätze, wir nehmen diesen Trampelpfad hier und schauen mal, wohin er uns führt.« Er rückte seinen Rucksack zurecht und ging voran durch die Bäume.

Jenna folgte ihm. »Hast du mit deinem FBI-Kontakt gesprochen?«

»Ja, Jo Blake.« Wolfe duckte sich unter einem tief hängenden Ast. »Sie wird sich unsere Akten ansehen. Sie eröffnet gerade ein neues FBI-Büro in Snakeskin Gully. Das ist eine Kleinstadt, die im Schatten derselben Bergkette liegt wie Black Rock Falls. Trotzdem braucht man mindestens drei Stunden mit dem Auto.«

»Wann war ihr letzter Fall?« Kane stapfte durch das Gestrüpp und schob niedrige Kiefernzweige beiseite.

»Im dem Jahr, als ich herkam.« Wolfe stapfte weiter und sah auf sein Navi. »Sie sollte das Profil eines sadistischen Serienkillers erstellen, aber die Morde waren so variantenreich, dass sie sich in einer Sackgasse wiederfand.«

Jenna runzelte die Stirn. Sie hatte Kane, wozu eine weitere Profilerin? »Was ist denn das Besondere an Jo Blake?«

»In Washington war sie Verhaltensanalytikerin der CSI-Abteilung des FBI, und sie gilt als eine der besten Profilerinnen in diesem Bereich.« Wolfe warf einen Blick über die Schulter. »Aber wir benötigen nicht ihr Fachwissen, sondern ihr Wissen über unseren Mörder. Aus den alten Akten, die ich mir angesehen habe, geht hervor, dass es sich bei unserem aktuellen Mörder um denselben Täter handeln könnte, den sie damals aufspüren wollte. Insbesondere eine ganz bestimmte Gemeinsamkeit können wir nicht ignorieren.«

»Und das wäre?«, fragte Kane. Der Weg wurde breiter, und er schloss zu Jenna auf.

»Das Hin und Her zwischen professionell ausgeführten und persönlich motivierten Morden.« Wolfe blieb stehen und drehte sich zu ihnen um. »Jo hatte eine Theorie. Der Mörder, hinter dem sie in Baltimore her war, wies nicht nur Charakteristika eines kriminellen Psychopathen auf, sondern litt eventuell zusätzlich an einer dissoziativen Identitätsstörung. Manche Opfer tötete er mit der klinischen Präzision eines versierten Auftragskillers, manche schlachtete er regelrecht ab; bei einigen Taten ging er entsetzlich grausam vor. Er zeigte keine Vorliebe für einen bestimmten Typ Mensch oder ein bestimmtes Geschlecht, und so bekam Jo ihn einfach nicht zu fassen.«

Kane schien Wolfe folgen zu können, aber Jenna war nicht ganz mitgekommen. Sie hob eine Hand. »Moment mal, was genau ist denn eine ›dissoziative Identitätsstörung‹?« Sie seufzte. »Klartext, bitte.«

»Tut mir leid, Jenna.« Kane runzelte die Stirn. »Früher nannte man das ›gespaltene Persönlichkeit‹. In den letzten Jahren hat man diverse neue Bezeichnungen eingeführt, die für Patienten weniger erniedrigend sind.« Er begegnete ihrem Blick. »Ich finde es aber auch schwierig, da mitzuhalten.«

Jenna schnaubte. »Von wegen! Deine Nase steckt doch dauernd in irgendeinem Buch.« Sie blickte nach vorn. »Wie weit ist es noch?«

»Dem zertrampelten Gestrüpp nach zu urteilen, haben sie da vorne den Pfad verlassen.« Wolfe ging wieder voraus.

»Aber jetzt, wo wir das alles wissen – brauchen wir da wirklich noch eine FBI-Agentin im Team?« Jenna sah Kane an und fragte sich, was ihm gerade durch den Kopf ging. »Tretet ihr euch da nicht gegenseitig auf die Füße?«

»Das glaube ich nicht. Ich bin ein Scharfschütze, der nebenbei als Profiler ausgebildet wurde; sie ist Verhaltensanalytikerin, damit ist sie mir um Längen voraus.« Kane zuckte mit den Schultern. »Ich könnte eine Menge von ihr lernen, so wie Wolfe von seiner Bekannten, dieser forensischen Anthropologin.«

»Wie ist sie denn so?«, fragte Jenna in Wolfes Richtung. Sie rümpfte die Nase, als sie Bärenkot roch. »Manche von diesen FBI-Fachleuten sind ja nicht gerade umgänglich.«

»Jo ist schon okay.« Wolfe drehte sich um und sah sie an. »Sie sagt, was sie denkt, und packt gerne mit an. Sie lebt für ihren Job und ihre Tochter.«

Jenna zuckte zusammen. »Ich hoffe, nicht in dieser Reihenfolge. Lebt sie allein mit ihrer Tochter?«

»Ja, sie ist geschieden. Du kannst ja mal darüber nachdenken, Jenna. Wenn du sie in den Fall einbeziehen möchtest, werde ich sie wieder kontaktieren.« Wolfe bahnte sich weiter seinen Weg durch die Bäume. »Ah, da ist Atohi. Er hat mehrere Personen bei sich.«

Nachdem sie sich begrüßt hatten, führte Atohi sie von der

kleinen Lichtung zu einem mit gelbem Absperrband abge-
steckten Bereich. Wolfe hob eine Hand, und alle versammelten
sich im Halbkreis um ihn.

»Was siehst du?«, fragte Jenna.

»Einen menschlichen Schädel«, sagte Wolfe und holte eine
Bürste aus seiner Tasche. Er hockte sich hin und bürstete
behutsam die Erde von der runden Schädeldecke. »Er liegt
schon seit einiger Zeit frei. Moos wächst darauf. Erstaunlich,
dass den noch niemand entdeckt hat.« Er sah Jenna beunruhigt
an. »Erhebliches Schädeltrauma. Ich werde eine forensische
Anthropologin hinzuziehen müssen – erinnerst du dich an
Dr. Jill Bates aus Helena?«

Jenna nickte. »Okay, wir sichern den Tatort und informieren die Forstverwaltung. Die haben bereits Aushänge
gemacht, dass in diesem Gebiet eine archäologische Ausgrabung stattfindet, also wird es uns mit etwas Glück gelingen,
Schaulustige fernzuhalten.«

»Nicht nötig.« Atohi berührte ihren Arm. »Immer zwei von
uns werden hier in der Nähe zelten. Sie gehört zur Familie, wir
haben keine Angst vor ihrem Geist.«

»Sichert einen möglichst großen Bereich.« Wolfe zückte
sein Handy, ging ein Stück weg und verschwand in den
Büschen.

Jenna, Kane und Atohi hatten das Areal bald mit Tatortband abgesperrt. Sie sah auf die Uhr und wartete ungeduldig
darauf, dass Wolfe endlich zurückkam. »Wir müssen jetzt los,
wenn wir Young und Hall noch erwischen wollen.«

»Das schaffen wir schon noch.« Kane sah nun selbst auf die
Uhr. »Da kommt Shane ja schon.«

»Jill und ihr Team kommen morgen früh mit dem Helikopter her. Sie braucht Unterkunft und einen Wagen für sechs
Personen. Rufst du bitte Maggie an, dass sie das für mich arrangiert?«, sagte Wolf und sah Jenna fragend an. »Alles Weitere
überlasse ich Jill. Sie wird bis auf Weiteres eines meiner Labore

benutzen und uns dann Bericht erstatten.« Er seufzte. »Ich muss zurück ins Labor. Ich habe meine Untersuchungen der Fälle, die wir ohnehin schon auf dem Tisch haben, noch nicht abgeschlossen.«

Jenna nickte und wandte sich an Atohi. »Wie kommt Brad mit alldem zurecht?«

»Er ist verstört, aber ich glaube, auch erleichtert.« Atohi lächelte sie an. »Macht euch keine Sorgen, geht ruhig. Ich passe auf, dass niemand etwas durcheinanderbringt.«

»Danke.« Jenna wandte sich an Kane und Wolfe. »Gehen wir.«

»Verstört, hm?«, sagte Kane, als sie auf dem Trampelpfad zurück zu ihren Fahrzeugen waren. »Vielleicht sollten wir Brad Kelly etwas genauer unter die Lupe nehmen.«

VIERUNDZWANZIG

Auf dem Highway beschleunigte Kane und schaltete Blaulicht und Sirene ein. Es tat gut, endlich einmal richtig Gas geben zu können, und als der Motor seines SUV aufheulte, rang ihm das Geräusch ein Lächeln ab. Die Fahrt entlang des Stanton Forest und hoch in die Berge war eine seiner Lieblingsstrecken. Wenn man mit so hoher Geschwindigkeit an Höhe gewann, war es fast wie Fliegen. Aber nichts ist von Dauer, und schon bald musste er langsamer fahren und Blaulicht und Sirene wieder ausschalten, als sie die neue Ausfahrt nahmen, die zum Ski-Resort führte.

Der Bürgermeister versprach sich von dem Bauprojekt einen Aufschwung des Wintersport-Tourismus, und seine Vision schien langsam Wirklichkeit zu werden. Breite Straßen schlängelten sich zum Gipfel des Black Rock Mountain und boten, soweit das Auge reichte, einen spektakulären Panoramablick auf den Wald. Der schneebedeckte Berg bot mehrere natürliche Skipisten, ohne dass man die Natur dafür hatte zerstören müssen. Sogar die Skilifte fügten sich so gut in die natürlichen Gegebenheiten ein, dass sie die Aussicht kaum beeinträchtigten. Überrascht von dem großen Interesse und den anhaltenden Investitionen, hatte der Bürgermeister den Bau zehn weiterer Skihütten genehmigt, die in Form eines kleinen malerischen Dorfes errichtet wurden, das nur wenige Gehminuten von der großen Lodge entfernt war. Seit dem großen Erfolg des White Water Rapids Park schien jeder am Wohlstand der Stadt teilhaben zu wollen.

An der Straße standen Pick-ups und Behälter mit Bauschutt, und aus den Hütten dröhnten diverse Radios, dass es klang wie ein schlecht aufeinander abgestimmtes Orchester. Er bog in das Dorf ein und parkte vor dem Container der Bauleitung. »Ich denke mal, hier sollten wir anfangen.«

»Okay.« Jenna zückte ihr Notizbuch und warf Kane einen strengen Blick zu. »Es ist eiskalt draußen. Hast du die dicke Wollmütze mit, die ich dir besorgt habe?«

Kane lächelte sie an. »Ohne die gehe ich gar nicht erst aus dem Haus.« Er holte die Mütze aus der Tasche, zog sie sich über die Ohren und stieg aus.

Der kalte Windstoß ließ seine Augen tränen, als er zum Container eilte, Jenna direkt hinter sich. Sie betraten einen provisorischen Bau, in dem mehrere Schreibtische standen, darauf einige Computer und zahlreiche Akten und Papiere. Den vielen unterschiedlichen Geräten auf dem Gelände nach zu urteilen, waren an den Bauarbeiten diverse Gewerke beteiligt. Den massigen Mann, der am größten Schreibtisch hinter einem Schild mit der Aufschrift »Bauleitung« saß, hatte er schon bei seinem letzten Besuch kennengelernt. Er trug eine mit Schafsfell gefütterte Jagdmütze. Durch eine Brille, die auf seiner Nasenspitze ruhte, sah er sie neugierig an, als sie eintraten. Kane nickte ihm zu. »Sid Glover, das hier ist Sheriff Alton. Wir sind auf der Suche nach Kyler Hall und Cliff Young. Arbeiten die heute?«

»Einen Moment.« Glover hämmerte auf seiner Tastatur und fuhr mit dem Finger über den Bildschirm. »Ja, die arbeiten an Nummer sechs.« Er verengte seinen Blick. »Die zwei stecken doch nicht etwa in Schwierigkeiten, oder? Ich will auf meiner Baustelle keine Kriminellen!«

»Nicht dass wir wüssten.« Jenna trat einen Schritt vor. »Arbeiten Hall und Young schon lange hier?«

Der Mann tippte wieder, dann nickte er. »Ja, laut Gehaltsliste seit Beginn des Projekts, also seit über einem Jahr.«

»Und doch haben Sie eben gerade so getan, als wüssten Sie nicht, wer das ist, als mein Deputy Sie nach ihnen gefragt hat.« Jenna stützte sich mit einer flachen Hand auf dem Schreibtisch ab und bedachte den Mann dahinter mit einem einschüchternden Blick. »Warum denn?«

»Ach, na sicher kenne ich die.« Der Bauleiter machte eine Handbewegung, die offenbar die ganze Baustelle einschließen sollte. »Aber ich weiß natürlich nicht, wo sich jeder meiner Arbeiter gerade aufhält. Hier sind zweihundert Mann zugange, die in verschiedene Teams eingeteilt sind. Die kann ich doch nicht alle im Kopf haben.«

»Na gut. Wie sind denn die üblichen Arbeitszeiten?« Jenna zückte Stift und Block.

»Jederzeit zwischen Sonnenaufgang und Sonnenuntergang.« Der Bauleiter lächelte. »Das läuft fast alles über Subunternehmer hier, und die meisten Teams arbeiten im Akkord. Je schneller sie fertig sind, desto mehr Geld bekommen sie.«

»Ist das bei dieser Art von Arbeit üblich?« Jenna richtete sich auf.

»Das ist heutzutage auf den meisten Baustellen so. Wir haben einen Projektleiter, der für die jeweils anstehenden Arbeiten Aufträge an diverse Betriebe vergibt; wir sind keine Fabrik, die die Arbeiter direkt beschäftigt.«

»Wo finden wir denn Nummer sechs?« Jenna ging auf die Tür zu.

»Die erste rechts, dann auf halbem Weg links. Die Nummern stehen draußen dran.«

Der Bauleiter lehnte sich in seinem Stuhl zurück. »Können Sie gar nicht verpassen.«

Kane folgte ihr nach draußen. »Danke.«

»Wir fahren rüber, der Wind hier oben ist echt grausam.« Jenna kletterte in den Wagen. »Ich hatte das seltsame Gefühl, dass der Bauleiter uns etwas verheimlicht; er schien irgendwie abgelenkt. Ist dir aufgefallen, wie er zwischendurch immer wieder zur Tür geschaut hat?«

»Ich weiß nicht.« Kane fuhr die kurze Strecke zur Nummer sechs. »Er hat dir die Informationen gegeben, nach denen du ihn gefragt hast. Ich fand ihn kooperativ, und sonst habe ich da niemanden gesehen.« Er hielt neben einem Pick-up an, dessen Ladefläche und Fahrerkabine voller Müll waren. »Wem auch immer diese Karre gehört, besonders reinlich ist er nicht.«

»Vielleicht hat er keine Zeit, sauberzumachen, weil er so viel arbeiten muss.« Jenna stieg aus, legte sich den Gurt ihres kleinen Forensik-Koffers über die Schulter und ging bereits zum Eingang der Skihütte, als Kane noch dabei war, Duke loszumachen und aus dem Wagen zu lassen. Kane folgte ihr, und Duke wich nicht von seiner Seite. Der Hund wedelte mit dem Schwanz und hatte gegen den Wind die Ohren angelegt, aber er ließ Jenna nicht aus den Augen. Kane kratzte sich am Kinn. *Was ist nur los mit ihm? Ist hier jemand, vor dem wir uns in Acht nehmen sollten?*

Als er mit großen Schritten zur Eingangstür ging, sah er sich in alle Richtungen um, aber nichts kam ihm verdächtig vor. Handwerker gingen in den unfertigen Hütten ein und aus, und wieder war die Kakofonie der verschiedenen Radiosender zu hören. In der Hütte wartete Jenna darauf, dass ein Mann, der mit einer Nagelpistole hantierte, seine Arbeit beendete. Kane trat neben sie, und der Mann hob den Kopf und zuckte zusammen – offenbar hatte er sie nicht hereinkommen gehört. Er hob die Nagelpistole in ihre Richtung, und Kane zog instinktiv seine Pistole. Ein Gasdruck-Nagelgerät konnte eine tödliche Waffe sein. Als Jenna nähertrat, stellten sich Dukes Nackenhaare auf, und er knurrte und fletschte die Zähne, was sonst gar nicht seine Art war.

»Richten Sie die bitte nicht auf uns.« Jennas Stimme klang viel zu laut in dem leeren Raum. »Legen Sie sie dort drüben auf den Tresen. Wer sind Sie?«

»Cliff Young, Ma'am.« Er legte das Werkzeug auf den Küchentresen. »Gibt's ein Problem, Sheriff?«

»Wo ist Ihr Freund?« Kane steckte seine Waffe weg. Die Besorgnis in Youngs Blick blieb ihm nicht verborgen.

»Hier.« Ein großer und muskulöser Mann von Ende zwanzig kam aus einem angrenzenden Raum herein. »Ich bin Kyler Hall. Was wollen Sie denn von mir?«

»Ich habe gehört, dass Sie am Samstagabend in der Triple Z Bar in eine Schlägerei mit Parker Louis und Tim Addams verwickelt waren«, sagte Jenna und hob ihr Kinn. Sie ließ sich durch die offene Feindseligkeit dieses Mannes nicht aus der Fassung bringen. »Wir haben Grund zu der Annahme, dass Sie alle vier daran beteiligt waren, Elektrogeräte von der Baustelle zu stehlen.« Sie sah ihn scharf an, aber er stieß nur ein arrogantes Lachen aus.

»Nein, das ging um etwas ganz anderes.« Hall grinste sie frech an. »Um eine Frau. Wir hatten alle einen im Tee.« Er sah Kane an und zwinkerte ihm zu. »Sie wissen doch bestimmt, wie das ist, oder? Die Jungs wurden frech. Ich musste ihnen ein paar verpassen, um ihnen eine Lehre zu erteilen.«

Kane begegnete seinem Blick. »Sie geben also zu, dass Sie auf Louis und Addams geschossen haben?«

»Was?« Hall warf Young einen erschütterten Blick zu und schluckte. »Nein! Ich weiß gar nichts von irgendwelchen Morden.«

»Wo waren Sie am Mittwoch zwischen Tagesanbruch und elf Uhr vormittags?« Jenna öffnete ihren Notizblock.

»Moment mal.« Youngs Adamsapfel wippte, als er

schluckte. »Brauchen wir einen Anwalt? Stehen wir unter Mordverdacht oder so was?«

»Nein, ich verhafte Sie ja nicht.« Jenna warf Kane einen vielsagenden Blick zu. »Ich bin hier, weil ich die an einer Schießerei Beteiligten aufspüren möchte, und wenn Sie geschossen hätten, würde ich sagen: Ja, Sie brauchen einen Anwalt. Aber gut, wenn Sie Bedenken haben, können wir es auch offiziell machen.« Sie sah Kane an. »Lies ihnen ihre Rechte vor.«

»Wir haben niemanden ermordet.« Hall richtete sich auf, was ihm anscheinend half, sich zusammenzureißen. »Wir wohnen zusammen. Wir haben am Mittwochmorgen zusammen gefrühstückt und sind noch vor sieben Uhr hierhergefahren. Ungefähr um vier haben wir Feierabend gemacht.«

Kane runzelte die Stirn. Er hatte Hall nur gefragt, ob er auf die Männer geschossen habe – dass sie tot waren, hatte er gar nicht erwähnt, und doch hatten sowohl er als auch Young von Mord gesprochen. Er informierte sie über ihre Rechte, und da sie auf einen Rechtsbeistand verzichteten, fuhr er mit der Befragung fort. »Wohnen Sie hier in der Stadt?«

»Ja, Lake Road.« Hall lehnte sich gegen den Tresen, sein Werkzeuggürtel scheuerte an der Granit-Arbeitsplatte.

Es gab nur eine Straße von der Stadt zum Highway, und damit waren beide Männer zum Zeitpunkt der Morde in der Nähe gewesen. »Um wie viel Uhr haben Sie die Stanton Road erreicht, und können Sie sich an irgendwelche Fahrzeuge erinnern, die Sie unterwegs gesehen haben?«

»Die Lake Road mündet ja in die Stanton Road, also gegen sieben, schätze ich.« Hall sah Jenna an. »Aber da war so dichter Nebel, man konnte kaum etwas sehen. Ein paar Autos haben uns überholt, aber ich kann mich an keines genau erinnern.«

»Gut.« Jenna nickte. »Was haben Sie in Ihrem Truck, um sich zu schützen? Ich nehme mal an, wenn man hier oben arbeitet, kann man nicht vorsichtig genug sein, oder?«

»Im Truck ist eine Schrotflinte.« Hall zuckte mit den Schultern. »Die meisten hier oben haben so was dabei.«

»Wann haben Sie beide denn das letzte Mal eine Waffe abgefeuert?« Jenna nahm ihren kleinen Forensik-Koffer von der Schulter und stellte ihn auf den Tresen.

»Ungefähr vor einem Vierteljahr, das war am Schießstand, zum Üben.« Young wurde unruhig, er konnte kaum still stehen. »Wir haben niemanden erschossen.«

»Dann sind Sie doch sicherlich einverstanden, wenn wir Ihre Hände auf Schmauchspuren untersuchen?« Jenna öffnete das Köfferchen und sah die beiden Männer erwartungsvoll an.

»Auf keinen Fall.« Hall packte seinen Kumpanen an der Schulter. »Die wollen jemandem die Schuld in die Schuhe schieben. Wir müssen uns juristisch absichern. Wir beantworten keine Fragen mehr, wir wollen einen Anwalt. Den müssen Sie uns kostenlos zur Verfügung stellen, wir haben kein Geld.«

Verdammt. Kane seufzte. Sie mussten herausfinden, in welchem Verhältnis die beiden zu Robinson standen, aber jetzt würden sie sie erst einmal offiziell zum Verhör vorladen müssen. Er rollte mit den Augen, und Jenna trat sofort in Aktion.

»Gut, dann packen Sie jetzt Ihre Sachen zusammen und kommen ins Sheriff's Department.« Jenna schaute von einem zum anderen. »Dass ich Sie beide mit Ihrem eigenen Wagen zurück in die Stadt fahren lasse, ist ziemlich großzügig von mir. Wenn Sie abhauen oder irgendetwas anderes Dummes tun, werden Ihnen die Konsequenzen nicht gefallen, glauben Sie mir.« Sie sah die zwei Männer streng an. »Ich werde einen Anwalt benachrichtigen, der beim Verhör dabei sein wird. Los jetzt, wir warten draußen.« Sie verließ die Skihütte und lehnte sich gegen Kanes Wagen. Eine große Dampfwolke kam aus ihrem Mund, als sie seufzte. »Da habe ich die Typen wohl falsch eingeschätzt. Ich dachte wirklich, die würden den

Schmauchspurentest machen, um klarzustellen, dass sie mit der Sache nichts zu tun haben.«

Kane pfiff Duke an seine Seite und hob ihn auf die Rückbank. Er schnallte den Hund in seinem Geschirr fest, und dann sah er Jenna an. »Was seltsam ist: Wir hatten gar nicht erwähnt, dass jemand getötet wurde, und trotzdem sind beide sofort davon ausgegangen, dass es um Mord geht. Wieso? Duke mochte die zwei auch nicht. Ich habe ihn noch nie so aggressiv erlebt.«

»Vielleicht sollten wir ihm die Fährte der Opfer geben und dann schauen, wie er auf Hall und Young reagiert?« Jenna seufzte. »Aber das wäre auch kein Beweis; wir wissen ja, dass sie sich geprügelt haben.«

Kane sah zu, wie die Männer ihren Pick-up beluden und einstiegen. »Das wird interessant. Warum hast du ihnen nicht einfach Handschellen angelegt und sie mitgenommen?«

»Na ja, die zwei werden Cross als Anwalt haben, und in diesem Stadium der Ermittlungen möchte ich ihm keinen Vorwand geben, meine Position zu untergraben.« Sie stieg in den Wagen. »Auf diese Weise sieht es eher aus, als hätten sie sich freiwillig zur Aussage bereiterklärt.« Sie wandte sich ihm zu. »Unter uns gesagt, ich glaube, die sind so was von schuldig!«

FÜNFUNDZWANZIG

Samuel J. Cross, der örtliche Anwalt, war Jenna schon immer auf die Nerven gegangen. Der Mann kleidete sich stets, als käme er direkt vom Rodeo, aber der lässige Cowboy-Look täuschte. Sam Cross war äußerst gerissen, bei ihm musste man immer auf der Hut sein. In ihrem Büro zog sie die Jacke aus und hängte sie an den Haken. Erst jetzt fiel ihr auf, dass Duke an ihren Beinen klebte, wie schon die ganze Zeit seit der Fahrt zum Ski-Resort. Normalerweise lief der Hund sofort, wenn sie das Präsidium betraten, zu Maggie hinter den Empfangstresen und bettelte um Leckerlis, und anschließend lag er die meiste Zeit in dem Körbchen unter ihrem Schreibtisch oder zu Kanes Füßen. Dass sein Beschützerinstinkt erwachte und er knurrte und die Zähne bleckte, war mehr als ungewöhnlich. Jenna tätschelte ihm den Kopf. »Spürst du, dass ich den Anwalt nicht mag? Keine Sorge, der wird mir schon nichts tun. Während der sich mit seinen Klienten unterhält, können wir doch mal nachsehen, was unser fleißiger Helfer im Keller anstellt, hm?«

Sie nahm die Treppe in den Keller, Duke folgte ihr. Eine Tür führte zur speziell gesicherten Asservatenkammer, eine zweite zum Heizungsraum und dem angrenzenden Lagerraum.

Diese Tür stand offen. Als sie sich der Tür zum Lager näherte, bellte Duke so unvermittelt, dass sie zusammenzuckte. Er machte einen Satz in den Raum, und Jenna rief: »Aus, Platz!«

Tom Dickson ließ die alten Aktenordner, die er in Händen hatte, fallen und taumelte zurück. Jenna packte Duke am Kragen und sagte noch einmal: »Platz!« Sie betrachtete Dickson. In dem faltigen Gesicht des alten Mannes aus den Bergen lag nicht ein Hauch von Mitgefühl. »Tut mir leid, ich weiß nicht, was heute in ihn gefahren ist.«

»Hunde machen nichts als Ärger«, sagte Dickson und bückte sich, um die Akten aufzuheben.

Jenna ignorierte seine Bemerkung. Ob er Hunde mochte oder nicht, war ihr egal. Sie betrachtete den Mann einen Moment lang. Er sah so niedergeschlagen aus, dass sie ihm gerne noch anderweitig geholfen hätte.

»Kann ich sonst noch irgendetwas für Sie tun, Ma'am?«, fragte Dickson und verstaute die Aktenordner in einem Karton. Als er sich aufrichtete, presste er sich eine behandschuhte Faust in den Rücken und stöhnte. »Tut mir leid, meine Arthritis macht mir im Winter ganz schön zu schaffen.«

Jenna schüttelte den Kopf. »Nein, ich wollte nur mal nachsehen, wie es Ihnen hier unten so ergeht.«

Rowley hatte ihm angeboten, am Wochenende einen Tag lang bei ihm zu arbeiten, aber bis dahin brauchte er noch etwas anderes. Sie überlegte, was sie ihm sonst noch zu tun geben konnte. »Wenn Sie gleich morgen früh zu meiner Ranch kommen könnten, wäre es eine große Hilfe, wenn Sie in meiner Scheune ein wenig Ordnung machen. Bald wird das Pferdefutter für den Winter angeliefert. Ich hatte vor, das am Wochenende mit Deputy Kane zu machen, aber wir haben gerade zu viel zu tun, und ich muss hier sein.«

»Dann sind Sie gar nicht da?« Dickson runzelte die Stirn.

»Nein, aber das Haus und die Hütte werden videoüberwacht«, sagte Jenna und zuckte mit den Schultern. »Wenn Sie die direkte Umgebung vom Haus und der Hütte betreten, wird der Alarm ausgelöst, aber solange Sie da wegbleiben, können Sie ganz ungestört arbeiten.«

»Dann komme ich gleich um sieben.« Dickson bückte sich nach weiteren Akten. »Hauptsache, der Köter läuft da nicht frei herum.«

Jenna ging zurück zur Tür. »Keine Sorge, der kommt mit uns mit. Sie sollten aber alles mitbringen, was Sie brauchen, denn sobald Sie das Gelände der Ranch verlassen haben, können Sie nicht mehr zurück, ohne dass Sie den Alarm auslösen. Ich werde Ihnen etwas zu essen dalassen.« Sie lief die Treppe hinauf, Duke folgte ihr. *Höchste Zeit, nachzuschauen, was Sam Cross so treibt.*

Auf dem Flur vor den Verhörräumen saß Kane auf einer Bank und nippte an einem Becher Kaffee. »Ich glaube, du verschwendest hier nur deine Zeit«, sagte Jenna. »Willst du nicht lieber einen Gerichtsbeschluss besorgen, damit wir Mrs Robinsons Konten einsehen können?«

»Cross hat gesagt, seine Klienten seien jederzeit zum Gespräch bereit, und da du verschwunden warst, dachte ich, ich warte hier auf dich.« Kane nahm einen zweiten Pappbecher, der neben ihm stand, und reichte ihn ihr. »Rowley hat den Papierkram schon zum Gericht rübergebracht. Auch wenn unser Verdacht noch recht vage ist, könnten wir Glück haben.«

Jenna setzte sich neben ihn auf die Bank und nippte an ihrem Kaffee. »Hmm. Mir scheint, es war allgemein bekannt, dass Lucas Robinson seit einiger Zeit diverse Affären hatte. Ich kann nicht so recht glauben, dass seine Ehefrau nichts davon wusste. Ist die wirklich so naiv? Wir werden noch einmal mit ihr sprechen, sobald die Ärzte mit der Beurteilung ihres Geisteszustandes fertig sind. Ich bin immer noch davon überzeugt, dass es da eine Verbindung gibt, die wir bislang übersehen haben. Und sie ist Linkshänderin, wie der Mörder.« Sie lächelte ihn an. »Ich habe Tom Dickson, unseren Tagelöhner, der gerade im Keller arbeitet, gebeten, morgen früh vorbeizukommen. Deshalb war ich ›verschwunden‹. Er wird die Scheune aufräumen, bevor das Futter für den Winter geliefert wird.«

»Du willst ihn da allein lassen, während wir unterwegs sind?« Kane sah sie stirnrunzelnd an und schüttelte den Kopf. »Du kennst ihn doch überhaupt nicht.«

»Nein, aber was soll dieser alte Mann schon anstellen?« Jenna seufzte frustriert. Sie wollte so gern an das Gute im Menschen glauben. »Die Häuser sind doch gut gesichert. Sobald er sich ihnen nähert, werden wir automatisch informiert. In den Panikraum kommt er nicht hinein, und im Rest der Scheune sind nur Futter und Pferdeboxen. Zu stehlen gibt es da nichts. Er leistet hier gute Arbeit, geht niemandem auf die Nerven und bleibt da, wo wir ihn hingesteckt haben. Er kommt um sieben. Wir zeigen ihm, was er tun soll, dann gehen wir.« Sie merkte, dass Kane nicht überzeugt war. »Ich stelle ihm sein Mittagessen in den alten Kühlschrank, dann muss er tagsüber nicht weg. Er wird schon zurechtkommen.«

»Ach, du machst ihm sogar Mittagessen?« Kane rollte genervt mit den Schultern. »Willst du ihn vielleicht auch noch zum Dinner einladen?« Er deutete auf Duke, der sich gegen ihr Bein lehnte. »Duke ist ganz aufgeregt, und zwar seit wir begonnen haben, in diesem Fall zu ermitteln. Er lässt dich nicht aus den Augen.«

Kane sah sie so säuerlich an, dass Jenna lachen musste. »Dein Hund wird dir immer ähnlicher – übertrieben fürsorglich. Wie du dich vielleicht noch erinnerst, wurde Duke aggressiv, als wir mit Hall und Young gesprochen haben. Sie stellten eine Bedrohung für mich dar, und das hat er gespürt, das ist alles.« Sie tätschelte Duke den Kopf. »Dickson hat er allerdings so sehr erschreckt, dass er die Akten, die er gerade trug, fallen ließ.«

»Duke hat was?« Kane kicherte. »Wirklich?«

Bevor Jenna etwas erklären konnte, blinkte die Lampe über

der Tür zum Verhörraum auf und zeigte an, dass Sam Cross das Gespräch mit seinem Mandanten beendet hatte. Sie schaute Kane an. »Nummer eins.«

»Irrtum, Nummer zwei.« Kane warf seinen Pappbecher in den Mülleimer, der neben der Bank stand, und stand auf. »Bei Young war er nur ein paar Minuten. Jetzt mit Hall hat er deutlich länger gebraucht.«

Jenna trank ihren Kaffee aus und warf ihren Becher dem von Kane hinterher. »Okay, ich rede mit ihnen, du beobachtest. Es sei denn, du hast noch eigene Fragen.«

»Alles klar.« Kane reckte sich und berührte die Decke mit seinen langen Fingern, dann ging er in die Knie und streichelte Duke. »Du bleibst schön hier, mein Kleiner.« Er zog seine Karte durch den Scanner, und sie betraten den Verhörraum.

Jenna nickte Sam Cross zu. »Guten Tag, Sam. Ist Ihr Mandant bereit, uns ein paar Fragen zu beantworten?«

»In einem gewissen Rahmen schon, aber ich möchte sogleich zu Protokoll geben, dass weder er noch Mr Young an der Schießerei im Stanton Forest beteiligt waren.« Cross nickte Kane zu. »Tag, Deputy Kane.«

»Tag, Cross.« Kane nickte und setzte sich. »Ich beginne mit der Aufzeichnung.« Er nannte das Datum und die Uhrzeit, und alle im Raum sagten ihren Namen.

Jenna legte ihr Notizbuch auf den Tisch und setzte sich Cross und Hall gegenüber, der ziemlich streitlustig wirkte. Sie überflog ihre Notizen zum Fall Robinson; alles, was sie im Moment von den beiden über ihre Beteiligung an dem Doppelmord im Stanton Forest hätte wissen wollen, wusste sie bereits. Sowohl Hall als auch Young waren zum Zeitpunkt des Verbrechens in der Nähe gewesen, beide hatten sich zuvor mit den Opfern gestritten, und beide hatten einen Abstrich auf Schmauchspuren verweigert. Was sie jetzt brauchte, waren Informationen über Halls Beziehung zu Lucas Robinson. »Mr Hall, können Sie uns sagen, wo Sie zwischen

Montag, dreiundzwanzig Uhr und Dienstag, drei Uhr morgens waren?«

»Ja.« Hall lehnte sich auf dem Schreibtisch vor und stützte den Kopf in eine Hand. »Cliff und ich waren zu Hause. Wir müssen unter der Woche früh aufstehen und zur Arbeit, da gehen wir abends nicht raus.«

»Hat Sie da jemand gesehen?« Jenna blickte zu ihm auf. »Ein Nachbar vielleicht? Hat Sie jemand angerufen, oder haben Sie in dieser Zeit mit jemandem online kommuniziert?«

»Nein, ich denke mal, da habe ich tief und fest geschlafen.« Hall lächelte. »Allein in meinem Bett, leider, also kann ich das nicht beweisen. Warum?«

Jenna fuhr fort. »Ich glaube, Sie hegten einen Groll gegen Lucas Robinson. Können Sie das näher erläutern?«

»Einen Groll?« Hall schnaubte und seine Augen blitzten vor Wut. »Na, so kann man das wohl auch nennen. Ist ja auch kein Wunder, wenn man um sein gesamtes Erbe betrogen wird.«

»Inwiefern?«

»Er hat mir geraten, in irgend so ein verrücktes Projekt zu investieren, und zwei Wochen nachdem ich mein Geld investiert hatte, war das Projekt plötzlich bankrott.« Spucketropfen flogen von Halls Mund. »Ich bin sicher, er hat geahnt, dass es schiefgeht. Ich hätte ihm nicht vertrauen sollen. Wer weiß, ob er mein Geld überhaupt investiert hat? Wenn ich mir das Haus so ansehe, das er sich in Majestic Rapids gebaut hat, würde ich sagen, der hat seit Jahren jeden in der Stadt betrogen.«

Jenna machte sich Notizen und spürte, wie Kane ihren Arm berührte. Sie nickte ihm zu.

»Haben Sie sich beim Filialleiter beschwert?«, fragte Kane und lehnte sich in seinem Stuhl so weit zurück, dass er knarrte. »Wenn Sie der Ansicht waren, dass Sie betrogen werden, hätten Sie es uns oder dem FBI melden können.«

»Was hätte das denn gebracht?« Hall schnaubte gehässig.

»Wer würde schon auf mich hören? Außerdem habe ich kein Geld, um irgendwen zu verklagen. Seit dieser Typ mich abgezockt hat, lebe ich von der Hand in den Mund.«

Jenna nickte. »Ich kann verstehen, warum Sie so verärgert sind, Mr Hall. Sind Sie deshalb am Montagabend in Mr Robinsons Haus eingedrungen und haben ihn getötet?«

»Beantworten Sie diese Frage nicht.« Cross warf Jenna über den Tisch einen kritischen Blick zu. »Sie haben gesagt, Sie wollen meine Mandanten zu einer Schießerei im Wald befragen; jetzt kommen Sie plötzlich mit einem Mord daher.« Er schüttelte den Kopf. »Erklären Sie's mir, Sheriff. Was genau werfen Sie meinen Mandanten vor?«

Na toll. Jenna hatte gewollt, dass Kane auf Halls Reaktion achtete, während dieser alles leugnete. Stattdessen sagte Hall nun gar nichts und starrte sie bloß unverhohlen feindselig an. »Gerne.« Sie brauchte einen Moment, um den Hass abzuschütteln, den Hall ausstrahlte, dann blickte sie Cross an. »Ihre Mandanten waren beide zur Tatzeit der Morde im Stanton Forest in der Nähe des Tatorts. Beide waren in Auseinandersetzungen mit den dortigen Opfern verwickelt, an ihrem Arbeitsplatz und später im Triple Z, wo es zu tätlichen Übergriffen kam, wie mehrere Personen beobachtet haben. Ihre Mandanten hegten beide einen Groll gegen Lucas Robinson, und sie haben kein Alibi für die Zeit, als er in seinem Haus erschossen wurde.« Sie warf ihm einen direkten Blick zu. »Ich glaube, Ihre Mandanten sind in drei Morde verwickelt.«

»Wo sind Ihre Beweise?« Cross streckte den Zeigefinger aus und drückte damit auf die Tischplatte. »Haben Sie irgendetwas in der Hand, das beweist, dass meine Mandanten an einem der beiden Tatorte waren?«

Jenna schüttelte den Kopf. »Im Moment noch nicht.«

»Im Moment noch nicht?« Cross stieß ein bellendes Lachen aus. »Mit Ihren paar Indizien werden Sie den Staatsanwalt kaum dazu bringen, Anklage gegen meine Mandanten zu erheben. Keine Jury wird sie ohne irgendwelche handfesten Beweise verurteilen.«

»Ich hatte die zwei darum gebeten, einen Schmauchspuren-test durchzuführen, und sie haben sich geweigert«, sagte Jenna und starrte den Anwalt an. Im Grunde hatte Cross natürlich recht, aber trotzdem schoss er übers Ziel hinaus. Um in ihren Ermittlungen weiterzukommen, musste sie die Verdächtigen befragen dürfen. »Wenn sie unschuldig sind, warum haben sie sich dann dermaßen unkooperativ gezeigt?«

»Weil ein Schmauchspurentest wahrscheinlich positiv ausgefallen wäre, schließlich sind meine beiden Mandanten passionierte Jäger und haben einen gültigen Jagdschein.« Cross stand auf. »Das allein wäre schon Grund genug. Wenn Sie jetzt bitte die Türen öffnen, ich würde mit meinen Mandanten gerne von hier verschwinden.«

Jenna ließ sich nicht beirren. »Nicht so schnell. Erst möchte ich noch mit Cliff Young sprechen. Seine Freundin hat sich wegen Lucas Robinson von ihm getrennt. Ich möchte wissen, ob er sich mit Robinson getroffen hat.«

»Ich werde nicht zulassen, dass Sie ihm diese Frage stellen, Sheriff.« Cross schaute von Jenna zu Kane und wieder zurück. »Mag sein, dass wir hier ein wenig hinterm Mond leben, aber Einschüchterung durch Gesetzeshüter darf es auch in unserem kleinen Städtchen nicht geben.«

Aus dem Augenwinkel sah sie, wie Kane sich leicht versteifte und ebenfalls aufstand, ganz langsam. Wie immer gab er ihr Rückendeckung. Seinem abweisenden Gesichtsausdruck nach zu urteilen, würde er nicht zulassen, dass Sam Cross weitere herablassende Bemerkungen von sich gab.

»Nehmen Sie bitte wieder Platz, Mr Cross.«

»Damit Sie auch noch mich einschüchtern können?« Cross starrte Kane an.

Wütend schoss Jenna vom Tisch hoch. »Das verbitte ich mir. Das ist unprofessionell, und ganz ehrlich hatte ich angenommen, so etwas wäre unter Ihrem Niveau, Sam. Wir behandeln alle Menschen mit Respekt, ohne Ausnahme. Ich habe Sie hierhergebeten, weil ich Ihren Mandanten Fragen stellen muss, um sie von der Liste der Verdächtigen auszuschließen. Sie behindern meine Ermittlungen. Für dieses Mal können Sie Ihre Mandanten gerne mitnehmen, aber seien Sie versichert: Sobald wir irgendwelche Beweise finden, die die zwei belasten, wird nicht mehr geplaudert. Dann gehe ich damit direkt zum Staatsanwalt und beantrage einen Haftbefehl.« Sie zog ihre Karte durch den Scanner und ging hinaus auf den Flur, ohne noch einmal zurückzuschauen.

SECHSUNDZWANZIG

Es war ein langer Tag gewesen. Auf der Busfahrt nach Hause rieb sich Ruby Evans die schmerzenden Füße. Endlich hatte der Schneeregen aufgehört, und der Abend war klar und frisch. Sie zog ihre Schuhe wieder an, stand auf und ging zur Vordertür. Die Bremsen quietschten, der Bus hielt, und sie stieg die Stufen hinunter. Hinter ihr schlossen sich die Türen, und während der Bus in der Ferne verschwand, beschlich sie die schreckliche Gewissheit, dass sie jetzt völlig allein war, falls sie jemand angriff.

Der Abend kam ihr dunkler vor als sonst, und trotz des klaren Himmels kam aus dem Wald ein dichter Nebel über den Asphalt geweht. Es waren nur noch wenige Tage bis Halloween, und der Nebel glich geisterhaften Gestalten, die über den Bürgersteig schwebten, auf der Suche nach verlorenen Seelen, die sie heimsuchen konnten. Zu allem Überfluss funktionierten zwischen der Bushaltestelle und der Auffahrt, durch die ihr Nachhauseweg führte, die Straßenlaternen nicht. Seit ihr am Abend zuvor ein Unbekannter nachgestellt hatte, lagen ihre Nerven blank. Und jetzt hatte Ruby schon wieder das Gefühl, dass ihr jemand folgte. Sie zwang sich, auf dem dunklen Gehweg ganz ruhig einen Fuß vor den anderen zu setzen, und kramte dabei in ihrer Handtasche nach ihrem Smartphone; damit würde sie sich notfalls leuchten können. Leider war der Akku so gut wie leer.

Ruby ging die fünfzig Meter bis zur Kreuzung, wo die Auffahrt von der Straße abging, und blieb stehen. Hatte sie etwas gehört? Eine Eule heulte im Wald, und ein Windhauch ließ die Blätter rascheln, aber im Dunkeln schien sich nichts zu bewegen. Sie tat wieder ein paar zögerliche Schritte und hielt inne, als sie etwa hundert Meter weiter vorn an der Straße den einladenden Lichtkegel einer Straßenlaterne erblickte. Wenn sie geradeaus ging und den besser beleuchteten Weg nach Hause nahm, würde sie bestimmt eine halbe Stunde länger laufen müssen, und ihre Füße taten ihr weh. Außerdem musste sie morgen früh zur ersten Schicht ins Café. Sie spähte rechts in die Dunkelheit. Was am Vormittag noch eine malerischer, von Bäumen gesäumter Kiesweg gewesen war, hatte sich in einen muffig riechenden Tunnel verwandelt, der ins Nichts führte, in die Finsternis. Sollte sie die Abkürzung nach Hause nehmen und damit eventuell riskieren, dem Unbekannten wieder zu begegnen?

Die Angst drehte ihr den Magen um. Der Weg war stockfinster, die Baumkronen hielten den letzten Rest Licht fern. Dort konnte sich ganz leicht jemand verstecken und auf ein ahnungsloses Opfer warten. Es wäre ein Leichtes, sie hinterrücks zu packen und ins Gebüsch zu zerren. Ruby biss sich auf die Unterlippe und holte tief Luft. Sie konnte sich einfach nicht entscheiden. Am Ende der Straße wartete ihr Zuhause mit einem warmen Abendessen und einem heißen Bad. Sie ignorierte die Stimme in ihrem Kopf, die ihr riet, gefährliche Situationen zu meiden, nahm allen Mut zusammen und betrat den stockfinsteren Tunnel. Das Licht ihres Displays war ein schwacher Trost, aber besser als nichts. Doch als sie ihren Schritt beschleunigte, verblasste das blaue Leuchten, und schließlich erlosch es ganz. Eine erdrückende Schwärze umschlang sie, und sie steckte das Handy in die Tasche. Mit einer Hand streifte sie die blattlosen Büsche und riss die Augen weit auf, um in der Dunkelheit überhaupt etwas sehen zu können.

Der modrige Geruch des verrottenden Laubs, das den Kiesweg bedeckte, stieg ihr in die Nase. Das Laub dämpfte womöglich nicht nur das Geräusch ihrer eigenen Schritte, sondern auch die Schritte von jemandem, der ihr hinterher-schlich. Die aufsteigende Panik schnürte ihr die Kehle zu. Sie musste raus aus dem klaustrophobischen Tunnel, also beschleu-nigte sie ihr Tempo und kam auf dem unebenen Weg ins Stol-pern. Jedes Mal, wenn die Äste um sie herum knarrten, lief ihr ein Schauer über den Rücken, während sie weiterstolperte, und dann berührte ihre Hand plötzlich Stoff. Ein Hauch von Eau de Cologne schwebte in der Luft. Sie erstarrte, zu erschrocken, um einen Ton herauszubringen. Unter ihrer Handfläche bewegte sich der Stoff, und sie hörte ein leises Kichern und einen Atemzug, der so nah war, dass sie die warme Luft auf ihrer Wange spüren konnte.

»Hallo, Ruby.«

SIEBENUNDZWANZIG

FREITAGMORGEN

Jenna duckte sich und drehte sich um die eigene Achse, um Kanes Kopf einen Tritt zu verpassen, aber seine riesige Hand schnappte ihren Fuß, und er wirbelte Jenna herum, sodass sie mit dem Gesicht nach unten auf der Matte landete.

Kanes hundertvierzehn Kilo landeten neben ihr, und er drückte sie ohne größere Anstrengung zu Boden.

»Verdammt, Dave, lass uns das noch mal versuchen. Ich war zu langsam.«

»Das war zu erwarten.« Kane rollte sich herum, stand auf und reichte ihr die Hand. »Du kannst kaum in Topform sein, wenn du die halbe Nacht an Mordfällen arbeitest.«

Sie nahm seine Hand und ließ sich von ihm auf die Beine ziehen. »Du offenbar schon.«

»Stimmt, aber ich bin es gewohnt, ohne Schlaf auszukommen.« Kane fuhr sich mit einer Hand durch sein feuchtes Haar. »Ich brauche nur etwas zu essen, dann geht's mir gut.« Er schnappte sich ein Handtuch von der Stuhllehne und lächelte sie an. »Ich werde mal eben duschen gehen. Die Pferde sind versorgt, du bist dran mit Frühstückmachen.« Er sah auf seine

Armbanduhr. »Danach, schätze ich, sollten wir unseren flei-
ßigen Helfer empfangen.«

Jenna sah ihm nach, als er wegging, und machte sich dann auf
den Weg zu ihrem Badezimmer. Er hatte kein Wort mehr darüber
verloren, dass sie Tom Dickson gestattete, auf der Ranch zu arbeiten, aber er hatte sich große Mühe gegeben, die Sicherheitsvorkehrungen an ihrem Haus und seiner Hütte zu überprüfen. Sie hatten
einen Hausalarm auf ihren Smartphones installiert. Falls sich
Dickson einem der beiden Häuser näherte, würden sie benachrichtigt werden, und alle seine Bewegungen würden per Video
aufgezeichnet. Sie machte sich deswegen nicht die geringsten
Sorgen, Kane aber schon, wie sein Blick ihr verraten hatte. Kane
war rund um die Uhr im Einsatz. Zweifellos hatte er sich das zu
der Zeit angewöhnt, als er Personenschützer des US-Präsidenten
gewesen war, aber manchmal wünschte sie sich nichts sehnlicher,
als dass er ein wenig lockerer wäre. Sie war einer der wenigen
Menschen, die wussten, dass er auch eine sanfte, verletzliche Seite
besaß. Doch er würde sich jederzeit vor einen Unschuldigen stellen, um eine Kugel abzufangen, und sie fürchtete, dass ihm genau
das irgendwann zum Verhängnis werden würde.

Jenna schloss die Tür des Geschirrspülers und schaltete ihn ein,
dann warf sie einen Blick auf die Uhr. »Dickson kommt in einer
knappen halben Stunde.« Sie wandte sich um und verstummte:
Kane hielt sich einen Finger an die Lippen und zeigte auf
Duke. Sie betrachtete den Hund. Es stand so starr, als wäre die
Zeit stehen geblieben, seine Nackenhaare sträubten sich, und er
knurrte leise. Irgendetwas stimmte nicht. Sie zog ihre Waffe,
schlich zur Hintertür und überprüfte die Schlösser. Als sie in
die Küche zurückkehrte, gab Kane ihr per Handzeichen zu
verstehen, dass sie den Flur hinunter und in ihr Arbeitszimmer
gehen sollte. Mit dem Rücken zur Wand schlich sie sich hinein.

Sie betrachtete die Monitore, die das Bild der Überwachungskameras übertrugen. Hier konnte sie alle Außenbereiche sehen. Die einzige Bewegung, die sie wahrnahm, war die der Pferde auf dem Paddock; rund ums Haus war nichts Ungewöhnliches zu sehen. »Alle Bereiche gesichert.«

»Aber Duke zeigt an«, berichtete Kane, als er das Zimmer betrat. »Er starrt die ganze Zeit auf die Eingangstür.«

»Vor der Tür sehe ich auch niemanden, aber ich vertraue Duke – der bekommt viel mehr mit als ein Mensch.«

Ein Schauer lief Jenna über den Rücken, als sie daran dachte, wie sie einmal in einen Stolperdraht gelaufen war und einen Sprengsatz ausgelöst hatte, der sie beide durch die Luft geschleudert hatte. »Eine Bombe?«

»Niemand kann hier unbemerkt eindringen und eine Bombe platzieren. Die müsste er schon per Drohne abwerfen.« Kane runzelte die Stirn. »Ansonsten kommt man auf unser Gelände höchstens per Hubschrauber, und der hätte die Bewegungsmelder ausgelöst.«

Duke bellte und lief zur Tür, und Jenna und Kane tauschten einen verwirrten Blick. »Meinst du, er ist krank oder so?«, fragte Jenna. »Können Hunde verrückt werden?«

»Nur durch Tollwut, und dagegen ist er geimpft.« Kane ging zur Tür und spähte durch das Fenster. Dann drehte er sich um und seufzte. »Ich weiß jetzt, was es ist: diese schwarze Katze wieder. Sie hat gerade unter der Veranda hervorgeschaut.«

Jenna runzelte die Stirn. »Das arme Ding ist wahrscheinlich am Verhungern.«

»Das glaube ich kaum – Katzen sind hervorragende Jäger, und in der Scheune gibt es jede Menge Mäuse und Ratten.« Kane sah noch einmal hin und runzelte dann die Stirn. »Ich glaube, sie ist verletzt. Sie ist voller Blut.«

»Voller Blut? Halt mal Duke fest.« Jenna ging zur Tür und öffnete sie. »Na komm, mein Kätzchen!« Sie beugte sich vor und streckte eine Hand aus.

Aber statt zu ihr zu kommen, hüpfte die Katze davon und lief in Richtung der Old Mitcham Ranch. Sie sah, wie ihr Schwanz über dem langen Gras hin und her schwebte. Jenna richtete sich auf und starrte Kane an. »Sie verhält sich eigentlich nicht, als wäre sie verletzt. Ich hoffe, ihrem Besitzer ist nichts passiert.«

»Es kann nicht schaden, nachzusehen.« Kane starrte in die Richtung, in die die Katze gelaufen war.

»Okay, wir können auf dem Weg in die Dienststelle ja mal bei der Old Mitcham Ranch vorbeischauen. Wir haben den neuen Besitzer noch gar nicht kennengelernt«, stellte Jenna fest. »Ob die dort für Halloween einen Haufen schwarzer Katzen besorgt haben und einfach so herumlaufen lassen?«

»Kann gut sein.« Kane schaute auf seine Uhr. »Ich bezweifle aber, dass der Besitzer dort wohnt. Er hat Arbeiter angeheuert, die in Wohnwagen auf dem Gelände wohnen und die Ranch in eine Halloween-Attraktion verwandeln.« Er grinste sie an. »Huuuhuuu! Hoffen wir mal, dass der Fluch sie noch nicht erwischt hat.«

Jenna schüttelte den Kopf. »Das ist nicht witzig.«

Der Summer am Tor ertönte, und Jenna ging zu dem kleinen Bildschirm neben der Eingangstür. Sie betrachtete den Mann, der aus dem Fenster seines Trucks in die Kamera starrte. »Ich bin's, Dickson.« Sie drückte den Knopf, der das Tor öffnete. »Schön, dass er früh dran ist. Ich will so schnell wie möglich rüber zur Mitcham Ranch, falls dort etwas passiert ist. Die Katze schien mir irgendwie unruhig«

»Hmm. Genug miaut hat sie ja.« Kane sah sie stirnrunzelnd an. »Schade, dass ich kein Katzisch spreche.«

Jenna nahm seine Jacke vom Haken im Vorraum und warf sie ihm zu, dann schnappte sie sich ihre eigene. »Ich leider auch nicht.« Sie aktivierte die Alarmanlage und öffnete die Haustür. »Aber Katzen sind intelligenter, als man denkt.«

»Ja, bloß falls sie Zeuge eines blutigen Mordes war, wird es

schwierig sein, sie dazu zu bringen, vor Gericht auszusagen.«
Kane grinste und folgte ihr die Verandatreppe hinunter.

Sie begrüßten Tom Dickson, und Jenna erklärte ihm, was er
zu tun hatte und dass sie ihm Sandwiches und Getränke in den
Kühlschrank in der Scheune gestellt hatte. »Schauen Sie
einfach, wie Sie vorankommen. Schaffen Sie so viel, wie Sie
können, Sie müssen nicht unbedingt den ganzen Tag lang arbeiten. Wir machen den Rest am Wochenende fertig. Ihr Geld gibt
Ihnen Maggie am Empfangstresen, wie letztes Mal.«

»Danke, Sheriff.« Dickson tippte sich an den Hut. »Am
Samstag arbeite ich bei Deputy Rowley, und für nächste Woche
hat Maggie mir ein paar Tage Arbeit im Mietstall besorgt.« Er
sprach langsam und schaute sie über den Rand seiner Brille
hinweg an. »Sie alle sind so wahnsinnig nett zu mir, Ma'am.«

Jenna sah den alten Mann an und lächelte. »Sehr schön.
Wir lassen Sie jetzt auch in Ruhe.« Sie wandte sich um und
ging auf Kanes SUV zu. Im Gehen hörte sie noch, wie Dickson
mit Kane tuschelte, dann stieg sie ein.

Kurz darauf kletterte auch Kane in den Wagen. »Hmm«,
machte er, als er sich hinters Lenkrad setzte.

Jenna sah ihn an. An seinem grimmigen Gesichtsausdruck
erkannte sie sofort, dass er sich über irgendetwas geärgert hatte.
»Was ist?«

»Nichts, schon gut.« Kane startete den Motor und fuhr die
Auffahrt hinunter. Er blickte starr geradeaus.

»Bekomme ich jetzt den ganzen Tag dein Kampfgesicht zu
sehen?« Jenna seufzte. »Entspann dich, Dave. Ich bin's, Jenna.
Er hat doch irgendetwas zu dir gesagt, oder?«

»O ja, das hat er.« Kane sah sie kurz an, dann blickte er
wieder auf die Straße. »Schon in Ordnung, er ist halt ein alter
Mann. Wahrscheinlich wird er senil und weiß nicht mehr,
wann er seine Gedanken lieber für sich behält.«

Jenna lehnte sich in ihrem Sitz zurück und starrte aus dem
Fenster. Bis zur benachbarten Ranch war es nicht allzu weit,

und ihre Gedanken liefen auf Hochtouren. »Wenn er etwas über mich gesagt hat, muss ich das wissen. Ich bitte andere Leute, dass sie ihm Arbeit geben. Mein Ruf steht auf dem Spiel.«

Kane fuhr rechts ran, und der Wagen kam mit einem Ruck zum Stehen. Er drehte sich zu ihr und sah sie an, blieb aber stumm.

Sauer, dass er so stur war, begegnete Jenna seinem Blick. »Spiel nicht den Macho, Dave, das zieht bei mir nicht. Ich kann dich auch dienstlich anweisen, es mir zu sagen.«

»Stimmt, das kannst du. Also gut. Er hat mich gefragt, wie ich so gelassen bleiben kann, wenn du mich ständig herumkommandierst.« Kanes Blick blieb auf ihrem Gesicht haften. »Und wie ich es finde, auf deinem Grundstück in einer Hütte zu wohnen, als wäre ich dein Hofhund.«

»Das hat er gesagt? Nach allem, was wir für ihn getan haben?« Schockiert starrte Jenna ihn an. »Ein seltsamer Typ. Bestimmt wurde er in dem Glauben erzogen, dass man Frauen am Herd festketten sollte.« Sie runzelte die Stirn. »Soll ich ihn rausschmeißen?«

»Nee«, sagte Kane, gab Gas und lenkte den SUV wieder auf den Highway. »Er ist halt ein alter Mann. Vielleicht wollte er mich ja auch bloß aufziehen.« Er schnaubte. »Ich lasse mich sonst ja nicht so leicht provozieren, aber das ist mir unter die Haut gegangen.«

Jenna schwirrte der Kopf. »Du bist da hoffentlich anderer Meinung, oder?« Zu ihrer Überraschung begann Kane zu lachen. »Was ist so lustig daran?«

»Ich bin der glücklichste Mann der Welt.« Kane warf ihr einen Blick zu. »Ich war total am Ende, als ich herkam, und du hast mir ein Zuhause gegeben. Du hast mich gesund gepflegt, als ich mein Gedächtnis verloren hatte. Ich bin nicht perfekt, aber das ist dir egal. Die meisten Frauen hätten nach einem halben Jahr aufgegeben, aber du nicht. Du verstehst mich.« Er bog in die Auffahrt zur Old Mitcham Ranch ein. »Es ist dir egal, dass du mit einem ehemaligen Killer zusammenlebst, auch wenn er im Auftrag der Regierung getötet hat. Ich habe keine Geheimnisse vor dir – abgesehen davon, dass du meinen richtigen Namen nicht kennst –, und wir sind glücklich und zufrieden. Wen kümmert's, was die Leute denken?«

Jenna seufzte. »Mich bestimmt nicht.« Als sie an den Wohnwagen vorbeifuhren, sah sie ihn verdutzt an. »Ich dachte, hier wimmelt es von Arbeitern. Wo sind die denn alle?«

»Keine Ahnung.« Kane fuhr näher an das verfallene Ranchhaus heran. »Vielleicht sind sie fertig, oder sie arbeiten drinnen.«

Jennas Blick wanderte über die kunstvolle Halloween-Dekoration der Old Mitcham Ranch. Ein Skelett hing im Fenster, und zwischen diversen grinsenden Kürbissen, die die Veranda zierten, saßen schaurige Schaufensterpuppen, die zurechtgemacht waren wie Tote. Sie musterte die Szenerie, als sie näher heranfuhren, und ihr wurde flau im Magen, als sie auf der Treppe zur Vordertür eine Blutspur entdeckte. Das sah zu echt aus für Kunstblut. Im nächsten Moment drang der Geruch des Todes zu ihnen herein. »Äh, Dave, ich glaube, die Puppen da sind gar keine Puppen. Das sind Leichen.«

ACHTUNDZWANZIG

Mehrere Schüsse ertönten, und direkt neben dem SUV zerbarst der Stamm eines Baumes. Holzsplitter regneten auf die Windschutzscheibe herab.

»Verdammt!« Jenna schaute sich blitzschnell in alle Richtungen um, entdeckte aber keinen Schützen. »Schnell weg hier.«

Weitere Schüsse fielen. Sie trafen den Boden und wirbelten Staub auf. »Mach schon, Dave! Die Sonne blendet mich, ich kann nicht sehen, wo er steckt. Vielleicht auf der Anhöhe hinterm Haus? Hier sind wir jedenfalls leichte Beute. Los, los, los!«

»Okay, halt dich fest.« Kane gab Gas.

Der Motor heulte auf, als sie in hohem Tempo rückwärts über die unebene Auffahrt holperten. Jenna duckte sich und hielt sich am Sitz fest. »Hast du den Schützen gesehen?«

»Nein.« Kane hatte sich umgedreht und schaute durch die Heckscheibe. »Gewehr, von Westen, schätze ich.«

Jenna blickte hoch zu seinem grimmigen Gesicht. »Bring uns außer Reichweite. Fahr zurück zur Ranch. Wir ziehen uns Westen an und holen Verstärkung.«

Kane legte eine Hundertachtzig-Grad-Wende hin, und dann rasten sie mit durchdrehenden Reifen die restliche Auffahrt hinunter. Die Bäume rauschten nur so vorbei, und die tiefen Rillen in der Fahrbahn ließen den Wagen hüpfen wie ein bockendes Pferd. Jenna wurde nach vorne geschleudert und schlug mit dem Kopf gegen das Armaturenbrett, dann fand sie wieder Halt. Die Front des SUV schien abzuheben, als Kane das Gaspedal durchtrat. Sie erreichten den Highway, drifteten mit quietschenden Reifen um die Kurve und gerieten kurz ins Schleudern, bevor er auf volle Geschwindigkeit beschleunigte. Jenna wurde wieder übel. Sie schaute hoch und sah, dass Kane sein typisches Kampfgesicht aufgesetzt hatte. »Sind wir außer Gefahr?«

»Falls er hinter der Ranch auf der Anhöhe sitzt, sind wir erst außer Gefahr, wenn wir unsere Auffahrt erreichen.«

Kane starrte auf die Fahrbahn vor sich.

»Ich rufe die Kavallerie.« Jenna holte ihr Handy aus der Tasche und rief Rowley an. »Schüsse. Wir brauchen Verstärkung. Zu meiner Ranch. Keine Sirenen. Sag Shane Bescheid. Er soll Webber mitbringen und schwere Waffen. Tragt die komplette Ausrüstung, auch Com-Packs. Bei der Old Mitcham Ranch sind mehrere Tote.«

»Heiliger Bimbam. Geht's euch gut?«

»Ja. Los, Tempo.« Jenna trennte die Verbindung.

»Okay, wir kommen jetzt an unser Tor.« Kane fuhr langsamer, bog in die Auffahrt ein, und dann trat er auf die Bremse und wartete, bis das Tor aufschwang.

Jenna richtete sich auf und rieb sich die Stirn. »Okay, was hältst du von dem Tatort? Für mich sah das nach einem Massenmord aus.«

»Soweit ich sehen konnte, haben die Männer auf der Veranda alle einen Kopfschuss. Die Frau hat der Mörder verbluten lassen, würde ich sagen. Das Blut ist noch frisch.«

Jenna starrte ihn mit offenem Mund an. »Du hast offenbar

bessere Augen als ich. Ist sie möglicherweise sogar noch am Leben?«

»Nein.« Kane hielt vor ihrer Ranch an und rieb mit dem Daumen über die Beule auf ihrer Stirn. »Nicht so schlimm, das ist nur ein blauer Fleck.«

Jenna schlug seine Hand weg und starrte ihn an. »Du hattest nur ein paar Sekunden Zeit, um dir die Szene anzusehen. Wie kannst du dir so sicher sein, dass die Frau tot war?« Mit zittrigen Fingern berührte sie das pochende Ei auf ihrer Stirn. »Ich habe nur am Geruch gemerkt, dass das Menschen waren und keine Schaufensterpuppen.«

»Ich habe schon viele Tote gesehen, Jenna. Jemand hat ihr die Kehle durchgeschnitten, das kann sie nicht überlebt haben.« Kane sah sie grimmig an. »Ich habe die Frau übrigens wiedererkannt. Sie war die neue Bedienung bei Aunt Betty's. Ich glaube, sie hieß Ruby.«

Jenna erschrak und musste schlucken. »Mein Gott. Mit was für einem Verrückten haben wir es hier bloß zu tun?«

»Wenn es derselbe ist, der die anderen Morde verübt hat, würde ich sagen: mit einem, der unberechenbar ist und schnell eskaliert.« Kane sah sie besorgt an. »Wir brauchen wahrscheinlich eine ganze Armee, um den zur Strecke zu bringen.«

Jenna hatte Kane noch nie so angespannt gesehen, und sie spürte, wie sehr sie das beunruhigte. »Einfach ist das nie.« Sie räusperte sich. »Los, Weste an, Verstärkung ist unterwegs.«

Seit sie in Black Rock Falls war, hatte sie viele Morde aufgeklärt, und doch wurde es nicht einfacher. Sie war nach wie vor nicht so abgehärtet, dass sie den Anblick verstümmelter Leichen auf die leichte Schulter nahm, und auch wenn sie als Sheriff das Sagen hatte, musste sie immer noch ihre Angst überwinden und sich dazu zwingen, ein Bein vor das andere zu setzen. »Ich ziehe mich an und teile Mr Dickson mit, dass er nach Hause gehen soll. Dem Geruch nach zu urteilen, hat er bereits den Ofen angeheizt.« Sie stieg aus, öffnete den Kofferraum und holte ihre neue schusssichere Weste aus STF-Kevlar und ihren Helm heraus.

»Warum?«, fragte Kane und trat neben sie. »Die Arbeit muss erledigt werden.«

Jenna zog die Weste an und zuckte mit den Schultern. »Dickson mag keine Hunde, und Duke mag ihn nicht. Wir können die zwei schlecht alleine hierlassen.«

»Dann bleibt Duke halt im Wagen.« Kane baute in Sekundenschnelle ein Gewehr zusammen und legte es in den Kofferraum. »Ich bin bereit.«

Jennas Handy klingelte, der Klingelton zeigte an, dass es Wolfe war. »Wir sind in Sicherheit, Shane. Wann bist du hier?«

»Ich war gerade auf dem Weg ins Büro. Ich bin in zehn Minuten bei euch«, verkündete Wolfe und trennte die Verbindung.

Jenna sah Kane an. »Zehn Minuten. Lass uns unsere Ausrüstung checken.«

Die nächsten Minuten verbrachten sie damit, diverse nützliche Gegenstände in ihre Taschen zu stecken. Jenna ging ins Haus, um ihren braunen Stetson gegen eine schwarze Wollmütze zu tauschen. Als sie wieder herauskam und zu Kanes Wagen ging, bemerkte sie in der Nähe der Scheune eine Bewegung. Sie stieß einen Seufzer der Erleichterung aus, als sie sah, dass es bloß Dickson war.

»Gibt es ein Problem?«, fragte Dickson und humpelte auf sie zu. »Kann ich irgendwie helfen?«

Jenna drehte sich zu ihm um und sah ihn an. »Nein, vielen Dank, Mr Dickson. Wir holen nur ein paar Sachen.« Als er nickte und zurück zur Scheune ging, nahm sie eines der Gewehre aus dem Waffenschrank hinten in Kanes Wagen und überprüfte es. »Gib mir ein paar Ersatzmagazine.« Sie steckte sie in ihre Taschen. »Lass uns fahren, wir warten vorne am Tor auf die anderen.«

Sie stieg wieder in den Wagen. Kane sah auf sein Smartphone und reichte es ihr, als er sich hinter das Steuer setzte. Sie schaute auf das Display: Es war die Aufzeichnung der Überwachungskamera am Eingangstor. »Ah, gute Idee.«

»Schau doch mal, ob uns jemand gefolgt ist.« Kane fuhr die Auffahrt hinunter.

Jenna spulte die Aufnahme bis zu dem Punkt zurück, an dem Dickson am Tor angekommen war. Im Schnellvorlauf sah sie sich an, wie sie weggefahren und zurückgekommen waren, aber sonst hatte niemand die Straße benutzt. »Nein. Hätte ich aber auch nicht erwartet. Eigentlich fährt hier ja nur der Typ entlang, dem der Schneepflug gehört, und der ist gerade in Florida. Man kommt auch über die Felder zur Ranch, selbst von hier aus. Es gibt überall Feldwege, die noch aus der Zeit stammen, als die Old Mitcham Ranch in mehrere Parzellen unterteilt war. Die meisten Ranches nutzen sie, um ihr Vieh zu transportieren.«

»Was ist mit den Leuten, die auf der Old Mitcham Ranch arbeiten?« Kane wartete, bis sich mit einem Knarren das Tor öffnete, dann fuhr er hindurch und hielt an der Straße. »Die fahren doch sicher hin und her, um Material zu holen.«

Der Gedanke an die Leichen auf der Veranda jagte Jenna einen Schauer über den Rücken. Sie spulte die Aufnahme noch einmal vierundzwanzig Stunden zurück, aber außer ihr und Kane war niemand vorbeigefahren. »Der Schütze muss einer der Arbeiter von der Ranch sein.«

»Es sei denn, er kennt die Feldwege. Ich glaube, man kann auch über die anderen Ranches in die Stadt fahren, oder?« Kane nahm ihr sein Smartphone wieder ab und steckte es in die Tasche.

»Stimmt, außer meiner gibt es noch drei weitere Ranches, die liegen auf der anderen Seite des Hügels und von denen führen diverse Feldwege zum Highway. Ich glaube, ich bin die einzige Besitzerin, die ein Alarmsystem hat, und da der Schütze keinen unserer Alarme ausgelöst hat, muss er aus einer anderen

Richtung gekommen sein. Da die letzten Besitzer das Land verkauft haben, habe ich keine Ahnung, ob noch jemand die alten Wege benutzt.« Jenna drehte sich in ihrem Sitz um. »Da kommt die Kavallerie.«

»Wie willst du vorgehen?« Kane sah sie an.

Jenna staunte: Kane war ein ausgewiesener Taktik-Experte, und doch bat er sie um ihre Meinung. Sie dachte einen Moment lang nach. »Wir sollten uns in zwei Teams aufteilen. Wir zwei und Rowley nähern uns dem Ranchhaus von der Vorderseite und suchen Schutz hinter den Wohnwagen, Wolfe und Webber gehen hinter dem Haus herum und betreten es von dort aus. Was meinst du?«

»Ich weiß nicht, ob wir für einen Frontalangriff genug Deckung haben. Der Schütze könnte sich in einem der Wohnwagen oder in der Scheune verstecken.« Kane wandte sich ihr zu. »Oder er hat wirklich von der Anhöhe aus mit einem Jagdgewehr auf uns geschossen. Das wäre nicht das erste Mal.«

Jenna nickte. »Okay, ich habe noch eine bessere Idee.« Sie rutschte vom Sitz, als Rowley hinter ihnen anhielt und Wolfe mit seinem Van mitten auf der Straße stehen blieb. Webber sprang heraus, ein Gewehr in der Hand. Sie wartete, bis sich die Männer um sie versammelt hatten. »Okay, wir haben vier Männer mit Kopfschuss, eine Frau mit durchgeschnittener Kehle. Über die Straße hat sich in den letzten vierundzwanzig Stunden niemand der Ranch genähert oder ist von dort weggefahren, also müssen wir davon ausgehen, dass der Täter vor Ort ist oder über Land geflohen ist.« Sie wandte sich an Wolfe. »Du und Webber fahrt in gleichbleibender Geschwindigkeit die Straße hinunter und an der Ranch vorbei. Gleich hinter der Kurve gibt es einen Trampelpfad, dort könnt ihr parken und gelangt zu Fuß hinter das Ranchhaus. Bleibt über eure Funkgeräte in Kontakt.« Dann wandte sie sich an Rowley. »Du kommst mit uns. Lass deinen Pick-up hier. Kurz vor der Auffahrt zur Old Mitcham Ranch gibt es einen Weg, der durch die Bäume hindurch zur Koppel hinter der Scheune führt. Von dort aus nähern wir uns dem Haus und nutzen die Scheune als Deckung.« Sie sah Kane an, der nickte kaum merklich. »Falls der Schütze dort ist, wird er nicht merken, dass wir im Anmarsch sind.«

»Falls es nur einer ist.« Kane runzelte die Stirn. »Dem Blutbad nach zu urteilen, könnten es auch zwei sein. Ich habe einzelne Kopfschüsse gesehen, aber das war aus einiger Entfernung.«

Jenna nickte. »Okay, also los, und passt auf euch auf.« Sie sah alle nacheinander an. »Eventuell haben wir es mit einem Psychopathen zu tun, der im ganzen Land Morde begangen hat. Also: Spielt nicht den Helden, der Mann wird nicht zögern, euch zu töten. Erschießt ihn, wenn ihr könnt.«

NEUNUNDZWANZIG

Eine Mischung aus Angst und Unsicherheit beschlich Jenna. Sie war sich durchaus bewusst, dass jeder von ihnen bei dieser Aktion sterben konnte – so sah sie nun einmal aus, die ernüchternde Realität. Jedes Mal, wenn sie einen Verbrecher verfolgte, löste das Adrenalin in ihren Adern einen Fluchtreflex bei ihr aus. Ihr Herz pochte, und während ihr Kopf sie anflehte, wegzulaufen, konzentrierte sie sich auf die Tatsache, dass ihr jahrelanges Training sie vor der drohenden Gefahr schützen würde. Die grausige Szenerie auf der Veranda des alten Hauses kam ihr wieder in den Sinn, das Blut auf der Treppe, die leeren Augen, die ins Nichts starrten. Sie wurde kurz langsamer, dann verdrängte sie die Bilder und beschleunigte ihren Schritt wieder, als sie den Weg einschlug, der durch die Bäume zur Scheune neben dem Haus führte. Dass Kane und Rowley ihr den Rücken freihielten, machte ihr Mut. Sie kamen schnell voran, und die dichte Laubdecke dämpfte das Geräusch ihrer Schritte. Als sie die Stelle erreichten, wo die Bäume aufhörten, knackte es in ihrem Ohrhörer.

»Jenna, wir nähern uns jetzt dem Ranchhaus«, kam Wolfes Stimme durch das Funkgerät. »Es ist ganz still hier, fast zu still, und ich kann den Tod riechen. Wir gehen jetzt rein. An der Wand neben der Hintertür krabbeln ganze Schwärme von Fliegen. Vielleicht sind drinnen noch mehr Leichen.«

Ein kalter Schauer fuhr Jenna über den Rücken. Sie ignorierte die Stimme in ihrem Kopf, die sie anflehte, keinen Schritt weiterzugehen, und blickte zu Kane neben ihr. Er hatte Wolfe über Funk natürlich auch gehört und verzog den Mund. Jenna drückte auf ihr Mikrofon. »Bleibt in Position. Wir nähern uns der Scheune und werden in fünf Minuten freie Sicht auf die vordere Veranda haben.«

»Verstanden.«

Jenna schaute zu Kane hinüber, um ihm eine Anweisung zu geben, aber der war bereits dabei, die Gegend mit seinem Fernglas abzusuchen. »Niemand zu sehen?«

»Nein, wir können weiter. Aber Vorsicht, das Gestrüpp ist mindestens hüfthoch.« Kane warf ihr einen Blick zu, dann richtete er seine Aufmerksamkeit wieder auf die Scheune. »Soll ich vorangehen, und ihr folgt auf meinem Pfad?«

»Okay.« Jenna nickte. »In einer Reihe, sobald wir die Bäume hinter uns lassen. Erst du, dann Jake. Ich halte euch den Rücken frei.«

Sie wartete, während Kane mit schnellen Schritten zur Scheune eilte. Er lugte um die Ecke und winkte Rowley heran, Jenna folgte dicht dahinter. Sie stellte sich hinter Kane auf. »Siehst du was?«

»Nichts bewegt sich.« Kane lehnte sich mit dem Rücken gegen die Wand und sah sie an. »Ich kann nicht in die Wohnwagen schauen. Kann sein, dass dort ein Schütze wartet, um uns einen nach dem anderen abzuknallen.«

Jenna nickte und schaltete nun auch in ihren Kampfmodus. »Wir werden zuerst die Scheune sichern. Wir gehen durch die Seitentür hinein.« Sie drückte auf den Knopf an ihrem Funkgerät. »Shane? Haltet eure Position. Wir sichern gleich die Scheune. Wartet auf mein Signal. Wenn wir die

Vorderseite vom Haus und die Wohnwagen im Blick haben, könnt ihr das Haus betreten und es sichern. Achtet auf mögliche Sprengfallen; wir haben keine Ahnung, mit wem wir es zu tun haben.«

»Verstanden. Aus dem Haus kommt kein Geräusch, die Hintertür steht offen. Keine Sprengsätze oder Stolperdrähte zu sehen.«

»Wir gehen jetzt durch den Seiteneingang der Scheune.« Jenna nickte Kane zu. »Los.«

»Halt!« Kane reichte ihr sein Gewehr und beugte sich vor, um den Erdboden zu inspizieren. »Keine Spuren am Boden.« Er besah sich den gesamten Türrahmen, dann stellte er sich seitlich neben die Tür, öffnete sie einen Spalt und warf einen Blick hinein. Er zog den Kopf zurück und schaute noch einmal mit dem Fernglas nach. »Dieses beschissene Halloween.«

Jenna sah seinen verärgerten Gesichtsausdruck. »Was ist?«

»Sie haben nachgestellt, wie der alte Mitcham sich erhängt hat.« Kane schüttelte den Kopf. »Hier zu prüfen, was echt ist und was nicht, wird ein Albtraum.« Er zog seine Pistole und ging hinein. »Gesichert.«

Jenna folgte ihm und signalisierte Rowley hinter sich, ebenfalls die Scheune zu betreten. Sie blickte sich um. Die neuen Besitzer hatten für Halloween jede Menge künstliche Spinnweben angebracht, riesige schwarze Gummispinnen verteilt und eine unheimliche Beleuchtung installiert. Eine männliche Puppe baumelte an einem Seil von einem der Dachsparren, schwang hin und her und gab dabei ein knarrendes Geräusch von sich, das jedem Angst eingejagt hätte, der die Spukgeschichten gehört hatte, die sich um diese Farm rankten. Vor vielen Jahren hatte Mitcham seine Frau ermordet und sich anschließend aufgehängt. Später hatte es immer wieder Leute gegeben, die behaupteten, sie hätten gehört, wie er in seinem Todeskampf hin und her schwang.

»Ich finde das gar nicht lustig.« Rowley wurde blass. »Dass

jemand die Morde kommerzialisiert, die hier begangen wurden, ist schon ein starkes Stück.«

Jenna schüttelte den Kopf. »Ich kann nicht fassen, dass der Bürgermeister dafür eine Genehmigung erteilt hat.« Sie reichte Kane das Gewehr.

»So etwas gibt es heutzutage überall.« Kane zuckte mit den Schultern und drückte auf die Taste am Mikrofon. »Shane, wir haben hier eine nachgestellte Todesszene. Kann sein, dass ihr im Haus auch so etwas vorfindet.«

»Verstanden.«

Jenna zog ihre Pistole und ging zur Scheunentür, wobei sie versuchte, den Eingang zum Erdkeller zu ignorieren. Sie sah, dass die Luke mit einem Bolzen gesichert war, und fragte sich, ob die neuen Besitzer den brutalen Mord an der jungen Frau, die da unten gestorben war, ebenfalls nachgestellt hatten. Sie schluckte schwer und versuchte, die Bluttat, die damals selbst Kane fassungslos gemacht hatte, aus ihren Gedanken zu verdrängen, aber ohne Erfolg. Als Kane und Rowley in Position waren, gab sie den beiden Anweisungen: »Dave, du nimmst mit deinem Gewehr die ersten beiden Wohnwagen ins Visier, Jake, du den dritten, ich beobachte das Haus.« Sie drückte auf die Taste an ihrem Mikrofon. »Shane, wir geben euch Deckung. Geht jetzt rein.«

»Verstanden.«

Der Geruch, der vom Haus zu ihnen hereinwehte, war stärker geworden, und im Sonnenlicht glänzte das geronnene Blut schwarz. Der Mörder hatte mit seiner makabren Inszenierung auf der Veranda größtmögliche Wirkung erzielt.

Plötzlich fuhr Jenna der Schreck durch Mark und Bein, und sie wurde stocksteif: Irgendetwas streifte ihr Bein. Sie hatte auf ihrer Ranch schon Klapperschlangen gesehen und wagte nicht, sich zu bewegen. »Dave«, flüsterte sie, »mich hat etwas berührt. Ist da eine Schlange?«

Sie sah ihn an und biss sich auf die Lippe, als sein Blick an ihr hinunterwanderte. Doch er grunzte nur und hielt sein Gewehr auf die Tür gerichtet. Da war es wieder, sie spürte es ganz deutlich, und Panik schnürte ihr die Kehle zu. »Da ist doch was!«, zischte sie.

»Das ist nur wieder diese dämliche Katze«, murmelte Kane und hielt sein Zielfernrohr ans Auge, um den Wohnwagen zu beobachten. »Die reibt sich an deinen Beinen.«

Jetzt wagte sie es, nach unten zu blicken, und sah in ein Paar großer bernsteinfarbener Augen.

Die Katze gab ein zufriedenes Schnurren von sich.

»Jetzt nicht, Mieze!«

Ein lauter Knall durchbrach die Stille. Jenna schrak auf und schwenkte ihre Waffe hin und her. »Woher kam das?« Sie aktivierte ihr Mikrofon. »Shane. Bitte kommen.«

Keine Antwort.

Ein weiterer Knall. Kane huschte durch das Scheunentor ins Freie und bezog Stellung hinter einem Baum.

Jenna versuchte es erneut. »Shane!«

Nichts.

DREISSIG

Wolfe lehnte an der Küchenwand. Er hatte den Knall draußen gehört und auch Jennas Stimme in seinem Ohrhörer, aber er hatte beide Hände fest an seiner Waffe und wollte kein Risiko eingehen, indem er ihr antwortete. Er hatte gehört, dass sich im Haus etwas bewegte. Wolfe schaute Webber an, der wiederum mit großen Augen auf die drei abgetrennten Hände starrte, die auf dem Küchentisch lagen und von Fliegen übersät waren. Daneben lag eine blutige Axt. Doch Webber war ein erfahrener Polizeibeamter, und sehr zu Wolfes Erleichterung schüttelte er nun den Kopf und schien sich wieder zusammenzureißen.

»Shane, bitte kommen!«, sagte Jenna wieder, sie klang immer ungeduldiger.

Wolfe wagte nicht zu sprechen, aber er drückte die Taste an seinem Mikrofon und klopfte zweimal darauf. Das war ihr vereinbartes Zeichen, um sie wissen zu lassen, dass er sie gehört hatte, aber gerade nicht sprechen konnte. Er nickte Webber zu, und sie schlichen den Flur hinunter. Mit pochendem Herzen warf er einen kurzen Blick in das erste Zimmer und duckte sich zurück. Eine Puppe, die aussah wie eine Frau in altertümlicher Kleidung, lag in einer Blutlache auf dem Boden. Er schaute noch einmal hin, diesmal genauer. Es war eine grausige Szene, nachgestellt für Halloween. Während sie zum nächsten Zimmer vorrückten, wurde ihm klar, dass ihn die Szene an den ganz realen Schauplatz eines Mordes an einer jungen Frau erinnerte. Auch wenn nicht alle Einzelheiten stimmten: Wer diese Ranch gekauft hatte, benutzte echte Tatortfotos, um Morde nachzustellen. Da war wieder das Geräusch einer Bewegung. Er schaute sich zu Webber um. »Hast du das gehört?«

»Klingt nach Ratten in den Wänden.« Webber ging voraus und spähte in das angrenzende Wohnzimmer. »Da sitzen Skelette und spielen Karten. Die Ratten sind runden das Ganze ab.« Er drückte auf sein Mikrofon. »Das Haus ist gesichert, Jenna. Wir betreten jetzt gleich die Veranda.«

»Verstanden, Webber.« Jenna klang erleichtert. »Das Geräusch vorhin waren übrigens keine Schüsse, falls ihr das dachtet. Bei einem der Wohnwagen stand die Tür offen, und der Wind hat sie zuknallen lassen. Die Bewohner müssen ziemlich übereilt aufgebrochen sein. Keine Spur vom Täter. Auch keine Patronenhülsen. Das ist wirklich ein seltsamer Fall.«

»Verstanden.« Wolfe steckte seine Waffe ins Holster und folgte Webber ins Wohnzimmer. Er schaute aus dem Fenster, wobei er Fliegen verscheuchen musste. »Die Veranda ist ein Tatort«, sprach er ins Mikrofon. »Betretet sie nicht, bis wir sie untersucht haben. Das wird eine Weile dauern. Falls ihr euch dem Tatort nähern wollt, solltet ihr Handschuhe und Überschuhe tragen. Ich sehe Fußabdrücke auf dem Boden der Veranda. Mein Koffer steht vor der Hintertür – nehmt euch daraus, was ihr braucht, und geht außen herum nach vorne. Im Inneren des Hauses sind diverse Halloween-Dekorationen. Der Mörder hat gewissermaßen dazu beigetragen, indem er mehrere Hände der Opfer auf dem Küchentisch drapiert hat. Sieht so aus, als hätte er eine Axt benutzt. Wir werden Hilfe brauchen, um diesen Irren zu fangen, Jenna.«

»Verstanden«, kam Jennas Stimme durch das Funkgerät.

»Ich überlasse euch den Tatort, wir suchen weiter das Gelände ab. Hinten gibt es ein Gebäude, das aussieht wie eine Schlafbaracke, das möchte ich überprüfen. Ich lasse euch Jake hier, der die Umgebung im Auge behält.« Jenna räusperte sich. »Oh, wart ihr schon im Keller? Die Treppe geht von der Vorratskammer ab, wenn ich mich recht erinnere.«

»Nein, gute Idee.«

Wolfe winkte Webber aus dem Zimmer. Sie fanden die Vorratskammer, und Webber gab ihm Deckung, als Wolfe die Tür öffnete. Die Stufen führten hinunter in totale Finsternis. Er tastete nach dem Lichtschalter, aber natürlich ging das Licht nicht an. Wie er da im hellen Licht am oberen Ende der Treppe stand, hätte er sich genauso gut eine Zielscheibe aufs Hemd malen können. Er trat zurück und lauschte mit dem Rücken an der Wand in den Keller hinein, Webber neben sich. Nach dem, was er hier alles gesehen hatte, war er nicht gerade wild darauf, das nächste Opfer des Mörders zu werden. Er hatte mehrere Töchter zu versorgen – dass er sein Leben riskierte, kam nicht infrage. Er roch die faulige Luft, nahm seine Taschenlampe, hielt sie über seine Glock und leuchtete die Treppe hinunter. Am Fuß der Treppe befand sich ein kleiner Raum. Der Lichtkegel seiner Taschenlampe glitt über aufgestapelte alte Möbel. Gut möglich, dass sich dahinter jemand versteckte. Von der Decke hing eine Fassung, der die Glühbirne fehlte. In einer Ecke brummte eine riesige Gefriertruhe. Er wandte sich zu Webber um. »Ich sehe da niemanden, aber vielleicht versteckt sich jemand hinter den Möbeln. Außerdem steht da eine alte Gefriertruhe, die läuft. Was meinen Sie, woher kommt der Strom?«

»Auf den Wohnwagen habe ich Solarzellen gesehen. Die brauchen ja auch Strom für die Arbeiten hier im Haus.« Webber kratzte sich am Kinn. »Vielleicht gibt es auf dem Dach auch noch Solarzellen.«

Wolfe nickte, aber sein Gefühl riet ihm, besser nicht die

Treppe hinunterzugehen. »Ja, aber warum hat niemand die Glühbirne ersetzt? Vielleicht hat sie jemand herausgeschraubt, um sich da unten zu verstecken.«

»Oder es ist alles Teil des Halloween-Konzepts?« Webber starrte auf die Körperteile auf dem Küchentisch. »Soll ich runtergehen?«

Wolfe schüttelte den Kopf. »Nein, ich mache das schon. Ich glaube auch nicht, dass da unten jemand ist. Trotzdem, dieses Haus macht mir eine Gänsehaut, und glauben Sie mir, das passiert nicht allzu oft.« Er hob seine Waffe. »Bleiben Sie mit dem Rücken an der Wand, und behalten Sie die Tür im Blick. Die Vorstellung, dass die Tür zugeht und ich da unten eingeschlossen bin, finde ich nicht gerade angenehm.«

»Keine Sorge.« Webber nickte ihm knapp zu.

Wolfe war heilfroh, dass er dem Sheriff's Department die neuen Helme und die Hightech-Westen aus Liquid Kevlar besorgt hatte, als er die knarrenden Stufen hinunterging. »Ist da unten jemand? Hier ist der Rechtsmediziner. Ich bin bewaffnet, und die Polizei hat das Haus umstellt. Geben Sie Laut.«

Das Licht der Taschenlampe wanderte über staubige Spinnweben und wurde in der Finsternis von den roten Augen von Ratten reflektiert, deren Kot die Treppenstufen bedeckte und unter seinen Stiefeln knirschte. Die huschenden Geräusche ließen ihm die Nackenhaare zu Berge stehen. Er wünschte sich, er hätte eine Maske aufgesetzt. Beim Gestank vom Dreck des Ungeziefers wurde ihm leicht übel. Andererseits hatte er in seiner Karriere schon Schlimmeres gerochen. Das Knarren der instabilen Treppe raubte ihm den letzten Nerv, der Handlauf sah aus, als würde er bei der ersten Berührung in sich zusammenfallen. Wolf leuchtete hin und her, aber nirgendwo versteckte sich jemand.

Der Lichtkegel seiner Taschenlampe wanderte zu der Gefriertruhe, und Wolfe ging näher heran, um sich anzuschauen, was das für dunkle Flecken an einer Seite der Truhe waren. Es sah aus, als wäre etwas über den Rand gelaufen, an der Seite heruntergetroffen und hätte auf dem Boden eine klebrige Sauerei hinterlassen. Er ging näher heran und betrachtete die dunkelrote Lache. Noch mehr Kunstblut? Er drückte auf die Taste am Mikro. »Webber. Ich habe etwas gefunden. Ich öffne die Gefriertruhe.«

»Verstanden.«

Er hörte Webbers Stimme zugleich im Ohrhörer und wie ein leises Echo von dessen Position am oberen Ende der Treppe. Wolfe steckte seine Waffe in das Holster und versuchte vergeblich, mit einer Hand die Gefriertruhe zu öffnen. Er nahm die Taschenlampe zwischen die Zähne, und mit beiden Händen gelang es ihm, den Deckel ein paar Zentimeter anzuheben. Er ging in die Knie, um in den Spalt zu spähen, da sprang plötzlich der Deckel auf und aus der Truhe schnellte eine Gestalt empor.

Wolfe war so überrumpelt, dass ihm die Taschenlampe aus dem Mund rutschte, auf den Boden prallte und ausging. In völliger Dunkelheit fiel er hintenüber, rollte sich ab und riss seine Pistole aus dem Holster. »Scheiße!«

EINUNDDREISSIG

Er hockte hinter einem Felsblock oben auf der Anhöhe, die die Old Mitcham Ranch überragte, spähte hinunter und lächelte. Die alten Feldwege halbierten die Entfernung zum Highway und ermöglichten ihm eine schnelle Flucht. Der Blick durch sein Zielfernrohr war das Risiko wert gewesen, auf Sheriff Alton und ihre Lakaien zu stoßen. Er hatte mitansehen können, wie sie ihre Untergebenen hin und her orderte, sie wie Schachfiguren bewegte, auf einem Brett, das er geschaffen hatte. Er hatte geduldig darauf gewartet, wie sie auf seine Kunst reagieren würden – denn nichts anderes war es, was er schuf: Kunst. Er fragte sich, ob sie den Anblick der schockierten Gesichter der Männer, die er umgebracht hatte, insgeheim genauso spannend fanden wie er. Er hatte kichern müssen, als er den Männern dabei zugeschaut hatte, wie sie panisch umhergerannt waren, als das Mädchen verblutete. Sie waren so sehr damit beschäftigt gewesen, ihr Leben zu retten, dass sie ihn gar nicht hatten kommen sehen. In dem Moment, als sie ihn endlich bemerkt hatten, war ihr Schicksal bereits besiegelt gewesen. Sie hatten so getan, als wären sie ein paar ganz harte

Kerle, und hatten ihm gedroht. Er lachte auf, als er jetzt daran dachte. Sie waren ihm nicht entkommen – noch nie war ihm jemand entkommen –, und nach ein paar gut platzierten Schüssen hätten sie ihre eigenen Großmütter verkauft, damit er von ihnen abließ. Aber für Bitten, Versprechungen oder Gebete war er taub; je mehr sie versuchten, an sein Mitgefühl zu appellieren, desto mehr Schmerz musste er ihnen zufügen. Menschen sterben zu sehen ließ die Bilder von früher in seinem Kopf verschwinden. Es war, als ob er mit jedem Toten einen Haken in eines der Kästchen auf seiner imaginären To-do-Liste machte. Falls die Polizei ihn jemals erwischen sollte, würde es ihm kaum gelingen, sich an jeden einzelnen seiner Morde zu erinnern. Vorhin war ihm gewesen, als sähe er sich selbst aus der Ferne zu; als wäre es gar nicht er selbst gewesen, der dem Mädchen die Kehle durchschnitt oder den Männern mit einer Axt Körperteile abhackte. Morgen würde er sie vergessen haben, und später würde er sich höchstens so an sie erinnern, wie man sich an ein Stück besonders leckeren Kuchen oder einen dampfenden Becher seines Lieblingskaffees erinnerte.

Diese Leute zu töten, hatte er richtig genossen. Es hatte die Sache mit Robinson wieder wettgemacht – ein solch schneller Mord bereitete ihm kein Vergnügen. Das Hochgefühl stellte sich erst nach und nach ein, in einem Rausch von farbintensiven Bildern, der ihm das Adrenalin durch die Venen pumpte. Früher hatte er angenommen, dass jeder war wie er, bis er entdeckt hatte, dass es eine Gabe war, einfach so auf jemanden zuzugehen und ihn zu töten. Sich seinen Zielpersonen zu nähern, war nie ein Problem. Nie wunderte sich jemand über seine Anwesenheit. Warum? Weil er ganz selbstverständlich in jedes Geschäft, jedes Restaurant, jedes Haus ging, als gehöre er dorthin.

Er warf einen letzten Blick auf die Veranda und sah, dass alles noch so war, wie er es hinterlassen hatte. Seine Tat war sein Beitrag zum Fluch der Old Mitcham Ranch, und sie würde alle anderen in den Schatten stellen. Er sah schon die Schlagzeilen vor sich: »Massenmörder verübt Halloween-Gemetzel«. Das klang doch gut!

ZWEIUNDDREISSIG

Kane hatte seine eigenen Theorien, was den Mörder anging. Als Verhaltensanalytiker war er zwar keine ausgemachte Koryphäe, aber er erstellte schon seit einer ganzen Weile sehr erfolgreich die Profile von Mördern. Die derzeitigen Taten erschienen so wahllos, so ohne Sinn und Verstand verübt, dass es ihm immer, wenn er daran dachte, einen Schauer über den Rücken jagte. Die Unvorhersehbarkeit erschwerte die Ermittlungen, und das wachsende Tempo, in dem der Mörder seine Taten verübte, übertraf alle seine Erwartungen. Er hatte das Verhalten zahlreicher Psychopathen studiert, und selten ließen sie sich eindeutig in eine Schublade stecken. Sie alle hatten mehrere Arten psychischer Störungen, weshalb man auch nie genau wusste, was einen im Umgang mit solchen Menschen erwartete.

Kane ging dicht hinter Jenna und behielt ständig die Umgebung im Blick. Die alte Schlafbaracke stand leer, und nichts deutete darauf hin, dass dort in letzter Zeit jemand übernachtet hatte.

Sie kamen gerade an die Hintertür des baufälligen Ranchhauses, als aus Kanes Ohrhörer die Stimme von Wolfe drang: »Wir brauchen Verstärkung. Im Keller.«

»Wir sind unterwegs«, sagte Jenna ins Mikrofon und lief mit gezückter Pistole die Hintertreppe hinauf.

Kane folgte ihr und musste beinahe würgen, so sehr stank es. Er scheuchte die Fliegenschwärme weg und sah sich um. In einer kleinen Vorratskammer stand Webber mit gezogener Waffe an der Wand. Bevor Jenna etwas sagen konnte, sprach Kane in sein Mikrofon: »Shane, was ist hier los?«

»Ich weiß nicht genau. Ich habe meine Taschenlampe verloren. Jemand hat sich in der Gefriertruhe versteckt. Das Licht ist aus. Ich kann hier unten gar nichts sehen.«

Jenna wandte sich an Webber: »Waren Sie unten, um nach-zuschauen?«

»Nein, Ma'am.« Webber errötete. »Wolfe hat mir gesagt, ich soll hier oben bleiben und die Tür bewachen.«

»Dave, geh hinunter.« Jenna begegnete seinem Blick. »Ich halte dir den Rücken frei.« Zu Webber sagte sie: »Bewachen Sie die Hintertür. Ich will keine Überraschungen mehr.«

Kane schaltete seine Taschenlampe ein und ging die wack-ligen Stufen hinunter in den Keller. Dort fand er Wolfe vor, der mit gezogener Waffe an einer Wand lehnte. Kane ließ den Strahl seiner Taschenlampe durch den Raum gleiten und fand die Gefriertruhe. Er sah das Blut, das an der Seite herunterge-laufen war und auf dem Boden eine Pfütze bildete, und dann hob er den Lichtkegel und zuckte zusammen. In der Gefrier-truhe saß eine groteske Puppe mit weißem Gesicht und schwarzen Augenhöhlen. Nach dem Gemetzel auf der Veranda hätte der Anblick eines solchen Monstrums, das im Dunkeln aus einem Gefrierschrank kam, selbst ihn erschreckt. »Alles halb so wild, Shane.« Er rief die Treppe hoch: »Das hier unten ist alles bloß Teil der Halloween-Show. Jenna, im Regal im Vorratsraum habe ich eine Schachtel mit Glühbirnen gesehen. Bring eine her, dann machen wir hier unten Licht.«

Als die Deckenlampe brannte, schüttelte Wolfe den Kopf, so grotesk war die Szenerie. Kane ging auf ihn zu und klopfte ihm auf den Rücken. »Das ist einfach nur widerlich.«

»Schau mal, hier vor der Truhe ist ein Mechanismus in den Boden eingelassen, da muss ich draufgetreten sein.« Wolfe schloss den Deckel der Gefriertruhe. »Pass auf.«

Der Deckel bewegte sich und eine blutige weiße Hand glitt aus dem Spalt. Im nächsten Moment sprang der Deckel der Gefriertruhe auf, und mit einem zischenden Geräusch fuhr die lebensgroße Puppe empor.

Kane drückte den Deckel herunter und schüttelte den Kopf. »Wer auch immer dieses Halloween-Disneyland hier konzipiert hat, er hat diverse Verbrechen aus der Geschichte von Black Rock Falls gesammelt. Da kommen Erinnerungen hoch, die ich gerne verdrängen würde.« Er drehte sich um und sah Jenna an.

»Wenn ihr zwei damit fertig seid, Geisterbahn zu spielen, sollten wir uns um die Opfer kümmern«, sagte Jenna und ging wieder nach oben. »Denkt an Handschuhe et cetera. Wir treffen uns vorne vor der Tür.« Sie sprach in ihr Funkgerät: »Jake, hier ist alles gesichert. Wir kommen jetzt nach draußen. Bleib auf deiner Position.«

»Warte, Jenna«, sagte Wolfe, der hinter ihr die Treppe emporstieg, »wir benutzen die Vordertür. Ich werfe rasch einen Blick auf den Tatort, dann beginne ich in der Küche. Ich mache Aufnahmen von den Händen auf dem Tisch und tüte sie ein. Unter dem Küchentisch liegt eine blutbespritzte, zusammenge-knüllte Jacke, vielleicht steckt darin ein Ausweis. Ich würde sagen, der Mörder hat sie benutzt, um die Hände von der Veranda in die Küche zu tragen.« Er gab Webber seine Schlüssel. »Ich brauche meinen Van.«

»Ja, Sir.« Webber eilte die Hintertreppe hinunter.

Sie zogen sich Handschuhe, Masken und Überschuhe an. Kane öffnete die Eingangstür und schob all seine Emotionen in die dunkelsten Ecken seines Geistes. Auf den ersten Blick sah die Szenerie auf der Veranda aus, als wären auch hier nur Gruselpuppen aufgebaut. Sah man genauer hin, bemerkte man jedoch, dass auf den Leichen zahllose Insekten krabbelten. Als er die Veranda betrat, stand der Gestank des Todes so unbeweglich in der Luft wie dichter Nebel. Der Mörder hatte die vier männlichen Leichen mit breitem schwarzem Klebeband an Stühlen befestigt. Mehreren Männern fehlte eine Hand, aber ihre Kleidung war unversehrt. Alle hatten eine Schusswunde im Kopf. Die junge Frau, die er als Ruby wiedererkannt hatte, saß in der Mitte, um sie herum hatte sich eine Blutlache gebildet. In der dunkelroten Pfütze schwamm eine schwarze Feder. Von der Pfütze aus führten Abdrücke von Tierpfoten zum Rand der Veranda. Er drehte sich zu Jenna um und zeigte darauf. »Guck, hier hat sich die Katze eingesaut.«

»Siehst ganz so aus.« Jenna hob eine Schulter. »Damit wäre wohl auch das geklärt.«

Kane fuhr fort, den Tatort zu untersuchen. Ein grauhaariger Mann saß im Oberhemd da, neben ihm auf dem Boden lag eine Glock 22, der das Magazin fehlte. Kane sah sich um und fand das Magazin unter dem Geländer der Veranda im Gras. Er trat zur Seite, um Wolfe das Feld zu überlassen, und ging zu Jenna hinüber. »Es fällt mir schwer zu glauben, dass dies das Werk eines einzelnen Täters ist. Wenn doch, dann ist er völlig außer Kontrolle.«

Sie schaute ihn über ihre OP-Maske hinweg an. »Oder es macht ihm einfach großen Spaß.« Jenna wandte sich an Wolfe. »Was hältst du davon, Shane?«

»Die junge Frau ist die zentrale Figur. Der Mörder hat sie hierhergebracht und an den Stuhl gefesselt. Ich würde sagen, als die Männer schliefen, also im Laufe der letzten Nacht.« Wolfe blickte zu den Wohnwagen hinüber und dann wieder zum Tatort. »Der Einschnitt am Hals ist postmortal erfolgt, und aus dem Winkel schließe ich, dass der Mörder seine linke Hand benutzt hat. Das wäre eine Verbindung zum Fall Robinson.« Er sah Kane an. »Vorausgesetzt, du hast recht, was die dortigen Abläufe angeht.«

»Ich glaube schon – ein erfahrener Killer jongliert nicht mit seiner Pistole herum, um einen Lichtschalter zu betätigen«, sagte Kane. »Entweder ist er Linkshänder oder beidhändig.«

Wolfe nickte. »Die Schnittwunde an der Kehle reicht mir als Beweis dafür.« Er wandte sich wieder Rubys Leiche zu. »Das weibliche Opfer hat eine Einstichwunde am Oberschenkel. Der Mörder hat die Arteria femoralis durchstochen und sich dann irgendwo in der Nähe der Veranda versteckt. Er wusste genau, wo er seinen Stich platzieren musste, was darauf hindeutet, dass er über sehr gute anatomische Kenntnisse verfügt oder zum Killer ausgebildet wurde.« Er sah sie an. »Vielleicht hat er sie als Köder benutzt. Er hat sie hergebracht, sie schrie um Hilfe, und die Männer kamen angerannt. Von dem Erste-Hilfe-Kasten, der da liegt, schließe ich, dass sie versucht haben, die Blutung zu stillen. Da die Wunde so klein war, werden sie nicht darauf gekommen sein, sofort einen Notruf zu tätigen.« Er schaute auf Jenna. »Bestimmt dachten sie, es geht schneller, wenn sie die Blutung stoppen und sie selbst in die Notaufnahme fahren.«

Kane starrte auf die Szenerie. »Ja, das sehe ich auch so.«

»Aber wie konnte der Täter vier Männer ausschalten, von denen einer bewaffnet war?« Jenna schaute sich um. »Zwei Taschenlampen liegen auf dem Boden. Die müssen den Mörder doch gesehen haben!«

Kane sah sich in der unmittelbaren Umgebung um. »Hier gibt es jede Menge Stellen, an denen man sich nachts auf die Lauer legen kann. Der Mörder hat gewartet, bis sie mit Ruby zu tun hatten, dann kam er aus seinem Versteck und schoss auf sie; sie waren komplett überrumpelt.« Er betrat die Veranda und ging vorsichtig um die Blutspritzer herum. »Er schießt dem Kerl, der die Pistole hat, ins Knie, um ihnen zu zeigen, dass er es ernst meint, und befiehlt ihnen, sich gegenseitig zu fesseln.«

»Und dann hat er seinen Spaß.« Jenna runzelte die Stirn. »Und währenddessen verblutet Ruby.« Sie sah Kane an. »Vielleicht sind es auch mehrere Killer. Dass ein einzelner Mann in einer Nacht so ein Gemetzel anrichtet, will mir nicht in den Kopf.«

»Da bin ich anderer Meinung«, sagte Wolfe. Er richtete sich auf und betrachtete die klaffende Wunde an Rubys Hals. »Möglich ist das durchaus. Wir wissen ja noch gar nicht, wie lange er dafür gebraucht hat. Sobald ich den Todeszeitpunkt festgestellt habe, haben wir einen Zeitrahmen, mit dem wir besser arbeiten können.«

Kane beugte sich vor und schaute sich die Feder an. »Drei Tatorte, und an jedem eine schwarze Feder. Das ist definitiv eine Signatur. Diese Feder ist für den Mörder von Bedeutung.«

»Ich habe inzwischen herausgefunden, dass die Federn von Krähen stammen.« Wolfe runzelte die Stirn. »›Crow‹ ist auch der Name eines örtlichen Stammes von Native Americans. Die Feder könnte eine Bedeutung haben, vielleicht ist es eine Botschaft.«

»Ich werde mal mit Atohi sprechen.« Jennas Lippen wurden schmal. »Allerdings hat der gerade mit dem Cold Case zu tun. Ich habe gehört, dass sie gut vorankommen, aber es gibt keine Spur von einem weiteren Skelett.«

»Der Vater könnte sie getrennt voneinander verscharrt haben, oder Tiere haben die Überreste des Jungen verstreut. Es wird einige Zeit dauern, bis Dr. Bates dort oben fertig ist.« Wolfe zückte sein Handy und machte Fotos vom Tatort. »Die werde ich Jo schicken, dann kann sie sie mit den Verbrechen in Baltimore vergleichen. Du musst sie nicht um Unterstützung bitten, Jenna, aber bei dieser Art von Täter brauchen wir jede Hilfe, die wir kriegen können.«

Kane runzelte die Stirn. »Jo Blake ist Verhaltensanalytikerin, ob sie mit Fotos etwas anfangen kann?«

»Ich will dir deine Kompetenzen nicht absprechen, Dave, wirklich nicht«, sagte Wolfe. »Mir geht es nur darum, dass sie ähnliche Fälle in Baltimore hatte und dass es noch weitere anderswo gab. Der Codename des FBI für den oder die Mörder in Baltimore war ›Chamäleon-Killer‹. Er hat dort auch schwarze Federn am Tatort hinterlassen. Das kann kaum Zufall sein. Meiner Ansicht nach handelt es sich ziemlich sicher um denselben oder dieselben Täter.«

»Na gut, du willst sie also bloß als Beraterin dabeihaben? Sie wird uns nicht die Ermittlung aus den Händen reißen?« Kane zuckte mit den Schultern. »Was sagst du dazu, Jenna?«

»Bringt sie ein ganzes Team mit?« Jenna stemmte die Hände in die Hüften. »Wie viele Personen?«

»Das weiß ich nicht genau ... Ich glaube, sie sind nur zu zweit. Falls sie ihren Detective gefunden hat. Sie war auf der Suche nach Ty Carter, als ich mit ihr gesprochen habe, aber der ist wohl abgetaucht. Sie braucht ihn als Pilot für ihren Heli.«

Kane wusste sofort, von wem die Rede war. »Der ist mit Vorsicht zu genießen. Eigenwillig, arbeitet immer allein. Ich kann mir nicht vorstellen, dass der sich freiwillig einem Team anschließt – oder viel von Verhaltensanalytikerinnen hält. Ty Carter ist ein Typ, der sich nur auf sich selbst verlässt und sonst auf niemanden.«

»Du kennst ihn persönlich?« Jenna sah ihn besorgt an.

Kane schüttelte den Kopf. »Nur vom Hörensagen.«

»Ich kenne beide.« Wolfe lächelte Jenna an. »Mit Jo wirst du gut zurechtkommen, Jenna. Wenn es hart auf hart kommt, ist sie supertough, also unterschätze sie nicht. Und was Ty Carter angeht, den wird Dave schon in Schach halten können, da bin ich sicher.«

»Ich schätze, wenn es sich wirklich um denselben Mörder handelt wie bei den früheren Fällen, an denen sie gearbeitet hat, wird sie ziemlich hilfreich sein.« Jenna sah zu Kane hinüber und zuckte mit den Schultern. Dann schaute sie wieder Wolfe an und nickte. »Okay, ruf sie an und bitte sie, uns zu unterstützen. Aber wehe, sie zieht später die FBI-Karte und nimmt uns unseren Fall weg.«

»Das wird sie nicht. Versprochen.« Wolfe zückte sein Handy. »Ich sage ihr sofort Bescheid.«

DREIUNDDREISSIG

SNAKESKIN GULLY, MONTANA

Jo Blake hatte sich dermaßen darüber geärgert, dass Ty Carter ihre SMS und Anrufe ignorierte, dass sie das Sheriff's Department in Snakeskin Gully angerufen und um Hilfe gebeten hatte, um ihn aufzuspüren. Aber ein Ex-Navy-Seal, der nicht wollte, dass man ihn fand, hatte nun einmal die seltene Gabe, sich unsichtbar zu machen. Der Sheriff hatte vorgeschlagen, mit ihr zu Carters letztem bekannten Aufenthaltsort zu fahren, und sie waren sofort aufgebrochen. Der Wagen des Sheriffs, ein massiger SUV, holperte über einen steinigen Weg. Sie war die Fahrt über aufmerksam gewesen, hatte die Gegend genau betrachtet und versucht, sich die Abzweigungen einzuprägen, die sie genommen hatten, aber abseits des Highways hatten sie eine unbefestigte Straße genommen, und die hatte sie in einen dichten Wald geführt. Nachdem sie diverse Berichte über die Serienmörder von Black Rock Falls gelesen hatte, war ihr nicht gerade wohl dabei, mit einem Fremden mitten im Nirgendwo im Auto zu sitzen. »Wie weit ist es noch?«

»Tja, Last Chance Falls liegt am Ende dieser Piste. Von dort aus gehen wir dann zu Fuß weiter, schätze ich, und sehen uns um, ob wir eine Hütte finden.« Sheriff Cage Walker lächelte.

»Sind Sie sicher, dass Sie für das Leben auf dem Land gemacht sind?«

»Das kann ich mir leider nicht aussuchen.« Jo sah den Sheriff an und blickte in ein ehrliches Gesicht mit sanftmütigen braunen Augen. »Ich gehe dorthin, wo man mich braucht.«

»Das Schlimmste, womit ich mich hier herumschlagen musste, seit ich vor knapp zwei Jahren Sheriff geworden bin, war eine Zankerei unter Nachbarn«, sagte Cage und zuckte mit den Schultern. »Warum das FBI beschlossen hat, bei uns eine Außenstelle einzurichten, ist mir schleierhaft.«

Sie musste an die Fotos denken, die Wolfe ihr vorhin geschickt hatte. »Ich denke mal, das FBI hat sich einfach eine möglichst zentral gelegene Gemeinde ausgesucht, wo es ein leerstehendes Gebäude gibt, in dem wir uns einrichten können.«

»Kann sein.« Cage brachte den SUV zum Stehen. »Da ist der Wasserfall – seine Hütte kann nicht allzu weit entfernt sein.«

Jo runzelte die Stirn. »Ihm gehört ziemlich viel Land hier oben, aber auf Google Earth habe ich keine Hütte gefunden.«

»Das hätte mich auch stark gewundert.« Cage grinste. »Hier kommen nicht gerade viele Leute her, um den Wald zu kartieren.« Er sah sie eindringlich an. »Sie wissen, dass es in dieser Gegend viele wilde Tiere gibt? Niemand möchte es auf einen Zweikampf mit einem Grizzly anlegen.«

»Ja, das weiß ich«, sagte Jo genervt. »Ich hätte Sie nicht gebeten, mich zu begleiten, wenn es nicht so dringend wäre.«

»Kein Problem, ich helfe gern.« Cage stieg aus und stellte seinen Kragen hoch. »Sieht aus, als wäre da ein Weg, der in den Wald führt. Aber Vorsicht: Es hat geschneit, der Boden ist vereist.«

Jo verkniff sich ihre erste Antwort und nickte. »Das sehe ich. Wo ich herkomme, gibt es auch Schnee. Können wir nicht das Auto nehmen? Der Weg sieht breit genug aus.«

»Ich fahre nicht gerne ohne Erlaubnis auf fremde Grund-stücke.« Cage sah sie stirnrunzelnd an. »Wenn man sich jemandem schön langsam zu Fuß nähert, damit er sieht, wer man ist, und dabei Laut gibt, wird man nicht so schnell über den Haufen geschossen.«

»Hmm.« Jo berührte die Glock, die im Schulterholster unter ihrer Jacke steckte. Sie fröstelte. Es war eiskalt, und sie kam mit den Temperaturen in den Bergen überhaupt nicht zurecht. »Dann nehme ich an, hier schießt man erst und stellt danach Fragen?«

»Wenn entsprechende Schilder aufgestellt sind, schon.« Cage grinste sie an. »Ist schon was anderes hier als in der Groß-stadt, was?«

Jo schüttelte den Kopf. »Nicht wirklich. Nur dass in der Großstadt keiner Schilder aufstellt, da werden Sie einfach so über den Haufen geschossen. Weil Sie jemanden schief ange-schaut haben oder der andere Ihre Schuhe haben will.« Sie glitt auf dem unebenen Boden aus, und er ergriff ihren Arm, um sie zu stützen.

»Sie sollten sich vielleicht ein Paar Wanderschuhe zule-gen.« Cage betrachtete ihr Schuhwerk. »Der Gemischtwaren-laden hat eine ganz gute Auswahl. Außerdem brauchen Sie Schneekleidung. Sie werden hier nicht lange durchhalten, wenn Sie sich nicht ordentlich einpacken.« Er holte ein Fern-glas hervor und suchte die Gegend ab. »Ich sehe Rauch. Die Hütte muss da geradeaus sein.«

Jo stolperte hinter ihm her und stellte fest, dass ihre Desi-gner-Stiefel zwar toll aussahen, aber die bittere Kälte nicht abhielten. Schon nach drei Schritten spürte sie ihre Zehen nicht mehr. Sie waren zehn Minuten gelaufen, als die Hütte in Sichtweite kam. Sie war an den Berghang geschmiegt und kaum zu sehen, aber die Schilder am Wegesrand, die verhießen, bei unbefugtem Betreten des Privatgrundstücks würde man erschossen, waren ihr nicht entgangen. An der Treppe zur

Veranda hielt sie inne und rief: »Hallo dadrinnen. Ich bin Agent Blake, FBI. Ich bin auf der Suche nach Ty Carter.«

»Sie haben ihn gefunden«, drang eine tiefe Männerstimme aus der Hütte.

Erleichtert betrat Jo die unterste Stufe. »Ich bin Jo Blake von der FBI-Außenstelle in Snakeskin Gully. Wir müssen reden.«

Die Eingangstür öffnete sich einen Spalt, und sie konnte eine große Gestalt erkennen. »Ich dachte, Sie wären ein Mann.«

»Tja, da haben Sie sich offensichtlich geirrt«, sagte Jo ungerührt.

»Morgen, Cage«, rief Carter. »Alles klar?«

Jo starrte Cage erstaunt an. »Ach, Sie kennen sich? Warum haben Sie das nicht gesagt?«

»Sie haben mich ja nicht gefragt, ob ich ihn kenne, sondern nur, ob ich weiß, wo er wohnt.« Cage lehnte sich gegen eine hohe Kiefer. »Besucht habe ich ihn noch nie.«

Ty Carter trat auf die Veranda. Er hatte ein Gewehr in der Hand, das er neben der Tür an die Wand lehnte.

Jo hatte ihn sich ganz anders vorgestellt. Sie hatte einen Soldaten erwartet. Groß und kräftig, mit kantigem Kiefer und Kurzhaarschnitt – so sah er auf dem Foto in seiner Akte aus. Der Mann, der vor ihr stand, war ein Cowboy, vom Hut bis zu den Schlangenlederstiefeln. Stechend grüne Augen musterten sie, zotteliges blondes Haar lugte unter einem abgenutzten Stetson hervor. Er kaute auf einem Zahnstocher. Jo richtete sich auf und stieg die Treppe zur Veranda hinauf, um ihn zu begrüßen. »Schnappen Sie sich Ihre Sachen, wir haben einen dringenden Fall.« Sein verstohlenes Grinsen ärgerte sie. »Warum haben Sie nicht auf meine Anrufe reagiert?«

»Hier oben gibt es null Empfang.« Ty zuckte mit den Schultern. Er ließ den Zahnstocher zwischen den Zähnen umherwandern. »Ich habe meine Befehle letzte Woche per Post erhalten. Es hieß, ich soll warten, bis Sie sich melden, und jetzt sind Sie hier.« Er trat zur Seite. »Ich schätze, Sie kommen besser rein und erzählen mir, was los ist.«

Jo schüttelte den Kopf. »Dafür ist keine Zeit.« Sie zog ihr Smartphone aus der Tasche, öffnete die Fotos, die Wolfe ihr geschickt hatte, und reichte ihm das Telefon. »Massenmord bei Black Rock Falls. Der Rechtsmediziner wartet auf uns, bevor er die Leichen abtransportiert. Packen Sie Sachen für ein paar Tage.«

»Meine Tasche ist immer gepackt.« Ty betrachtete stirnrunzelnd die Bilder. »Geben Sie mir fünf Minuten, um das Feuer im Kamin zu löschen und meine Waffen zu holen.« Er sah den Sheriff an. »Cage, kannst du eine Tüte mit Hundefutter aus der Vorratskammer holen und auf meinen Pick-up werfen?«

»Klar doch.« Cage betrat die Hütte und blieb wie erstarrt stehen. »Äh ... ist mit Zorro alles okay?«

Jetzt sah Jo ihn auch, den Dobermann, der mit aufgestellten Ohren und bebenden Lefzen dastand und seine sehr weißen Zähne fletschte. »Haben Sie jemanden, der sich um ihn kümmert?«

Ty machte eine winzige Geste, und der Hund setzte sich auf die Hinterbeine, trotzdem ließ er sie nicht aus den Augen. Jo wunderte sich darüber, wie gut gepflegt der Hund aussah, der stolz den Kopf hochhielt wie eine Sphinx.

»Zorro kommt mit. Er kommt überallhin mit. Er ist der Bomben-Experte.« Ty ging durch die kleine, blitzsaubere Hütte und verschwand in einem angrenzenden Raum.

Es dauerte eine Weile, bis er zurückkam. Er hatte sich saubere Kleidung angezogen, trug einen Seesack über der Schulter, hatte einen Waffenkoffer in der einen Hand und ein Paar Wanderstiefel in der anderen. Er sah immer noch aus wie ein Cowboy. »Wir nehmen meinen Pick-up.« Ty geleitete sie zur Tür hinaus.

Nachdem sie Cage an seinem Wagen abgesetzt hatten,

brachte Jo Ty über die Morde in Black Rock Falls auf den neuesten Stand. Er hatte in den letzten zehn Minuten kein einziges Wort gesagt, hatte nichts kommentiert und keine Schlussfolgerungen angestellt. Irgendwie kam ihr das merkwürdig vor. »Haben Sie schon viele Fälle mit Serienmördern gehabt?«

»Ja, ein paar.« Ty bog auf den Highway ein und beschleunigte. »Und was ist Ihre Rolle bei dem Ganzen? Ich weiß nur, dass Sie mein Boss sind, so stand es in den Unterlagen.« Er öffnete das Fenster, sodass ein eiskalter Luftzug hereinwehte, warf den Zahnstocher hinaus, und schloss es wieder.

Jo war klar, dass ihm der Gedanke, dass sie seine Vorgesetzte war, nicht gefiel. Nach seiner Akte zu urteilen, war er vor zwei Jahren auf dem Höhepunkt seiner Laufbahn gewesen. Auch damals war er schon so etwas wie ein einsamer Wolf gewesen, als jemand von dem Team, mit dem er gerade an einem Fall arbeitete, einen Fehler gemacht hatte, der zum Tod von zwei kleinen Kindern geführt hatte. Nach allem, was sie gelesen hatte, hatte der Vorfall Ty dermaßen traumatisiert, dass er sich vollkommen zurückgezogen hatte, um sich zu erholen. Auch wenn seine psychologischen Tests keinen Befund ergeben hatten, war wohl immer noch nicht ganz klar, woran man bei ihm war. Sie wandte sich ihm zu und sah ihn an. »Damit das klar ist: Wir arbeiten zusammen, aber ich habe die Leitung. Ich bin Verhaltensanalytikerin. Ich erstelle Profile von Mördern und versuche, ihre nächsten Schritte vorauszuahnen.«

»Ich verlasse mich auf mein Bauchgefühl, und das hat mich noch nie im Stich gelassen.« Er zuckte mit den Schultern. »Arbeiten Sie stationär?«

»Wenn Sie damit meinen, ob ich im Büro sitze und Sie rausschicke, um vor Ort zu ermitteln: nein. Ich bin gerne selbst mitten im Geschehen. Um das Profil eines Mörders zu erstellen, muss ich den Tatort mit eigenen Augen sehen.« Jo betrachtete sein regungsloses Gesicht. Es war unschwer zu erkennen, dass er gehofft hatte, er könne in Eigenregie arbeiten. Sie räusperte sich. »Ich bin keine Kriminalpolizistin, aber dank meiner Erkenntnisse wurden schon zahlreiche Verbrechen aufgeklärt.«

»Sind Sie denn wirklich auf extreme Bedingungen eingestellt?« Ty betrachtete abschätzig ihre Kleidung. »In solchen Städtchen in der Provinz zu arbeiten, ist kein Zuckerschlecken. Manchmal muss man tagelang durch die Wälder wandern. Man braucht Nahkampferfahrung, man muss damit rechnen, dass auf einen geschossen wird.«

Jo verzog den Mund. Bestimmt hatte ihr ihre Chefin, die Geliebte ihres Ex-Mannes, ganz bewusst einen extra hartgesottenen, traumatisierten Partner zur Seite gestellt, in der Hoffnung, dass er ihr das Leben zur Hölle machen würde. Aber sie war lange genug mit einem herrischen, halsstarrigen Mann verheiratet gewesen, um zu wissen, wie man mit so jemandem umging. Sie brauchte Ty Carter nicht mit irgendwelchen Qualifikationen zu kommen. Sie würde sich seinen Respekt schon noch verdienen, aber er hatte recht, es würde nicht ganz einfach werden. Sie hob das Kinn. Zuallererst musste sie ihn davon überzeugen, dass sie kein hilfloses Frauchen war. »Ich kann sehr gut auf mich selbst aufpassen.«

»Na schön.« Ty starrte geradeaus. »Wie groß ist denn unser Team?«

Jo räusperte sich. »Im Moment besteht es nur aus Ihnen und mir.«

»O Mann.«

VIERUNDDREISSIG

BLACK ROCK FALLS

Um kurz nach vierzehn Uhr entdeckte Jenna den Hubschrauber am Himmel. Sie eilte in die Scheune, bedankte sich bei Tom Dickson und bat ihn, Schluss zu machen. Sie drückte ihm seinen vollen Tageslohn in die Hand, verzichtete aber darauf, ihm zu erklären, warum ein FBI-Hubschrauber dabei war, auf dem Gelände ihrer Ranch zu landen. Kane war mit Duke zu seiner Hütte gelaufen und dann zur Scheune, um die Pferde zu beruhigen, als die lärmende Maschine auf dem Boden aufsetzte. Jenna schirmte ihre Augen gegen den Staub ab, den die Rotorblätter aufwirbelten, und wartete auf der Veranda auf die Agenten. Sie betrachtete die beiden Fremden und schüttelte den Kopf. Jo Blake, eine attraktive Frau, die sie auf plus/minus dreißig Jahre schätzte, trug einen schicken Hosenanzug und modische Stiefel, ihr dunkles Haar hatte sie hochgesteckt. Sie erinnerte Jenna an ihre Zeit in Washington, wo es für FBI-Agenten eine Kleiderordnung gab, es sei denn, sie ermittelten verdeckt. Als Ty Carter vom Pilotensitz kletterte, musste sie zweimal hinschauen. Er trug einen mit Schaffell gefütterten Ledermantel, Bluejeans, einen ramponierten

Stetson und eine verspiegelte Sonnenbrille und sah aus, als käme er direkt aus einem Western. *Der soll ein Agent aus Washington sein?*

Zu Carter gehörte offensichtlich auch der schlanke Dobermann, der ein Geschirr trug und hinter ihm aus dem Hubschrauber sprang. Er stellte sich neben Carter und sah zu ihm auf, als warte er auf Anweisungen. Sie fragte sich, was Duke wohl davon halten würde, dass ein anderer Hund so mir nichts, dir nichts in sein Revier eindrang. Kane kam aus der Scheune, und nachdem sich alle einander vorgestellt hatten, sagte Jenna zu Carter: »Ich wusste nicht, dass Sie einen Hund mitbringen. Unser Duke verteidigt sein Revier ziemlich fleißig.«

»Das wird schon gehen. Zu einem Streit gehören immer zwei, und mein Zorro wird ihn einfach ignorieren.« Carter lächelte. »Was für eine Rasse ist Duke? Dem Namen nach würde ich tippen, ein Jagdhund.«

»Ganz genau«, sagte Kane und baute sich neben Jenna auf. »Er ist ein Spürhund und ein guter Fährtenleser.«

»Zorro ist unser Bombenspezialist.« Carter tätschelte Zorro den Kopf. »Wie man Sprengsätze entschärft, muss ich ihm noch beibringen, aber aufspüren kann er sie schon ganz hervorragend.«

Jenna nickte. »Gut zu wissen. Nehmen Sie ihn mit. Der Rechtsmediziner wartet am Tatort auf uns.« Sie stiegen alle in Kanes SUV und fuhren los in Richtung Old Mitcham Ranch.

»Kane, ich habe gehört, Sie sind der Profiler des Teams?«, fragte Jo interessiert. »Was meinen Sie, haben wir es mit einem Serienmörder zu tun oder mit einem Terroristen?«

»Mit einem Serienmörder.« Kane sah sie im Rückspiegel an. »Aber gleich können Sie sich selbst ein Bild machen, wir sind schon da.«

Sie stiegen aus, und Carter wies Zorro an, im Wagen zu bleiben. Er nahm seine Sonnenbrille ab und ging zu Jenna. »Ich habe gehört, Sie sind eine Expertin, wenn es darum geht, Serienmörder zur Strecke zu bringen?«

Jenna betrachtete ihn, um festzustellen, ob er sie auf den Arm nehme wollte, aber in seinen ungewöhnlich grünen Augen sah sie echtes Interesse. »Na ja, ich habe ein tolles Team.« Sie zeigte in Richtung des Tatorts. »Das ist unser erster Massenmord, und ich glaube, Agentin Blake war in Baltimore in etwas Ähnliches verwickelt.«

»Das meinte sie auch.« Carter holte einen Zahnstocher aus seiner Tasche, steckte sich ein Ende seitlich in den Mund und bewegte ihn zwischen den Lippen hin und her. »Ich habe sie erst vor ein paar Stunden kennengelernt. Auf dem Weg hierher hat sie nicht viel von ihren alten Fällen erzählt; sie war die meiste Zeit am Telefon, um zu organisieren, wer sich um ihre Tochter kümmert, während wir hier sind. Sie hat eine siebenjährige Tochter.« Er nahm die Einweghandschuhe und Schuhüberzieher, die Wolfe ihm reichte, und zog sie an. »Dann wollen wir mal schauen, was wir hier haben.«

Während Carter die Treppe der Veranda hinaufging und Rowley zunickte, der mit der Schrotflinte in der Hand direkt vor der Tür Wache stand, zog sich Jenna ebenfalls Handschuhe und Schuhüberzieher an. Wolfes Erkenntnisse kannte sie bereits, jetzt wollte sie wissen, was Kane und Jo vom Tatort hielten. Die zwei sprachen in gedämpftem Tonfall miteinander und deuteten und gestikulierten viel.

»Das sehe ich auch so«, sagte Jo gerade, als Jenna sich dazugesellte. »Eine schwere, durch ein Trauma ausgelöste Psychose könnte eine ohnehin instabile Psyche durchaus zu einer Tat mit so einem Muster treiben.« Jo sah zu Kane auf. »In Baltimore hat er auch schon eine junge Frau als Köder benutzt, aber hier ist er noch grausamer und raffinierter vorgegangen. Alles deutet auf einen machtinduzierten Blutrausch hin. Die Männer waren sein Publikum, und als sie wegen Blutmangels ohnmächtig wurden, waren sie für ihn nichts mehr nütze, also schoss er ihnen in den Kopf.«

»Für mich passt nur das erste Opfer nicht ins Muster, dieser Robinson«, gab Kane zu bedenken. »Die Tat war zu sauber, nicht überhastet, nur rein und wieder raus. Das passt einfach nicht zu dieser Art von extremem Verhalten.«

»Das hat mich ebenfalls beunruhigt. So etwas ist mir auch schon mehrfach untergekommen.« Jo blickte Jenna an, als sähe sie sie zum ersten Mal. »Wenn dieser Killer in mehreren Staaten tätig ist, dann ist die Ermittlung Sache des FBI. Leider stehen im Moment nur wir beide zur Verfügung.« Sie seufzte. »Ich bin erst letztes Wochenende in Snakeskin Gully angekommen, und bisher habe ich nur Ty als Verstärkung. Der IT-Mensch und die Rezeptionistin sind nicht auffindbar.«

»Haben Sie Zugang zu den FBI-Fallakten?«, wollte Kane wissen. »Die brauchen wir, um die Fälle zu vergleichen.« Er ging mit Jo die Treppe der Veranda hinunter, und auf dem Weg zurück zu seinem Wagen unterhielten sie sich weiter.

»Sheriff Alton«, rief Carter und kam auf sie zu. »Ich würde gerne mit Ihnen sprechen.«

Jenna sah ihn an. »Schießen Sie los.«

»Wolfe sagte, er hätte alle blutigen Fußabdrücke mit den Schuhen der Opfer abgeglichen. Aber der Mörder muss selbst voller Blut gewesen sein – wie kann es sein, dass er auf der Veranda keine Fußspuren hinterlassen hat? Alle Opfer sind gefesselt, also kann es sich nicht um Mord mit anschließendem Suizid handeln.« Carter verscheuchte die Fliegen von der Lache geronnenen Blutes unter Rubys leblosem Körper. »Normalerweise kann ich alle Details eines Tatorts in wenigen Sekunden erfassen, aber ich wüsste gerne, was Sie hier sehen.«

Was soll das werden, ein Test? Jenna musterte die vielen Fußabdrücke. »Das ist nicht meine erste Ermittlung, Carter. Ich brauche keine Nachhilfestunden in Sachen Tatortuntersuchung.«

»Warum haben Sie uns dann so dringend herbeordert?«
Carter sah sie eindringlich an. »Sie sind hier ganz eindeutig
überfordert. Mir ist bei Wolfes vorläufiger Untersuchung eine
Anomalie aufgefallen – Ihnen auch?« Er grinste sie an, und der
Zahnstocher wanderte über seine Lippen. »Nein?«

Kane hatte schon erwähnt, dass Carter ein arroganter Kerl
war, und nun ließ er selbst keinen Zweifel daran. Sie richtete
sich auf und beäugte ihn skeptisch. »Wolfe macht keine
Fehler.«

»Ich habe nicht gesagt, dass er einen Fehler gemacht hat.
Ich habe Sie gefragt, was Sie hier sehen.« Carters grüne Augen
blitzten sie amüsiert an.

Na schön, Freundchen, dann spiele ich dein Spiel halt mit.
»Für mich ist das ganz klar, Carter. Einige der Schuhabdrücke,
die mit dem Muster, scheinen dominanter zu sein als die anderen.« Sie zückte ihr Handy und schaute sich die Vergleichsfotos
an, die Wolfe von den Schuhen der Opfer erstellt hatte. »Das
erste Opfer von links trägt Stiefel mit so einem Muster, also
nehme ich an, dass dieser Mann als Letzter gestorben ist. Der
Mörder befahl ihm, die anderen zu fesseln und die abgetrennten Hände in die Küche zu tragen, denn diese Fußabdrücke finden sich im ganzen Haus.«

»Aha.« Carter betrachtete wieder den Tatort. »Also, Wolfe
meint, der Mörder stand hier hinten und befahl dem großen
Kerl – nennen wir ihn Nummer eins –, alle anderen zu fesseln
und die Hände aufzusammeln? Dann musste er sie in seiner
Jacke in die Küche tragen und auf dem Tisch platzieren, und
anschließend ist er ganz brav zurück auf die Veranda gegangen,
um sich ebenfalls fesseln und töten zu lassen?« Er ging zu
Leiche Nummer eins hinüber und sah sie sich genau an. Er
wandte sich wieder Jenna zu und ließ den Zahnstocher im
Mundwinkel ruhen. »Da bin ich ganz anderer Meinung. Ich
würde sagen, er war als Erster tot. Er hatte die Waffe, vielleicht

war er der Boss hier.« Carter blickte stirnrunzelnd auf das Opfer hinab. »Wie hätte er die Körperteile tragen können, wenn ihm selbst eine Hand fehlt? Und warum ist er nicht geflohen? Den Fußabdrücken zufolge war er allein in der Küche. Jeder normale Mensch hätte zumindest versucht, sich durch die Hintertür aus dem Staub zu machen.« Er schnaubte. »Aber da ist noch etwas anderes. Schauen Sie noch einmal genau hin.«

Wolfe hatte seine Schlussfolgerungen mit physischen Beweisen untermauert, und eigentlich hatte Jenna keinen Grund, an seinen Ergebnissen zu zweifeln. Verwirrt starrte sie Carter an und sah wieder zum Tatort. Hatte er wirklich etwas entdeckt, das sie übersehen hatte? Sie ging zu jedem Mann, sah sich die Schuhe an und verglich die Sohlen mit Wolfes Aufzeichnungen. Als sie bei Opfer Nummer eins ankam, musste sie zweimal hinsehen. Große Lederstiefel ragten aus den Hosenbeinen seiner Jeans heraus. Sie sah zu Carter auf. »Die Stiefel sind an den falschen Füßen.«

»Ja, das ist mir auch aufgefallen, und er hat keine Jacke an, obwohl es eiskalt ist hier draußen. Das muss die Jacke sein, die Wolfe in der Küche gefunden hat.« Carter ging um die Blutspritzer herum und trat an ihre Seite. »Wolfe hätte keinen Grund gehabt, ihm die Stiefel aus- und wieder anzuziehen. Ich glaube, der Mörder hat sie sich angezogen, um hier herumzulaufen, und hat sie der Leiche wieder angezogen, als er fertig war. Wir wissen, dass er eine Jacke benutzt hat, um die Leichenteile einzusammeln. Ich würde sagen, er hat Opfer Nummer eins die Jacke abgenommen, bevor er alle umgebracht hat. Der Rest ist so, wie Wolfe es vermutet hat. Einen zwang er mit vorgehaltener Waffe, die anderen zu fesseln. Das letzte Opfer hat er selbst gefesselt. Er ist schlau – schauen Sie mal hier.« Er zeigte auf Opfer Nummer zwei. »Der Mörder hat dem zweiten Opfer die rechte Hand abgetrennt, aber einen Druckverband angelegt, damit es nicht so schnell verblutete. Bei den anderen ebenfalls. Er wollte, dass sie möglichst lange leben und Schmerzen haben.«

Jenna nickte. Sie war fasziniert von Carters Einblicken. »Den Schäden an der Stuhllehne nach zu urteilen, hat er die Axt benutzt, die Wolfe auf dem Küchentisch gefunden hat«, sagte sie.

»Ja, das sehe ich auch so.« Carter ging hinüber zu Ruby und starrte auf die Blutlache. »Die Krähenfeder. Jo sagte, es sei die dritte Feder am dritten Tatort? Wir müssen davon ausgehen, dass alle Opfer vom selben Täter ermordet wurden. Ich glaube, dass die Feder eine ganz persönliche Bedeutung für ihn hat. Indem er sie am Tatort zurücklässt, will er uns etwas mitteilen.«

Jenna nickte. »Ich dachte, Jo wäre die Verhaltensanalytikerin.«

»Ist sie auch, aber man braucht in unserer Branche keinen Uni-Abschluss, um zu wissen, wie die Menschen ticken, oder?« Er schob seinen Stetson nach hinten und sah sie an. »Gibt es sonst noch irgendetwas, das ich wissen sollte?«

»Von der Wunde an Rubys Hals hat Wolfe geschlossen, dass der Mörder Linkshänder ist.« Jenna zeigte auf Kane. »Mein Kollege hatte dieselbe Theorie für den Mord an Robinson. Als der Mörder da das Schlafzimmer betrat, schaltete er das Licht an, erschoss Robinson und schaltete das Licht wieder aus, alles innerhalb von Sekunden. Der Schalter befindet sich rechts neben der Tür, wenn man den Raum betritt, also geht Kane davon aus, dass der Schütze Linkshänder oder beidhändig ist.«

»Eher Linkshänder; eine Hand ist immer schwächer«, stellte Carter fest. »Ich glaube, wir sind hier fertig, und der Gestank wird immer schlimmer. Wo kann man hier in der Nähe übernachten? Ach ja, ein Fahrzeug brauchen wir auch.«

Jenna runzelte die Stirn. »Ich schätze, Sie können meinen Streifenwagen benutzen. Ich fahre ohnehin meistens mit Kane mit.« Sie nickte in Richtung der Haustür. »Ich werde mit Wolfe über die Stiefel des Opfers sprechen, und dann fahren wir Sie beide in die Stadt.«

Sie ging hinein, Carter folgte ihr auf dem Fuße. In der Küche war Wolfe gerade dabei, die Leichenteile einzutüten. Sie legte ihm Carters Theorie dar. »Du hast die Stiefel von Opfer Nummer eins nicht erwähnt – kann es sein, dass der Mörder sie benutzt hat, um seine Identität zu verschleiern?«

»Ja, aber das werde ich beweisen müssen. Dass die Stiefel an den falschen Füßen waren, habe ich übrigens in meinem Tatortbericht vermerkt.« Wolfe beschriftete einen Beweismittelbeutel und sah dann zu ihr auf. »Ich muss beide Szenarien in Betracht ziehen, Jenna. Dass der Mörder jemand anderes Stiefel benutzt hat, ist sicher eine Möglichkeit, aber dazu müsste er die Opfer erst einmal gefesselt haben.« Er seufzte. »Dann muss man die Situation berücksichtigen, in der sich die Männer befanden. Mitten in der Nacht fing eine Frau an zu schreien – sie werden sich in aller Eile angezogen haben, um draußen nachzusehen, was da los war. Gut möglich, dass Opfer Nummer eins in dieser Situation aus Versehen mit den falschen Füßen in die Stiefel geschlüpft ist. Falls der Mörder seine Stiefel angezogen hat, werde ich das herausfinden. Ich werde zum Beispiel seine Socken auf Spuren vom Blut der anderen Opfer untersuchen.« Wolfe sah Carter eindringlich an. »Warum das erste Opfer seine Pistole nicht abgefeuert hat, kann ich mir nicht erklären. Er muss sie in der Hand gehabt haben, als er aus dem Wohnwagen kam.«

»Vielleicht hat der Mörder die Männer einfach überrumpelt«, sagte Carter und kaute auf seinem Zahnstocher. »Oder er hat seine Waffe hingelegt, um dem Mädchen zu helfen.« Er sah Jenna an. »Haben Sie die Wohnwagen nach Waffen durchsucht?«

Jenna nickte. »Ja, wir haben keine gefunden, was hier draußen schon reichlich ungewöhnlich ist. Im Pick-up lag ein Gewehr.«

»Aber eine Sache finde ich noch merkwürdiger«, verkündete Kane, der durch die Hintertür ins Haus kam, mit Jo dicht hinter ihm. »Wo sind die Autos der anderen Arbeiter? Wir haben nur den einen Pick-up hinter dem ersten Wohnwagen, der Trevor Wilson gehört; laut Führerschein ist er das Opfer im Oberhemd. Er ist zweiundsechzig Jahre alt, hat gedient, und wir haben seine Fingerspuren, damit ist er eindeutig identifiziert.«

Jenna scheuchte die Fliegen von ihrem Gesicht fort. »Was für ein Boss würde denn seine Arbeiter hier draußen einfach so absetzen? Ohne Fortbewegungsmittel und ohne Waffen, um sich zu schützen?«

»Vielleicht waren es illegale Einwanderer.« Kane zuckte mit den Schultern. »Billige Arbeitskräfte, die die Legenden, die sich um die Ranch ranken, nicht kannten, oder denen sie egal waren.«

»Oder sie sind aus einem anderen Bundesstaat eingeflogen, und da der Chef auf der Baustelle wohnt, fährt er sie bei Bedarf in die Stadt.« Carter lehnte sich gegen den Türrahmen. »Das können wir doch alles später noch besprechen. Können wir erst einmal zusehen, dass wir von diesem furchtbaren Gestank wegkommen?«

Jenna sah Wolfe an. »Brauchst du hier unsere Hilfe? Sonst lasse ich dir Jake zur Verstärkung da.«

»Nein, wir arbeiten uns durch und bringen die Leichen in die Kühlung. Aber Jake kann gerne als Verstärkung hierbleiben, falls der Mörder noch in der Nähe ist.« Wolfe sah ihr über die Maske hinweg in die Augen und hob eine Augenbraue. »Sorgt ihr erst einmal dafür, dass die Agenten gut untergebracht werden. Wir kommen schon zurecht.« Er wandte sich an Jo. »Wie stehen die Chancen, dass der Mörder zum Tatort zurückkehrt?«

»Möglich ist es, gehen Sie also besser kein Risiko ein.« Jo richtete ihre Aufmerksamkeit auf die Körperteile. »Wobei ihn

ein solches Gemetzel wahrscheinlich für eine Weile zufrieden-
stellen wird.«

»Das will ich hoffen«, sagte Jenna und wandte sich zum
Gehen. »Ich fürchte, in der Leichenhalle ist bald kein Platz
mehr.«

FÜNFUNDDREISSIG

In ihre Gedanken vertieft, blendete Jenna die Unterhaltung um sie herum aus und überließ es Kane, die Fragen der Agenten zu beantworten. Er hielt vor ihrer Haustür, damit die Besucher ihre Taschen aus dem Hubschrauber holen konnten. Als Kane sich räusperte, merkte sie auf. »Hast du etwas gesagt?«

»Nein.« Kane musterte ihr Gesicht. »Meinst du nicht, es wäre besser, sie bei uns wohnen zu lassen? Wir arbeiten meistens bis spät abends, da wäre das doch viel praktischer.«

Jenna starrte ihn an. Sie war von seinem Vorschlag gar nicht begeistert. »Wenn du Jo Blake bei dir wohnen lassen willst, ist das deine Entscheidung, aber ich werde ganz sicher nicht mein Haus mit Ty Carter teilen.« Sie schüttelte den Kopf. »Ich habe ihm meinen Streifenwagen angeboten, aber mein Haus teile ich normalerweise nicht mit fremden Männern.«

»Mit mir schon.« Kane lächelte sie an. »Das wird wohl mein unwiderstehlicher Charme gewesen sein.«

Jenna sah ihn erstaunt an. »Mitnichten! Ich habe dir die Hütte überlassen, das war eine reine Gefälligkeit. Ich habe dich nicht gebeten, bei mir einzuziehen.«

»Na schön, wenn du meinst. Jedenfalls dachte ich, ich könnte Carter mein Gästezimmer anbieten, und du deines Jo. Es ist ja nur vorübergehend und würde Zeit sparen.« Kane zuckte mit den Schultern. »Aber wenn du ein Problem damit hast, mit Jo zusammenzuwohnen, können wir sie bestimmt irgendwo in der Stadt unterbringen.«

Sie überlegte kurz und musste sich eingestehen, dass er recht hatte. »Na schön«, sagte sie und nickte. »Trotzdem finde ich es erstaunlich, dass du es riskierst, einen FBI-Agenten in deinem Haus herumschnüffeln zu lassen. Und was ist mit seinem Hund? Duke wird ausflippen.«

»Mach dir um Duke keine Sorgen, dem werde ich schon klarmachen, dass er nett sein soll.« Kane räusperte sich. »Sicherheit ist auch kein Thema – er wird bei mir nichts finden, und seit der Zeit, als Jake bei mir gewohnt hat, habe ich noch einen zusätzlichen Safe im Schlafzimmer. Glaub mir, meine Bude ist so sicher wie Fort Knox.«

Jenna lächelte ihn an. »Gut zu wissen.« Sie stieg aus dem SUV und ging auf Jo zu. »Damit wir jetzt nicht stundenlang nach einer Unterkunft für Sie beide suchen – möchten Sie nicht einfach hier auf meiner Ranch wohnen? Ich habe hier alles Equipment, das wir brauchen, und Sie können gerne meinen Streifenwagen benutzen.«

»Das wäre toll«, sagte Jo und lächelte sie an.

Jenna wandte sich an Carter. »Was meinen Sie?«

»Gerne, danke.« Carter nickte. »Wir werden unsere Taschen ins Haus bringen und dann in die Stadt fahren, um einen Happen zu essen. Wir treffen uns in einer Stunde im Sheriff's Department und gehen die Fälle durch. Ich werde mir überlegen, wie wir die Fälle aufteilen können. Sorgen Sie dafür, dass alle Ihre Deputys anwesend sind.«

Diese Ansage überraschte Jenna. Sie trat näher und beäugte ihn skeptisch. »Agent Carter, ich bin die leitende

Ermittlerin in diesem Fall. Wenn ich ihn an das FBI übergeben möchte, werde ich es Sie wissen lassen.«

»Ja, Ma'am.« Carter konnte sich ein Augenrollen nicht verkneifen. »Das war eine unüberlegte Bemerkung. Ich bin es nun einmal gewohnt, allein zu arbeiten. Tut mir leid, Ma'am.«

Jenna fand seine Entschuldigung nicht gerade überzeugend, trotzdem nickte sie. »Schon gut.«

»Sie wohnen bei mir.« Kane sah Carter an wie versteinert. »Ich zeige Ihnen Ihr Zimmer.« Er ging voran zu seiner Hütte.

Jenna wandte sich an Jo. »Ich werde Ihnen Ihr Bett heute Abend machen. Ich habe nicht so häufig Besuch.« Sie lächelte sie an. »Haben Sie ein Paar Jeans und etwas festere Stiefel mit? Die meisten Tatorte sind außerhalb der Stadt, und bald soll es schneien.«

»Nein, nicht wirklich.« Jo zog ihren Rollkoffer hinter sich her, er holperte über den unebenen Boden. »Ich hatte keine Ahnung, was mich erwartet. Das FBI hat mich ohne große Vorankündigung nach Snakeskin Gully versetzt.« Sie lächelte Jenna an. »Der dortige Sheriff hat mir gesagt, ich könne alles, was ich brauche, im Gemischtwarenladen kaufen.«

Jenna öffnete die Haustür, schaltete die Alarmanlage aus und winkte sie herein. »Hier in der Stadt gibt es zwei Läden, wo Sie Winterkleidung bekommen, aber wenn Sie Jeans kaufen, sollten Sie sie waschen, bevor Sie sie anziehen. Ich kann Ihnen in der Zwischenzeit welche leihen, die passen bestimmt. Das Wichtigste hier in der Gegend sind Wanderschuhe.« Sie betrachtete Jos Jackett. »Haben Sie einen Wintermantel?«

»Nein, aber eine gefütterte FBI-Jacke und meine Kevlar-Weste.« Jo stand im Wohnzimmer und sah sich um. »Sie sind sehr geschmackvoll eingerichtet.«

»Danke.« Jenna führte sie ins Gästezimmer. »Ich hole Ihnen die Jeans.«

Sie eilte zu ihrem Kleiderschrank. Jo war kleiner als sie, aber als Jenna nach Black Rock Falls gezogen war, war sie dünner gewesen als heute, und sie hatte noch drei Paar intakte Jeans von damals, die sie nicht mehr trug. Als sie mit den Hosen über dem Arm das Gästezimmer betrat, fiel ihr Jos angespannter Gesichtsausdruck auf. »Ist alles in Ordnung?«

»Ich mache mir Sorgen um meine Tochter, Jaime.« Sie starrte auf ihr Telefon.

Jenna wurde flau. »Stimmt etwas nicht?«

»Die Scheidung und der Umzug weg von ihren Freundinnen haben sie sehr mitgenommen. Es war eine ziemlich chaotische Scheidung, und ich konnte ihr nicht so recht klarmachen, warum ihr Daddy meine Chefin plötzlich mehr liebhatte als mich.« Jo sah ihr in die Augen. »Das ist auch der Grund, warum ich jetzt mit einem zusammengewürfelten Team im letzten Winkel von Montana arbeiten muss.«

Erstaunt schüttelte Jenna den Kopf. »Verstehe. Sie wollte Sie aus dem Weg haben.«

»Ganz genau. Wir haben noch nicht einmal ausgepackt, und schon bin ich wieder unterwegs, um zu ermitteln.« Jo schüttelte den Kopf. »Ich habe ein Kindermädchen engagiert, das sich um Jaime kümmert, aber ich habe trotzdem das Gefühl, dass ich sie im Stich lasse.«

Jenna setzte sich neben sie auf das Bett und war überrascht, dass eine wildfremde Frau sich ihr derart schnell anvertraute. Vielleicht hatte Jo sonst niemanden, mit dem sie reden konnte. »Eine Scheidung ist immer schwierig für Kinder. Wie alt ist sie noch gleich? Sieben, oder? Halloween steht vor der Tür, da werden in der Schule doch sicher alle möglichen spannenden Sachen veranstaltet. Kommt sie gut mit anderen Kindern zurecht?«

»Ja, und sie ist ja auch daran gewöhnt, dass ich tagelang fort bin, um irgendwelche Fälle zu bearbeiten. Gott sei Dank ist sie ziemlich unkompliziert.« Jo deutete mit ihrem Kinn in Richtung Tür. »Genau wie Deputy Kane. Sie haben Glück, dass Sie ihn haben, er ist ein echter Gentleman. Er hat mich den ganzen

Tag über mit ›Ma'am‹ angeredet.« Sie grinste. »Und ich? Ich muss mich mit Mr Grummelig da drüben herumschlagen. Man hat mir gesagt, Ty Carter sei einer der Besten auf seinem Gebiet, aber es ist, als würde man mit einem Roboter zusammenarbeiten. Er ist ein Agent von der ganz alten Schule – dieser Auftrag muss für ihn der reinste Albtraum sein.«

Jenna lachte. »Oh, Kane war auch ein ziemlicher Macho, als er herkam. Es hat eine ganze Weile gedauert, bis er eingesehen hat, dass ich auf mich selbst aufpassen kann. Trotzdem würde ich ihm mein Leben anvertrauen. Er ist ein guter Kerl.« Sie stand auf. »Ich lasse Sie jetzt allein, dann können Sie sich umziehen. Dave und ich haben auch noch nichts gegessen, wir könnten alle zusammen in Aunt Betty's Café im Ort zu Mittag essen, dabei können wir über die Fälle sprechen, und anschließend gehe ich mit Ihnen shoppen. Das wird das Einfachste sein. Kane kann dann mit Carter zur Dienststelle fahren. Wenn wir zurückkommen, wird er alle Informationen parat haben, die Sie brauchen.«

Als sie kurz darauf in Kanes SUV saßen, fragte Jenna ihn: »Was hältst du von Carter?«

»Arrogant. Wobei – wenn man ein Jahr lang von der Bildfläche verschwunden war, fehlt es einem wahrscheinlich an sozialer Kompetenz.« Kane grinste. »Du hast ihn sehr schön zum Schweigen gebracht.«

Jenna zuckte zusammen. »War ich zu harsch?«

»Nein, das hat mich davor bewahrt, mit ihm hinter den Schuppen zu gehen und ihm ein paar Manieren beizubringen.« Kane schenkte ihr ein breites Lächeln. »Wenn ich daran denke, was für Sorgen ich mir früher um dich gemacht habe ...«

Jenna zuckte mit den Schultern. »Ich kann ganz gut auf mich selbst aufpassen. Von so einem wie dem lasse ich mich nicht herumkommandieren. Er hat es zwar versucht, aber man

muss ihm zugutehalten, dass er gut reagiert hat, als ich ihm klargemacht habe, wer hier das Sagen hat, und mir ganz sachkundig
seine Gedanken zum Tatort erklärt hat. Vielleicht hast du recht.
Er war einfach zu lange allein.« Sie drehte sich in ihrem Sitz
um und sah ihn an. »Und Jo? Was hast du für einen Eindruck
von ihr?«

»Sie ist klug und liefert unglaublich exakte Analysen.«
Kane runzelte die Stirn und sah Jenna an. »Man spürt, dass sie
auch verletzlich ist, aber sie ist hart im Nehmen. Du kennst
mich ja, vor mir kann man Unsicherheiten nicht so leicht
verbergen. Ich frage mich nur, wer auf die Idee gekommen ist,
sie zu einem so arroganten Kerl wie Ty Carter in eine Kleinstadt mitten im Nirgendwo zu schicken.« Sein Blick blieb auf
die Straße gerichtet. »Wolfe hat mir den Eindruck vermittelt,
dass sie sehr selbstbewusst ist und dass sie es gewohnt ist, die
Fäden in der Hand zu haben.«

Jenna erinnerte sich daran, wie verzweifelt Jo gewirkt hatte,
und fragte sich, ob es ein Vertrauensbruch wäre, Kane zu erzählen, warum sie versetzt worden war. Normalerweise hatten sie
keine Geheimnisse voreinander. »Soweit ich weiß, macht sie
sich Sorgen darum, wie es ihrer Tochter geht. Jo ist frisch
geschieden.«

»Verstehe. Das erklärt einiges.« Kane hielt vor Aunt Betty's
Café und nickte in Richtung Eingang. »Willst du Susie
Hartwig darüber informieren, dass Ruby ermordet wurde?«

»Erst wenn ich ihre Angehörigen benachrichtigt habe, aber
ich werde sie um Rubys Kontaktdaten bitten.« Sie runzelte die
Stirn. »Ich wundere mich, warum sie noch niemand als vermisst
gemeldet hat.«

»Vielleicht hat das ja inzwischen jemand getan.« Kane griff
nach seinem Handy. »Soll ich Maggie anrufen und
nachfragen?«

Jenna stieg aus. »Wir fragen sie, wenn wir im Büro sind.
Ich habe einen Bärenhunger.« Sie wartete auf dem Bürger-

steig darauf, dass Carter im Streifenwagen hinter ihnen parkte.

Drinnen setzten sie sich an den für die Polizei reservierten Tisch und bestellten Essen. Es war nicht viel los, nur einige letzte Gäste waren noch vom Ansturm über Mittag geblieben.

Jenna sah Carter an. »Wir sollten unsere Fallakten austauschen, das macht das Leben leichter. Wie lauten Ihre Handynummern?« Sie tippte sie in ihr Smartphone ein, und kurz darauf ertönten mehrere Signaltöne, die anzeigten, dass digitale Dateien versendet worden waren. Nachdem sie die Akten des älteren Falls in Baltimore überflogen hatte, blickte sie zu Kane auf. »Was hältst du davon?«

»Anhand der Bilder vom Tatort, der Obduktionsberichte und Jos Profiling schätze ich, dass wir es mit demselben Täter zu tun haben.« Kane nickte Jo zu. »Sehen Sie das auch so?«

»Ja, es sei denn, es handelt sich um einen Nachahmer. Aber die Details, die darauf schließen ließen, dass die Morde in Baltimore zusammenhingen, haben wir nicht an die Presse weitergegeben. Allerdings deutete bei uns nichts darauf hin, dass der Mörder Linkshänder ist.« Jo goss sich aus der Kanne, die auf dem Tisch stand, Kaffee nach. »Sind Sie bei einem Ihrer Verdächtigen schon weitergekommen?«

»Wir hatten Kyler Hall und Cliff Young im Verhör, aber sie haben sich einen Anwalt genommen. Wir wissen noch nicht einmal, ob einer von ihnen Linkshänder ist.« Kane verteilte Schlagsahne auf seinem Kirschkuchen. »Um Zeit zu sparen, werde ich kurz zusammenfassen, was wir gegen sie in der Hand haben. Sie waren mit den Mordopfern vom Stanton Forest, Louis und Addams, in einen Streit verwickelt. Young hatte sich von seiner Freundin Ann getrennt, weil sie eine Affäre mit Lucas Robinson hatte, unserem ersten Mordopfer. Hall wurde anscheinend von Robinson um sein Erbe betrogen. Für den Tatzeitpunkt des Mordes an Robinson hat keiner der beiden ein Alibi, und zum Tatzeitpunkt der Morde im Stanton Forest waren sie sogar in der Nähe des Tatorts.« Er sah Jo an. »Die Frage ist: Sind die zwei zum Mord fähig? Unter bestimmten Umständen können Sprunghaftigkeit und Wut natürlich eskalieren und jemanden zu solchen Taten treiben.«

»Ja, jedes dieser Szenarien könnte eine psychotische Episode auslösen«, bestätigte Jo. »Aber die Wut, mit der wir es hier zu tun haben, scheint sehr viel ausgeprägter zu sein. Ein permanenter, tief verwurzelter Hass.« Sie nippte an ihrem Kaffee. »Wahrscheinlich durch ein traumatisches Ereignis in der Kindheit.«

Jenna blickte erst Kane, dann Jo an. »Okay, angenommen, sie sind die Mörder. Was hat die schwarze Feder zu bedeuten? Was wollen die beiden damit sagen? Beide haben einen unterschiedlichen familiären Hintergrund, und dass sie beide als Kinder dasselbe Trauma erlitten haben, ist doch reichlich unwahrscheinlich.«

»Vielleicht ist einer der Anführer und der andere der Mitläufer«, schlug Jo vor. »Ein Psychopath kann sehr charmant sein und extrem attraktiv für einen schwächeren Menschen, der gerne zu jemandem aufschaut. So jemand lässt sich oft in die Welt des Psychopathen hineinziehen, ohne zu wissen, warum dieser seine Taten begeht.« Sie stellte ihren Becher ab und tupfte sich den Mund mit einer Papierserviette ab. »Mir scheint, Hall und Young haben gemeinsame Feinde.«

»Das ist ja alles gut und schön«, meldete sich Carter und stieß einen langen Seufzer aus. Er hatte sein Smartphone gezückt und scrollte durch die Bilder der Tatorte. »Aber wie passt das alles zu dem Massenmord? Ich bin kein Rechtsmediziner, aber ich kenne mich genug in der Forensik aus, um zu erkennen, dass die ersten drei Morde ganz sauber und professionell ausgeführt wurden. Der oder die Täter haben sich dabei nicht am Töten aufgeilt wie beim letzten Mord. Glauben Sie mir, ein solches Gemetzel anzurichten, braucht seine Zeit.« Er sah Jenna direkt in die Augen. »Können *Sie* irgendeine Verbindung zwischen den Fällen erkennen? Ich kann es nämlich nicht.«

Jenna ließ ein paar Scheine auf den Tisch fallen und erhob sich. »Wenigstens haben wir Verdächtige. Das ist mehr, als das FBI bei seinen bisherigen Bemühungen zustande gebracht hat.«

SECHSUNDDREISSIG

Auf dem Weg in die Dienststelle dachte Kane daran, wie sich die Main Street ständig veränderte. Es verging kaum eine Woche, in der das Städtchen nicht irgendeinen Anlass zum Feiern fand. Nach den wochenlangen Graupelschauern hatten die Einwohner die meisten von Eis und Schneeregen zerstörten Halloween-Dekorationen ersetzt. Ihm war schon früher aufgefallen, dass man in Black Rock Falls spätestens Mitte Oktober anfing, Halloween zu feiern. Nur die geschnitzten Kürbisse wurden erst in letzter Minute aufgehängt, dann tauchte das Licht aus den unheimlichen lachenden Mündern die Main Street in goldenes Licht, während Kinder Süßigkeiten sammeln gingen. Letztes Jahr hatte es ihm Spaß gemacht, mit Jenna auf Streife zu gehen und die fröhlichen Gesichter und ausgefallenen Kostüme zu sehen. Er hoffte, dass die aktuelle Mordserie den Kindern den Spaß nicht verderben würde.

Als sie beim Sheriff's Department ankamen, sah er Jenna an. Seit sie Aunt Betty's verlassen hatte, war sie sehr schweigsam. »Ich glaube, du hast recht, was Carter angeht. Er hat einen guten Ruf als jemand, der zupacken kann; er wird genauso wertvoll für uns sein wie Jo.«

»Er geht anders vor als wir.« Jenna rieb sich die Schläfen. »Ich muss gestehen, ich bevorzuge es, Verbrechen als Team aufzuklären. Klar, ich leite den Fall, aber ich verlasse mich auf deine Fähigkeiten als Profiler und Wolfes Expertise am Tatort. Gemeinsam ziehen wir alle Möglichkeiten in Betracht, und von da aus ermitteln wir.« Sie stieß einen Atemzug aus, der ihren Pony flattern ließ. »Carter schaut auf das Gesamtbild und trifft schnelle Entscheidungen. Er hat etwa fünfzehn Sekunden gebraucht, um ein ganz anderes Szenario zu entwickeln als wir.«

Kane rieb sich das Kinn. »Deshalb hat er noch lange nicht recht. Die bessere Strategie ist, sämtliche Aspekte zu berücksichtigen, bevor man seine Schlüsse zieht. Ein guter Teamleiter zeichnet sich dadurch aus, dass er alle seine Ressourcen nutzt. Du solltest wirklich nicht an dir zweifeln. Er ist ein einsamer Wolf. Ich glaube, Jo wird mit dem noch alle Hände voll zu tun haben.«

»Das Ding ist: Alles, was er gesagt hat, war absolut schlüssig.« Jenna begegnete seinem Blick. »Wolfe hatte nicht erwähnt, dass ihm aufgefallen war, dass das Opfer die Stiefel an den falschen Füßen hatte.« Sie berichtete von ihrem Gespräch mit Wolfe und von Carters These, wie der Massenmord auf der Old Mitcham Ranch abgelaufen war. »Was Carter sagt, ist durchaus möglich – mehr noch: Er hat wahrscheinlich recht.«

»Wolfe hat das mit den Stiefeln ebenfalls bemerkt und wird es in seine Schlussfolgerungen miteinbeziehen. Er berücksichtigt immer alles, was er findet.« Kane zuckte mit den Schultern. »Wenn er sagt, dass es sein könnte, dass der Typ sich die Stiefel falsch angezogen hat, weil die Männer überhastet rausgelaufen sind, dann sollten wir auch diese Möglichkeit in Betracht ziehen. Aber so wie ich ihn kenne, wird er die Stiefel auf fremde DNA untersuchen und nach Beweisen suchen, ob der Mörder die Stiefel des Mannes angezogen hat oder nicht. Er zieht halt keine voreiligen Schlüsse. Er will für alles hieb- und stichfeste Beweise, die vor Gericht standhalten.«

»Okay.« Jenna sah ihn direkt an. »Wir müssen ein paar Tage mit ihnen auskommen und zusammenarbeiten. Nach dem, was Jo gesagt hat, ist sie ab sofort unsere erste Anlaufstelle beim FBI, also kann es für uns nur von Vorteil sein, wenn wir uns mit ihnen gut stellen.« Sie lächelte. »Ich mag Jo irgendwie, und es ist schön, ausnahmsweise mal jemanden in meinem Alter zu haben, mit dem ich reden kann.«

Kane runzelte die Stirn. »Ich bin auch nicht viel älter als du, Jenna.«

»Ach, Dave, du bist so witzig!« Jenna grinste. »Ich meine doch Gespräche von Frau zu Frau. Das habe ich vermisst. Emily Wolfe ist großartig, aber mich mit Jo zu unterhalten, war wirklich erfrischend.« Sie legte die Hand an den Türgriff. »Ich nehme den Streifenwagen für eine halbe Stunde. Jo muss sich ein paar Klamotten kaufen. Stell in der Zwischenzeit doch bitte alle Informationen zusammen, die wir haben. Wir treffen uns alle in meinem Büro, wenn wir zurück sind.«

Kane starrte sie ungläubig an. »Kann Carter nicht mit ihr einkaufen gehen?«

»Nein, das erledige ich. Wir müssen ihnen die Tatorte zeigen, und Jo hat weder eine anständige Winterjacke noch Wanderschuhe dabei. Ich kenne die Läden hier, Carter nicht. Es wird auch nicht lange dauern.« Sie stieg aus dem Wagen, steckte ihren Kopf aber noch einmal hinein und grinste ihn an: »Versprochen.«

Kane kratzte sich am Kopf. »Na gut.«

Er wartete auf dem Bürgersteig auf Carter und Zorro, und dann betraten sie das Sheriff's Department. Nachdem er ihn Maggie und Walters vorgestellt hatte, gingen sie direkt in Jennas Büro und sahen sich das Whiteboard an. Kane starrte einige Augenblicke lang auf die Fotos der Gesichter der Opfer, die neben den grausamen Tatortfotos hingen. Es war, als ob sie ihn anflehten, ihren Mörder zu finden und zur Strecke zu bringen. »Ich werde die Bilder vom neuen Tatort ausdrucken und anheften.« Er tippte auf seinem Smartphone und schickte die Dateien an den Drucker.

Ty Carter befahl Zorro, sich hinzulegen. Während der Drucker vor sich hin brummte und die Fotos druckte, ging Carter vor dem Whiteboard auf und ab, hielt inne, um sich die Bilder anzusehen, dann ging er weiter.

Kane lehnte sich mit der Hüfte gegen den Schreibtisch und sah den Hund an. »Bei unserem Fall gibt es für Zorro nicht viel zu tun. Wenn er sich mit Duke gut versteht, können Sie ihn gerne bei mir zu Hause lassen. Hinter der Hütte ist ein umzäunter Bereich, zu dem man durch den Raum hinter der Küche gelangt.«

»Okay, vielleicht komme ich darauf zurück. Drinnen eingesperrt zu sein, mag er nicht.«

Kane nickte. »Jenna hat Ihre Theorie über die Fußabdrücke erwähnt.«

»Keine Theorie, eher eine Beobachtung.« Carter kaute auf seinem Zahnstocher. »Wolfe wird Blut an den Socken des Opfers finden. Den Blutspritzern um seine Füße herum nach zu urteilen, trug er keine Stiefel, als der Mörder ihm die Hand abschnitt. Haben Sie an einem der Tatorte Patronenhülsen gefunden?«

Kane schüttelte den Kopf. »Nein.«

»Hmm, das passt zu dem, was Jo mir über die Morde in Baltimore erzählt hat.« Carter wandte sich ihm zu. »Was glauben Sie, womit wir es zu tun haben?«

Kane nahm die Ausdrucke, ging zum Whiteboard und hängte sie auf. »Ich denke mal, wir müssen uns noch mehr mit dem Hintergrund der Opfer befassen, um den Mörder zu fassen.« Er trat einen Schritt zurück, um sein Werk zu bewundern. »Die Feder ist ein verbindendes Element, aber abgesehen davon würde ich sagen, dass Robinson ein Auftragsmord war, durchgeführt von einem Profikiller. Die Morde im Stanton Forest weisen keines der üblichen Anzeichen einer zufälligen Schießerei auf. Sie sind ähnlich sauber ausgeführt wie der an Robinson. Mir kommt es vor, als hätten die beiden Männer irgendetwas getan, das den Killer dazu veranlasst hat, sie von der Straße zu drängen und zu töten.« Er deutete auf die Fotos von der Old Mitcham Ranch. »Das hier ist etwas ganz anderes. Chaotisch und gefährlich. Ich meine, wieso wurde ausgerechnet hier eine Kellnerin von Aunt Betty's Café umgebracht? Wenn der Mörder sie entführt und als Köder benutzt hat, um die Männer zu töten, dann hätte er seine Vorgehensweise zum zweiten Mal geändert. Jo glaubt, dass dies auf eine besonders schlimme Persönlichkeitsstörung hinweist.«

»Heiliger Strohsack«, rief Carter. »Wollen Sie damit sagen, der Typ ist schizophren, und auf allen Seiten seiner Persönlichkeit ist er ein Serienmörder?« Er ließ sich in einen Stuhl fallen und fuhr sich mit beiden Händen über das Gesicht. »Um das zu verdauen, brauche ich erst einmal eine Kanne Kaffee.«

Kane wies auf die beiden Kaffeemaschinen auf dem Tresen im hinteren Teil von Jennas Büro. »Dann machen Sie sich doch mal nützlich, und setzen Sie welchen auf.«

»Geht klar.« Carter stand auf, zog seine Jacke aus und hängte sie an einen der Kleiderhaken hinter Jennas Tür. »Das ist das erste Mal, dass ich in einem Büro arbeite, in dem es nach Parfüm riecht.« Er grinste und machte sich daran, die beiden Kaffeemaschinen zu befüllen. »Meistens riecht es nur nach Mundgeruch und Schweiß.« Er schaute Kane an. »Sie und Alton stehen sich sehr nahe, nehme ich an? Ich hatte die Frau völlig falsch eingeschätzt. Ich hatte nicht damit gerechnet, dass sie mich dermaßen rundmacht.«

Kane blieb ganz gelassen. »Alle, die unter ihr arbeiten, behandeln sie mit großem Respekt. Sheriff Alton ist durch und durch Profi. Ich rate Ihnen, sie nicht zu unterschätzen.«

»Hmm, vor Jo Blake hatte man mich auch gewarnt, aber da

war ich noch davon ausgegangen, dass sie ein Mann ist.« Carter ließ seinen Zahnstocher zwischen den Lippen tanzen und seufzte. »Ich habe noch nicht mit vielen Frauen zusammengearbeitet.«

»Nicht einmal beim Militär?« Kane sah ihn skeptisch an. »Oder in Washington?«

»Nö.« Carter zuckte mit den Schultern. »Ich habe immer mein Team geleitet und mich dabei möglichst unauffällig verhalten.« Er sah Kane scharf an. »Sie verschwenden in diesem Kaff Ihr Talent. Haben Sie schon mal überlegt, sich beim FBI zu bewerben?«

Kane verkniff sich ein Grinsen. Er stand auf, wandte sich ab und schrieb Notizen an die Tafel. »Nein. Hier habe ich nur eine Chefin und nicht fünf, und ich wohne sogar mietfrei auf ihrer Ranch. Ich bin mitten in der Natur, kann direkt vor der Haustür angeln und jagen. Ich bin hier sehr zufrieden.«

»Geht mir ähnlich.« Carter schaltete die Kaffeemaschinen ein. »Na ja, zumindest im Moment. Allerdings kann jederzeit der Anruf kommen, dass sie mich in Washington brauchen. Dann muss ich wieder weg.«

»Ich wette, Jo würde das gar nicht so witzig finden. Sie wird kaum in der Lage sein, die FBI-Niederlassung in Snakeskin Gully allein zu betreiben. Sie braucht einen Hubschrauberpiloten und einen Ermittler, daher denke ich, Sie müssen sich bis auf Weiteres keine Sorgen machen, dass Sie abberufen werden.« Kane drehte sich um, als es an der Tür klopfte. Rowley trat ein. »Ah, prima, du bist wieder da. Gibt's was Neues?«

»Nein, alles ruhig auf der Old Mitcham Ranch. Ich habe die Zufahrt mit Tatortband abgesperrt, die Wohnwagen und das Ranchhaus ebenso.« Rowley stellte eine Tüte mit Essen auf den Schreibtisch. In der anderen Hand hatte er einen Beweismittelbeutel, den er Kane reichte. »Die Portemonnaies der Opfer. Anscheinend kommen alle aus Wyoming. Wolfe hat die männlichen Mordopfer mit den Führerscheinen abgeglichen, alles passt. Er hat auch Fingerabdrücke genommen und die Infos unseren Akten hinzugefügt. Das Mädchen ist Ruby Evans, Kellnerin in Aunt Betty's Café. Du hast sie wiedererkannt und ich auch. Trotzdem muss sie natürlich noch offiziell identifiziert werden. Ich habe mit Susie Hartwig gesprochen und erfahren, dass Ruby bei ihrer Tante draußen am Elk Creek wohnte.« Er starrte sehnsüchtig auf den Kaffee, der in die Kannen tropfte. »Mann, war das ein langer Tag.«

»Ich schätze, du hast noch nichts gegessen?«, sagte Kane mit Blick auf die Papiertüte. »Nimm dir einen Kaffee, und setz dich. Jenna wird bald zurück sein, dann besprechen wir den Fall.«

»Danke.« Rowley zog seine Jacke aus und hängte sie über die Lehne seines Stuhls. »Das ist der schlimmste Fall, den wir bisher hatten, oder?«

Kane musterte die Bilder auf dem Whiteboard. »Ja, da ist ein richtiger Psycho am Werk, der seine Opfer jagt wie ein wildgewordener Stier.«

SIEBENUNDDREISSIG

Ein kalter Wind, der nach Schnee roch, wehte Jenna entgegen, als sie mit Jo und mehreren Tüten mit Kleidung in den Händen zum Streifenwagen eilte. Sie hatte nicht schlecht gestaunt, als es dieser Frau gelungen war, sich binnen zwanzig Minuten komplett neu einzukleiden. Jo hatte nicht lange überlegen müssen, hatte ihren Blick über das verfügbare Angebot schweifen lassen, das eine oder andere in Windeseile anprobiert und in Rekordzeit die Ware auf den Kassentresen gelegt. Wanderschuhe, Jacke, Mütze und Handschuhe hatte sie gleich angezogen, bevor sie den Laden verließen. »Mir schwirrt der Kopf«, stellte Jenna fest. »Ich habe noch nie jemanden so fix shoppen sehen.«

»Zeit zum Shoppen ist ein Luxus, den ich mir nicht mehr leisten kann, seit ich beim FBI bin«, erklärte Jo, während sie die Tüten in den Kofferraum stellte. »Zumal ich nebenbei noch Mutter bin. Und bis vor Kurzem Ehefrau war.«

Bevor Jenna den Motor des Streifenwagens starten konnte, hörte sie, wie jemand ihren Namen rief. Atohi Blackhawk näherte sich dem Auto, sein Freund Brad war bei ihm. Sie öffnete das Fenster und grinste. »Bist du hinter mir her?«

»Kann man wohl sagen.« Atohi beugte sich zur Autotür hinunter, Brad stütze eine Hand am Dach ab und sah auf sie herab. »Diese Forensikerin, Jill, ist gerade dabei, die Knochen einzupacken. Sie will sie nach Helena bringen, um sie zu untersuchen.«

»Das dürfen Sie nicht zulassen.« Brads Tigeraugen blitzten vor Wut. »Wir werden das nicht hinnehmen. Sie muss hierbleiben.«

Durch Brads Aggression verunsichert, senkte Jenna ihre Stimme. »Ich werde mit Wolfe sprechen. Er wird wissen, was zu tun ist.« Sie blickte wieder zu Atohi. »Habt ihr auch Brads Bruder gefunden?«

»Er hat einen Namen.« Brad starrte sie an. »Er heißt Scott.« Er berührte einen bösen Kratzer an seinem Unterkiefer, und sein Blick glitt in die Ferne. »Er ist irgendwo da draußen. Ich spüre eine Verbindung zu ihm.«

O Mann, noch ein Verrückter. »Okay. Hat Jill erwähnt, ob sie die Rasterbegehung fortsetzen will?«

»Ja, sie hat Archäologiestudenten als freiwillige Helfer angefordert.« Atohi musterte ihr Gesicht. »Sie wird ein paar Leute von ihrem Team dalassen, um die Ausgrabung zu beaufsichtigen. Wir würden uns freuen, wenn du dich für uns einsetzt.«

Jenna fragte sich, warum Atohi mit seinen Bedenken nicht gleich zu Wolfe gegangen war. Sie nickte und startete den Motor. »Ich rufe Shane an, sobald ich im Büro bin.«

Atohi richtete sich auf. »Den versuche ich schon den ganzen Tag anzurufen, aber es geht immer nur seine Mailbox ran.« Atohi runzelte die Stirn. »In der Leichenhalle ist er auch nicht.«

Jenna seufzte. Sie konnte ihm keine Details dazu nennen, was Wolfe gerade trieb. »Er arbeitet an einem Fall. Sobald ich mit ihm gesprochen habe, melde ich mich bei dir. Ich muss los, ich habe eine Besprechung.«

»Klar doch.« Atohi klopfte auf das Dach des Streifenwagens, und die beiden Männer gingen davon.

»Probleme?« Jo sah ihnen hinterher. »Auf jeden Fall hat sein Freund jede Menge aufgestaute Aggressionen.«

»Cold Case.« Jenna fädelte sich in den fließenden Verkehr ein und fuhr in Richtung Büro. »Es geht um die sterblichen Überreste seiner Mutter. Sie haben sie im Wald gefunden, aber die von seinem Bruder sind noch nicht aufgetaucht. Als Kind war Brad Zeuge, wie beide umgebracht wurden.«

»Nun, dann ist Wut definitiv die bessere Reaktion als charmantes Geplänkel.« Jo hob eine Augenbraue. »Bei solch einem traumatischen Erlebnis wird manch einer zum Psychopathen.«

Fünf Minuten später hängte Jenna ihre Jacke an einen der Kleiderhaken in ihrem Büro. Sie rieb sich die Hände, ging um ihren Schreibtisch herum und nahm Platz. Wie von Zauberhand erschien ein Becher Kaffee vor ihr, und sie sah hoch und lächelte Kane an. »Okay, dann sind ja alle versammelt. Wie ich sehe, sind die neuen Informationen schon an der Tafel. Wir haben eine Menge zu tun und werden hoffentlich bei den Fällen weiterkommen, während Wolfe mit den forensischen Untersuchungen beschäftigt ist. Einen Moment mal eben.« Sie nahm den Hörer ihres Festnetztelefons ab und rief in der Leichenhalle an. »Emily, dein Vater ist offenbar beschäftigt, aber du musst mir bitte einen Gefallen tun.« Sie legte ihr Atohis Bitte dar. »Ruf mich zurück, sobald du Zeit hast, und teil mir mit, was er gesagt hat.« Sie legte auf. »Okay, zurück zum Fall. Ich fahre gleich mit Jo zum Krankenhaus, um Mrs Robinson zu befragen. Dave, du und Carter seht zu, was ihr über die Opfer herausfinden könnt, ihr wisst, wie das geht. Kontaktiert das Sheriff's Department am Wohnort der Opfer, und lasst die Angehörigen benachrichtigen und ausrichten, dass jemand herkommen muss, um die Opfer zu identifizieren.«

»Okay«, sagte Kane. »Wir brauchen Platz und mehrere

Computer, am besten nehmen wir den Kontrollraum für die Videoüberwachung.« Kane stand auf, und Carter folgte ihm zur Tür hinaus, mit Zorro dicht auf den Fersen.

Jenna schaute in ihre Notizen. »Jake, du fährst zu Ruby nach Hause und sprichst mit ihrer Tante. Sie muss Rubys Leiche identifizieren.« Sie seufzte. »Fahr mit ihr zur Leichenhalle, aber erst, wenn Wolfe die Leiche für die Besichtigung präpariert hat. Ich nehme an, da sie von hier stammte, wird er sie als Erste untersuchen.« Sie tippte sich mit dem Stift an die Unterlippe. »Wolfe ist gerade ziemlich beschäftigt, aber frag ihn bei der Gelegenheit, ob er bei der Identifizierung von Parker Louis und Tim Addams, den Opfern aus dem Stanton Forest, schon weitergekommen ist.«

»Mach ich.« Rowley stand auf, nahm die leere Imbisstüte und warf sie in den Mülleimer. »Ich rufe an, wenn er irgendwelche Informationen hat. Es wird sicher einige Zeit dauern, bis Wolfe Ruby ein wenig zurechtgemacht hat.« Er setzte sich seinen Stetson auf, schnappte sich seine Jacke und verließ das Büro.

Jenna fühlte sich mental ausgelaugt. Sie leerte ihren Kaffeebecher und erhob sich. »Okay, Jo, wir fahren jetzt zur Frau von Lucas Robinson, dem ersten Opfer. Sie hat angegeben, dass sie neben ihrem Mann im Bett lag, als er erschossen wurde.« Auf dem Weg nach draußen, wo die Temperatur gerade rapide fiel, brachte Jenna Jo auf den neuesten Stand bezüglich der Robinsons.

»Glaubst du, sie war's?« Jo setzte sich auf den Beifahrersitz des Streifenwagens. »Der Ehepartner ist oft besonders verdächtig.«

Jenna nickte und ließ den Motor an. »Mein Bauchgefühl sagt mir, dass sie etwas damit zu tun hat, aber wir haben nicht genug in der Hand für einen Gerichtsbeschluss, um uns ihre Kontoauszüge anzuschauen. Ich habe die Sache noch nicht weiterverfolgt, da wir kurz nacheinander so viele weitere Morde hatten. Der Serienmörder ist sie auf jeden Fall nicht – sie ist im Krankenhauses unter ständiger Bewachung.« Sie schaute Jo an. »Deshalb möchte ich, dass Sie sie befragen. Mein Bauchgefühl irrt sich selten.« Sie setzte den Streifenwagen zurück, bog auf die Straße ein und fuhr in Richtung Krankenhaus.

»Wie ging es ihr, als Sie am Tatort eintrafen?«

»Rowley war als Erster vor Ort. Mrs Robinson hatte 911 gewählt und schien da noch völlig klar bei Verstand zu sein, aber als er eintraf, sagte sie kein Wort. Er legte ihr Handschellen an, weil er dachte, sie könne die Täterin sein.« Jenna seufzte. »Als wir ankamen, hatte sie mit Wolfe gesprochen, und ich konnte sie befragen; auf mich wirkte sie distanziert.«

Jo wandte sich ihr zu. »Hat sie etwas Ungewöhnliches gesagt?«

Nach und nach fielen Jenna die Einzelheiten jener Nacht wieder ein. »Sie hat sich nach den Schüssen unter dem Bett versteckt, und dann hat sie gar nicht nach ihrem Mann gesehen, sondern ist die Treppe hinuntergerannt und hat sich in der Besenkammer versteckt. Sie hat mich gefragt, ob sie ihn noch hätte retten können.«

»Hmm.« Jo schwieg eine Weile. »Natürlich reagiert jeder von uns anders in einer Krisensituation. Es ist typisch, dass man nach einem traumatischen Ereignis eine Vielzahl von Emotionen durchmacht. Der Vorfall hat ihren Fluchtreflex aktiviert, und sie ist weggerannt. Aber aus dem Zimmer zu laufen und die Treppe hinunter, obwohl man weiß, dass der Mörder noch im Haus sein könnte, ist zumindest ungewöhnlich.«

Jenna bog auf den Parkplatz des Krankenhauses ein. »Sie hatte eine Zeitlang unter dem Bett gewartet, sicherlich wird sie geglaubt haben, dass der Schütze fort war. Aber warum hat sie dann nicht erst nach ihrem Mann gesehen, bevor sie sich versteckt hat?«

»Das sollten wir sie fragen.« Jo nahm ihre Aktentasche und sah Jenna an. »Zu den Emotionen, die in so einer Situation in der Regel auftreten, gehören Angst, Schock, Taubheit, Trauer, Enttäuschung und Wut. Manche beschreiben das Ganze hinterher als eine Art außerkörperliche Erfahrung.«

Jenna stieg aus dem Streifenwagen, und sie betraten das Krankenhaus. »Ich war PTBS-Patientin, also kenne ich mich damit ein wenig aus, und ich bin darin geschult, mit Stresssituationen umzugehen. Ich dachte, mich könnte niemand aus der Ruhe bringen, bis ich einmal ein Messer an der Kehle hatte und im nächsten Moment direkt neben meinem Gesicht der Kopf eines Mannes explodierte. Ich kann also nachempfinden, was sie durchgemacht hat.«

»Das klingt furchtbar.« Jo sah sie besorgt an. »Hattest du Schlaf- und Konzentrationsstörungen?«

»Ganz genau.« Jenna schob die Erinnerungen beiseite und lächelte. »Ich war labil, aß kaum noch etwas und führte mich auf wie eine Idiotin, aber Kane hat mir geholfen, wieder zur Besinnung zu kommen.«

»Wie denn?«

Jenna drückte den Knopf für den Aufzug. »Ich bin überhaupt nur in diese blöde Situation geraten, weil ich unvorsichtig geworden war. Kane bestand darauf, dass wir täglich trainieren, unter anderem Nahkampf, und als Trainer kennt er keine Gnade.« Der Aufzug kam. Jenna warf ihr einen kurzen Blick zu, und sie stiegen ein. »Er hat eine Metallplatte im Kopf, und mit seinen ständigen Kopfschmerzen muss das ziemlich schwierig für ihn gewesen sein. Aber er hat mich gedrillt, bis ich mein Selbstvertrauen zurückgewann. Er hat mir einiges abverlangt, aber mir auch klargemacht, dass er mich immer unterstützen wird.«

»Er konnte Ihre Situation sicher gut nachvollziehen.« Jo lächelte sie an. »Unterstützung ist sehr wichtig; seine oberste

Priorität war bestimmt, dass Sie sich sicher fühlen.« Sie stiegen aus dem Aufzug, Jo ging voran.

Jenna holte zu ihr auf. So hatte sie das noch gar nicht gesehen. »Ich dachte, er wäre übertrieben fürsorglich und ein Macho. Ich habe ihm mehr oder weniger gesagt, er soll mich in Ruhe lassen.«

»Wirklich?« Jo grinste. »Aber Sie haben sich doch sicher gefühlt, oder?«

Jenna nickte bedächtig. »Das tue ich immer noch.« Sie kamen zur Tür der gesicherten Abteilung, und Jenna zog ihre Karte durch. Die Tür glitt auf, und sie gingen hinein. »Carol Robinson ist zu einer freiwilligen psychiatrischen Untersuchung hier. Wir müssen mit dem behandelnden Arzt sprechen, bevor wir sie befragen können.«

Krankenhausgeruch empfing Jenna, als sie die Station betraten. Sie gingen zum Schwesternzimmer, und Jenna fragte nach der Zimmernummer von Mrs Robinson und bat die Schwester, dem behandelnden Arzt Bescheid zu sagen. Wie es der Zufall wollte, befand sich der Arzt gerade auf der Station. Der Mann von knapp dreißig Jahren, der ihnen kurz darauf entgegenkam und sich als Dr. Bligh vorstellte, trug allerdings keinen weißen Kittel, wie sie erwartet hatte, sondern Jeans und Pullover.

»Ich bin Sheriff Alton, und das ist Agent Blake«, sagte Jenna und streckte ihm ihre Hand entgegen. »Was können Sie uns über Carol Robinson sagen? Wir würden sie gerne befragen, wenn das möglich ist.«

»Dagegen habe ich keine Einwände.« Blighs Hand war warm, sein Griff fest. »Sie ist erstaunlich guter Dinge. Sie hat mich bereits gefragt, ob sie nach Hause darf. Mich wundert, dass sie in das Haus zurückwill, wo ihr Mann erschossen wurde. Die meisten Leute hätten Angst davor. Deshalb habe ich sie noch hierbehalten, ich bin immer noch dabei, ihren Geisteszustand zu evaluieren.«

»Sie kann ohnehin nicht nach Hause. Die Tatortuntersuchung ist noch nicht abgeschlossen. Im Moment wäre es mir lieber, wenn sie hierbleibt. Sie hat keine Verwandten, zu denen sie gehen kann, und vielleicht müssen wir sie noch weiter befragen.«

»Das geht aber in diesem Stadium nur auf freiwilliger Basis.« Bligh runzelte die Stirn. »Sie kann das Krankenhaus verlassen, wann immer sie will. Ich kann sie nicht zwingen, hierzubleiben.«

Jenna rollte mit den Augen. »Ich werde sehen, ob ich sie überreden kann, noch eine Weile zu bleiben. Bitte melden Sie sich sofort bei mir, wenn sie das Krankenhaus verlässt, ja?«

»Natürlich.« Bligh begleitete sie zu einem Krankenzimmer und ging hinein. »Mrs Robinson, Sie erinnern sich bestimmt an Sheriff Alton. Sie möchte sich mit Ihnen unterhalten.« Die Frau, die in einem Sessel saß und ein Buch las, hatte kaum Ähnlichkeit mit der verstörten, mit Blut besudelten Frau, die sie in der Nacht des Mordes kennengelernt hatte. Jenna stellte Jo vor und wandte sich dann an den Arzt. »Danke, Dr. Bligh, wir übernehmen dann von hier an.«

»Guten Tag, Sheriff«, sagte Carol Robinson. Sie legte ihr Buch mit dem Umschlag nach oben auf den Tisch und sah sie an. »Darf ich endlich nach Hause?«

Jenna zog sich einen Stuhl heran, und Jo folgte ihrem Beispiel. Sie setzten sich beide der Frau gegenüber. »Ich mache mir Sorgen um Ihre Sicherheit, deshalb wäre es mir lieber, Sie blieben vorerst hier. Ihr Haus ist immer noch ein Tatort. Ich glaube kaum, dass Sie da gerne wohnen würden, so wie es dort im Moment aussieht.«

»Das stimmt wohl.« Mrs Robinson starrte ins Leere. »Ich werde einiges umdekorieren müssen und neue Teppiche besorgen.«

Jenna nickte. »Das fürchte ich auch.« Sie deutete in Richtung Jo. »Darf ich vorstellen, Agentin Blake vom FBI. Sie hat ein paar Fragen an Sie. Ist das in Ordnung?«

»Ja, sicher.« Mrs Robinson sah Jo neugierig an.

»Woran erinnern Sie sich aus der Zeit, unmittelbar bevor dieser Mann bei Ihnen eingedrungen ist und Lucas erschossen hat?« Jo holte wie beiläufig ihr iPad aus der Aktentasche, dann sah sie Mrs Robinson an. »Erzählen Sie mir bitte von den Tagen vor der Tat.«

»Alles war wie immer.« Carol Robinson stieß einen Seufzer aus. »Er fuhr zur Arbeit und kam erst spät nach Hause. An manchen Abenden kam er gar nicht nach Hause. Er hatte Geschäftstermine und wollte nicht mehr Auto fahren, wenn er etwas getrunken hatte, also blieb er in der Stadt.«

»Haben Sie jemals gedacht, dass er vielleicht eine Affäre hatte?« Jo sah die Frau weiterhin so neutral an, als hätte sie sie gerade gefragt, was sie zu Mittag gegessen hatte. »Mir wäre dieser Gedanke gekommen.«

»In den Sinn gekommen ist mir das schon.« Carol Robinson zupfte an ihren Fingernägeln. »Eines Abends rief eine Frau an und fragte nach ihm. Lucas meinte hinterher, es sei bloß seine Sekretärin gewesen, die ihn an einen Termin erinnern wollte.«

»Wie ging es Ihnen dabei?«, fragte Jo und blickte dabei hinunter auf ihre Notizen.

»Ich kannte die Gerüchte; Sie wissen schon, dass er eine Affäre mit einem der Mädels vom Schönheitssalon hatte.« Carol Robinson schenkte ihr ein schiefes Lächeln. »Aber sie hat ihn nicht gekriegt, oder?«

»Nein, ich glaube nicht, falls die Gerüchte stimmen.« Jo warf Jenna einen vielsagenden Blick zu, dann richtete sie ihre Aufmerksamkeit wieder auf Mrs Robinson. »Haben Sie Lucas erschossen?«

»Nein, habe ich nicht, und der Rechtsmediziner hat meine Arme auf Schmauchspuren untersucht.« Carol Robinson sah Jenna direkt an. »Sie wissen doch, dass ich neben ihm im Bett

lag, als es passiert ist. Sein Gehirn war überall auf mir verteilt.«
Sie sah wieder Jo an. »Warum stellen Sie mir so eine Frage?«

»Wir müssen das fragen«, sagte Jo beschwichtigend, »das
gehört zur Vernehmung dazu.« Sie tätschelte Carol Robinson
den Arm. »Erzählen Sie bitte noch einmal in Ihren eigenen
Worten, was in jener Nacht passiert ist.«

Jenna blätterte zu den Notizen, die sie in der Nacht
gemacht hatte, als Mrs Robinson ihr berichtet hatte, wie die Tat
abgelaufen war. Sie verglich sie mit dem, was die Frau ihnen
jetzt erzählte, aber die Geschichte war im Großen und Ganzen
die gleiche, bloß ein paar Details waren beschönigt. »Wie lange
haben Sie unter dem Bett gelegen?«, wollte Jenna wissen.

»Ich weiß nicht mehr. Fünf Minuten vielleicht.« Mrs Robinson rutschte auf ihrem Stuhl hin und her, sie war offensichtlich aufgewühlt.

»Wie haben Sie sich zu dem Zeitpunkt gefühlt?«, fragte Jo
und sah sie an. »Wütend, verängstigt?«

»Verängstigt.« Mrs Robinson grub ihre Fingernägel in ihren
Arm. »Lucas' Hand hing über die Bettkante und bewegte sich,
das konnte ich im Licht meines Handys sehen.«

»Warum haben Sie ihm dann nicht geholfen?« Jo machte
sich Notizen.

»Ich konnte ihn nicht anschauen. Ich war überall voll mit
seinem Blut.« Carol Robinson sah Jo direkt in die Augen. »Ich
konnte nur noch weglaufen.«

Jenna überprüfte ihre Notizen. »Wie lange nach der Schießerei haben Sie 911 angerufen?«

»Ich weiß nicht genau ... Die Zeit schien irgendwie stillzu-
stehen.« Carol Robinson schaute aus dem Fenster. »Ist das
alles? Ich bin müde.«

Jenna schaute Jo an und nickte. »Ja, danke für das
Gespräch.«

Die Ermittlerinnen standen auf und verließen den Raum.

»Was halten Sie davon?«, fragte Jenna.

»Ich glaube, Sie müssen die Frau noch etwas genauer unter die Lupe nehmen«, sagte Jo. »Sie ist definitiv in die Tat verwickelt. Sie hatte sicher nicht selbst den Finger am Abzug, aber eventuell hat sie jemanden dazu angestiftet. Einen Geliebten vielleicht.« Sie lächelte. »Ich glaube, Ihr Bauchgefühl war goldrichtig.«

ACHTUNDDREISSIG

In der Spiegelung in einem der Schaufenster sah er, wie einer der Streifenwagen des Sheriff's Department auf ihn zukam. Als er vorbeifuhr, drehte er sich um, um einen besseren Blick zu erhaschen. Sheriff Alton fuhr, und die Frau in der FBI-Jacke, mit der er sie vorhin gesehen hatte, saß wieder auf dem Beifahrersitz. Er fragte sich, ob sein Werk auf der Old Mitcham Ranch wohl ordentlich Eindruck auf sie gemacht hatte. Er ließ die exquisite Pantomime noch einmal in seinem Kopf abspulen, seine Rache an dem Boss, der auf der anderen Seite der Stichstraße geparkt und seinen Pick-up blockiert hatte. In Aunt Betty's Café hatte er erfahren, wo die Crew arbeitete. Das Mädchen, das seinen Kaffee verschüttet hatte, war der perfekte Köder gewesen, die hatte er im Handumdrehen erwischt. Er war aus dem Gebüsch getreten und hatte sie gerade so sehr gewürgt, dass sie bewusstlos wurde, und das blieb sie so lange, bis er ihre Zeit zum Sterben gekommen fand.

Spät in der Nacht hatte er sich auf den Weg zur Old Mitcham Ranch gemacht. Um diese Zeit waren der Boss und seine großmäuligen Arbeiter längst vom Alkohol und vom Schlaf benebelt gewesen. Er war direkt auf das Gelände der

Ranch gefahren, Ruby bewusstlos auf dem Rücksitz. Auf der Veranda hatte ein Stapel Stühle gestanden, die hatte er aufgestellt, und dann hatte er Ruby aufgeweckt und ihr in den Oberschenkel gestochen. Er leckte sich über die Lippen, die Erinnerung an das Töten konnte er beinahe schmecken. Ruby hatte wie am Spieß geschrien, und die Männer waren herbeigeeilt und hatten einander regelrecht aus dem Weg geschubst, um zu ihr zu gelangen. Sie hatten sich darüber gestritten, wie man die Blutung stoppen könne, und niemand hatte den Notruf gewählt. Keiner von ihnen hatte bemerkt, wie er sich ihnen genähert hatte, in jeder Hand eine Pistole. Als der Boss ihn gesehen hatte, hatte der sich sofort in die Hose gemacht. Nachdem er alle gezwungen hatte, sich gegenseitig an die Stühle zu fesseln, hatte er die ganze Nacht Zeit gehabt. Der Geruch von Blut war wie ein schweres Parfüm gewesen, das die Luft erfüllt hatte. Er erinnerte sich lebhaft an den Schrecken in den Augen der hilflosen Männer, an ihre Schmerzensschreie. Ihr Gewinsel um Gnade und die Art und Weise, wie sie noch kurz gezuckt hatten, nachdem er sie erschossen hatte – all das hatte seinen Hunger gestillt. Aber ihre Gesichter hatte er im selben Moment vergessen, als er fortgegangen war.

Er hatte genau darauf geachtet, nie mehr als eine Feder als Hinweis zu hinterlassen, und lachte laut auf, als Sheriff Alton und die FBI-Agentin wie Teenager schnatternd an ihm vorbei in eine Boutique liefen. Er folgte ihnen, bahnte sich seinen Weg durch den Laden und kam Sheriff Alton so nah, dass er ihr Parfüm riechen konnte. Er schlenderte umher, als sei er ein ganz normaler Kunde, und suchte sich eine Wollmütze, ein neues Paar Lederhandschuhe und einen Kapuzenpullover aus. Sein Herz klopfte vor Aufregung, weil er ihnen so nahe war, und einmal streifte er sogar den Ärmel der Frau vom FBI, als diese nach einer Jacke griff, die an einer Kleiderstange hing. Er bekam ein paar Fetzen ihres Gesprächs mit und erfuhr, dass die FBI-Agentin bei Alton auf der Ranch wohnte. *Wie praktisch.*

Er musste grinsen, als er an den Trubel dachte, der seit einer Weile rund um das Sheriff's Department herrschte. Die Autos kamen und fuhren weg wie Busse an einem Busbahnhof; dass man auch noch das FBI auf den Plan gerufen hatte, war das Tüpfelchen auf dem i. Aber obwohl so viele Gesetzeshüter in der Stadt waren, sah es ganz so aus, als würden sie noch eine ganze Weile brauchen, um die acht Morde aufzuklären. Wie er es genoss, sie auf Trab zu halten! Die Verbissenheit und der Tunnelblick der Ermittler, die sich immer nur auf ihren Fall konzentrierten und sonst nichts um sich herum wahrnahen, führten dazu, dass er sich völlig frei bewegen konnte. Wenn ihn das Verlangen überkam, machte er sich keine Sorgen, dass sie ihn schnappen würden – sie verdächtigten ihn bisher nicht, und das würden sie auch in Zukunft nicht tun. Das Problem waren eher die *acht* Opfer. Er mochte es, wenn sich die Dinge durch drei teilen ließen, und acht ... tja, die Zahl acht gefiel ihm nun einmal nicht. Es mussten neun sein oder vielleicht zwölf, bevor sein Verlangen befriedigt war. Er lächelte, zog seine neuen Lederhandschuhe an und bewegte die Finger. Die Entscheidung, wer lebte oder starb, lag in seinen Händen. *Diese Stadt gehört mir.*

NEUNUNDDREISSIG

SAMSTAGMORGEN

Jenna dachte ernsthaft darüber nach, Bürgermeister Petersham zu bitten, ihre Dienststelle auszubauen. Bei der derzeitigen Arbeitsbelastung brauchten sie dringend einige zusätzliche Räumlichkeiten. Sie musste oft alle Mitarbeiter im Büro zusammentrommeln, auch Deputys aus anderen Countys und Wolfe und sein Team sowieso, und dabei wurde es dann ziemlich eng.

Sie wandte sich vom Whiteboard ab und setzte sich wieder an ihren Schreibtisch. Rechts von ihr saß Kane, links Jo; Carter, Wolfe, Emily, Webber, Rowley und Walters schauten sie erwartungsvoll an. »Okay, ich habe Pressemitteilungen herausgegeben, aber wir haben noch keinerlei Hinweise von Zeugen erhalten. Offenbar war niemand in der Nähe der Old Mitcham Ranch oder hat am Morgen der Morde im Stanton Forest etwas gesehen. Fangen wir also mit Ruby Evans an. Jake, was kannst du berichten?«

»Ich habe ihre Tante informiert und bin mit ihr in die Leichenhalle gefahren. Sie hat sie identifiziert.« Rowley legte einen Stapel Papier auf Jennas Schreibtisch. »Ich habe sie gefragt, wo sich Ruby in den letzten Tagen aufgehalten hat. Sie hatte ihrer Tante gesagt, dass sie Überstunden macht. Ihre

Tante hat gestern Morgen lange geschlafen und angenommen, dass Ruby bereits zur Arbeit gegangen war. Einen festen Freund hatte sie laut der Tante nicht, auch keine Freunde, zumindest wusste sie nichts davon.« Er schaute auf seine Notizen. »Dann war ich bei Aunt Betty's. Susie war ganz entsetzt, als ich ihr erzählt habe, was passiert ist. Sie meinte, Ruby hätte bis neun gearbeitet und ist dann mit dem Bus nach Hause gefahren. Ich habe das Busunternehmen angerufen, der Fahrer wusste noch, dass sie gegen zwanzig nach neun ausgestiegen ist, kurz vor der Abzweigung zum Elk Creek.«

Jenna machte sich Notizen, während er berichtete, dann blickte sie nachdenklich zu ihm auf. »Hast du Susie gefragt, ob Ruby vielleicht Probleme mit einem der Gäste hatte?«

»Ja.« Rowley nickte. »Sie erwähnte, dass Ruby glaubte, am Abend vorher hätte sie jemand verfolgt. Ich habe sie gefragt, ob sie irgendwelche Probleme bei der Arbeit hatte. Die einzige Person, mit der Ruby dort länger gesprochen hat, war wohl der Freund von Atohi Blackhawk, Susie wusste den Namen nicht. Ruby wollte sich mit ihm am Freitagabend nach der Arbeit auf einen Kaffee treffen.«

Jenna sah von ihren Notizen auf. Der große, muskulöse Mann mit den ungewöhnlichen Augen tauchte vor ihrem inneren Auge auf. »Er heißt Brad Kelly.«

»Der wütende junge Mann?« Jo lehnte sich in ihrem Stuhl vor. »Der kam mir vor, als hätte er keine Zeit, Frauen nachzustellen.«

Jenna sah Wolfe an. »Hast du mit Jill geklärt, was mit den sterblichen Überresten seiner Mutter geschieht?«

»Ja, falls es sich überhaupt um die sterblichen Überreste seiner Mutter handelt.« Wolfe warf ihr einen skeptischen Blick zu. »Zumindest stammen die Knochen von einer Frau. Jill wird vom Bestattungsinstitut aus arbeiten, die Leichenhalle ist leider komplett besetzt. Im Moment versucht sie, zahnärztliche Unterlagen aufzutreiben; Kelly ist der nächste Angehörige, und wir haben sein Einverständnis eingeholt, die Unterlagen seiner Mutter einzusehen und zu prüfen, ob sie übereinstimmen.« Er schaute in seine Notizen. »Nach der ersten Untersuchung am Tatort scheint die Kopfverletzung mit dem übereinzustimmen, was er erzählt hat. Trotzdem haben wir es mit den Erinnerungen eines Kindes zu tun.«

»Traumatische Erinnerungen aus der Kindheit sind meist exakter, als man meint«, gab Jo zu bedenken. »Meinen Sie nicht auch?«, fragte sie Kane.

»Ja, mitunter ist es, als hätte sich der Vorfall oder das Gesicht des Täters in das Gedächtnis regelrecht eingebrannt.« Kane sah Wolfe an. »Wobei Kopfverletzungen bei weiblichen Mordopfern wiederum sehr häufig vorkommen.«

Jenna machte sich Notizen. »Okay, dann sollten wir mit Brad Kelly sprechen, worüber er sich mit Ruby unterhalten hat.«

»Der scheint mir ein ganz schöner Hitzkopf zu sein.« Jo sah besorgt aus. »Habt ihr seinen Hintergrund überprüft?«

Jenna schüttelte den Kopf. »Dazu hatten wir keinen Anlass. Er kam zu uns und bat um Hilfe bei der Suche nach den Überresten seiner Mutter und seines Bruders. Sein Vater war gewalttätig, und er wurde Zeuge, wie er die beiden umbrachte; er floh ins Reservat, lebte dort, bis er achtzehn war, und ist erst zurückgekehrt, als er erfuhr, dass sein Vater gestorben war.«

»Also, für mich klingt das verdammt nach einem Serienmörder.« Carter streckte seine langen Beine aus und legte die Cowboystiefel übereinander. »Er hatte eine schlimme Kindheit. Woher wissen wir, dass er seinen Dad nicht selbst getötet hat? Haben Sie das überhaupt in Betracht gezogen? Immerhin hat das mit den Morden erst begonnen, als er in der Stadt auftauchte, oder? Der Mörder hinterlässt eine schwarze Feder am Tatort, und das deutet mir sehr auf Native Americans hin – leben die Crow nicht in Montana?«

»Gehört er denn der Crow Nation an?« Jo wandte sich an Jenna. »Das würde ja zu der Krähenfeder passen.«

Das klang zwar plausibel, aber überzeugt war Jenna trotzdem nicht. »Okay, wir werden Brad Kelly näher unter die Lupe nehmen und seine Alibis überprüfen, aber wahrscheinlich werden zwei Dutzend Leute für ihn bürgen. Soweit ich weiß, zeltet er an der Grabstätte, seit man die Überreste gefunden hat.« Sie sah Kane an. »Könntest du bitte Atohi möglichst unauffällig fragen, ob die Blackhawks der Crow Nation angehören und ob er weiß, was es mit der schwarzen Feder auf sich hat?«

»Könnte ich schon.« Kane sah sie eindringlich an. »Aber ich weiß genau, dass er der Blackfeet Nation angehört. Wenn ich mich recht erinnere, hat er erwähnt, dass Brad meinte, seine Mutter hätte ihn ins Reservat geschickt, weil er bei ihrem Stamm in Sicherheit wäre. Da er Atohis Cousin ist, gehört er demnach ebenfalls der Blackfeet Nation und nicht der Crow Nation an.« Kane hob eine Augenbraue. »Soll ich Brad Kelly trotzdem durchleuchten?«

Jenna nickte. »Ja, später. Wir müssen da sehr gründlich sein und auch herausfinden, wie sein Vater gestorben ist.« Sie sah sich um. »Okay, wo waren wir stehen geblieben?«

»Ruby Evans«, meldete sich Wolfe zu Wort. »Ich habe die Obduktion abgeschlossen, mein Bericht ist in den Akten. Ich gebe euch rasch einen Überblick über die wichtigsten Punkte. Der Mörder hat sie gewürgt, aber das war nicht die Todesursache. Anhand der Blutergüsse würde ich vermuten, dass der Mörder sie durch Würgen für eine Weile außer Gefecht gesetzt hat, damit sie bewusstlos war. Dann stach er ihr in den Oberschenkel, und sie starb am Blutverlust. Die Schnittwunde an der Kehle erfolgte nach Eintritt des Todes und deutet darauf hin, dass der Mörder Linkshänder war. Ich habe unter ihren Fingernägeln Spuren von Haut gefunden – die könnten davon herrühren, dass sie sich selbst gekratzt hat, als sie versuchte, ihre

Hände zu befreien, oder sie hat den Täter gekratzt, während er sie würgte. Ich warte auf die Ergebnisse des DNA-Abgleichs; falls die Spuren vom Mörder stammen, sage ich sofort Bescheid.«

»Das wäre der Durchbruch.« Carter lächelte. »Aber nur, falls die DNA mit der von einem unserer Verdächtigen übereinstimmt.«

»Das wird sich zeigen.« Wolfe warf Carter einen Blick zu, der ihn verstummen ließ, und fuhr fort: »Dave und Carter haben die Familien der Opfer von der Old Mitcham Ranch ausfindig gemacht. Sie werden heute alle vorbeikommen, um die Leichen zu identifizieren. Ich werde mit den Obduktionen beginnen, sobald wir hier fertig sind.« Er sah wieder Jenna an. »Nach meinen ersten Untersuchungen am Tatort und in der Leichenhalle bezweifle ich, dass ich mehr als das Offensichtliche finden werde. Sie wurden alle gefoltert und mit einem Schuss in den Kopf getötet. Vom Todeszeitpunkt des ersten bis zu dem des letzten Opfers verging über eine Stunde, der Grad der Leichenstarre war bei jedem der Opfer leicht unterschiedlich. Die vier Männer scheinen alle ziemlich fit gewesen zu sein und ansonsten normal für ihr Alter.«

Jenna lehnte sich in ihrem Stuhl zurück. »Hattest du schon Zeit, die Stiefel von Trevor Wilson zu untersuchen? Dem Vorarbeiter mit den Stiefeln an den falschen Füßen?«

»Ja, und ich habe Blutflecken auf seinen Socken gefunden, die anderen Blutspritzern auf der Veranda entsprechen. Zweifellos wurden ihm die Stiefel ausgezogen und später wieder angezogen.«

»Ha!« Carter klatschte sich auf den Oberschenkel. »Ich hatte also recht!«

Jenna ignorierte Carters breites Grinsen und wandte sich an Kane. »Okay, Dave, du hast das Szenario mit Jo besprochen – was für ein Profil habt ihr vom Täter erstellt? Ist es derselbe wie bei den anderen Morden, oder haben wir es mit jemand anderem zu tun?«

»Es ist derselbe Täter.«

Jenna nickte. Sie hatte schon diverse Theorien über den Vorfall auf der Old Mitcham Ranch gehört, aber sie brauchte die von Kane. »Wie deutet ihr das, was da geschehen ist?«

»Ich glaube, der Täter hat sich angeschlichen, die Männer überrumpelt und bedroht. Er hat sich stark und mächtig gefühlt.« Kane zuckte mit den Schultern. »Ich glaube, er nahm Opfer Nummer eins die Stiefel und die Jacke ab und zog beides an. Er hat die Morde im Vorfeld geplant, daher trug er Schutzkleidung und Handschuhe. Er kennt sich mit Spuren am Tatort aus und hat genau darauf geachtet, keine zu hinterlassen. Wir haben keinen einzigen Fußabdruck gefunden, nicht einmal eine Patronenhülse. Genau wie im Haus der Robinsons und bei den Morden im Stanton Forest.« Er sah Jenna an. »Ich weiß, dass die Vorgehensweise diesmal eine andere war, aber wir sind dennoch überzeugt, dass es sich um denselben Mörder handelt.«

»Wenn ich noch einmal auf den ersten Mord zurückkommen darf?« Jo lehnte sich in ihrem Stuhl vor und legte ihre Hände auf den Schreibtisch. »Hier haben wir einen kaltblütigen Killer, der schnell und sauber tötet. Der Mord an Lucas Robinson, von dem wir glauben, dass es sich um einen Auftragsmord handelt, hat ihm sicherlich kein Vergnügen bereitet.«

»Dann die Morde im Stanton Forest«, fuhr Kane fort, »da war es genauso, ein Problem wurde gelöst, in Form einer schnellen, sauberen Tötung.« Er verschränkte die Arme vor der Brust.

»Dann haben wir den Massenmord«, sagte Jo und sah Jenna an. »Hier haben wir einen Mörder, der das Töten vorsätzlich in die Länge zieht, der nicht möchte, dass es sofort wieder vorbei ist. Vielleicht fand er, dass er sich das nach den beiden schnellen Tötungen verdient hatte. Er brauchte seinen Rausch und nahm sich Zeit, um alles genau zu arrangieren. Er hat Ruby als Köder benutzt – warum ausgerechnet sie, wissen wir nicht, vielleicht war sie bloß zur falschen Zeit am falschen Ort.«

»Das glaube ich nicht«, sagte Kane und sah Jo an. »Irgendein Mädchen um neun Uhr abends einfach so von der Straße abzugreifen und zu verschleppen, ist nicht einfach. So etwas geschieht selten im Affekt. Wahrscheinlich hat er mitbekommen, wie sie den Bus nahm, und ist ihr gefolgt. Sie hat Susie gegenüber erwähnt, dass sie den Eindruck hatte, jemand habe sie verfolgt, sicherlich war er das. Er hatte den Mord geplant und wusste, dass die Männer allein sein würden. Vielleicht hatte er einen Grund, dorthin zu fahren. Vielleicht war er auf der Suche nach Arbeit oder so was.« Er zuckte mit den Schultern. »Dass dort oben ein Team arbeitet, das aus der Ranch eine Halloween-Attraktion macht, haben ja alle Medien berichtet.«

Jenna nickte. »Okay. Falls er die Opfer dazu gebracht hat, sich gegenseitig mit Klebeband an die Stühle zu fesseln, wie wir annehmen, müssen Spuren der Männer am Klebeband sein. Jake, schau bitte mal, ob du etwas findest, das diese Theorie bestätigt.«

»Ich habe von allen am Tatort Fingerabdrücke und DNA-Abstriche. Ich werde das Klebeband zuerst einmal auf Fingerspuren untersuchen. Mal sehen, ob ich Übereinstimmungen finde.« Wolfe rieb sich das Kinn, die Stoppeln machten ein schabendes Geräusch. »Ich kann bereits bestätigen, dass er die Opfer verstümmelt hat, während sie saßen. Alle haben diverse Blutspritzer auf der Vorderseite ihres Körpers. Abgesehen von den Blutspritzern am Hals, die von den Kopfwunden herrühren, sind von den Schultern abwärts am Rücken deutlich die Umrisse der Stühle zu erkennen. Die Opfer müssen sehr gelitten haben.«

»Was für ein Monster.« Emily war blass geworden. »Die Art und Weise, wie er die Hände auf dem Küchentisch drapiert hat – wie Trophäen, oder? Und trotzdem hat er von keinem

Tatort Trophäen mitgenommen. Ist das nicht ziemlich ungewöhnlich?«

Jenna war froh, dass Wolfes Tochter bei den Ermittlungen
dabei war. »Das ist ein guter Punkt. Er nimmt keine Trophäen
mit.« Sie notierte sich Emilys Bemerkung.

»Vielleicht ist er schlauer, als wir denken.« Carter griff nach
einer der Wasserflaschen, die auf dem Schreibtisch standen,
öffnete sie und nahm einen Schluck. »Jeder Killer, der
Trophäen mitnimmt, wird früher oder später geschnappt. Wir
wissen, dass er kaltblütig und berechnend vorgeht. Aber dass er
von einem Mord zum anderen so radikal seine Vorgehensweise
ändert, unterscheidet ihn von allen Mördern, die mir bisher
untergekommen sind.«

Jenna warf Kane einen Blick zu, dann sah sie Carter an.
»Glauben Sie mir, Black Rock Falls hat schon so ziemlich jede
Art von Mörder gesehen, die man sich vorstellen kann.«

VIERZIG

Die Informationen, Theorien und Ideen ihres Teams schwirrten Jenna im Kopf herum. Sie schloss für einige Sekunden die Augen, um ihre Gedanken zu ordnen, dann betrachtete sie das Whiteboard. »Nehmen wir uns doch mal eine Minute Zeit, um die Verdächtigen näher zu betrachten. Bei Kyler Hall und Cliff Young gibt es eine Verbindung sowohl zu Lucas Robinson als auch zu den Opfern vom Stanton Forest. Wir haben beide Männer befragt, sie haben sich einen Anwalt genommen. Was wir gegen sie in der Hand haben, sind bestenfalls Indizien. Und auf eine Beteiligung am Massenmord deutet bei ihnen noch gar nichts hin.« Sie sah Rowley an. »Erkundige dich mal, wo sie Donnerstagnacht waren, und überprüfe alle, die bezeugen können, wo sie sich aufgehalten haben.«

»Jawohl.« Rowley nickte. »Da sie einen Anwalt haben, kann ich sie aber nicht direkt danach fragen.«

Jenna rieb sich die Schläfen. »Dann rede mit den Nachbarn, ruf den Bauleiter an, finde heraus, wo sie sich nach Feierabend herumtreiben, und frag dort nach.«

»Alles klar.« Rowley kritzelte in sein Notizbuch.

»Damit sind wir wieder bei Lucas Robinson.« Jenna seufzte. »Wir haben derzeit keine anderen Verdächtigen, und es wird ganz schön aufwendig sein, herauszufinden, wer alles etwas gegen ihn hatte. Er war nicht gerade beliebt.« Sie sah Wolfe an. »Hast du seine Leiche schon freigegeben?«

»Ja, ich habe die sterblichen Überreste von Lucas Robinson zum Bestattungsinstitut geschickt, weil wir den Platz brauchten.« Wolfe räusperte sich. »Ist seine Frau schon in der Lage, die Bestattung zu organisieren?«

Jenna machte sich Notizen. »Walters, ich möchte, dass Sie sich mit ihr unterhalten. Carol Robinson scheint es so weit gut zu gehen; ich habe sie gestern mit Jo besucht.« Sie schaute ihre Deputys an. »Ich bin überzeugt, dass sie irgendwie in den Tod ihres Mannes verstrickt ist. Ich weiß, dass sie seitdem unter Beobachtung steht, aber irgendwie habe ich bei ihr ein ganz ungutes Gefühl.«

»Mir leuchtet das vollkommen ein.« Carter lachte laut auf. »Ich habe die Akte gelesen. Carol Robinson bekommt mit, dass ihr Mann eine Affäre hat, und heuert einen Auftragskiller an. Deshalb ist unser Mörder überhaupt erst in die Stadt gekommen. Vielleicht ist er auf dem Highway unterwegs, nachdem er seinen Auftrag erledigt hat, und dort passiert etwas, vielleicht ärgert er sich über die Fahrweise der beiden Männer. Er drängt ihren Pick-up von der Straße, steigt aus, erschießt sie und verschwindet wieder.«

»Aber warum ist er dann noch einmal zurückgekehrt und hat Ruby und die Männer auf der Old Mitcham Ranch getötet?« Jenna stand auf, streckte ihren Rücken durch und ging zur Kaffeemaschine. »Was hat ihn getriggert, dass er so durchgedreht ist?« Sie goss sich einen Becher ein und ging zurück an ihren Schreibtisch.

»Eine Erinnerung«, schlug Jo vor. »Vielleicht etwas so Simples wie ein Geruch. So ein Anfall kann alle möglichen

Auslöser haben. Falls er wirklich unter einer dissoziativen Iden-
titätsstörung leidet, kann das wie bei einer posttraumatischen
Belastungsstörung funktionieren. Manche Menschen mit
PTBS haben richtige Blackouts; sie tun ganz schreckliche
Dinge, von denen sie später überhaupt nichts mehr wissen.
Andere erinnern sich daran, als hätte jemand anderes die Gräu-
eltaten begangen, oder sie sehen sie in Flashbacks.«

»Stimmt«, bestätigte Kane. »Es ist, als würde eine Zeitlang
eine andere Persönlichkeit die Kontrolle übernehmen. Das
Problem mit unseren zwei Verdächtigen ist: Falls einer der
beiden eine Persönlichkeitsspaltung hat, wird der andere
wissen, wann er seine plötzlichen Veränderungen durchmacht.
Vielleicht deckt er ihn.« Er seufzte. »Das zu beweisen, wäre
ganz schön schwierig.«

Jenna lief es kalt über den Rücken, als sie an ihre Begeg-
nung mit Atohi zurückdachte. Sie schluckte. Sie brachte es
nicht über sich, die Fakten in ihrem Kopf zu ordnen. Falls sich
ihre Vermutung als richtig erwies, bedeutete das, dass ihr guter
Freund Atohi sie anlog. Sie sah von ihren Notizen auf. »Ich
habe gestern Atohi und Brad Kelly getroffen. Wir haben über
die sterblichen Überreste von Kellys Mutter gesprochen, wie
ich bereits erwähnt habe. Ich weiß noch, dass er einen Kratzer
am Kinn hatte, der könnte mit dem Mord an Ruby zusammenhängen. Vielleicht hatte er sich mit ihr verabredet, damit sie
weiß, wer er ist, und sie keine Angst hat, wenn sie ihm begegnet. Er wurde in der Kindheit misshandelt und musste mitansehen, wie seine Mutter und sein Bruder ermordet wurden. Er
kam in die Stadt, kurz bevor die Mordserie begann. Wir haben
keine Ahnung, was er seit damals, als er das Reservat verlassen
hat, bis vor einer Woche alles getrieben hat.«

»Und wenn Carol Robinson ihn angeheuert hat, um ihren
Mann zu töten, dann hat der Mord an den beiden Männern im
Stanton Forest eventuell seine Erinnerung daran getriggert, wie

sein Vater seine Familie getötet hat«, sagte Kane und nickte langsam. »Der kühle, berechnende Brad hat Pause – Auftritt für den zornigen, mörderischen Brad, der sich an aller Welt rächen will.«

Jenna wandte sich an Carter. »Reicht das alles aus, um Einsicht in die Konten von Mrs Robinson zu bekommen? Der Richter hat unseren letzten Antrag abgelehnt. Wenn sie einen Auftragskiller angeheuert hat, muss sie eine beträchtliche Summe Bargeld abgehoben haben.«

»Ich erledige das.« Carter schob mit einem Finger seinen Stetson zurück. »Es sind zwar immer noch nur Verdachtsmomente, aber ich denke mal, die werden reichen.«

Jenna nickte zufrieden. Wenn ein FBI-Agent bei ihrem örtlichen Richter einen Durchsuchungsbeschluss beantragte, hatte das allemal mehr Gewicht, als wenn sie das tat. »Prima, ich überlasse Ihnen den Papierkram.«

»Alles klar.« Carter steckte sich einen neuen Zahnstocher in den Mund. »Wenn ich fertig bin, fahre ich zu den anderen Tatorten, um ein Gefühl für diesen Mörder zu bekommen.«

»Ja, sehen Sie sich das gerne jetzt noch an, denn ich muss bald eine Pressemitteilung zu den Morden herausgeben, und sobald die veröffentlicht ist, gehen die Schaulustigen auf Leichen-Tour.« Jenna blickte in die Runde. »Ich werde als Nächstes mit Dave zu Atohi fahren und mit ihm sprechen. Vielleicht kann er uns erzählen, wo sich Brad Kelly zur Zeit der Morde aufgehalten hat.«

»Ich wäre gerne bei den Obduktionen dabei«, verkündete Jo und sammelte ihre Sachen vom Schreibtisch ein. »Ich würde gerne mehr zum Ablauf der Ereignisse auf der Old Mitcham Ranch wissen. Damit bekomme ich ein klareres Bild vom Mörder.«

Jenna schloss ihr Notizbuch. »Okay, wir treffen uns um fünf wieder hier und gehen unsere Ergebnisse durch.« Sie schaute Wolfe an. »Ich weiß, dass die Obduktionen sehr viel Zeit in Anspruch nehmen werden. Jo wird mich auf den neuesten Stand bringen, falls du zu viel zu tun hast.«

»Ich werde den ganzen Tag mit den Opfern zu tun haben, da werden wir fünf Uhr nicht schaffen, aber ich rufe an, wenn ich etwas Wichtiges finde.« Wolfe klopfte auf ihren Schreibtisch. »Wir sehen uns später. Jo, ich warte im Wagen auf Sie.« Er verließ den Raum, Emily und Webber folgten ihm.

»Ich bin gleich da«, rief Jo ihm hinterher und stand auf.

Die Stühle scharrten, als der Rest der Anwesenden aufstand. Rowley und Walters gingen hinaus.

»Wissen Sie was?« Jo sah Carter an. »Das ist alles wie ein Déjà-vu. Kennen Sie den Fall von dem Chamäleon-Mörder in Baltimore? Der hat auch immer eine schwarze Feder hinterlassen, und wir hatten keine Verdächtigen, weil jeder einen anderen Mann in ihm sah.«

»Ich weiß von dem Fall, aber ich habe mich da erst gestern Abend eingelesen.« Carter seufzte. »Die Ähnlichkeiten zu unserem Täter sind wirklich erstaunlich. Ich würde auch sagen, das ist derselbe Mann.«

Fasziniert wandte sich Jenna an Jo. »Wie kommt es, dass Sie den Mörder damals nicht geschnappt haben?«

»Am Ende kam ich zu dem Schluss, dass wir es entweder mit einem Meister der Verstellung zu tun hatten oder mit einem Mörder mit multipler Persönlichkeit.« Jo tippte auf die Akte. »Ich bin ganz Carters Meinung. Es könnte derselbe Täter sein. Vielleicht ist er sich gar nicht bewusst, dass er sich anders kleidet oder die linke oder rechte Hand benutzt, weil er sich in dem Moment nur als die jeweilige Persönlichkeit wahrnimmt. Vielleicht arbeitet er für ein Kartell als Auftragskiller, daher die sauberen Morde, aber dann bricht der verrückte Psychopath aus ihm heraus, und er läuft Amok, wie Kane es beschrieben hat. Wenn das so ist, dann ist seine Persönlichkeit unberechenbar, er kann sie selbst nicht kontrollieren. Wir hatten ein großes Einsatzkommando vor Ort und konnten ihn trotzdem nicht fassen. Wenn es sich wirklich um Brad Kelly handelt, der hier eine weitere Persönlichkeit zeigt, dann ist diese weitaus gefährlicher als alle bisherigen zusammen.«

EINUNDVIERZIG

Der Wind hatte wieder zugenommen, wehte bunte Blätter in die Dachrinnen und brachte das Versprechen auf Schnee mit sich. Kane starrte auf die Straße vor sich; er kam sich vor, als hätte er das Filmset eines sehr merkwürdigen Horrorfilms betreten. Die Halloween-Wimpel entlang der Main Street tanzten in der Brise und gaben seltsame heulende Geräusche von sich. Die Plastikskelette, die an den Straßenlaternen hingen, schienen zu winken und grinsten den ständig fließenden Verkehr an. Hexen mit langem weißem Haar, die vor dem Gemischtwarenladen um einen Kessel saßen, schienen zum Leben zu erwachen, als ihre Kleider flatterten. Über den Schaufenstern hingen grinsende Kürbislaternen aus Plastik, die im Wind klappernd aneinanderstießen. Kane warf seinen Stetson auf den Rücksitz, kramte in seinen Jackentaschen nach seiner schwarzen Wollmütze und zog sie sich über die Ohren. Er fragte sich, was Duke ganz allein zu Hause machte, und kletterte hinter das Steuer. »Duke hätte sich über einen Ausflug ins Reservat gefreut.«

»Vielleicht müssen wir da gar nicht hin.« Jenna zückte ihr Handy. »Ich werde mal sehen, ob Atohi gerade im Ort ist.«

Kane lächelte sie an. »Gute Idee.«

Sie holte ihr Handy aus der Tasche und rief Atohi an. »Hallo, ich bin's, Jenna. Wir müssen uns unterhalten, wo bist du?«

»Ich bin auf dem Weg in die Stadt. Soll ich ins Büro kommen?«

»Musst du nicht, aber wie wär's, wenn wir uns gleich bei Aunt Betty's treffen?«

»Gerne.«

»Ist Brad bei dir?« Jenna warf Kane einen Blick zu.

»Nein, der sitzt in seinem Auto vor dem Bestattungsinstitut, soweit ich weiß. Ich habe bis eben mit dem Team den Wald nach Scotts Überresten abgesucht.«

»Okay, bis später.« Sie trennte die Verbindung und sah Kane an. »Haben wir Zeit, am da vorbeizufahren und zu schauen, ob Brads Auto da wirklich steht?«

Kane startete den Motor und fuhr rückwärts aus der Parklücke. »Sicher. Willst du mit ihm reden?« Er fuhr die Main Street hinunter in Richtung Bestattungsinstitut.

»Nein. Vielleicht, nachdem wir mit Atohi gesprochen haben. Im Moment haben wir nur einen Verdacht. Wir brauchen mehr Beweise. Aber falls Atohi Brad ein überprüfbares Alibi geben kann, müssen wir uns einen neuen Verdächtigen suchen.«

»Meinst du, der Bestatter hat auch für Halloween dekoriert?« Der Gedanke amüsierte Kane, und er grinste in sich hinein.

»Oh ...« Jenna schnaubte und hielt sich eine Hand vor den Mund, trotzdem entwich ihr ein Kichern. »Das wäre schon ein bisschen geschmacklos.« Sie sammelte sich und sah Kane an. »Sorry, aber allein die Vorstellung ... Keine Ahnung, woher diese Gedanken kommen. Du hast wirklich einen schlechten Einfluss auf mich, Dave.«

Kane bog um die Ecke und fuhr langsamer, als sie einen

alten Pick-up passierten, der am Straßenrand geparkt war. Kelly saß auf dem Fahrersitz und schaute auf sein Handy. »Hmm, also der ist schon mal da, wo Atohi gesagt hat.« Kane bog in die Einfahrt des Bestattungsinstituts ein. »Warte hier, ich gehe kurz rein und frage, wie lange er schon da draußen im Auto sitzt.«

Er stieg aus. Im Gebäude war es kalt wie in einer Leichenhalle, und es roch nach einer Mischung aus Formaldehyd und Blumenduft, wie in den meisten Bestattungsinstituten. Er läutete die Glocke am Empfangstresen und wartete. Ein Mann kam durch eine Tür und schloss sie hinter sich, aber es war nicht der Bestatter Max Weems, auch wenn er ihm ähnlich sah.

»Ich suche Mr Weems«, sagte Kane.

»Das bin ich«, erwiderte der junge Mann. »Es sei denn, Sie wollen zu meinem Vater, Max Weems. Der ist im Moment beschäftigt, wie kann ich Ihnen helfen?«

Jetzt fiel Kane wieder ein, dass Max Weems einen Sohn hatte. Er lächelte. »Haben Sie den Pick-up gesehen, der draußen parkt?«

»Ja, der gehört einem Mann namens Brad Kelly. Er glaubt, weil die sterblichen Überreste seiner Mutter hier sind, muss er in der Nähe bleiben. Mein Vater meint, wir sollen ihn einfach in Ruhe lassen.«

»Ja, das wäre das Beste.« Kane nickte. »Wie lange ist er dieses Mal schon da?«

»Ich habe keine Ahnung. Er kommt und geht.« Weems zuckte mit den Schultern. »Ich habe zu viel zu tun, um ständig darauf zu achten, was er treibt.«

»Verstehe.« Kane zog eine Visitenkarte aus der Tasche und reichte sie ihm. »Falls er Probleme macht, rufen Sie mich an.«

»Werde ich tun.« Weems sah sich die Karte an. »Danke, Deputy Kane.«

Kane ging schnellen Schrittes zurück zu seinem Wagen und stieg ein. »Wir haben Glück, Weems' Sohn weiß, wer Kelly ist, und kennt seinen Namen. Allerdings hat er ihn nicht die ganze Zeit im Auge behalten.« Sie fuhren in Richtung Aunt Betty's Café.

»Aha.« Jenna schaute auf ihr Handy. »Ich habe gerade sein Kennzeichen überprüft. Er hat den Wagen erst vorletzte Woche gekauft.« Sie sah ihn an. »Also ist er mit dem Flugzeug oder dem Bus hergekommen.«

»Atohi wird das wissen.« Kane fuhr in eine Parklücke vor Aunt Betty's Café und wandte sich ihr zu. »Wie willst du es angehen, Jenna?«

»Du solltest mit ihm reden, er mag dich. Das wirkt dann auch nicht so förmlich.« Jenna kaute auf ihrer Unterlippe. »Ich habe ihm immer vertraut, ich hoffe, er enttäuscht mein Vertrauen jetzt nicht.«

Kane schaute besorgt drein. »Ich mag ihn auch, er ist ein guter Kerl. Und ich täusche mich selten in Menschen.«

Sie bestellten an der Theke ihr Essen und gingen dann zu ihrem Stammtisch im hinteren Teil des Cafés. Es war mollig warm im Aunt Betty's, und Kane setzte die Mütze ab und zog Handschuhe und Jacke aus, bevor er sich setzte. Er atmete den köstlichen Duft von frisch gebackenem Kuchen ein und grinste Jenna an. »Riechst du das? Hmm, das Samstags-Special: Pfirsichkuchen.«

»Das habe ich schon mitbekommen, als du zwei Stück für jetzt und sechs zum Mitnehmen bestellt hast.« Jenna schüttelte langsam den Kopf. »Bereitest du dich auf den Winterschlaf vor?«

Kane lehnte sich in seinem Stuhl zurück und musterte sie. »Es würde dir auch nicht schaden, ein wenig mehr zu essen. In der Kälte verbrennen wir viel mehr Kalorien, und du wirst ohnehin immer dünner.«

»Das stimmt leider nicht.« Jenna wurde rot. »Ich habe Jo meine alten Jeans geschenkt, die passen mir nicht mehr. Seit ich hier bin, habe ich ganz schön zugenommen.«

Kane schüttelte den Kopf. »Dann warst du vorher ja nur

Haut und Knochen! Kein Wunder, nach dem, was du durchgemacht hast. Ich kenne dich jetzt schon ein paar Jahre, und du hast eine ganz andere Physis entwickelt, seit wir immer trainieren.« Er sah hoch und lächelte Susie Hartwig entgegen, die den Kaffee brachte. »Glaub mir, bei unserem Arbeitspensum wird man krank, wenn man nicht genug isst.«

»Ah ... Ihr wolltet mit mir reden?« Atohi Blackhawk stand plötzlich vor dem Tisch und schaute die beiden an.

Kane staunte, wie lautlos der Mann aufgetaucht war. Sonst schaffte es nie jemand, sich unbemerkt an ihn heranzuschleichen, und gerade jetzt, wo ein Serienmörder in der Stadt war, ließ er seine Aufmerksamkeit schleifen. Er räusperte sich. »Ja, nimm dir einen Stuhl. Kann ich dir etwas zu essen bringen lassen?«

»Ich habe mir schon Pfirsichkuchen bestellt.« Atohi lächelte. »Bester Kuchen der Stadt.«

»Jetzt fangt nicht schon wieder mit dem Kuchen an.« Jenna lachte. »Dave denkt immer nur an seine nächste Mahlzeit.«

»Geht mir ganz genauso.« Atohi runzelte die Stirn. »Wie kann ich euch helfen?«

Kane nahm einen Schluck von seinem Kaffee und sah, dass Susie mit einem Tablett zurückkam, auf dem drei Stück Kuchen und ein weiterer Becher standen. Er wartete, bis sie die Teller herumgereicht und Atohi Kaffee eingeschenkt hatte, dann sah er ihn an. »Wir hatten diese Woche eine Reihe von Morden, bis jetzt acht Stück ...«

»Was?« Atohi sah ihn entsetzt an. »Du machst Witze, oder?«

Kane schüttelte langsam den Kopf. »Nein, und noch wissen wir nicht, wer dahintersteckt, aber wir vertrauen dir und brauchen einige Informationen. Was kannst du mir über die Bedeutung von Vogelfedern in deiner Kultur erzählen?«

»Ach so.« Atohi legte seine großen Hände um seinen

Kaffeebecher und hob den Blick, um Jenna anzusehen. »Ihr glaubt, der Mörder ist jemand von meinem Volk?«

»Unsere beiden derzeitigen Verdächtigen sind Weiße, aber die Feder scheint von Bedeutung zu sein. An jedem Tatort haben wir eine Feder gefunden.«

»Dann gehört der Täter nicht zu meinem Volk. Federn sind bei uns nicht irgendwas, womit man seine Kissen stopft; für uns symbolisieren sie Ehre, Macht, Weisheit und noch ein paar andere Dinge. Wenn ein Häuptling jemandem eine Feder schenkt, ist das eine große Auszeichnung, wie eine Ehrenmedaille. Eine Adlerfeder zu finden, ist ein wunderbares Geschenk, denn Adler haben eine ganz besondere Verbindung zum Himmel.«

Kane nickte. »Was würde es dann bedeuten, wenn man eine Feder an einem Tatort hinterlässt?«

»Gegenfrage.« Atohi hob eine Augenbraue. »Wenn du etwas Wertvolles findest, würdest du es mit Blut besudeln?«

»Nein, würde ich nicht, aber wer auch immer das tut, er hinterlässt damit eine Botschaft.« Kane lehnte sich in seinem Stuhl zurück. »Die Krähenfedern haben eine ganz bestimmte Bedeutung für ihn.«

»Krähen?« Atohi nippte an seinem Kaffee. Seinen Kuchen schien er vergessen zu haben. »Junge Krieger steckten sich früher Truthahnfedern ins Haar; Jungen, die noch keine Männer waren und daher noch keine Adlerfeder tragen durften. Solche Federn verdient man sich durch Tapferkeit, sie werden nicht einfach so verteilt.« Er dachte einen Moment lang nach. »Die Krähe steht für Weisheit. Krähen sprechen die Wahrheit, und manche glauben, dass sie den Jäger leiten. Vielleicht ist der Killer auf der Suche nach der Wahrheit, aber eine Feder auf den Boden zu werfen, ist einfach nur respektlos. Federn werden offen zur Schau gestellt und nicht versteckt.« Er bedachte Kane mit einem zutiefst beunruhigten Blick. »Falls dieser Mörder meinem Volk angehört, hat er sich in seiner eigenen Gedankenwelt verirrt.«

Kane sah ihm direkt in die Augen. Die Frage, die er jetzt stellen musste, behagte ihm gar nicht, aber er hatte keine andere Wahl. »Ich muss dich etwas fragen, und du darfst es mir bitte nicht übelnehmen – ich frage dich das rein beruflich, als Deputy.«

»Es geht um Brad, oder?« Atohi seufzte. »Er ist nicht mehr derselbe Cousin, mit dem ich aufgewachsen bin; er hat sich verändert. Er war jahrelang so still, dass wir nie erfuhren, was ihm genau passiert war. Als er zurückkam, hatte er so viel Wut in sich – er machte sich solche Vorwürfe, dass er damals nicht in den Wald zurückgekehrt ist.« Er hob sein Kinn an. »Ehrlich gesagt, habe ich ihn kaum wiedererkannt, aber seit sie die sterblichen Überreste seiner Mutter zum Bestattungsinstitut gebracht haben, hat er sich ein wenig beruhigt.«

Kane spürte, welche Gewissensbisse Atohi hatte, und musste schlucken. »Meinst du, die Krähenfedern könnten eine bestimmte Bedeutung für ihn haben?«

»Ja, seine Mutter ist bei den Crow aufgewachsen; ihr Vater war ein Crow, und als er starb, kam sie mit ihrer Mutter zu uns. Gut möglich, dass Brad sich seiner Herkunft bewusst ist.«

Kane füllte sich Kaffee aus der Kanne nach, die auf dem Tisch stand, und tat Sahne und Zucker hinein. »Wann ist Brad ins Reservat zurückgekehrt, und hatte er da schon den Pick-up?«

»Vor ein paar Wochen. Ich war gerade bei der Arbeit, als er auftauchte, aber soweit ich mich erinnere, kam er in seinem Pick-up an.« Atohi zuckte mit den Schultern. »Er ist kein Schmarotzer; er hat jede Menge Vorräte mitgebracht und sie meiner Mutter gegeben, und Geld auch. Er wollte sich bedanken für all die Jahre, in denen sie sich um ihn gekümmert hat.«

»Okay.« Kane ging zum nächsten Punkt auf ihrer Liste

über. »Erinnerst du dich, dass du dich hier mit einer Kellnerin namens Ruby Evans unterhalten hast?«

»Ja, Brad war gestern Abend auf einen Kaffee mit ihr verabredet, aber sie hat ihn versetzt.« Atohi schaute sie beide fragend an. »Woher wisst ihr davon?«

»Ruby hat die Verabredung Susie Hartwig gegenüber erwähnt. Das Problem ist nur: Sie wurde Donnerstagnacht ermordet.« Kane beobachtete Atohis Reaktion. Der Mann sah ehrlich schockiert aus. »Draußen auf der Old Mitcham Ranch.«

»Was?« Atohi schüttelte den Kopf. »Das kann doch nicht sein. Sie war so nett, Brad dachte, er hätte garantiert keine Chance bei ihr. Er konnte kaum glauben, dass sie ihm keinen Korb gegeben hat.«

Kane nahm einen Schluck von seinem Kaffee. »Hat Brad erwähnt, dass er jemals bei der Old Mitcham Ranch war?«

»Nee.« Atohi schob seinen Teller näher heran und zückte die Gabel. »Ich kann nur sagen, wo er sich aufhielt, wenn ich bei ihm war. Abgesehen davon habe ich keine Ahnung, wo er in den letzten Tagen war. Donnerstagabend habe ich ihn in seinem Zelt im Waldrand gelassen, und am Freitag gegen neun habe ich ihm etwas zu essen gebracht. Wir haben über seine Verabredung mit der Kellnerin gesprochen, er hat sich darauf gefreut.« Er begegnete Kanes Blick. »Er klang nicht wie jemand, der seine Angebetete gerade ermordet hat. Soweit ich weiß, zeltete er dort ab dem Zeitpunkt, als wir die Knochen fanden, bis die Forensiker sie zum Bestattungsinstitut brachten. Ich kann mir nicht vorstellen, dass er seine Mutter dort allein lässt, um loszuziehen und irgendwelche Leute zu ermorden. Ja, er verhält sich im Moment ein wenig irre, aber immerhin bricht seine ganze Vergangenheit gerade über ihn herein. Dass er Menschen umbringt, kann ich mir nicht vorstellen.«

ZWEIUNDVIERZIG

Seit Wolfe vor ein paar Minuten angerufen hatte, starrte Jenna aufgewühlt aus dem Fenster von Kanes Wagen. Er hatte unter Rubys Fingernägeln tatsächlich brauchbares Material gefunden, das höchstwahrscheinlich von ihrem Mörder stammte. Jetzt brauchte sie nur noch die DNA ihrer Verdächtigen zum Abgleich, aber die Chance, von Kyler Hall und Cliff Young DNA-Proben zu bekommen, war gleich null, dafür würde ihr Anwalt, Sam Cross, schon sorgen. Allerdings wäre es schon einmal von Vorteil, die zwei zu Gesicht zu bekommen, denn wenn einer der beiden Kratzer im Gesicht hatte, würde sie Cross mitteilen, dass seine Mandanten entweder freiwillig eine Probe abgeben könnten oder sie den Abstrich per Gerichtsbeschluss erwirken lassen würde. Sie sah zu Kane hinüber, der sie interessiert betrachtete. »Ich weiß, dass Brad Kelly einen Kratzer am Kinn hat, also gehen wir zuerst einmal zu ihm. Anschließend statten wir Kyler Hall und Cliff Young einen Besuch ab.«

»Was auch immer Hall und Young sagen – man wird es vor Gericht nicht verwenden können, da sie bereits ihren Anwalt haben.« Kane ließ den Motor an. »Du musst zuerst bei Cross anklopfen.«

Jenna rollte mit den Augen. »Dieser Mann macht mich noch wahnsinnig.« Sie schnallte sich an. »Ich will doch nur nachsehen, ob sie irgendwelche Verletzungen haben. Ich muss kein Wort mit ihnen reden.«

»Okay.« Kane bog in die Main Street ein. »Du willst also zuerst zu Kelly? Ich habe jede Menge Sets für DNA-Abstriche hinten drin.«

Jenna nickte. Sie war gespannt, wie Brad Kelly auf ihre Fragen reagieren würde. »Ja, mal sehen, was er zu sagen hat. Mein Gefühl sagt mir, dass ich ihn zum Verhör vorladen sollte, aber im Moment ist alles, was wir gegen ihn haben, bestenfalls Hörensagen. Mal schauen, was er zu sagen hat.«

»Wenn er unter einer dissoziativen Identitätsstörung leidet, kann es davon abhängen, welche Persönlichkeit gerade vorne ist.« Kane blickte sie an und dann wieder auf die Straße. »Er hat erwähnt, dass er sich gar nicht mehr genau daran erinnern konnte, wie sein Vater seine Mutter und seinen Bruder umgebracht hat, als er damals ins Reservat kam. Die Erinnerung ist ihm erst viele Jahre später gekommen, als die Polizei ihm mitteilte, dass sein Vater gestorben war.«

Das erstaunte Jenna, und es erklärte nicht, wieso er plötzlich eine gespaltene Persönlichkeit hätte entwickeln sollen. »Du und Jo glaubt, dass er eine multiple Persönlichkeit hat, richtig?

»Wir sind zu dem Schluss gekommen, dass der *Mörder* eventuell eine multiple Persönlichkeit hat und dass das der Grund ist, weshalb er noch nicht gefasst wurde.« Kane fuhr rechts ran und wandte sich ihr zu. »Brad Kelly ist nicht unbedingt der Mörder, aber vieles von dem, was ihm passiert ist, könnte eine Person dazu bringen, eine multiple Persönlichkeitsstörung zu entwickeln.«

»Inwiefern?«

»Wenn Kinder etwas Schlimmes erleben, ist es möglich, dass sie Persönlichkeiten annehmen, in denen sie sich sicher fühlen.« In Kanes Wange zuckte ein Nerv. »Manche Kinder, die über längere Zeit misshandelt werden, flüchten sich in eine andere Person, die in ihrem Kopf lebt, damit nicht sie es sind, die die Misshandlung erleben. Wenn das passiert, kann es einen kumulativen Effekt haben. Dann wird jede Form von Stress, dem das Kind ausgesetzt ist, von einer anderen Persönlichkeit bewältigt, je nachdem, wer am besten mit dem Druck umgehen kann. Der Typ, der im Vorstellungsgespräch sitzt, kommt einem ganz selbstbewusst vor, aber das Kind, das als Persönlichkeit in ihm drin lebt, ist verschlossen und bringt kein Wort heraus.« Er wies in Richtung des vor dem Bestattungsinstitut geparkten Pick-ups. »Atohi sagte, Brad sei ein anderer als damals, als er das Reservat verließ, wütender. Aber vielleicht steckt in diesem Brad außerdem ein waschechter Psychopath.«

Jenna staunte darüber, was Kane alles wusste. Sie holte tief Luft. »Aber kann er auch der Chamäleon-Killer sein? Woher wissen wir, ob es sich um denselben Mann handelt?«

»Eine dissoziative Identitätsstörung zeichnet sich dadurch aus, dass eine Person zwei oder mehr verschiedene Persönlichkeiten aufweist und immer diejenige verwendet, die am besten geeignet ist, ein bestimmtes Problem zu bewältigen. Oft hat jede dieser Persönlichkeiten einen eigenen Namen und ein bestimmtes Alter, weil sie sich zu unterschiedlichen Zeitpunkten manifestiert haben. Sie haben das Alter, in dem sie entstanden sind. Sie haben oft unterschiedliche Eigenschaften, wie verschiedene Akzente oder einen unterschiedlichen Gang. Die eine raucht, die andere nicht, die eine trinkt Kaffee, die andere nur Tee. Die eine ist Links-, die andere Rechtshänder.« Er seufzte. »Das größte Problem ist, dass man nie weiß, wer gerade vorne ist, also mit wem man gerade spricht. Manche haben eine dominante Persönlichkeit, aber es hängt meist von der Situation ab, in der sie sich gerade befinden.«

»Und wie viele dieser Persönlichkeiten wissen, was die anderen tun?« Jenna schluckte. »Wissen sie es überhaupt?«

»Manche wissen alles, andere haben Aussetzer, Blackouts.« Kane kratzte sich an der Wange. »Die, die es nicht wissen, sind meist schockiert, wenn sie von den Taten erfahren, denn diese Persönlichkeiten sind oft ganz normale Menschen. Das ist nicht wie bei einem geläufigen Psychopathen, Jenna. Die meisten dieser Leute sind aber harmlos, und man kann ihnen helfen.« Er seufzte. »Andererseits, wenn die dominante Persönlichkeit ein Psychopath ist, weiß er meistens ganz genau, was alle tun. Er kontrolliert das Team, und manchmal weigert er sich, die Normalen nach vorne zu lassen.«

Jenna fuhr sich mit der Hand durchs Haar und überlegte, was das bedeuten könnte. »Falls Brad Kelly der Mörder ist, triggern wir dann möglicherweise eine weitere Episode?«

»Nicht unbedingt.« Kane zuckte mit den Schultern. »Wenn wir ihn nicht in die Defensive drängen, bestünde eigentlich kein Grund dazu. Aber warte mal kurz. Du gehst davon aus, dass er schuldig ist, oder? Dann solltest du trotzdem möglichst ergebnisoffen an die Befragung herangehen. Wenn ich mich recht erinnere, wurden die anderen Verdächtigen ziemlich schnell unruhig, als wir uns mit ihnen unterhielten.«

»Okay.« Jenna blickte zu dem etwa hundert Meter entfernt geparkten Pick-up. »Dann wollen wir mal.«

Während Kane hinter Brad Kellys Wagen einparkte, bemerkte Jenna, wie Brad sie in seinem Rückspiegel musterte. Zu ihrer Überraschung drehte er sich um, winkte ihnen zu und stieg aus.

Sie ging auf ihn zu. »Guten Tag.«

»Sheriff Alton und Deputy Kane.« Brad sah sie nacheinander an, seine markanten Augen musterten sie aufmerksam. »Hat sich der Bestatter beschwert, dass ich den ganzen Tag hier im Auto sitze?«

Jenna schüttelte den Kopf. »Nein, zumindest nicht bei uns.

Aber wir haben leider schlechte Nachrichten.« Sie streckte den Rücken durch. »Die junge Frau, die Sie in Aunt Betty's Café kennengelernt haben, Ruby Evans – sie ist tot.«

»Tot?« Brad sah sie entsetzt an. »Wie, tot? Wir wollten uns gestern Abend auf einen Kaffee treffen, und sie ist nicht aufgetaucht.« Er starrte Jenna an. »Was ist passiert? Hatte sie einen Unfall?«

Er schien so aufrichtig schockiert, dass Jenna fast bedauerte, dermaßen mit der Tür ins Haus gefallen zu sein. »Ich fürchte, jemand hat sie ermordet.«

»Wer hätte sie denn ermorden wollen?« Brad fuhr sich mit den Händen über das Gesicht. »Diese Stadt ist verflucht. Ich bin verflucht. Hätte sie sich nicht mit mir verabredet, wäre sie noch am Leben.«

»Wie meinen Sie das?« Jenna betrachtete ihn genau. »Hatten Sie etwas mit ihrem Tod zu tun?«

»Ich? Nein!« Brads Augen blitzten vor Zorn. »Aber irgendwie scheinen alle um mich herum zu sterben.«

Noch eine merkwürdige Antwort. Jenna wartete einen Moment, bis er sich wieder gefangen hatte. »Wo haben Sie sich eigentlich den Kratzer im Gesicht geholt?«

»Den?« Brad berührte sein Kinn. »Im Wald, warum?«

»Ruby hat Haut unter ihren Fingernägeln.«

»Meine bestimmt nicht.« Brad richtete sich auf. »Das müsste sich doch mit einem DNA-Test beweisen lassen, oder?«

Jenna nickte. »Ja, das ist die übliche Methode.«

»Also, mich hat sie nicht gekratzt.« Brad bedachte sie mit einem bohrenden Blick. »Sie können gerne einen Test machen.«

Erleichtert nickte Jenna Kane zu, und er holte ein Abstrich-Set aus seinem SUV. »Das ist prima, damit können wir etwaige Zweifel ausräumen.«

»Ich habe mir nichts vorzuwerfen, Sheriff.« Brad starrte auf seine Stiefel, dann hob er langsam den Blick. »Glauben Sie wirklich, nachdem ich mitansehen musste, wie mein Vater meine Mutter mit einer Schaufel totschlägt, könnte ich irgendjemandem so etwas antun?«

Jenna schluckte schwer. »Dazu maße ich mir keine Meinung an, Brad. Ich klappere nur die Liste der Leute ab, die Ruby zuletzt lebend gesehen haben. Wenn die alle so hilfsbereit sind wie Sie, werden wir ihren Mörder bald haben.« Sie zog ihr Notizbuch hervor. »Wo waren Sie Donnerstagabend und in der Nacht auf Freitag?«

»Hier.« Brad blickte zum Bestattungsinstitut. »Ich sorge dafür, dass meine Mutter hierbleibt und nicht als Präsentationsobjekt für einen Kurs in forensischer Anthropologie abtransportiert wird.«

»Kann das jemand bestätigen?« Jenna sah zu ihm auf. »Haben Sie vielleicht irgendwen angerufen? Mit jemandem gesprochen?«

»Ich habe mir beim Chinesen etwas zu essen geholt, gegen acht, glaube ich.« Brad rieb sich das Kinn. »Ich habe die öffentliche Toilette im Park benutzt, mich umgezogen und bin dann hierher zurück.«

»Okay.« Jenna machte sich Notizen. »Wo waren Sie Montagabend und Mittwochvormittag?«

»Da habe ich nach den sterblichen Überresten meiner Mutter gesucht und war im Wald, denke ich mal. Ich habe im Wald gezeltet, aber abgesehen von den paar Mal, als Atohi vorbeigekommen ist, kann das keiner bezeugen.« Er sah Kane an. »Müssen Sie für den Test Blut abnehmen?«

Jenna schaute sich um und sah, wie Kane mit OP-Handschuhen und einem DNA-Testkit zurückkam. Sie wandte sich wieder Brad zu und lächelte. »Nein. Das geht ganz schnell, wir nehmen nur einen Abstrich von der Innenseite Ihrer Wange.«

»Wie lange dauert es, bis Sie das Ergebnis haben?« Brad öffnete den Mund, damit Kane den Abstrich nehmen konnte.

Jenna zuckte mit den Schultern. »Nicht lange. Wolfe hat

ein superschnelles rechtsmedizinisches Labor, mit den neuesten Geräten.«

»Das ist gut. Ich bin nicht gern ein Verdächtiger.« Brad wischte sich mit dem Handrücken über die Lippen. »War das alles?«

»Nicht ganz.« Kane sah ihn an. »Wussten Sie von den Plänen für die Old Mitcham Ranch?«

»Ja, Atohi erwähnte, dass irgendein Spinner daraus einen Vergnügungspark oder so etwas macht.« Brad zuckte mit den Schultern. »Für Touristen mag das ja in Ordnung sein, aber niemand, der recht bei Verstand ist, würde sich das anschauen.«

»Dann wissen Sie, was da passiert ist?«, fragte Kane, sah ihn dabei aber nicht an, sondern hatte den Blick auf den Papierkram für den Abstrich gerichtet.

»Das weiß ja wohl jeder hier. Außerdem habe ich in den Nachrichten von den Morden gehört. Man sollte die ganze Ranch niederbrennen.« Brad runzelte die Stirn.

Jenna blickte Kane an und hoffte, ihr Gesichtsausdruck würde ihn davon abhalten, sofort bei Brad nachzuhaken. Sie brauchte erst seine Unterschrift auf dem Dokument.

»Ach ja, wenn Sie hier noch eben die Einverständniserklärung unterschreiben?« Kane legte den Zettel auf die Motorhaube von Brads Wagen.

Nachdem Brad das Datum eingetragen und unterzeichnet hatte, fragte Jenna ihn: »Waren Sie in letzter Zeit dort?«

»Auf der Mitcham Ranch? Nein, nicht seit ich wieder hier bin.« Brad richtete sich auf. »Als ich in der Highschool war, da war ich einmal mit ein paar Mitschülern dort, aber seitdem nie wieder. Warum fragen Sie?«

Jenna legte eine Hand an ihre Dienstpistole und nahm eine betont lässige Haltung ein. »Da haben wir Ruby gefunden.«

»Na, der Test wird ja beweisen, dass ich ihr nichts angetan habe.« Brad starrte sie an. »Also dann, tschüss.« Er wandte sich ab und stieg in seinen Wagen.

Jenna folgte Kane zurück zu seinem SUV, und sie stiegen ein. »Was hältst du von ihm?«

»Er hat den Papierkram mit rechts unterschrieben – leider, denn schließlich suchen wir einen Linkshänder.« Kane starrte aus dem Fenster. »Verdammt noch mal, er passt in so vielerlei Hinsicht auf das Profil.« Er wandte sich ihr zu und sah sie an. »Es sei denn, er hat eine dissoziative Persönlichkeitsstörung. Wenn ja, dann versteckt er sie gut. Wir müssten beobachten, wie er von einer Persönlichkeit zu einer anderen wechselt, um sicherzugehen.«

»Dass der Mörder Linkshänder ist, vermuten wir ja nur, auf Basis von Mrs Robinsons Aussage«, gab Jenna zu Bedenken. »Sie könnte sich irren, was die Dauer des Überfalls betrifft, und als der Täter Ruby die Kehle durchschnitt, war sie bereits tot und hat sich nicht mehr gewehrt.« Jenna zuckte mit den Schultern. »Kann doch sein, dass sie der Mörder mit der rechten Hand an den Haaren packte und mit der linken Hand schnitt. Falls er so schlau ist, wie du glaubst, hat er das vielleicht sogar absichtlich getan, um uns in die Irre zu führen.«

»Möglich, und falls er es war, weiß er genau, dass Ruby ihn nicht gekratzt hat.« Kane startete den Motor. »Wir sollten die Probe in Wolfes Büro abgeben und dann zu den anderen Verdächtigen fahren.«

»Gut.« Jenna lehnte sich in ihrem Sitz zurück. »Hör mal, wir gehen ja die ganze Zeit davon aus, dass der Mörder Ruby zur Old Mitcham Ranch gebracht hat, um sie als Köder zu benutzen. Was, wenn es ganz anders war? Wenn der Massenmord gar nichts mit unserem Auftragskiller zu tun hat? Kann doch sein, dass einer der Arbeiter Ruby bei Aunt Betty's aufgegabelt und sie dorthin gebracht hat. Wissen wir, ob einer von denen Kratzer hat?« Sie sah Kane an. »War sie sexuell aktiv? Vielleicht war es eine versuchte Vergewaltigung?«

»Dann hätte da noch ein fünfter Mann sein müssen.« Kane hielt vor dem Gebäude der Rechtsmedizin. »Jemand muss die anderen ja gefesselt und erschossen haben.« Er zuckte mit den Schultern. »Ich habe keine Anzeichen dafür gesehen, dass noch ein fünfter Mann auf der Baustelle gewohnt hat.«

Jenna nickte. »Ich werde Wolfe nach den Kratzern fragen, und während wir hier sind, werden wir uns die Leichen der Männer noch einmal ansehen.« Sie seufzte. »Irgendwie habe ich das Gefühl, dass uns der Täter gerade durch die Lappen zu gehen droht.«

DREIUNDVIERZIG

Wolfe war sichtlich überrascht, Jenna und Kane zu sehen. Er schaltete sein Mikrofon aus und schaute sie über seine OP-Maske hinweg an. Er hatte die Voruntersuchungen an allen Opfern abgeschlossen und war mitten bei der Obduktion von Trevor Wilson. »Bitte sagt mir nicht, dass wir wieder ein neues Mordopfer haben!«

»Keine Angst.« Kane hielt eine versiegelte Plastiktüte hoch. »Ich habe hier eine DNA-Probe von Brad Kelly. Wir dachten, das würde dich aufmuntern. Allerdings bin ich bei ihm nicht sehr optimistisch – er ist Rechtshänder.«

Wolfe trat von der Leiche weg, zog sich die Handschuhe aus und nahm die Schürze ab. »Das war's dann wohl mit der Linkshänder-Theorie. Wobei man ja nie weiß, was ein Killer tut, um von sich abzulenken. Bring die Probe ins Labor.« Er wandte sich an Webber und Emily. »Bereitet die Aufnahmen von den Proben vor, die ich genommen habe.« Er sah zu Jo hinüber. »Ich nehme an, Jenna wird auch mit Ihnen sprechen wollen.«

»Na klar.« Jo lächelte ihn an und folgte ihm, als er den Raum verließ.

Wolfe holte einen frischen Kittel aus einem Schrank im Flur, warf seinen in den Wäschekorb und zog den neuen Kittel an, während er auf einem Fuß hüpfte. »Mit der neuen Technologie, die ich jetzt hier habe, bekomme ich oft schon binnen anderthalb Stunden ein Ergebnis.« Er lächelte sie an. »Das Chiplabor ist eine tolle Sache, wenn man Spuren an einem Tatort bestimmen will, aber nichts geht über die Rapid-DNA-Maschine.« Er zog sich frische Handschuhe an und nahm Kane den Plastikbeutel aus der Hand. »Wenn ihr bitte dadrin warten würdet?« Er deutete auf das Labor. »Wir können uns über Lautsprecher unterhalten, während ich die Probe bearbeite. Ihr dürft den sterilen Bereich nicht betreten, sonst könnte die Probe kontaminiert werden.«

»Okay.« Jenna lächelte ihn an und ging durch die Tür, Kane und Jo im Schlepptau.

In dem sterilen Raum öffnete Wolfe den Beutel und nahm das versiegelte Röhrchen mit dem Abstrich von Brad Kelly heraus. Während er die Maschine vorbereitete, drang Jennas Stimme durch den Lautsprecher.

»Sind dir bei den anderen Opfern irgendwelche Kratzer aufgefallen?« Sie schaute ihn durch die Glaswand an.

»Bei meiner ersten Untersuchung ist mir nichts in der Richtung aufgefallen, aber ich habe auch nicht speziell nach irgendwelchen Kratzern gesucht.« Wolfe hatte die Probe fertig präpariert und platzierte sie in der Maschine. »Falls es welche gibt, glaube ich kaum, dass sie von Bedeutung sind. Ich bin trotzdem froh, dass ihr hier seid, denn ich wollte, dass ihr euch Ruby Evans noch einmal anseht, damit ich euch meine Erkenntnisse besser erklären kann.« Er ging zur Tür und traf sie auf dem Flur. »Ich habe auch ein paar Ungereimtheiten bei dem Mann gefunden, den ihr ›Opfer Nummer eins‹ nennt, Wilson.«

»Ach ja?« Jenna nahm OP-Masken und Einmalhandschuhe

von der Theke vor der Leichenhalle und reichte Kane Maske und Handschuhe.

»Ich kann das besser erklären, wenn wir den Leichnam vor uns haben.« Wolfe stieß die Tür zur Leichenhalle auf und trat an den Edelstahlschrank. »Ich habe bei allen Opfern am Tatort die Temperatur gemessen und mir Notizen über den Status der Leichenstarre gemacht. Die Ergebnisse sind ziemlich ungewöhnlich. Die meisten Massenmorde geschehen innerhalb weniger Minuten, außer bei Geiselnahmen.« Er öffnete eine Schublade, zum Vorschein kam ein zugedeckter Leichnam. »Was wisst ihr darüber, wo sich Ruby Evans unmittelbar vor ihrem Tod aufgehalten hat?«

»Wir haben Susie Hartwigs Bericht und den des Busfahrers.« Kane blätterte durch die Dateien auf seinem Smartphone. »Jake hat mit Susie gesprochen, und sie meinte, Ruby hätte um einundzwanzig Uhr Feierabend gehabt und den Bus Richtung Stanton Road genommen. Laut Susie hat Ruby meistens einen Weg genommen, der durch ein bewaldetes Gebiet führt. Und der Busfahrer erinnert sich, dass sie gegen zwanzig nach neun aus dem Bus stieg.«

Wolfe band sich die frische Schürze um, die Emily ihm reichte, und zog das Laken von Ruby Evans zurück. »Jetzt wird es seltsam.« Er deutete auf die blauen Flecken an Rubys Handgelenken. »Normalerweise würden die darauf hindeuten, dass sie sich gewehrt hat, um ihrem Angreifer zu entkommen, aber sie hat keinerlei Abwehrverletzungen.«

»Soll das heißen, ihr Mörder hat sie weder geschlagen noch frontal angegriffen?« Kane runzelte die Stirn. »Wahrscheinlich hat der Mörder sie gefesselt, bevor er mit ihr zur Old Mitcham Ranch gefahren ist. Könnten die Verletzungen davon herrühren, dass sie versucht hat, ihre Fesseln loszuwerden?«

Wolfe nickte. »Zumindest zum Teil.« Er hob Rubys rechte Hand hoch. »Hier habe ich die Haut unter ihren Fingernägeln gefunden. Also, unter einem Fingernagel, um genau zu sein.«

»Aber ihre Nägel sind nicht abgebrochen.« Jo hielt die andere Hand hoch. »Sie hat also wild um sich geschlagen und wurde dann betäubt?«

»Genau, und wenn man dann noch die Erde in Betracht zieht, die ich an den Absätzen ihrer Schuhe entdeckt habe, würde ich sagen, dass der Mörder sich vom Wegesrand auf sie gestürzt hat und sie vor Angst um sich schlug. Anhand der Schäden ist es schwer nachzuvollziehen, aber wenn ich mir die Hämatome an ihrem Hals ansehe, hier über der Schnittwunde«, er deutete auf zwei deutliche Daumenabdrücke links und rechts auf dem Hals, »dann ist klar, dass er sie mit beiden Händen gewürgt hat. Ich nehme an, dass er sie so sehr gewürgt hat, dass sie ohnmächtig wurde. Ich schätze, wenn ihr euch den Weg von Stanton zum Elk Creek anschaut, werdet ihr Schleifspuren finden, die von ihren Absätzen stammen.«

»Wenn die Striemen an ihren Handgelenken davon stammen, dass sie versucht hat, die Fesseln abzustreifen – glaubst du, das war erst, als sie auf dem Stuhl saß, oder schon vorher, im Wagen?« Jenna sah sich die Leiche an.

Wolfe nickte. »Definitiv auf dem Stuhl. Sie passen zu dem Klebeband, mit dem sie an den Stuhl gefesselt war. Aber jetzt wird es interessant: Sie starb als Erste, und zwar etwa eine Stunde vor Opfer Nummer eins, Wilson. Und der starb mindestens zwei Stunden vor den drei anderen.«

»Das heißt, der Mörder war mindestens drei Stunden vor Ort?« Kane sah Wolfe fragend an. »Wir hatten bisher angenommen, dass der Mörder Ruby entführt hat, sie zur Ranch gebracht, sie auf die Veranda gesetzt und sie dann aus ihrer Bewusstlosigkeit aufgeweckt hat. Ihr Schreien hat die schlafenden Männer aufgeweckt, sie sind ihr zu Hilfe geeilt, und der Mörder hat auf sie gewartet.«

Wolfe schaute in die Runde. »Eine andere Erklärung kann ich euch nicht bieten.« Er blickte Jenna an. »Ich habe die DNA der Toten vom Tatort analysiert und mit der Probe von Rubys

Fingernagel abgeglichen, es gibt keine Übereinstimmung. Sie haben alle ein paar Kratzer, wahrscheinlich von der Arbeit, aber sie hat keinen von ihnen gekratzt.«

»Wurde sie vergewaltigt?« Jenna zog das Laken wieder über Rubys Körper.

»Nein.« Wolfe schob die Schublade mit Ruby zurück in den Schrank.

»Ich denke mal, dass sie für den Mörder nur ein Mittel zum Zweck war«, sagte Jo. »Ich gehe auch davon aus, dass er sie als Köder benutzt hat. Er hat ihr nach dem Tod die Kehle durchgeschnitten, um die Männer zu schockieren; sie haben wahrscheinlich geglaubt, sie wäre noch am Leben.«

Wolfe nickte. »Nach meinen bisherigen Erkenntnissen lief es folgendermaßen ab: Die Männer kamen heraus, er statuierte ein Exempel an Wilson, vielleicht weil der eine Pistole in der Hand hatte, und schoss ihm ins Knie. Den Fingerspuren an der Waffe nach zu urteilen, hat Wilson sie entladen und fortgeworfen. Wir können also davon ausgehen, dass der Mörder ebenfalls eine Waffe hatte. Er zwang die anderen Männer, sich gegenseitig mit Panzertape an die Stühle zu fesseln. Ich habe auf dem Klebeband bei den einzelnen Männern entsprechende Fingerspuren gefunden, die das zweifelsfrei belegen.«

»Und wer hat die Hände abgeschlagen?« Jenna sah verwirrt aus.

Wolfe begegnete ihrem Blick. »Der Mörder. Es gibt keine Fingerspuren auf der Axt. Er hat den letzten Mann gezwungen, seine eigenen Beine und eine seiner Hände an den Stuhl zu binden. Das Klebeband an der anderen Hand ist sauber, also trug unser Mörder Lederhandschuhe, keine Latexhandschuhe oder so etwas, denn die hätten Rückstände hinterlassen.«

»Wie kann man einen Mann dazu zwingen, erst seine Bekannten und dann sich selbst zu fesseln?« Jenna schaute entsetzt drein.

»Indem man ihn einschüchtert.« Jo trat an die Leiche von

Wilson heran. »Der Mörder hat an diesem Mann ein Exempel statuiert. Wolfe hat festgestellt, dass seine Hand post mortem entfernt wurde. Stellen Sie sich nur mal die Situation vor: Jemand kommt und richtet eine Waffe auf die Männer. Er schießt dem Boss ins Knie und befiehlt einem der anderen, ihn zu fesseln, was dieser auch tut. Vielleicht protestiert einer der anderen, und der Mörder erschießt Wilson. Jetzt haben die anderen wahnsinnige Angst. Er lässt Kenny und Skinner von dem dritten Arbeiter, Taylor, fesseln. Dann hackt er dem Toten die Hand ab. Anschließend entfernt er Kenny die Hand und so weiter.«

»Er hat sein Machtbedürfnis ausgelebt.« Kane sah Jenna an. »Er hat sie kontrolliert, seinem Willen unterworfen.«

»Und sich dabei an ihrem Schmerz und ihrem Elend aufgegeilt«, sagte Jo und sah Jenna an. »Er genießt es, zu töten; Menschen leiden und sterben zu sehen, ist für ihn wie eine Droge.«

»Das beweist mir, dass es keine spontane Tat war«, stellte Jenna fest und lehnte sich gegen den Tresen. »Der Mörder hat das alles im Voraus geplant. Ich glaube, er hatte Streit mit Wilson, und das hier ist die Rache.« Sie schüttelte langsam den Kopf. »Dabei ist Wilson gar nicht von hier. Was zum Teufel kann er dem Mörder angetan haben, dass er ihn bis hierher zur Ranch verfolgt, und was hat das alles mit den drei anderen Morden zu tun?«

»Wir haben doch über eine dissoziative Identitätsstörung als Faktor in diesem Fall gesprochen.« Jo lehnte sich neben Jenna gegen den Tresen. »Der Massenmord könnte von einer anderen Persönlichkeit als die anderen Taten begangen worden sein.«

»Eben.« Kane zog seine Handschuhe aus und legte die OP-Maske ab. »Das hier ist der Psychopath, der Anführer des Rudels. Er ist der Rächer und tritt auf den Plan, wenn man einer der anderen Persönlichkeiten dumm kommt.«

Jo schaute skeptisch in die Runde. »Das Problem an der Sache ist nur ... Wenn wir richtig liegen, dann ist eine seiner Persönlichkeiten ein kaltblütiger Auftragskiller, der Robinson und wahrscheinlich auch die Männer im Stanton Forest erschossen hat.« Sie wies auf den Metallschrank mit den Leichen. »Diese Persönlichkeit ist ruhig und gechillt, vielleicht kommt er einem so wie ein total netter Kerl vor. Deshalb glaube ich, dass wir ihm noch nicht begegnet sind, denn keiner der Männer, die Sie befragt haben, war ruhig und gechillt, oder?« Sie sah Kane an. »Wie war Ihr Eindruck von Brad Kelly, als Sie ihm heute begegnet sind?«

»Kooperativ. Er hat geleugnet, dass er etwas mit den Morden zu tun hat.« Kane runzelte die Stirn. »Er schien beleidigt zu sein, dass wir das überhaupt in Betracht ziehen. Er sagte, allein schon weil er mitansehen musste, wie sein Vater seine Mutter getötet hat, würde er so etwas nie selbst tun.«

»Hmm.« Jo ging auf und ab. »Falls er unser Killer ist, könnte das die Persönlichkeit sein, die gut mit Stress umgehen kann.« Sie sah Jenna an. »Und der wütende junge Mann, der uns begegnet ist, könnte eine andere Persönlichkeit gewesen sein.«

Wolfe räusperte sich, und alle sahen ihn an. »Persönlichkeiten hin oder her: Die einzigen Anhaltspunkte, die ich als Rechtsmediziner dafür gefunden habe, dass sämtliche Morde von ein und derselben Person begangen wurden, sind die schwarze Feder und die Annahme, dass der Täter Linkshänder ist.«

»Dass eine Person mit dissoziativer Identitätsstörung je nach Persönlichkeit mal Links- und mal Rechtshänder ist, ist nicht ungewöhnlich.« Jo seufzte. »Eigentlich ist alles möglich. Nicht alle sind gewalttätig, manche verletzen sich selbst, und die meisten Persönlichkeiten haben keine Ahnung, dass die anderen überhaupt existieren. Wenn dem so ist und wenn Brad

Kelly unser Mörder ist, dann würde er auch einen Lügendetek-tortest bestehen.«

Wolfe holte tief Luft. »Eines ist sicher, wir haben es mit einem Psychopathen zu tun, und ich schlage vor, ihr versucht, ihn aufzuhalten, bevor er noch jemanden ermordet.«

VIERUNDVIERZIG

Jenna hatte gleich geahnt, dass dies einer jener furchtbaren Tage werden würde, an denen sie bei ihrer Ermittlung einen Schritt vor und drei zurück machte. Die Erkenntnisse von Jo und Kane passten einfach nicht zu ihrer üblichen Art, einen Mordfall aufzuklären. Bei jedem ihrer Verdächtigen konnte sie sich vorstellen, dass er unter einer dissoziativen Identitätsstörung litt und ein Psychopath in ihm steckte. Im Moment ging sie davon aus, dass mindestens zwei der Verdächtigen ein Motiv für einen Mord hatten: Kyler Hall und Cliff Young. Sie zog ihr Handy aus der Tasche, während sie Kane zurück zu seinem SUV folgte, und rief den Bauleiter des Ski-Resorts an. »Hallo, hier ist Sheriff Alton, können Sie mir sagen, ob Kyler Hall und Cliff Young heute arbeiten?«

»Die waren heute Morgen hier, aber vorhin im Büro haben sie erwähnt, dass sie in die Triple Z Bar wollen.«

»Okay, danke.« Sie trennte die Verbindung und blieb stehen, als sie hörte, wie Jo nach ihr rief.

»Nehmen Sie mich mit?« Jo kam zu ihr gelaufen. »Wolfe hat die vorläufigen Berichte fertiggestellt, und soweit ich sehen kann, ist die Todesursache bei allen vier Männern ganz offensichtlich. Ich würde gerne beobachten, wie sich die Verdächtigen verhalten, wenn das in Ordnung ist.«

Jenna nickte. »Wir beobachten ja auch nur. Ich schaue mir an, ob sie irgendwelche sichtbaren Kratzer haben; wenn ja, ist das ein triftiger Grund, einen Gerichtsbeschluss für einen DNA-Test zu erwirken und ihre DNA mit der unter Rubys Nägeln zu vergleichen.«

»Wollen Sie sich eigentlich noch den Tatort im Stanton Forest anschauen? Da fahren wir ohnehin vorbei«, sagte Kane und ließ den Motor an.

»Nein danke, die Fotos haben mir gereicht, und mit Ihrer Beschreibung des Tatorts haben Sie alles gut zusammengefasst.« Jo wandte sich ab und blickte aus dem Fenster. »Dieses Fleckchen Erde ist unglaublich schön; wie alles duftet und wie frisch die Luft ist – das hat mich wirklich überrascht. Ich hatte ganz vergessen, dass es solche Orte noch gibt. Aus der Ferne hörte sich Snakeskin Gully an wie das Ende der Welt, aber da ist es genauso schön wie hier. Ich bin froh, dass Jaime in so einer Umgebung aufwachsen kann.«

Jenna nickte. »Das Kleinstadtleben hat seine Vorteile. Die Kameradschaft ist unübertroffen, ihr werdet bestimmt beide gut zurechtkommen. Black Rock Falls ist eigentlich auch ein schöner Ort. Es ist eine Schande, dass wir in letzter Zeit zum Hotspot für Psychopathen geworden sind.«

»Hmm, wahrscheinlich glauben die Killer alle, dass sie Sie überlisten können.« Jo lächelte sie an. »Ich fürchte, die werden so lange kommen, bis Sie einen davonkommen lassen. Ein unaufgeklärtes Verbrechen, und sie haben nichts mehr zu beweisen.«

Die Erinnerungen an die letzten Tatorte schossen Jenna in so schneller Folge durch den Kopf, dass sie sich an den Sitz klammern musste, um sich zu beruhigen. »Hoffen wir, dass wir nicht ausgerechnet diesen davonkommen lassen. Wenn wir zu viert den Irren hier jagen, sollten wir ihn doch schnappen können.« Sie schaute auf die Uhr. »Tritt aufs Gas, Dave. Wir müssen um fünf wieder in der Dienststelle sein.«

Jenna lehnte sich in ihrem Sitz zurück und schaute zu, wie der Wald in einem Rausch von Farben vorbeiflog. Das Geräusch des Motors fügte der Situation noch einen Hauch Nervenkitzel hinzu, als Kane beschleunigte, »das Biest« aufheulen ließ und mit Blaulicht mehrere Fahrzeuge überholte. Vom Rücksitz hörte sie Jos nervöses Husten. Jenna drehte sich um und sah sie an. »Hier draußen liegt alles so weit auseinander, da werden Sie sich an die Geschwindigkeit gewöhnen müssen.«

»Dafür haben wir einen Hubschrauber.« Jo lachte nervös.

»Voraussichtliche Ankunftszeit: in fünf Minuten.« Kane grinste Jenna an. »Es ist immer gut, von Zeit zu Zeit mal den Staub rauszupusten.«

Als Kane abbremste, um auf den Parkplatz des Triple Z einzubiegen, wandte sich Jenna wieder an Jo. »Wir werden uns ganz unauffällig verhalten und hoffen, dass wir nah genug an sie herankommen, um zu sehen, ob sie irgendwelche Kratzer haben.«

»Auf mich werden sie kaum achten.« Jo schnallte sich ab, als der Wagen zum Stehen kam. »Aber ich weiß, wie die zwei aussehen. Ich gehe zuerst rein.«

Jenna schüttelte den Kopf. »Ich glaube nicht, dass das eine gute Idee ist. Wie Kane schon sagte, die sind möglicherweise gefährlich.«

»Das Risiko gehe ich ein«, sagte Jo. Sie stieg aus und schaute zu ihnen herein. »Ihr könnt ja in ein paar Minuten nachkommen.« Sie drehte sich um und joggte über den Parkplatz.

»Und?« Kane stieg aus und sah Jenna über die Motorhaube hinweg an. »Meinst du, sie kommt zurecht?«

Jenna machte sich keine übermäßigen Sorgen wegen Jo. Sie nickte: »Ja, keine Bange, sie ist ja genauso ausgebildet worden wie wir. Ich denke mal, sie kann auf sich selbst aufpassen.«

»Falls sie weiterhin so fleißig trainiert hat wie wir.« Kane ging auf die Bar zu. »Quantico ist schon ein paar Jahre her.«

Als sie die Bar betraten, schlug Jenna der Geruch von Bier und Schweiß entgegen wie eine Wand des Ekels. Sie blinzelte, damit sich ihre Augen an das schummrige Interieur gewöhnen konnten, und entdeckte Jo, die am Tresen saß und bereits ein Bier vor sich hatte. »Was sagt man dazu?« Jenna grinste. »Sie hat sich direkt zu den beiden gesetzt.« Sie ging ans andere Ende des Tresens und wartete darauf, dass der Barkeeper zu ihnen kam. »Rieche ich da etwa frischen Kaffee?«

»Ja.« Der Barkeeper warf ihr einen neugierigen Blick zu. »Sind Sie den ganzen Weg aus der Stadt hierhergefahren, um bei mir Kaffee zu trinken?«

Jenna begegnete seinem Blick. »Nein. Wir waren gerade in den Bergen, und ich brauche unbedingt was Warmes. Geben Sie mir zwei Kaffees mit Milch und Zucker.« Sie setzte sich an den Tresen.

»Bald wird's schneien.« Kane nahm neben ihr Platz und lächelte den Barkeeper an, der zwei Becher füllte. »Oben in der Nähe des neuen Ski-Resorts liegt bereits Schnee.«

»Wie jedes Jahr.« Der Barkeeper zuckte mit den Schultern. »Wobei ich mich nicht erinnern kann, dass es irgendwann schon mal so kalt war wie letztes Jahr.«

Während Kane mit dem Mann Small Talk machte, schaute Jenna verstohlen zu Jo hinüber. Sie unterhielt sich mit Kyler Hall und Cliff Young.

Der Kaffee war trinkbar, und bei Jo lief alles gut – bis Cliff Young eine Hand auf Jos Knie legte.

»Hey, loslassen, oder ich schlag dir in die Fresse«, keuchte Young, als Jo ihm die Finger zurückbog. Sein Gesicht war kreidebleich.

»Das würde ich mir an deiner Stelle zweimal überlegen.« In

Jos Augen blitzte die Wut.

Jenna stieg vom Barhocker und ging auf die beiden zu. »Hey, was ist hier los?«

»Nichts, Sheriff.« Jo ließ Youngs Hand los. »Der Kerl hier hat mir an den Oberschenkel gefasst, das ist alles. Ich hab was gegen Männer, die mich ungefragt anfassen.« Sie legte ein paar Scheine auf die Theke und ging, ohne sich noch einmal umzusehen, zur Tür hinaus.

Jenna starrte ihr nach und sah dann zum Barkeeper. »Alles in Ordnung hier.«

»Ich zahle den Kaffee.« Kane zog seine Brieftasche heraus und blickte zur Tür.

»Prima.« Jenna ging langsam zur Tür. Draußen stand Jo, lässig an die Wand gelehnt. »Alles okay mit Ihnen?«

»Alles gut.« Jo grinste sie an. »Hall scheint Linkshänder zu sein, zumindest hat er sein Glas mit der linken Hand gehalten. Beide Männer haben Kratzer, und für Cliff Youngs DNA brauchen wir keine Erlaubnis mehr.« Sie hielt einen Finger hoch. »Ich habe ihn aus Versehen mit meinem Fingernagel erwischt.«

»Klasse.« Kane war lautlos neben ihr aufgetaucht. »Ich hole eben ein Test-Kit.«

Jenna war noch keine zwei Schritte auf Kanes Wagen zugegangen, als Hall und Young aus der Tür traten. Die beiden ignorierten sie und schlenderten zu ihrem Pick-up. Im Gehen schnippte Hall eine aufgerauchte Zigarette zu Boden. Sie standen alle regungslos da, bis die beiden Männer davonfuhren, dann lief Jenna zu der noch qualmenden Kippe. »Heute ist mein Glückstag«, verkündete sie und zog ein Paar Handschuhe aus der Tasche. »Eine Speichelprobe und zwei Zeugen, die beweisen, von wem sie stammt. Pech gehabt, Sam Cross!«

Nachdem sie die Proben gesichert hatte, kletterte Jenna wieder in Kanes SUV. »Okay, wir bringen die Proben zu Wolfe und fahren dann zurück ins Büro.« Sie grinste ihn an. »Damit hätten wir alle drei beisammen.«

FÜNFUNDVIERZIG

Der große Vorteil daran, schon bei Tagesanbruch mit der Arbeit zu beginnen, bestand darin, dass man früh Feierabend hatte und meist vor fünf Uhr wieder in der Stadt war. An diesem Ende der Stadt führten Seitenstraßen zu diversen kleinen Geschäften. Im Zuge des steigenden Bedarfs an Einzelhändlern hatten sich viele Wohnhäuser über Nacht in Läden verwandelt. In dem robusten Backsteinhaus, in dem sich der Schönheits-salon befand, hatte einst der Direktor der Bank nebenan gewohnt; jetzt lagen hier chemische Düfte in der Luft. Tatsäch-lich hatte er den Laden anhand des Geruchs ausfindig gemacht. Die Friseurin Ann Turner beobachtete er schon seit einer ganzen Weile. Sie hatte nicht den besten Ruf, angeblich mani-pulierte sie die Männer am laufenden Band. Die Frauen in der Stadt sagten, die kleine, süße, quirlige Ann würde jedem Mann, der in ihre Richtung schaute, schöne Augen machen. Sie war eine von den ganz Gefährlichen, denen es nichts ausmachte, für ein paar wilde Nächte eine glückliche Ehe zu zerstören. Wie eine Sirene setzte sie ihre weiblichen Reize ein und lockte verheiratete Männer ins Verderben. Er kicherte und stellte sich vor, wie sich seine Hände ganz fest um ihren weichen, glatten Hals schlossen.

Wie die meisten Menschen folgte auch Ann der gleichen täglichen Routine auf dem Weg zur und von der Arbeit. Um kurz nach fünf machten die meisten ihrer Kolleginnen Schluss. Ann trug dann immer den Müll zum Container in der Gasse hinter dem Gebäude und ging danach zu ihrem Auto. Sie parkte stets an derselben Stelle, hinter dem Bankgebäude auf dem angrenzenden Grundstück. Die Besitzerin des Schönheitssalons schloss ab, stieg in ihr Auto, das vor der Tür stand, und fuhr weg.

In dem Moment, in dem der Wagen der Besitzerin um die Ecke verschwand, schlüpfte er in seine Handschuhe, zog sich die Kapuze seines Hoodys über das Gesicht und schlenderte den Bürgersteig hinunter. Die Straße, die von der Main Street abging, war menschenleer, und über den Asphalt kroch ein wirbelnder Nebel, der ihm bis zu den Knien reichte. Ganz in Schwarz gekleidet, konnte er sich fast unbemerkt durch das schwindende Licht bewegen und nach und nach mit den Schatten verschmelzen. Es war, als sei er selbst ein Nebel, der in alle Lücken dringen, und danach wie ein Geist wieder verschwinden konnte. Er schaute sich um und stellte zufrieden fest, dass niemand da war, der hätte sehen können, wie er in die Gasse abgebogen war, die hinter das Gebäude führte. Als der erste Rausch der Vorfreude auf den baldigen Mord abebbte, wurde er ganz ruhig. Er atmete kaum. Falls nötig, konnte er in diesem Zustand stundenlang hier stehen und warten. Aber er musste nicht allzu lange in der nach Abfällen stinkenden Luft herumstehen, bis sie die Treppe hinunterkam, die Handtasche über dem Arm und drei große schwarze Müllsäcke in den Händen. Als sie die Säcke vor dem Müllcontainer abstellte, sah er, was sie trug: eine rosa Lederjacke, einen kurzen Rock und schwarze Strümpfe, die in rosa Cowboystiefeln verschwanden. *Du hast dich zum letzten Mal so aufgetakelt.* Er wartete, bis sie den Container öffnete, und als sie sich auf die Zehenspitzen stellte, um die Säcke hineinzuwerfen, trat er hinter sie. »Hallo, Ann.«

»Huch, haben Sie mich erschreckt!« Ann drehte sich zu ihm um und sah ihn gespannt an. »Kennen wir uns?« Ihre Augen leuchteten.

Er antwortete gar nicht erst, sondern packte sie direkt am Hals und hob sie von den Füßen, damit er ihr in die Augen sehen konnte. Während des Tötens ihre Mimik zu beobachten, war ein wichtiger Teil des Nervenkitzels. Sie schaute ihn erst überrascht, dann erschrocken an, und schließlich las er in ihren Augen nichts mehr als nackte Panik. Sie schlug nach ihm und versuchte, sich aus seinem Griff zu befreien, aber gegen seine kräftigen Arme kam sie nicht an. Sie hatte keine Chance. Ihr Mund öffnete und schloss sich tonlos, wie bei einem Fisch, den man aufs Flussufer schmiss.

Er staunte jedes Mal aufs Neue, wie lange es dauerte, jemanden zu erwürgen. Das war kein schneller Tod, er war hautnah und sehr persönlich. Er konnte spüren, wie das Leben aus ihrem Körper wich. Zum Glück beraubte das Überraschungsmoment die Frauen meistens ihrer Logik. In der Regel griffen sie nach seinen Händen, um sich aus seiner Umklammerung zu befreien, aber das nützte ihnen wenig. Warum pressten sie ihm stattdessen nicht ihre Finger in die Augen oder rammten ihm ihr Knie in den Schritt? Ruby hatte immerhin versucht, ihn zu attackieren, und hatte ihn mit ihren Nägeln gekratzt, bevor er sie überwältigt hatte.

Er drückte fester zu und lächelte, als die Blutgefäße in ihren Augen explodierten wie kleine rote Sterne. Schließlich verließ sie das Leben und zugleich ein Schwall Urin. Angewidert ließ er sie fallen und ging zu einem Wasserhahn an der Hauswand, um seine Stiefel zu säubern. Während er fortging, blickte er noch einmal hinter sich, aber alles, was er in der Gasse sah, war ein Haufen Müll. Er hatte sie bereits wieder vergessen.

SECHSUNDVIERZIG

Endlich war Jenna einmal zuversichtlich, dass sie in dem Fall vorankamen. Sie ging in ihr Büro und fand dort Carter vor, der gegenüber ihrem Schreibtisch saß und an seinem Laptop arbeitete. »Wie ist es Ihnen ergangen? Hatten Sie Glück mit der Einsicht in Mrs Robinsons Bankkonten?«

»O ja.« Carter grinste sie an. »Per Gerichtsbeschluss genehmigt.«

Jenna lächelte. »Großartig. Wir warten nur noch auf Rowley, dann können wir uns alle gegenseitig auf den neuesten Stand bringen.«

»Bin schon da.« Rowley betrat ihr Büro, gefolgt von Kane und Jo.

Jenna nahm auf ihrem Stuhl Platz. »Okay, fangen wir an.« Beflügelt von ihrem wiedergewonnenen Enthusiasmus, erläuterte sie Wolfes Schlussfolgerungen und berichtete, was in der Triple Z Bar passiert war. »Dave und Jo müssen die Herkunft der DNA-Proben noch schriftlich bezeugen. Shane Wolfe überprüft sie gerade.«

»Ich habe etwas Interessantes im Fall Lucas Robinson.« Carter stand auf, ging zum Drucker, sammelte einige

Ausdrucke ein und verteilte sie. »Mrs Robinson hat etwa zwei Wochen vor dem Tod ihres Mannes zwei größere Beträge abgehoben. Falls sie nicht belegen kann, was mit dem Bargeld geschehen ist, kann es gut sein, dass sie damit einen Killer bezahlt hat.«

Erstaunt betrachtete Jenna den Kontoauszug. Das Konto lief auf Carol Robinsons Namen, und sie hatte fast alles, was sich darauf befunden hatte, abgehoben. »Ich nehme an, ihr Mann hatte eine Lebensversicherung, die ihr jetzt ausgezahlt wird?«

»Ja.« Carter lächelte. »Fünf Millionen.«

Kane pfiff durch die Zähne. »Das ist ein Motiv, und außerdem wusste sie, dass er eine Affäre hatte.« Er sah Jenna an. »Woher bekommt man in Black Rock Falls einen Auftragskiller?«

»Wussten Sie, dass sie Computerspezialistin ist? Vor ihrer Heirat war sie eine große Nummer in der IT-Branche.« Carter streckte seine Beine vor sich aus. »Wahrscheinlich hat sie einen Killer im Dark Web aufgetan. Garantiert hat sie auf ihrem Rechner alle Spuren verwischt, und zwar so fachmännisch, dass wir nichts davon finden werden.«

»Zu dumm, dass der Knabe, der mir als genialer Computerfreak angekündigt wurde, nicht aufgetaucht ist.« Jo schüttelte den Kopf. »Vielleicht könnte der den Auftragskiller aufspüren.«

»Das bezweifle ich.« Kane zuckte mit den Schultern. »Wolfe ist unser Mann für alles, was mit Computern zu tun hat, und er weiß, wie man geheime Websites aufspürt. Aber wenn Carol Robinson eine begabte Programmiererin ist, wird sie alle Spuren beseitigt haben.«

»Wenn wir den Mörder ihres Mannes finden, können wir vielleicht das Geld zurückverfolgen«, schlug Carter vor. »Falls sie ihn bar bezahlt hat und er noch in der Stadt ist, muss er die Kohle ja irgendwo haben.« Er sah Jenna an. »Meinen Sie nicht?«

»Ja, ein bezahlter Killer ist durchaus eine Möglichkeit, und wir werden uns definitiv nach dem Geld umschauen.« Jenna sah in ihre Notizen. »Weiter im Text. Jake, hast du herausgefunden, wo Kyler Hall und Cliff Young zur Zeit der Morde waren?«

»Leider nichts als Hörensagen und vage Erinnerungen.« Rowley begegnete ihrem Blick. »Die Nachbarn der beiden erinnern sich, dass ihr Pick-up in den meisten Nächten wie üblich vor dem Haus stand. Der einzige Morgen, an dem einer der Nachbarn bemerkte, dass der Wagen nicht da war, war der Morgen der Morde im Stanton Forest. Aber die zwei haben ja bereits angegeben, dass sie an jenem Morgen sehr früh losgefahren sind.« Er lehnte sich in seinem Sitz vor. »Für keinen der Todeszeitpunkte kann ihnen jemand ein Alibi geben.«

Jenna blickte auf die Uhr an der Wand und sah ihn stirnrunzelnd an. »Ist heute nicht Tom Dickson bei dir, um deine Garage aufzuräumen? Und ich halte dich hier so lange auf. Vielleicht solltest du lieber los und nach dem Rechten sehen.«

»Alles gut.« Rowley lächelte sie an. »Ich bin vorhin vorbeigefahren und habe nachgesehen, wie es läuft. Er ist ein sehr zuverlässiger Arbeiter. Meine Werkstatt ist blitzsauber.«

»Das ist schön zu hören.« Jenna erhob sich, ging zum Whiteboard und brachte die Stichworte auf den neuesten Stand. Dann drehte sie sich um und sah Walters an. »Wie ist es mit Mrs Robinson gelaufen?«

»Ich habe noch gar nicht mit ihr gesprochen.« Walters kratzte sich an seinem schütteren grauen Haar. »Aber ich war im Bestattungsinstitut, und Weems sagte mir, Mrs Robinson hätte ihn angerufen und ihm gesagt, er solle die Leiche ihres Mannes einäschern, sobald sie im Bestattungsinstitut eintrifft. Weems zeigte mir alle Dokumente; er war damit ins Krankenhaus gefahren, um sie von ihr unterzeichnen zu lassen. Er hat mir auch erzählt, dass Parker Louis und Timothy Addams, die

Opfer aus dem Stanton Forest, nächste Woche bestattet werden.«

»Okay, danke.«

Das Festnetztelefon klingelte, und Jenna hob eine Hand, um das Geschnatter im Raum zu beenden. »Sheriff Alton.«

Als sie die fröhliche Stimme der forensischen Anthropologin Jill Bates hörte, stellte Jenna den Lautsprecher an. »Jill, schön, von Ihnen zu hören. Haben Sie etwas herausgefunden?«

»Ja, den zahnärztlichen Unterlagen zufolge stammen die Überreste, die wir im Stanton Forest gefunden haben, tatsächlich von Luitl Kelly. Ich habe meine Untersuchung abgeschlossen und werde den Fall an Wolfe übergeben. Ich lasse jetzt noch intensiver nach ihrem Sohn Scott suchen. Dessen Überreste müssen in der Nähe sein, aber bisher haben wir nichts gefunden außer einem Kinderschuh.« Sie holte tief Luft. »Was Brad Kelly mir erzählt hat, scheint hinzukommen. Die skelettierten Überreste, die wir ausgegraben haben, sind vollständig. Die Schädelverletzung stimmt mit seinen Erinnerungen überein. Und noch etwas: Diese Frau erlitt über mehrere Jahre hinweg immer wieder schwere Verletzungen. Ich habe Anzeichen für Knochenfrakturen gefunden, die sich in verschiedenen Stadien der Heilung befanden.«

Wut und Mitleid mit Brads Mutter wallten in Jenna auf. »Nach allem, was wir wissen, hat sie versucht, ihren Ehemann zu verlassen. Das hätte nie passieren dürfen. Ich kann mir gar nicht vorstellen, wie es ist, mit so einem Monster zu leben.«

»Ich fürchte, das kommt häufiger vor, als Sie denken.« Jill räusperte sich. »Wenigstens ist er jetzt tot und tut niemandem mehr weh.«

Jenna musste an Brad Kelly denken. Er hatte als Kind furchtbare Gewalt mitangesehen und wahrscheinlich auch selbst erlitten. Der Spruch *Wie der Vater, so der Sohn* spielte in Dauerschleife in ihrem Kopf. Sie hoffte von ganzem Herzen, dass sie falsch lagen; dass Brad Kelly nicht nach seinem Vater kam und jenen an Grausamkeit sogar noch in den Schatten stellte. Sie seufzte und sah in die Gesichter der Anwesenden, die alle besorgt dreinschauten. »Danke, Jill, ich weiß Ihren Anruf zu schätzen. Sagen Sie Bescheid, sobald Ihr Team die Überreste von Scott Kelly findet. Das wird seinen Bruder sicher beruhigen.«

»Das werde ich tun, tschüss.«

Jenna legte den Hörer auf und blies sich die Ponyfransen aus der Stirn. »Wir befinden uns in einem Stadium der Ermittlungen, in dem wir nur noch abwarten können. Alle Beweise, die wir haben, sind bestenfalls Indizien. Jetzt können wir nur auf die DNA-Ergebnisse warten. Mit etwas Glück wird Wolfe sie bald haben. Es ist nach sechs, geht nach Hause. Morgen ist Sonntag, bleibt am besten zu Hause und ruht euch aus. Ich rufe an, wenn es etwas Neues gibt. Die Notruf-Bereitschaft übernehme ich. Ich möchte, dass alle möglichst fit sind, wenn sie gebraucht werden.«

Die Deputys gingen, nur Jo und Carter blieben sitzen. Am liebsten wäre sie nach Hause gegangen, um sich in den Whirlpool in ihrem Keller zu setzen und eine Stunde lang mal nicht an Mord und Totschlag zu denken, aber sie hatte Gäste. »Ich schlage vor, wir fahren zurück zur Ranch und gehen dann zum Abendessen aus. Ich bin zu erschöpft, um nachher noch etwas zu kochen.«

»Kriegen wir hier irgendwo ein gutes Steak?«, wollte Carter wissen. Er nahm seinen Zahnstocher aus dem Mund und schnippte ihn in den Mülleimer unter Jennas Schreibtisch.

»Es gibt ein Steakhaus in der Stadt«, sagte Kane, »da gibt es hauptsächlich Surf and Turf.« Er stand auf und sah Jenna und Jo an. »Ist das okay für Sie?«

»Mir ist es recht, ich habe ein großzügiges Spesenkonto.« Jo grinste. »Das ist einer der Vorteile, wenn man eine eigene Außenstelle leitet.«

Jenna lächelte. »Klasse, ich werde auf dem Heimweg einen

Tisch reservieren.« Sie stand auf, ging zu den Kleiderhaken hinter der Tür und nahm ihre Jacke.

Als sie den Eingangsbereich des Präsidiums betraten, lächelte Carter sie an. »Sie sind ganz anders, als ich erwartet hatte.« Er steckte sich einen neuen Zahnstocher in den Mund. »Ich habe schon viele Sheriffs kennengelernt, aber keiner konnte so viele komplizierte Ermittlungen gleichzeitig leiten wie Sie. Wie kommen Sie mit so vielen Morden zurecht?«

Jenna winkte Maggie am Tresen zu. »Sie können nach Hause gehen, es ist schon spät. Wir sehen uns am Montag.« Sie wandte sich an Carter. »Das bin ja nicht nur ich, Carter, wir sind hier ein gutes Team.«

Als sie in den kalten, klaren Abend hinausgingen, atmete Jenna die frische Brise ein, die würzigen Kiefernduft und frische Bergluft mit sich brachte. Sie nahm eine plötzliche Bewegung wahr, und im nächsten Moment tauchten wie aus dem Nichts die leuchtenden Tigeraugen von Brad Kelly vor ihr auf. Überrascht, wich sie instinktiv einen Schritt zurück. Kane und Carter reagierten sofort – im nächsten Moment sah sie nur noch Kanes breite Schultern, und als sie nach rechts schaute, sah sie, wie Carter Jo zurück hinter die kugelsichere Eingangstür drängte. Sie stupste Kane in den Rücken. »Um Himmels willen, Dave, er ist doch nicht einmal bewaffnet.« Kane trat zur Seite, und Jenna blickte in Brads wütendes Gesicht. »Ganz ehrlich, Brad, es ist keine gute Idee, mich so zu überrumpeln, wenn wir gerade einen Serienmörder in der Stadt haben.« Sie sah zu Kane auf, aber der hatte sein Kampfgesicht aufgesetzt und starrte den vermeintlichen Angreifer unverwandt an. Sie wandte sich wieder an Brad Kelly. »Wollten Sie mit mir sprechen?«

»Jill Bates hat bestätigt, dass es sich bei den Knochen um meine Mutter handelt, und jetzt hat sie sie in einen Sarg getan und anderswo hingeschickt.« Brad sah aus, als wäre er kurz davor, vor Wut zu platzen. »Wo bringen sie sie hin?« Er trat einen Schritt auf Jenna zu. Brad wirkte wie ein gefangenes wildes Tier.

Jenna senkte die Stimme, beinahe flüsterte sie: »Es tut mir leid, dass Sie nicht informiert wurden. Jill hat mich vor ein paar Minuten angerufen. Sie übergibt den Fall an Wolfe. Die Überreste Ihrer Mutter kommen in die Leichenhalle, dort wird Wolfe den Befund prüfen. Anschließend wird er Ihnen den Leichnam übergeben.«

»Ich will nicht, dass sie ins Bestattungsinstitut kommt.« Brad schüttelte den Kopf. »Mein Volk wird sich ab jetzt um sie kümmern.«

»Sie können sicher sein, dass Wolfe sie mit demselben Respekt behandeln wird, den er jedem Mordopfer entgegenbringt, das in sein Labor kommt.« Jenna meinte die Emotionen, die Brad ausstrahlte, fast mit Händen greifen zu können. Ob der Mörder, den sie suchten, gerade vor ihr stand? Wenn sie ihn jetzt so ansah, fand sie das gar nicht abwegig.

»Respekt, was?« Brad schüttelte den Kopf. »Sie tun so, als ob Sie sich für uns interessieren. Keiner tut das. Als ich meinen Lehrern erzählte, dass mein Vater meine Mutter schlägt, hat es keinen interessiert. Als meine Mutter und mein Bruder verschwanden, hat es keinen interessiert. Kein einziger Polizist ist ins Reservat gekommen, um nach uns zu suchen. Der Sheriff hat meinen Vater ungestraft davonkommen lassen. Einen Mörder!«

Jenna starrte ihn an und suchte nach den richtigen Worten. »Ich ...«

»Sparen Sie sich das, Lady.« Brad rannte zu seinem Wagen, stieg ein, und im nächsten Moment raste er die Main Street hinunter.

»O Mann.« Jo kam hinter der Tür hervor und trat neben sie. »Ich schlafe heute Nacht mit Licht an.«

Erschüttert stieg Jenna zu Kane in den SUV. »Mann, ist der wütend.«

»Aber er hat auch Grund dazu, finde ich.« Kane startete den Motor und fuhr rückwärts auf die Main Street.

Jennas Handy klingelte. Sie seufzte und sah auf das Display. »Es ist Shane.« Sie nahm den Anruf entgegen und stellte den Lautsprecher an. »Hi, was gibt's?«

»Ich habe die Ergebnisse der DNA-Tests.« Wolfe klang verwirrt. »Ich habe die Proben zweimal getestet, um sicherzugehen – deshalb die Verzögerung. Die DNA, die ich unter Ruby Evans' Nägeln gefunden habe, ist die von Brad Kelly.«

SIEBENUNDVIERZIG

Einen Moment lang war Jenna sprachlos und starrte Kane an. In der nächsten Sekunde schaltete Kane Blaulicht und Sirene ein und fuhr Brad Kelly hinterher. Jenna holte tief Luft und sprach wieder ins Handy: »Er war gerade eben hier. Bist du wirklich sicher?«

»Ja, hundertprozentig. Die DNA ist Kellys, es gibt keinen Zweifel.« Wolfe atmete lange aus. »Falls er keine andere Erklärung dafür hat, dass Ruby ihn gekratzt hat, ist er unser Mörder.«

Jenna schluckte schwer. »Okay, Shane, danke. Wir nehmen die Verfolgung auf und verhaften ihn.«

Sie unterbrach die Verbindung, aber ihr Telefon klingelte sofort wieder. Es war Jo. »Hi, wir haben einen positiven DNA-Befund. Brad Kelly, wir verfolgen ihn gerade.«

»Das habe ich mir schon gedacht, als ihr plötzlich losgeflitzt seid. Wir sind kurz hinter euch.« Jo atmete schwer. »Keinen Zweifel?«

Jenna schüttelte den Kopf und fragte sich, warum, schließlich konnte Jo sie gar nicht sehen. »Nein, Wolfe hat es zweimal getestet.«

Im Licht der Scheinwerfer wirbelte der Nebel auf und

nahm ihr die Sicht, aber immerhin konnte sie noch die Rücklichter von Brads altem Pick-up vor ihnen sehen. »Er ist bestimmt auf dem Weg zur Leichenhalle. Wahrscheinlich will er versuchen, die sterblichen Überreste seiner Mutter abzuholen.« In der Heckscheibe spiegelten sich blaue und rote Lichter, als Carter zu ihnen aufschloss. »Wir sehen uns dort.« Sie trennte die Verbindung und hielt sich am Sitz fest, als Kane »das Biest« mit quietschenden Reifen um die Kurve lenkte. Zu ihrer Überraschung fuhr Kelly rechts ran, als wolle er sie vorbeilassen. Sie registrierte seinen erschrockenen Gesichtsausdruck, als Kane sich vor ihn setzte und scharf abbremste. Carter hielt hinter Brads Pick-up und schnitt ihm den Rückweg ab. Sie stiegen aus dem SUV. Kane ging schnurstracks auf Brad zu, sie folgte ihm, zog ihre Waffe und rief: »Hände dahin, wo wir sie sehen können.«

Als Kelly seine Hände auf das Lenkrad legte, nickte Jenna Kane zu. Sie wartete ab, während er die Tür aufriss und Kelly herauszerrte. Binnen Sekunden hatte er ihn mit dem Gesicht auf die Motorhaube seines Wagens gedrückt und legte ihm Handschellen an. »Brad Kelly«, verkündete Jenna, »ich verhafte Sie wegen Mordes an Ruby Evans.« Sie erklärte ihm seine Rechte.

»Ich wusste, dass Sie versuchen würden, mir den Mord an ihr anzuhängen.« Brad schüttelte resigniert den Kopf. »Haben Sie es geschafft, die DNA-Ergebnisse zu manipulieren?«

Jenna warf Carter die Schlüssel für das Sheriff's Department zu. »Nehmen Sie ihn mit, und leiten Sie alles in die Wege.« Zu Jo sagte sie: »Ich sage gleich dem Staatsanwalt Bescheid. Ich will, dass Kelly heute Abend noch im County-Gefängnis sitzt.« Sie holte ihr Handy heraus und rief den Staatsanwalt an. »Mein Rechtsmediziner macht keine Fehler, und er hat die Probe zweimal getestet, um ganz sicherzugehen. Der Verdächtige hat einen Kratzer am Kinn, das Opfer hat seine DNA unter einem Fingernagel. Kelly hat sie in Aunt

Betty's Café kennengelernt, allerdings streitet er ab, sie seitdem noch einmal gesehen zu haben. Er ist viel zu gefährlich, als dass ich ihn hier bei mir in einer Zelle sitzen haben will. Er hat acht Menschen ermordet.« Sie schüttelte den Kopf und starrte Jo an. »Wir haben hier zwei FBI-Agenten, die mit uns an dem Fall arbeiten. Ich reiche Sie mal eben an Jo Blake weiter.« Sie drückte ihr das Telefon in die Hand.

»Tag.« Jo runzelte die Stirn. »Ich bin Verhaltensanalytikerin und leite die FBI-Außenstelle in Snakcskin Gully. Ja, die ist ganz neu. Ich schlage vor, Sie sagen dem County-Gefängnis Bescheid, dass sie uns einen Hubschrauber und vier Wachleute schicken. Dieser Mann ist zu allem fähig. Er muss in eine abgesicherte Umgebung, und zwar schnell. Also: Beeilung.« Sie hörte eine Weile zu. »Binnen einer Stunde? Gut.« Sie trennte die Verbindung und gab Jenna ihr Telefon zurück. »Wie es aussieht, können wir gegen neun Uhr essen.«

»Das Steakhaus hat samstags bis Mitternacht geöffnet. Ich reserviere uns einen Tisch.« Jenna telefonierte mit dem Restaurant, als sie das Sheriff's Department betrat. Drinnen traf sie auf Kane, der gerade ebenfalls ein Telefongespräch beendete.

»Hättest du gedacht, dass der Richter um diese Zeit noch im Büro sitzt?« Kane lächelte. »Er wird uns gleich den Haftbefehl unterschreiben.«

»Der Gefangene ist in der Zelle.« Carter kam auf sie zugeschlendert. »Ich schreibe den Haftbefehl und den Durchsuchungsbeschluss und leite beides an den Richter weiter.«

Jenna staunte, wie effizient er war, und lächelte ihn an. »Danke. Ich bin so erleichtert, dass wir ihn ohne Probleme herbekommen haben. Hat er um einen Anwalt gebeten?«

»Ja.« Kane nickte. »Ich werde Sam Cross anrufen.«

Jenna runzelte die Stirn. »Warte noch, bis wir den Haftbefehl haben. Nicht, dass er noch ein Schlupfloch findet, durch das Kelly wieder auf freien Fuß kommt.« Im nächsten Moment flog die Eingangstür auf und Rowley kam herein, immer noch in

Uniform, dicht gefolgt von Atohi. Jenna schüttelte den Kopf. »Ich habe dich doch nach Hause geschickt, damit du dich ausruhen kannst.«

»Wir waren bei Aunt Betty's.« Rowley sah erst Jenna an, dann Kane. »Was ist passiert?«

Jenna graute davor, Atohi mitzuteilen, dass sie seinen Cousin festgenommen hatten, aber sie hatte keine Wahl. »Es tut mir leid, Atohi, wir haben Brad wegen des Mordes an Ruby Evans verhaftet. Bevor du protestierst: Wir haben seine DNA unter ihren Nägeln gefunden. Er hat einen Kratzer im Gesicht und kann nicht beweisen, wo er sich zur Zeit der Morde aufgehalten hat.« Sie seufzte. »Wir werden Sam Cross anrufen, damit er ihn als Pflichtverteidiger vertritt. Ich werde die Beweise vorlegen, die wir bisher haben, und dann muss das Gericht entscheiden.«

»Ich kann das alles gar nicht glauben.« Atohi konnte kaum verbergen, wie schockiert er war. »Wütend war er bestimmt, aber doch kein Mörder.«

Jenna drückte seinen Arm. »Wir werden seine Sachen durchsuchen müssen. Hast du gesehen, ob er irgendwann größere Mengen Bargeld bei sich hatte?«

»Geld hatte er schon.« Atohi schüttelte den Kopf. »Von der Arbeit. Er hat meiner Mutter etwas gegeben. Und er hat Vorkehrungen für die Überreste seiner Mutter getroffen und auch schon bezahlt, glaube ich.« Er sah Jenna an. »Ihr könnt gerne sein Zimmer durchsuchen, aber im Grunde hat er alles, was er besitzt, in einem Rucksack in seinem Pick-up. Darf ich zu ihm?«

Jenna schüttelte den Kopf. »Tut mir leid, das geht nicht.«

»Dann sag ihm wenigstens, dass ich mich um seine Mutter kümmere.« Atohi wandte sich ab und ging mit hängenden Schultern zur Tür hinaus.

»Ich bin gleich wieder da«, sagte Carter. Er ging auf die Tür zu und drehte sich noch einmal zu Kane um. »Wenn Sie zurück zur Ranch fahren, um sich für das Abendessen umzuziehen, können Sie mir ein sauberes Hemd mitbringen? Ich werde hier duschen, während wir auf den Hubschrauber warten, dann verpassen wir nicht unsere Reservierung fürs Abendessen. Rowley wird mir sicher Gesellschaft leisten.« Er ging zur Tür hinaus, den Papierkram in der Hand.

»Mach ich.« Kane sah ihm hinterher.

Jenna wandte sich an Rowley. »Ist es okay für dich, wenn du hierbleibst, bis sie Kelly abgeholt haben?«

»Kein Problem. Meine Freundin besucht dieses Wochenende ihre Oma, also habe ich eh nichts Besseres zu tun.« Rowley sah sie an. »Wie geht es jetzt weiter?«

»Wir benachrichtigen Sam Cross, sobald Carter mit den Haftbefehlen zurück ist.« Sie lehnte sich gegen den Tresen, plötzlich fühlte sie sich erschöpft. »Ich habe Kelly offiziell wegen Mordes an Ruby Evans verhaftet. Dave macht den Papierkram fertig, und der Staatsanwalt sorgt dafür, dass Kelly bis zu seiner Anhörung ins County-Gefängnis kommt. Er besorgt gerade einen Hubschrauber. Ich hoffe nur, dass Cross den Richter nicht überredet, ihn auf Kaution freizulassen.«

»Das könnte frühestens am Montag passieren, eher noch Dienstag.« Kane reichte Jenna die Dokumente zur Unterschrift. »Wir müssen uns beeilen, wenn wir vor dem Essen noch nach Hause wollen, um die Pferde und die Hunde zu füttern.« Er rieb sich den Bauch. »Aber bis neun schaffen wir es bestimmt zurück in die Stadt.« Er sah Rowley an. »Sorg dafür, dass Kelly etwas zu essen bekommt. Lass etwas von Aunt Betty's kommen. Stichwort: Sorgfaltspflicht.« Er lächelte Jenna an. »Immerhin ist er unschuldig, bis seine Schuld bewiesen ist.«

»Da kommt Carter.« Jo spähte durch die Glastür. »Das war aber schnell. Der fährt wie ein Verrückter.«

»Es waren ja nur zwei Blocks«, sagte Jenna und lächelte.

»Solange er den Hubschrauber ordentlich fliegt, werden Sie schon klarkommen.« Sie schloss den Reißverschluss ihrer Jacke und wandte sich an Rowley. »Ruf mich an, falls es irgendwelche Probleme gibt. Wir sind ab neun im Steakhouse.«

»Alles klar.« Rowley nahm ihr das Schlüsselbund ab.

In dem Moment, als Carter mit dem Haftbefehl das Gebäude betrat, wandte sich Jenna wieder an Rowley. »Ruf Sam Cross an und anschließend Shane, bevor es noch später wird. Sag ihm, dass er Kellys Pick-up unter die Lupe nehmen kann.« Sie kaute auf ihrer Unterlippe. »Wir suchen nach dem Bargeld, das ihn mit dem Mord an Lucas Robinson in Verbindung bringt, aber er wird sicher erst einmal nach Spuren suchen wollen, die beweisen, dass Ruby in dem Wagen war. Ich denke mal, er wird ihn morgen früh abschleppen und zur Rechtsmedizin bringen lassen.« Sie starrte ins Leere und dachte nach. »Du könntest auch noch eine Pressemitteilung herausgeben, aber darin darf nur stehen, dass wir eine Person verhaftet haben, die verdächtig ist, die Morde auf der Old Mitcham Ranch begangen zu haben. Mehr nicht, keine weiteren Informationen.«

»Okay, das kriege ich schon hin. Geht ihr erst mal essen«, sagte Rowley und lächelte.

Jenna sah Kane und Jo an. »Also los, gehen wir.«

ACHTUNDVIERZIG

Inmitten des sonoren Gemurmels der Gäste im Restaurant aß Jenna den letzten Bissen ihres Steaks. Jetzt, wo der Killer hinter Gittern war, konnte sie sich endlich wieder entspannen. Es war ein wunderbarer Abend gewesen. Kane und Carter unterhielten sich angeregt über alles Mögliche, von der Jagd bis hin zu Motoren, und ihr wurde klar, wie sehr er seine Freunde vermissen musste. Der Kaffee kam. Sie plauderte so vertraut mit Jo, als ob sie sie schon ihr ganzes Leben kennen würde; es tat gut, mit jemandem zu reden, der die gleichen Interessen hatte wie sie. Schade, dass sie nach Snakeskin Gully zurückkehren musste. »Wie geht es Jaime heute Abend?«

»Sie kommt besser mit unserer Trennung zurecht als ich.« Jo lächelte sie an. »Ich habe mir solche Sorgen gemacht, aber sie liebt unser Haus, hat in der Schule schon Freundinnen gefunden und sagt, sie möchte unbedingt einen Hund.«

»Das ist doch schön.« Jenna schaute Carter an. »Wartet auf Sie zu Hause jemand, Ty?«

»Nein, ich habe nur Zorro.« Carter zuckte mit den Schultern. »Bis jetzt war in meinem Leben nie Platz für eine Frau.

Wenn ich mich binde, dann nur zu hundert Prozent, und das geht nicht, wenn ich ständig unterwegs bin.«

Jenna nickte. Die bewundernden Blicke der Frauen an den Nebentischen waren ihr nicht verborgen geblieben. »Ich bin mir sicher, dass es da draußen jemanden gibt, der Sie glücklich machen wird.«

»Ich habe es nicht eilig.« Carter lächelte sie an. »Im Moment bin ich ohnehin mit meinem Job verheiratet.« Er sah Kane an. »Sie kennen das auch, oder?«

»Klar.« Kane lehnte sich in seinem Stuhl zurück und lächelte. »Ich habe bisher nur einmal Urlaub gemacht, seit ich hier bin. Die ständigen Mordserien halten uns ganz schön auf Trab.«

»Wollen wir noch weiterziehen?« Carter schob seine Kaffeetasse beiseite. »Ich habe gehört, dass es im Cattleman's Hotel einen Billardtisch gibt.« Er sah Kane an. »Wie lange ist es her, dass Sie so einen richtigen Männerabend hatten?«

Jenna grinste Kane an. »Na komm, Dave, das hast du dir doch wirklich verdient.« Sie sah Jo an. »Wir vertreiben uns auch ohne euch die Zeit.«

»Das kann aber spät werden.« Kane schüttelte den Kopf. »Ich lasse dich nicht gern allein auf der Ranch.«

Jenna hielt ihr Smartphone hoch. »Ich habe ein Telefon und einen Panikraum. Wir sind beide bewaffnet, die Ranch ist sicher wie Fort Knox, und notfalls haben wir immer noch Duke und Zorro.« Sie sah Jo an. »Wir kommen schon klar.« Jenna wedelte mit der Hand. »Na los, haut schon ab. Wir fahren nach Hause. Vielleicht steigen wir noch in den Whirlpool.«

»Ihr habt einen Whirlpool?« Jo machte große Augen. »Da bin ich dabei.«

Jenna sah Kane und Carter hinterher, wie sie zur Tür hinausgingen. Sie steckte die Schlüssel zu ihrem Streifenwagen, die Carter hatte auf dem Tisch liegen lassen, in ihre Handtasche und wandte sich wieder ihrem Kaffee zu. »Mist, ich hätte

Kane noch um seinen Hausschlüssel bitten sollen. Die Hunde sind in seiner Hütte, ich hätte sie ins Haus bringen können.«

»Die schlafen bestimmt tief und fest.« Jo nippte an ihrer Tasse und seufzte. »Es ist schon spät, und ich bin ganz erschlagen. Wollen wir los?« Sie reichte dem Kellner ihre Kreditkarte, und er verschwand damit.

Jennas Telefon klingelte. Sie schaute drauf und runzelte die Stirn. »Verdammt, der Notruf.«

»Soll ich Kane Bescheid sagen?« Jo zückte ihr Telefon.

»Moment noch.« Jenna nahm den Anruf entgegen. »911, was ist Ihr Notfall?«

»Oh, beeilen Sie sich bitte«, tönte die Stimme eines Mannes in ihr Ohr, »da ist eine Frau hinter dem Schönheitssalon, und ich glaube, sie ist tot. Die sieht jedenfalls tot aus.«

Jenna nahm einen Stift aus ihrer Handtasche und zückte ihre Papierserviette. »Okay, wie heißen Sie, und unter welcher Nummer kann man Sie erreichen?«

»Errol Stack. Ich war mit meinem Hund auf der Alpine Road unterwegs, er hat sie entdeckt. Ihre Augen sind ganz starr, und überall krabbeln Ameisen herum.« Er gab ihr seine Nummer.

»Okay, Mr Stack, hier ist Sheriff Alton. Ich bin in fünf Minuten bei Ihnen. Warten Sie an einer Stelle, wo man Sie gut sehen kann, fassen Sie nichts an. Bleiben Sie in der Leitung. Ich melde mich gleich wieder bei Ihnen.« Sie schaute Jo an und stellte das Handy auf stumm. »Rufen Sie Wolfe an. Ein Mr Stack hat eine Leiche hinter dem Schönheitssalon an der Alpine Road gefunden. Ich will Kane nicht den Abend verderben. Wir werden uns darum kümmern.«

»Okay.« Jo tätigte den Anruf. »Wolfe ist auf dem Weg.«

»Sehr gut.« Jenna war froh, dass sie routinemäßig ihr Schulterholster trug. Sie stand auf. »Der Schönheitssalon ist nicht weit.« Sie eilte ins Freie und lief zu ihrem Streifenwagen. Der Nebel ging ihr bis zu den Knien. »Das Wetter macht die Stadt dieses Jahr wirklich unheimlich. Dieser Nebel wird von Tag zu Tag dichter.«

»Die Kinder werden es sicher lieben, wenn sie von Tür zu Tür gehen, um Süßigkeiten einzusammeln.« Jo kletterte auf den Beifahrersitz. »Ich hoffe, dass wir diesen Fall in den nächsten Tagen abschließen können. Ich wäre an Halloween gerne bei Jaime zu Hause.«

Jenna ließ den Motor an und stellte ihr Telefon auf Lautsprecher. »Alles okay bei Ihnen, Mr Stack?«

»Ja, ich warte hier unter einer Straßenlaterne. Ich bin bewaffnet, falls jemand auf mich zugestürmt kommt, schieße ich.«

Jenna warf Jo einen Blick zu. »Okay.« Sie schaltete das Blaulicht ein. »Sie sollten in Kürze meinen Streifenwagen sehen – ich fahre die Main Street hinunter und bin in zwei Minuten an der Alpine Road.«

Der Nebel wurde immer dichter. Sie bog in die Seitenstraße ein und entdeckte sofort Mr Stack, einen älteren Mann mit einem schwarzen Hund an der Leine, der in ein hellrotes Jäckchen gekleidet war. Soweit sie es im Nebel erkennen konnte, war es ein Boston Terrier. Sie fuhr vorbei, wendete und hielt an, aber bevor sie aussteigen konnte, berührte Jo ihren Arm. Jenna beendete das Telefongespräch und sah sie an. »Was ist?«

»Wenn wir aussteigen wollen, bevor Wolfe hier ist, werde ich hinter dem Wagen bleiben, um Ihnen den Rücken freizuhalten.« Jo zog ihre Waffe, stieg aus dem Streifenwagen und sah sich um.

Der Nebel kroch über den Bürgersteig. Das orangefarbene Licht der Straßenlaterne und das Plastikskelett, das an der Querstange baumelte, verliehen der Szene eine gespenstische Atmosphäre. Ein kalter Windhauch streifte Jennas Wange, als sie ausstieg und ihre Waffe zog. Abgesehen von dem Licht, das auf den Mann und seinen Hund fiel, und dem blau-roten

Blinken des Streifenwagens war rund um die Geschäfte und die Bank alles stockfinster. Sie hielt die offene Tür zwischen sich und dem Fremden. »Mr Stack, bitte nehmen Sie Ihre Waffe, und legen Sie sie auf den Boden.«

»Warum?« Stack trat einen Schritt näher. »Ich bin derjenige, der Sie gerade angerufen hat. Ich habe die Leiche gefunden.«

Jenna richtete ihre Waffe auf ihn und zielte mitten auf seine Brust. »Ja, aber wenn Sie bewaffnet sind, müssen Sie Ihre Waffe auf den Boden legen und zur Seite treten. Das ist das übliche Prozedere, Mr Stack. Bitte kooperieren Sie.«

»Oh, verstehe.« Stack griff in seine Jacke.

»Holen Sie Ihre Waffe ganz langsam mit zwei Fingern heraus.« Jenna hielt den Atem an und hielt ihre Glock ganz ruhig, während er ihrer Anweisung nachkam, seine Pistole vorsichtig auf den Boden legte und dann einen Schritt zurücktrat.

Jenna steckte ihre Dienstwaffe ins Holster und ging auf ihn zu. »Ich muss Sie abtasten, Mr Stack.«

»Auch das noch.« Stack drehte sich um und legte seine Hände flach an die Wand des Schönheitssalons. »Wenn ich jemals wieder eine Leiche finde, gehe ich einfach weiter.«

»Sauber.« Jenna drehte sich um und sah Jo an, die weiterhin ihre Waffe auf den Fremden gerichtet hatte. Sie räusperte sich. »Na schön, Mr Stack. Wo ist die Leiche?«

»Dahinten.« Stack zeigte auf einen Durchgang an der Seite des Gebäudes. »Bei den Müllcontainern auf der Rückseite vom Salon. Als wir hier vorbeigingen, fing mein Hund an zu bellen und lief da hinunter. Ich bin ihm hinterher. Ich dachte, er jagt Ratten. Als ich die Frau sah, habe ich fast einen Herzinfarkt bekommen.«

Wie eine Warnung lief Jenna ein Schauer über den Rücken, als sie in die Dunkelheit spähte. Ob es vielleicht doch eine Falle war? »Wie konnten Sie die Frau sehen? Haben Sie eine Taschenlampe?«

»Mit der Taschenlampe am Handy.« Stack schaltete sie ein und fuchtelte damit herum. »Sehen Sie?«

In diesem Moment hörte Jenna ein Auto die Straße herunterkommen. Sie stieß einen Seufzer der Erleichterung aus, als Wolfe vor dem Schönheitssalon anhielt. »Warten Sie hier, Mr Stack.« Sie hob seine Pistole auf, zog das Magazin heraus und überprüfte die Kammer, dann steckte sie sie in ihre Tasche. Sie zückte ihr Smartphone und aktivierte die starke LED-Lampe. Als Wolfe an ihre Seite trat und sich umsah, zeigte sie auf den Durchgang. »Die Leiche soll hinter dem Gebäude sein.«

»Alles klar.« Wolfe schaltete seine Taschenlampe ein und ging voraus. »Webber ist schon auf dem Weg. Gib mir Deckung.« Er trat in die Dunkelheit.

Jenna winkte Jo heran. »Kommen Sie, wir sehen nach.«

Sie folgten Wolfe und sicherten mit Taschenlampen und Waffen die Umgebung. Der Durchgang endete an einer Gasse an der Rückseite des Schönheitssalons, und ein kurzer Blick in die Umgebung zeigte ihr, dass sie allein waren. Im Licht ihrer Lampe sah Jenna zwei Beine, die hinter einem gefüllten Müllsack hervorlugten. Sie wandte sich an Wolfe und gab Entwarnung.

»Jo, leuchten Sie mir.« Wolfe stellte seine Tasche auf den Boden, holte Handschuhe heraus und reichte ihr ein Paar.

»Gerne.« Jo leuchtete die Leiche mit ihrem Telefon an. »Verdammt, ist die jung – wie alt ist sie, achtzehn oder so?«

Jenna betrachtete die tote Frau, deren Arme und Beine schlaff übereinanderlagen, wie bei einer Stoffpuppe, die ein Kind achtlos in die Ecke geworfen hatte. Sie betrachtete den entsetzten Gesichtsausdruck der jungen Frau. Plötzlich wurde ihr klar, dass sie die Tote kannte. Sie beugte sich näher heran. »Ich weiß, wer das ist. Ann Turner. Sie hatte eine Affäre mit

Lucas Robinson. Ich habe sie kürzlich befragt. Wann ist das passiert? Der Schönheitssalon macht um fünf zu.«

»Ich würde sagen, sie ist seit etwa vier Stunden tot.« Wolfe reichte auch Jenna ein Paar Handschuhe. »Ich mache ein paar Fotos vom Tatort, dann kannst du in ihrer Handtasche nach einem Ausweis suchen.«

Während Wolfe die Aufnahmen machte, suchte Jenna mit einer Rastertechnik, die Kane ihr beigebracht hatte, die Gegend ab. Der Boden war feucht, aber von dem Wasserhahn an der Wand führten keine Fußspuren fort. Mehrere Zigarettenstummel lagen am Fuß der Treppe auf dem Boden. Der Lippenstift, der an den meisten Kippen zu sehen war, verriet ihr, dass die Frauen, die dort arbeiteten, sich für ihre Raucherpausen gerne auf die Treppe setzten. Nachdem sie den kleinen Bereich abgesucht hatte, kehrte sie zu Wolfe und Jo zurück. »Keine weiteren Spuren. Am Fuß der Treppe liegt ein Haufen Zigarettenkippen; soll ich die einsammeln?«

»Nein.« Wolfe musterte Anns Augen. »Ich bezweifle, dass der Mörder hier ganz entspannt eine geraucht hat, während er auf sie wartete. Kriminelle sind normalerweise nicht so dumm.« Er drehte die Leiche um und untersuchte sie flüchtig. »Sie hat keine Male am Körper. Irgendetwas ist unter den Fingernägeln, das werde ich eintüten, aber es scheint keine Haut oder Fleisch zu sein. Sieht mir ganz nach Ersticken durch Strangulation aus. Es ist nicht zu einem Kampf gekommen. Da sie die Mülltüten und ihre Handtasche hat fallen lassen, würde ich sagen, der Mörder hat sie überrascht, wahrscheinlich als sie den Müllcontainer öffnete.«

»Das war wieder ein Profi.« Jo starrte die Leiche an. »Wenn Männer eine Frau erwürgen, wollen sie damit ihre Macht demonstrieren. Am häufigsten geschieht das beim Mord an der eigenen Ehefrau, es wird aber auch eingesetzt, um Frauen zu überwältigen und dann zu vergewaltigen. Bei beidem geht es um Macht über Frauen.« Sie schürzte ihre Lippen. »Das sehe ich hier überhaupt nicht. Er hat sie kaum angefasst. Ihre Kleidung scheint intakt zu sein. Es ist, als wäre er einfach auf sie zugegangen und hätte sie getötet, und das auf eine Weise, bei der er möglichst wenig Spuren hinterlässt. Nirgends ist Blut. Ein Mann von durchschnittlicher Größe und Gewicht wäre in der Lage gewesen, sie zu erwürgen und dabei nicht mit ihrer Kleidung in Berührung zu kommen, aber ich würde trotzdem an ihr nach Spuren suchen.«

»Sie war Friseurin.« Wolfe runzelte die Stirn. »Ich sehe eine Menge Haare auf ihrem Rock; die Wahrscheinlichkeit, dass eines davon dem Mörder gehört, ist gering. Wenn es sich um einen Profikiller handelt, hat er keine Spuren zurückgelassen.« Er sah Jenna an. »Brad Kelly hätte noch Zeit gehabt, sie umzubringen, bevor du ihn verhaftet hast.«

Jenna hörte Schritte, die schnell näher kamen. Mit klopfendem Herzen griff sie nach ihrer Waffe, doch es war nur Webber. »Ah, gut. Sie sind es.«

»Holen Sie meinen Van, und fahren Sie ihn rückwärts in die Gasse. Ich bin hier fertig und bringe die junge Frau in die Leichenhalle«, sagte Wolfe zu ihm. Dann hob er die Handtasche vom Boden auf und drückte sie Jenna in die Hand. »Du musst ihre Familie benachrichtigen.« Er seufzte. »Ich werde heute Abend die Voruntersuchung machen, aber die Autopsie muss bis Montag warten. Ich habe im Moment alle Hände voll zu tun.«

Jenna nickte. »Klar doch.« Sie öffnete die Handtasche und leuchtete hinein. Darin fand sie ein wenig Bargeld, Autoschlüssel und einen Führerschein. »Ann wohnt drüben an der Stoney Road. Ich nehme Stacks Aussage auf, und dann fahren wir hin, um ihre Angehörigen zu informieren.«

»Wo ist Kane?«, fragte Wolfe und warf ihr einen neugierigen Blick zu, während er einen Leichensack aus seinem Koffer holte.

»Der ist mit Carter im Cattleman's Hotel.« Jenna verstaute

die Gegenstände wieder in der Handtasche und steckte diese in einen Beweismittelbeutel. »Manchmal muss ich ihm eine Auszeit gönnen. Das hier kann bis morgen früh warten. Ich habe alles unter Kontrolle.«

»Ah, ich verstehe.« Wolfe wartete auf die Ankunft seines Wagens und sah Jenna an. »Wir übernehmen ab hier. Wenn du mich brauchst, ich werde noch eine ganze Weile wach sein.«

Jenna zog mit einem Plopp ihre Handschuhe aus und warf sie in den Müllcontainer. »Danke.« Sie sah Jo an. »Haben Sie das schon oft machen müssen? Todesnachrichten überbringen?«

»Nein.« Jo folgte ihr zwischen Van und Hauswand hindurch. »Normalerweise ruft man mich, wenn das erledigt ist. Ich schätze mal, das ist eine unserer undankbarsten Aufgaben.«

Jenna verzog den Mund. Sie ging zum Streifenwagen, um ihren Schreibblock zu holen; bevor sie aufbrachen, musste sie noch Stacks Aussage aufnehmen. »O ja, in der Tat.«

NEUNUNDVIERZIG

Es war kurz vor Mitternacht, und auf der Fahrt zurück zur Ranch kam Jenna die Gegend ganz surreal vor. Die Häuser, an denen sie vorbeikamen, waren alle für Halloween geschmückt; das würde ein spektakuläres Straßenfest am kommenden Freitag werden. Es war Vollmond, und die Sterne strahlten am wolkenlosen Himmel unendlich weit, aber wo das Mondlicht auf den tanzenden weißen Nebel traf, der über die schwarze Fahrbahn schwebte, sah es aus, als wäre eine Prozession geister- hafter Gestalten unterwegs. Immer, wenn ihre Scheinwerfer eine der schaurigen Dekorationen an den Zäunen erleuchteten, spürte sie einen Anflug der Angst, die sie als Kind vor der Dunkelheit gehabt hatte. Es war schon eine Weile her, dass sie diese Straße hinuntergefahren war, ohne dass Kane neben ihr saß. Sie vermisste seine unerschütterliche Stärke und seinen schwarzen Humor; er schien es immer gleich zu spüren, wenn sie unruhig wurde, und dann brachte er sie zum Lachen.

»Beunruhigt Sie irgendetwas?« Jo drehte sich in ihrem Sitz um und sah sie an. »Die Angehörigen zu benachrichtigen, hat mich total fertiggemacht. Manchmal ist es schwer, die Arbeit Arbeit sein zu lassen, was?«

Jenna bog in die Einfahrt zu ihrer Ranch ein und wartete darauf, dass sich das Tor öffnete und die Flutlichtanlage das Gelände erhellte. »Die Arbeit ist es ausnahmsweise gar nicht. Wobei ich mir schon Vorwürfe wegen Anns Tod mache – hätten wir die Ergebnisse der DNA-Analyse früher gehabt, wäre sie vielleicht noch am Leben.« Sie sah Jo an und seufzte. »Es ist nur so seltsam, ohne Kane heimzukommen.« Sie warf ihr einen kurzen Blick zu. »Früher hat er mich mit seiner übertrieben fürsorglichen Art verrückt gemacht, aber jetzt gerade vermisse ich ihn irgendwie.«

»Ich weiß, was Sie meinen.« Jo grinste. »Ich habe im Laufe der Jahre mit einer Reihe Navy Seals und Marines zusammengearbeitet; man kann Agenten aus ihnen machen, aber was sie beim Militär gelernt haben, treibt man ihnen nicht aus. Ich habe an Kanes Verhalten sofort erkannt, dass er beim Militär war. Solche Leute sind immer sehr rücksichtsvoll, und ihren eigenen Körper dazu einzusetzen, andere zu schützen, ist für sie ganz normal. Überlegen Sie mal, wie das heute gelaufen ist.« Sie lächelte. »Ich habe Ty gerade erst kennengelernt, und er hat mich innerhalb von Sekunden aus der Gefahrenzone gebracht. Kane hat sich sofort vor Sie gestellt, bereit, eine Kugel abzufangen, falls nötig. Das ist kein Machogehabe – dazu sind sie ausgebildet worden. Wissen Sie, anfangs fand ich Ty ganz schön arrogant, aber jetzt, wo ich ihn besser kennenlerne, finde ich, er ist ein ziemlich cooler Typ.«

Jenna fuhr vor die Veranda und stieg aus dem Streifenwagen. Ihr Rücken schmerzte von dem langen Tag. Lautes Bellen hallte über den Hof, gefolgt von Dukes langgezogenem Heulen. »Die Hunde wollen raus.«

»Vielleicht müssen sie Gassi gehen?« Jo sah zu Kanes Hütte, die im Dunkeln lag, und zuckte mit den Schultern.

»Nein.« Jenna stieg die Treppe hinauf. »Hinter seinem Häuschen gibt es einen eingezäunten Bereich. In der Hintertür ist eine Hundeklappe, durch die sie rein und raus können, und

Kane hat ihnen jede Menge Futter hingestellt. Ich bin nur froh, dass wir die Pferde schon gefüttert haben, bevor wir losgefahren sind. Sie so spät noch versorgen zu müssen, macht keinen Spaß.«

Bevor sie die Tür öffnen konnte, sauste ein schwarzer Blitz über die Veranda. »Was zum ...?«

»Ich wusste gar nicht, dass Sie eine Katze haben.« Jo bückte sich und hob die Katze hoch, die in ihrem Arm sofort zu schnurren begann. »Och, ist die süß. Ihre Augen haben die Farbe von Kürbissen, wie passend!«

Jenna staunte, dass die Katze wieder da war, und schüttelte den Kopf. »Das ist auch gar nicht meine. Sie ist erst vor Kurzem hier aufgetaucht. Ich dachte, sie gehört zur Old Mitcham Ranch. Sie ist am Tag des Massenmords aufgetaucht und war voller Blut. Wir sind überhaupt nur dorthin gefahren, um nach dem Rechten zu sehen, weil die Katze in die Richtung verschwand. Wenn die Katze nicht gewesen wäre, würde der Mörder vielleicht immer noch sein Unwesen treiben.«

»Sieht ganz so aus, als hätte sie beschlossen, dass das hier ihr neues Zuhause ist.« Jo strahlte Jenna an. »Manchmal suchen sich Haustiere ihre Besitzer aus. Darf sie mit reinkommen?«

Jenna überlegte einen Moment lang. »Meinetwegen, aber ich habe gar keine Katzensachen hier. Brauchen Katzen nicht ein Katzenklo?«

»Ich denke mal, wenn sie nach draußen will, wird sie es Ihnen schon mitteilen. Sie scheint sehr intelligent zu sein.« Jo streichelte der Katze den Kopf. »Wie sie wohl heißt?«

»Vielleicht Pumpkin?« Jenna grinste. Sie öffnete die Haustür und deaktivierte die Alarmanlage. »Ich werde ihr etwas zu essen geben. Ich habe irgendwo noch eine Dose Thunfisch.« Sie ging in die Küche.

Als Jenna die Katze versorgt hatte, wandte sie sich an Jo. »Das war ja einfach. Da wir morgen früh nicht ins Büro müssen, werde ich jetzt ein Bad im Whirlpool nehmen.

Kommen Sie mit? Ich habe einen Badeanzug, der Ihnen passen dürfte.« Sie lächelte. »Es ist eine riesige Wanne. Ich würde sagen, da passen mindestens zehn Navy Seals hinein, und dann ist immer noch Platz.«

»Sehr gerne.« Jo folgte ihr in ihr Schlafzimmer. »Das ist wahrscheinlich die letzte Nacht, die ich hier verbringe. Bei der Beweislast wird der Richter nicht anders können, als die Anklage zuzulassen. Sie haben einen sehr gefährlichen Mann von der Straße geholt.«

»*Wir* haben das, als Team. Ich kann mir auch nicht vorstellen, dass Kelly freikommt. Allein aufgrund der DNA-Spuren.« Jenna suchte in ihren Schubladen nach etwas Passendem für Jo. Sie reichte ihr einen Einteiler, und Jo ging damit ins Gästezimmer. Jenna zog sich um und starrte aus dem Fenster auf die dunklen Schatten, die Kanes Hütte umgaben. Sie vermisste ihn, wenn er nicht in ihrer Nähe war. *Bin ich etwa schon auf Dave angewiesen?* Sie betrachtete sich in der Spiegeltür des Kleiderschranks und schüttelte den Kopf. *Das soll die furchtlose Sheriff Alton sein?* Sie schnappte sich ein paar Handtücher aus dem Schrank im Flur und begegnete Jo, die gerade aus ihrem Zimmer kam. »Der Whirlpool ist unten in einem Raum neben dem Trainingsraum.« Sie ging voran und führte Jo quer durch das Haus zu einer Tür, hinter der eine Rampe in den ausgebauten Keller führte. Zu ihrer Verwunderung folgte ihnen die Katze auf Schritt und Tritt. Ihr hoch erhobener Schwanz wogte hin und her.

»Ach, hier sind Sie und Kane also immer in aller Herrgottsfrühe.« Jo lächelte sie an. »Ich habe mich schon gewundert, wohin Sie zwei immer verschwinden; ich dachte, in den Stall, um die Pferde zu füttern.«

»Das tun wir außerdem. Mit dem Training hier unten halten wir uns fit. In dieser Stadt weiß man nie, wann man sich verteidigen muss.«

An der Stirnseite des Trainingsraums öffnete Jenna eine

Tür und schaltete dahinter das Licht ein. Zum Vorschein kam ein mit Holz verkleideter Raum, in dem sich der riesige Whirlpool und das Dampfbad befanden, die Kane in seiner Freizeit eingebaut hatte. »Die meiste Arbeit hier drin hat Kane erledigt. Der Keller erstreckt sich über die gesamte Grundfläche des Hauses, wir haben also jede Menge Platz. Den Trainingsraum habe ich vor einigen Jahren einrichten lassen, er hat die Hantelbänke und die anderen Foltergeräte besorgt.« Sie legte die Handtücher in die Nähe und schaltete die Sprudeldüsen im Whirlpool ein. »Es ist schon ein wenig dekadent, das Wasser die ganze Zeit warm zu halten, aber dank der Solarzellen sind die Kosten minimal.«

Die Katze sprang auf die Bank, setzte sich hin und wusch sich die Pfoten. Jenna lächelte. »Pumpkin hat sich ja prächtig eingelebt. Ist das Wasser warm genug?«

»Ganz wunderbar.« Jo schlüpfte ins Becken. »Ich muss mir unbedingt auch so einen besorgen.« Sie sah Jenna an. »Das einzig Gute an der Scheidung von einem prominenten Anwalt ist die Abfindung. Die müsste in ein paar Wochen auf meinem Konto sein.«

Obwohl Jo ziemlich aufgeräumt klang, meinte Jenna einen unterschwelligen Groll in ihrer Stimme zu hören. Sie war sich nicht sicher, ob Jo über ihre Vergangenheit sprechen wollte. »Ich glaube, Fremdgehen kann man besonders schwer verzeihen oder überwinden. Ich kann mir gar nicht vorstellen, wie Sie das verkraftet haben. Das war doch sicher ein Schock.«

»Schock ist gar kein Ausdruck.« Jo fuhr mit den Fingern durch das Wasser. »Ich kam nach einem zweitägigen Einsatz nach Hause und musste feststellen, dass meine Chefin bei uns eingezogen war.« Sie starrte in die Ferne. »Er hatte Jaime zu meiner Mutter geschickt und ihre und meine Sachen bereits gepackt. Als würden wir ihm von heute auf morgen nichts mehr bedeuten.« Sie schüttelte den Kopf. »Das werde ich ihm nie verzeihen, Jenna. Mich so zu behandeln, ist das eine, aber Jaime hat das wirklich nicht verdient.«

Jenna konnte spüren, wie weh es ihr noch immer tat, und seufzte. »Kommen Sie denn zurecht?«

»Ich? Klar, ich bin knallhart.« Jo schüttelte sich. »Ich weiß, dass er mich aus dem FBI raushaben will, aber die Genugtuung werde ich ihm nicht geben. Ich mag meinen Job, und jetzt habe ich sogar neue Freunde.« Sie lächelte. »Ich freue mich darauf, die neue Außenstelle zu leiten, und der Sheriff von Snakeskin Gully ist ein echter Adonis.«

Jenna lachte, und dann hörte sie ein Fauchen. Es war die Katze. Ihr Fell war ganz struppig, und ihr Schwanz sah aus wie der eines Waschbären. Sie war steif wie ein Brett und starrte die Tür an. »Was ist denn mit der Katze los?«

Im nächsten Moment ging das Licht aus. »Keine Bange. Wenn es ein Problem mit der Stromversorgung gibt, springt automatisch der Notstromgenerator an.« Sie saßen im Dunkeln und warteten, aber nichts geschah. »Das ist nicht normal.«

»Vielleicht ist es die Sicherung oder so?« Jos Stimme klang in der plötzlichen Stille mit einem Mal sehr laut.

Wieder war das Fauchen der Katze zu hören. Jenna schaute in Richtung des Tiers, aber im Raum war es stockdunkel. »Wittern Katzen Gefahr?«

»Ja, und sie haben ein extrem gutes Gehör«, hallte Jos Stimme durch den Raum. »Vielleicht will sie uns warnen.«

Jenna stemmte sich am Wannenrand empor und tastete nach der Bank. »Ich schätze, wir sollten besser nachsehen. Verdammt, ich bin müder, als ich dachte, ich habe mein Handy auf dem Nachttisch liegen lassen. Das mache ich sonst nie, vor allem wenn ich Notrufbereitschaft habe. Haben Sie Ihres dabei?«

»Nein«, sagte Jo. Sie klang ganz ruhig. »Das liegt auch auf dem Nachttisch.«

Jenna hörte es plätschern. Offenbar stapfte Jo im Whirlpool herum.

»Ich habe die Handtücher gefunden«, sagte Jo, »hier, nehmen Sie eines. Verdammt, ist das dunkel hier.«

Jenna wickelte sich in das Badelaken. »Hier sind leider auch keine Fenster. Binden Sie sich das Handtuch um, dann gehen wir wieder nach oben. Ich ziehe mir etwas an und sehe nach, was los ist. Meine Taschenlampe ist an meinem Dienstgürtel in meinem Schlafzimmer. Legen Sie Ihre Hand auf meine Schulter, wir müssen durch den Trainingsraum gehen, um hier hinauszukommen.«

»Still«, zischte Jo und packte sie am Arm. »Haben Sie das gehört?«

Über ihren Köpfen knarrten die Dielen, als würde jemand den Flur entlang und dann in eines der Zimmer gehen. Mit klopfendem Herzen trocknete Jenna sich ab, so gut es ging, und dann flüsterte sie: »Eigentlich kann hier niemand unbefugt eindringen. Wir haben Sicherheitsvorkehrungen nach Militärstandard und einen Notstromgenerator. Falls es doch jemand geschafft hat, ist das keine gewöhnliche Bedrohung; dann werden wir kämpfen müssen.«

»Der Mörder ist hinter Gittern, der kann es schon mal nicht sein.« Jos Griff wurde fester. »Aber wer sonst würde es riskieren, uns hier zu überfallen? Sie sind doch meistens bewaffnet.« Sie rückte näher. »Wahrscheinlich ist es einfach nur Kane.«

»Nein, Kane ist das garantiert nicht.« Jenna blickte an die Decke, sah aber nichts als Schwärze. »Er würde rufen und sich bemerkbar machen, und es ist auch nicht seine Art, mitten in der Nacht in meinem Haus herumzuschleichen.«

Jenna wurde flau im Magen. Hatte sie etwas übersehen? Hatte Brad Kelly einen Komplizen? Der Gedanke machte ihr eine Gänsehaut. Sie war schon öfter in die Schusslinie von Psychopathen geraten, aber in letzter Zeit hatte sie nichts getan oder gesagt, das solch einen Angriff aus heiterem Himmel hätte provozieren können. Sie verbat sich, weiter nachzugrübeln, und verfiel in ihre übliche professionelle Ruhe, aber das ständige Knarren über ihrem Kopf zerrte an ihren Nerven. Da oben schlich jemand herum, und sie waren im Keller gefangen, ohne Handys und ohne Waffen. Selbst der Notfall-Ring mit dem Peilsender, den sie sonst immer trug, lag auf ihrem Nachttisch.

»Jemand hat das Alarmsystem außer Gefecht gesetzt, indem er den Strom abgeschaltet hat.« Jos Stimme war kaum zu hören, so leise flüsterte sie. »Und wenn dann normalerweise der Generator anspringt, weiß derjenige, der da oben ist, dass Sie einen haben, und hat ihn deaktiviert. Gibt es hier unten irgendetwas, das wir als Waffe benutzen können?«

Jenna stellte sich den Trainingsraum bei Licht vor. »Ja, Kurzhanteln. Die, die ich benutze, wiegen drei Kilo, die können wir nehmen. Sie liegen drüben im Trainingsraum auf einer Bank. Wobei die uns natürlich nicht viel helfen, falls der Eindringling eine Schusswaffe hat.«

»Ich frage mich, ob er weiß, dass ich hier auch übernachte? Wenn nicht, könnte das von Vorteil für uns sein.« Jos Stimme blieb ganz ruhig. »Wie wollen wir es angehen?«

»Wir schleichen uns hoch, holen unsere Pistolen und rufen Verstärkung.« Sie bewegten sich auf die Tür des Trainingsraums zu. Jo hielt sich an Jennas Schulter fest, um nicht den Anschluss zu verlieren. Jenna öffnete lautlos die Tür und lauschte. Oben ging jemand langsam von Zimmer zu Zimmer, anscheinend durchsuchte er das Haus. Sofern sie es vom leichten Knarren der Dielen schließen konnte, hatten sie es mit einem einzelnen Eindringling zu tun. Sie tasteten sich an der Wand entlang an den Geräten vorbei, bis sie zu der Hantelbank kamen. Jenna fuhr mit den Fingern über den gepolsterten Stoff, fand, was sie suchte, und reichte Jo eine der Hanteln. Sie lehnte sich gegen die Wand. »Ich schätze, es ist bloß einer«, flüsterte sie. »Er hat sicherlich eine Taschenlampe, also werden wir sehen können, wo er sich befindet. Wir warten, bis er in die

Küche oder ins Wohnzimmer geht. Dann sollten wir es bis zu den Schlafzimmern schaffen können, ohne dass er uns sieht.« Jenna griff nach hinten und drückte Jos Arm. »Wir müssen uns aufteilen, dann ist die Chance größer, dass wenigstens eine von uns an ihre Waffe kommt. Ihr Zimmer ist am nächsten. Sie gehen zuerst und schleichen sich hinein, dann gehe ich zu meinem Zimmer. Wenn er auftaucht, greife ich ihn an. Drehen Sie sich nicht um, sondern holen Sie Ihre Waffe.«

»Verstanden.«

Die Haare in Jennas Nacken stellten sich auf, als der tastende Strahl einer Taschenlampe für eine Sekunde unter der Tür hindurchschien. Schritte ließen die hölzerne Rampe knarren. Ihre Kehle war wie zugeschnürt, sodass sie kaum die Worte herausbekam: »Da kommt jemand.«

FÜNFZIG

Die Dunkelheit schloss Jenna ein wie eine Decke, die sie zu ersticken drohte. Mit vor Kälte zitternden Fingern tastete sie die Tür ab. Ihre Hand fand den Schlüssel, der aus dem Schloss ragte, und sie drehte ihn. Der gut geölte Mechanismus im Schloss bewegte sich ohne einen Laut. Als sie damals nach Black Rock Falls gekommen war, hatte sie aus Angst, dass das Kartell sie finden würde, jede Tür im Haus gesichert und überall Schlösser angebracht. Jetzt zahlte sich ihre Paranoia endlich aus. Sie lehnte sich gegen die Wand, das Herz schlug ihr bis zum Hals. Wer auch immer der Mensch war, der ihr Sicherheitssystem außer Kraft gesetzt hatte: Er stand jetzt direkt vor der Tür.

Die Klinke klapperte und irgendetwas schlug gegen die Tür. Sie klammerte sich an Jo fest, und sie warteten ab. Zwei- oder dreimal versuchte der Eindringling, hereinzukommen, aber dann hörte sie, wie die Schritte wieder die Rampe hinaufgingen. Sie wandte sich zu Jo um und flüsterte: »Er schleicht herum wie ein Einbrecher. Er hat ziemlich schnell aufgegeben, nachdem er festgestellt hat, dass die Tür abgeschlossen ist. Ich wette, wer auch immer da draußen ist, hat keine Ahnung, dass wir hier sind. Er glaubt, dass wir alle in Kanes SUV unterwegs sind. Ich lasse ständig meinen Streifenwagen vor dem Haus stehen.«

»Kann sein. Allerdings wird er unsere Waffen und Handys gesehen haben, als er das Haus durchsucht hat.« Jos Stimme klang immer noch ganz ruhig und gefasst. »Wer geht schon ohne sein Handy aus dem Haus?« Sie drückte Jennas Arm. »Gut möglich, dass er oben an der Rampe vor der Tür steht und nur darauf wartet, dass wir rauskommen.«

Jenna dachte einen Moment lang nach; zu zweit sollten sie eigentlich in der Lage sein, mit einem Eindringling fertigzuwerden, selbst wenn sie halbnackt waren und vor Kälte zitterten. »Ich habe nicht gehört, dass er die Tür geschlossen hat. Wahrscheinlich hat er sie offen gelassen.«

Da war das Knarren wieder. Der Eindringling ging offenbar in Richtung Wohnzimmer davon. »Vielleicht verschwindet er. Jetzt oder nie – wollen wir?«

»Ich bin direkt hinter Ihnen.« Jo packte sie an der Schulter. »Los.«

Jenna drehte den Schlüssel um und öffnete langsam und lautlos die Tür. Sie wartete ein paar Sekunden, bevor sie einen Blick in den Flur warf. Die Rampe vor ihnen lag im Dunkeln, aber durch die offene Tür am oberen Ende drang ein schwaches Licht. Draußen stand der Vollmond hoch am Himmel und würde ihr genug Licht spenden, um sich in der vertrauten Umgebung gut zurechtzufinden. Sie schlichen zügig die Rampe hinauf. Oben angekommen, blickte Jenna sich in beide Richtungen um, dann bedeutete sie Jo, den Flur hinunter zum Gästezimmer zu gehen. Sie folgte ihr, und die Kälte stach ihr ins nackte Fleisch. Ihre Zähne klapperten. Der Eindringling hatte die Haustür nicht geschlossen. Sie blieb an der Tür zum Gästezimmer stehen, um Jo den Rücken freizuhalten. Eine Waffe reichte zwar, aber zwei waren besser. Alles blieb still, aber bevor sie weitergehen konnte, um zu ihrem Schlafzimmer

zu gelangen, kam Jo schon wieder aus der Tür. Im schumm-
rigen Licht sah Jenna, wie die Agentin den Kopf schüttelte.

»Er hat meine Waffe und mein Handy«, zischte Jo.

Jenna starrte sie an. Ihre nackten Arme und Beine waren im
Halbdunkel deutlich auszumachen. Sie würden schnell etwas
zum Anziehen brauchen; mit feuchtem Haar und in Badean-
zügen würden sie in dem eisigen Wind, der durch das Haus
pfiff, nicht lange durchhalten. Sie schlichen gemeinsam zu
Jennas Schlafzimmer. Die Katze flitzte an ihnen vorbei und
sprang auf Jennas Bett, ihre Silhouette ein unruhiger Schatten
auf der hellen Bettdecke. Mondlicht fiel durch das Fenster, und
Jenna konnte schon von der Tür aus sehen, dass ihr Handy, ihr
Dienstgürtel und ihre Ersatzpistole nicht mehr auf dem Nachttisch lagen. Sie schloss die Tür hinter ihnen und ging direkt
zum Festnetztelefon neben dem Bett. Die Leitung war tot.

In diesem Moment schaltete Jenna in den Kampfmodus.
Sie sah sich im Zimmer um und trat an den Nachttisch. Als sie
den Notfall-Ring sah, hätte sie am liebsten laut gejuchzt. Sie
drückte auf den Stein und steckte sich den Ring auf den Finger.
Es würde ein paar Sekunden dauern, bis Kane auf sein Handy
schaute. Sie kramte Pullover und Jeans aus ihren Schubladen.
Sie warf Jo ein paar Kleidungsstücke zu, und während sie sich
anzogen, sprach sie in den Ring: »Eindringling, wir sind unbe-
waffnet, keine Handys, kein Strom. Jemand ist im Haus.« Sie
wiederholte es dreimal und hoffte inständig, dass Kane sie
hörte. »Komm bitte sofort her.«

Sie schlüpfte in ein Paar Schuhe, um im Zweifelsfall besser
nach ihrem Gegner treten zu können, und wandte sich an Jo.
»Es wird einige Zeit dauern, bis Kane und Carter hier sind. Wir
müssen ihn allein ausschalten.«

»Alles klar. Ich werde sicher nicht hier sitzen und darauf
warten, dass er uns angreift.« Jo trat an ihre Seite. »Er ist im
Haus, und wir sind beide für solche Situationen ausgebildet,
wobei Strategie nicht gerade meine größte Stärke ist.«

Jenna nickte. Sie hatte kein Problem damit, die Kontrolle zu übernehmen. »Wir haben zwei Optionen. Entweder wir suchen ihn. Wenn wir ihn finden, lenkt ihn eine von uns ab, und die andere greift ihn hinterrücks an.« Jenna hob ihre Hantel hoch. »Wenn Sie sich dazu nicht in der Lage fühlen, können wir alternativ aus dem Fenster steigen und versuchen, über den Hof zur Scheune zu rennen, da ist der Panikraum.«

»Und uns erschießen lassen, falls er da draußen auf uns wartet?« Jo schüttelte den Kopf. »Nein danke, wir bringen ihn lieber selbst zur Strecke.«

»Okay.« Jenna öffnete die Tür einen Spaltbreit und lauschte. »Er ist in der Küche.« Sie ging zum Fenster und schob es hoch. Ein eiskalter Luftzug schlug ihr entgegen. Sie beugte sich hinaus und ließ die Hantel auf die Erde sinken. »Sobald ich draußen bin, zählen Sie bis fünfzig, und dann lenken Sie ihn ab, damit ich ihn überwältigen kann. Sie gehen sofort in Deckung, und ich komme durch die Vordertür herein.«

»Okay.« Jo hob ihre Hantel auf. »Auf geht's.«

Jenna gefiel es gar nicht, dass sie Jo in Gefahr bringen musste, immerhin hatte sie eine kleine Tochter. Aber es ging nicht anders. Jenna schlüpfte aus dem Fenster und hielt sich am Sims fest, dann glitt sie zu Boden und hob ihre Hantel auf. Geduckt, damit er sie nicht durch eines der Fenster sehen konnte, lief sie um das Haus herum. Die Hunde bellten und heulten noch lauter als vorhin, und der Lärm übertönte ihre Schritte, als sie die Stufen zur Veranda erklomm. Die Haustür stand sperrangelweit offen. Sie spähte durch das Fenster neben der Tür und sah den Schein einer Taschenlampe, die den Flur ableuchtete. Der Eindringling wandte ihr den Rücken zu. Das Herz schlug ihr bis zum Hals, und das Adrenalin, das durch ihre Blutbahn rauschte, ließ ihre Zähne klappern. Sie nahm die Hantel in die rechte Hand, schlüpfte durch die Haustür und versteckte sich hinter dem Sofa.

Sie war sich bewusst, dass die Dampfwolken ihres Atems

im Licht der Taschenlampe wie ein Leuchtfeuer strahlen würden, und zog sich den Kragen ihres Shirts über den Mund. Die Dielen knarrten, die Schritte kamen näher. Ihr Magen krampfte sich zusammen. Anscheinend hatte sich der Eindringling umgedreht und kam auf sie zu. In dieser Position war sie ein leichtes Ziel, und gegen eine Schusswaffe würde ihr kein noch so gutes Nahkampftraining helfen. Als ob er ihre Nähe spürte, blieb er mitten im Raum stehen. Der Lichtstrahl bewegte sich von einer Wand zur anderen und kam ihr so nah, dass er die Kante des Sofas streifte. Als er sich wegdrehte und in die andere Richtung leuchtete, kroch Jenna an der Lücke vorbei zum nächsten Sessel. Von hier aus hatte sie den Flur im Blick. Aus dem Schlafzimmer kam ein Geräusch, als hätte Jo einen Schuh fallen lassen. Der Eindringling ging zum Flur. Jenna konnte seine Silhouette ausmachen, er war groß, trug dunkle Kleidung und eine Sturmhaube. Er näherte sich ihrer Schlafzimmertür. Sie hoffte, dass Jo in Deckung gegangen war.

In der nächsten Sekunde schoss die Katze aus dem Zimmer und schlidderte mit den Pfoten über den polierten Fußboden. Sie lief geradewegs zur Haustür hinaus und verschwand in der Nacht. »Verdammtes Viech«, zischte er und näherte sich der Schlafzimmertür. Die Dielen knarrten bei jedem Schritt.

Angespannt und kampfbereit, ging Jenna in die Hocke und wartete ab. Ihr Herz pochte, als der Mann in ihr Zimmer leuchtete.

»Kommen Sie raus, damit ich Sie sehen kann.« Seine Stimme klang extrem laut in der Stille. »Los, Bewegung, oder ich schieße.«

»Okay.« Jo erschien an der Tür. Ihre Stimme klang ruhig und beherrscht. »Was wollen Sie?«

»Ich stelle hier die Fragen.« Er machte eine Bewegung mit der Taschenlampe. »Raus mit Ihnen!«

Jenna verdrängte das dringende Bedürfnis, sich sofort auf den Eindringling zu stürzen, und begab sich geduckt in eine bessere Position. Als Jo in den Flur trat und vom Taschenlampenlicht des Eindringlings angestrahlt wurde, verstand Jenna, was sie vorhatte. Jo wollte, dass er ihr zugewandt blieb, damit Jenna die Chance hatte, ihn von hinten anzugreifen. Aber so brachte sie sich selbst in größte Gefahr. Sobald sie sich aus der Deckung begab, hatte sie höchstens ein, zwei Sekunden Zeit, den Mann anzugreifen oder wenigstens abzulenken.

Jenna drückte erneut auf ihren Ring, um eine Verbindung zu Kanes Telefon herzustellen. Er würde alles hören können, was geschah, und es wurde außerdem automatisch aufgezeichnet.

»Agent Blake, endlich lernen wir uns kennen. Genau nach Ihnen habe ich gesucht.« Er hatte die Waffe in der linken Hand und hielt sie auf Jos Kopf gerichtet. »Wo ist Sheriff Alton?«

»Im Cattleman's Hotel, mit Kane und Carter. Hier sind nur Sie und ich. Sagen Sie, kennen wir uns?« Jo hob ihr Kinn und blinzelte ins Licht. »Leuchten Sie mir gefälligst nicht in die Augen, wenn Sie mit mir reden wollen.«

»Na, Sie gehen aber ran. Hmm, das habe ich mir schon gedacht.« Er ließ die Lampe ein Stück sinken. »Begegnet sind wir uns noch nicht, aber meine Werke haben Sie schon bewundern dürfen. Haben Ihnen meine Halloween-Morde gefallen?« Er lachte. »Oh, ich sehe schon, Sie wollen mich analysieren, meine Psyche durchleuchten. Bemühen Sie sich nicht – daran haben sich schon ganz andere Leute die Zähne ausgebissen. Sie werden ohnehin nicht mehr lange genug leben, um einen Aufsatz über mich zu schreiben.«

»Aber mit wem spreche ich denn gerade?« Jo klang ganz selbstbewusst, und ihre Stimme zitterte nicht, obwohl sie in die Mündung der Waffe blickte. »Ich denke, Sie haben viele Gesichter. Dürfte ich bitte mit jemandem sprechen, der kein Massenmörder ist?«

»Massenmörder?« Er schüttelte langsam den Kopf. »Ich bin

doch kein Massenmörder. Schauen Sie, mich für alles verantwortlich zu machen, war Ihr erster Fehler.«

»Warum sind Sie denn überhaupt nach Black Rock Falls gekommen?« Jo war keinen Zentimeter zurückgewichen. »Um Lucas Robinson zu töten? Das war ein sehr professionell ausgeführter Mord, so ähnlich wie der in Baltimore.«

»Ja, das war ich.« Der Mann machte mit der Hand eine Geste, die die ganze Stadt vereinnahmte. »Ich muss gestehen, dass ich nach Black Rock Falls zurückgekehrt bin, hat die Bestie in mir entfesselt. Es ist, als ob die Erinnerungen an mein Leben hier mich von innen auffressen. Als Robinsons Frau mit mir Kontakt aufnahm, fragte ich sie, warum sie wollte, dass er stirbt. Sie erzählte mir, dass er fremdging und sie schlug. Das waren zwei verdammt gute Gründe, ihn zu töten, finde ich. Als sie auch noch wollte, dass seine Geliebte stirbt, kam ich ihrem Wunsch nach – gegen Aufpreis. Mein Bonus war, dass ich ihn in ihrem Haus getötet habe. Sie hatte keine Ahnung, dass ich vorhatte, ihm in ihrem Ehebett das Hirn wegzupusten, während sie neben ihm lag. Ich stand vor der Haustür und hab sie beobachtet – Mann, die ist richtig durchgedreht. Es hat mich all meine Willenskraft gekostet, sie nicht auch noch zu erschießen.« Er kicherte, aber fröhlich klang es nicht. »Ich lebe davon, dass ich die Probleme anderer Leute löse.«

»Und die beiden Männer im Stanton Forest?« Jo hatte sich immer noch nicht bewegt. »Wer hat Sie dafür bezahlt, die zu töten?«

»Diese Trottel wollten *mich* umbringen. Sie haben versucht, mich von der Straße zu drängen.« Er zuckte lässig mit den Schultern. »Sie haben mich wütend gemacht, also habe ich sie getötet. Brauchen Sie noch mehr Informationen? Wollen Sie wissen, wie ich mich dabei gefühlt habe?«

»Ich werde meine Zeit nicht damit verschwenden, Sie zu analysieren. Sie sind überhaupt nicht interessant.« Jo klang gelangweilt und verschränkte die Arme vor der Brust. Anscheinend versuchte sie, ihn dazu zu bringen, seine Persönlichkeit zu wechseln. »Lassen Sie mich mit dem Mann sprechen, der Spaß an seiner Arbeit hat. Ich will wissen, warum er all die Leute umbringt und eine schwarze Feder am Tatort hinterlässt. Wenn Sie das nicht waren, wer ist es dann?«

Jenna erhob sich und schlich lautlos bis auf wenige Schritte an den Mann heran. Sie konnte ihn im Schein des Mondlichts deutlich erkennen. Sein Finger ruhte nicht auf dem Abzug, sondern darüber. Sie würde sich in Sekundenbruchteilen entscheiden müssen, wann sie ihn angreifen sollte. Sie musste sich auf ihn stürzen, bevor er Jo erschoss. Gleich würde sie es tun, sobald sie die Gelegenheit dazu hatte.

Doch dann gab der Mann etwas von sich, das ihr die Haare zu Berge stehen ließ. Es war die Stimme eines Kindes. »Schelten Sie ihn nicht, Lady.« Er hatte die Waffe sinken lassen. »Er macht schreckliche Sachen und sagt, es sei die Rache für unsere Mutter. Er will nicht auf uns hören. Ich habe ihm gesagt, sie würde nicht wollen, dass er so wird wie Pa.« Er stieß einen kurzen Schluchzer aus. »Die Feder ist Mom. So heißt sie. Er tötet für sie.«

Jenna ließ sich die Gelegenheit, dass der Mörder eine Schwäche zeigte, nicht entgehen. Sie stürzte sich mit erhobener Hantel auf ihn und schlug ihm auf den Kopf. Er stürzte zu Boden, sie wurde mitgerissen und fiel auf ihn drauf. Sie blickte auf und sah, wie Jo ins Zimmer flüchtete und die Pistole und Taschenlampe des Angreifers über den polierten Holzboden rutschten. »Die Waffe, nehmen Sie die Waffe!«

»Ich kann sie nicht finden.« Jo krabbelte auf dem Fußboden herum. »Wir brauchen ihn lebend, Jenna.«

Jenna starrte sie an. »Ja, ich habe ein paar Fragen. Zum Beispiel, was zum Teufel er hier will.« Sie rollte sich von ihm herunter und setzte sich hin, in der Überzeugung, dass der Mann bewusstlos war. Zu ihrem Erstaunen öffnete er die Augen und stöhnte. Er rappelte sich auf und drehte sich zu ihr um. Jenna brüllte, schwang die schwere Hantel und traf ihn an beiden Kniescheiben.

Der Mann heulte auf, sank in die Knie und fiel auf die Brust. »Schlampe! Du bist als Nächste dran.« Er robbte zur Schlafzimmertür.

War dieser Mann denn durch gar nichts aufhalten? Jenna stemmte sich auf die Knie und zielte auf seinen Hinterkopf, aber als hätte er bemerkt, was sie vorhatte, bäumte er sich auf, und die Hantel streifte bloß seine Schulter.

»Langsam werde ich wütend, Sheriff. Ich bin nicht hergekommen, um gegen *Sie* zu kämpfen.« Er erhob sich, drehte sich zu ihr um und grinste sie mit seinem blutverschmierten Mund an.

Jenna stieß einen Seufzer der Erleichterung aus, als Jo in der Tür erschien und die Pistole auf ihn richtete. »Geben Sie auf, es ist vorbei.«

»Es ist erst vorbei, wenn ich das sage.« Sein zuversichtliches Grinsen jagte Jenna einen Schauer der Unsicherheit über den Rücken. »Ich bin wegen Ihnen hier.« Er sah Jo mit einem Blick an, als würde er die Waffe, die sie auf ihn richtete, gar nicht bemerken. »Ich mag es gar nicht, dass Sie solche Lügen über mich erzählen, das ist nicht gut für meinen Ruf.« Er schüttelte den Kopf und Blutstropfen flogen durch die Luft. Dann kroch er wieder auf Jo zu. »Ich muss Ihnen eine Lektion erteilen.« Eine große Hand griff nach Jos Knöchel.

»Wenn Sie mich anfassen, landet Ihr Gehirn an der Wand.« Jo zielte auf seinen Kopf.

»Nur zu! Ich bin der, den Sie nicht töten können.« Er spuckte Blut und starrte sie durch die Augenlöcher in seiner Sturmhaube an, die an einen Totenschädel erinnerten. Seine blutverschmierten Lippen sahen im Mondlicht aus, als wären sie schwarz.

Als er plötzlich auflachte, kam Jenna ins Zweifeln, ob sie die Situation richtig einschätzte. War seine Waffe überhaupt geladen? Er wirkte so arrogant, als hätte er nach wie vor alles unter Kontrolle. Das hier war ein gefährlicher, bärenstarker Mann. Sie versetzte ihm einen kräftigen Stoß in den Rücken. »Bleiben Sie unten.«

»Sagen Sie mir nicht, was ich tun oder lassen soll.« Er rollte sich auf die Seite und packte Jenna vorne am Shirt.

Jenna schlug ihm mit der Hantel ins Gesicht und sprang von ihm weg. Sie erschrak, als der Eindringling sich aufbäumte, als wäre nichts gewesen. Sie sprang auf die Beine und stellte sich ihm entgegen. Sie mussten ihn handlungsunfähig machen, ohne ihn zu töten. Als Jo einen Schritt nach vorne tat, sah Jenna die Mündung der Glock im Mondlicht schimmern. »Nicht schießen!«

Ohne zu zögern, trat Jenna ihm die Beine weg, und er fiel um und prallte auf den Holzboden. »Bleiben Sie unten.«

»Ihr werdet beide sterben.« Er drehte den Kopf und sah sie an. »Das werdet ihr mir büßen.«

Jenna sprang auf seinen Rücken, setzte sich auf ihn und drückte sein Gesicht zu Boden. Er bockte unter ihr, versuchte nach ihren Beinen zu greifen und sie von sich abzuschütteln. Er hatte eine unglaubliche Kraft, und die Persönlichkeit, die bei ihm gerade vorne war, besaß einen unbändigen Zorn. Er stemmte sich hoch, und sie schwang die Hantel und ließ sie gegen seinen Hinterkopf knallen. Er schlug so hart auf dem Boden auf, dass das Bild an der Wand erzitterte.

Als sie sicher war, dass er bewusstlos war, sah sie zu Jo auf. »Nehmen Sie die Taschenlampe. Ich habe Kabelbinder im Nachttisch. Oberste Schublade rechts.« Sie zog ihn an den Armen hinter sich her, und Sekunden später drückte Jo ihr die Kabelbinder in die Hand.

Sie fesselten ihn, und als sie fertig waren, war er erneut bei vollem Bewusstsein. Schon wieder war eine andere Persönlichkeit zum Vorschein gekommen, und diese drohte, sie werde ihnen die Gedärme rausreißen. Jenna saß mit dem Rücken zur Wand auf dem Fußboden und atmete schwer.

»Ihr hättet mich töten sollen, als ihr die Chance dazu hattet.« Der Mann blinzelte in die Taschenlampe. »Sie werden nie wieder sicher sein, Sheriff.« Er sah Jo an. »Und Sie sind bereits tot, Lady.«

»Halten Sie den Mund.« Jenna funkelte ihn wütend an, richtete sich auf und trat neben Jo.

»Dieser Kerl kennt zu viele Details; er muss in die Chamäleon-Morde verwickelt sein.« Jo sah sie an, hielt die Waffe aber auf den Mann gerichtet. »Offenbar war Kelly sein Komplize.«

»Es sieht ganz danach aus. Die DNA lügt nicht. Kelly muss zumindest in den Mord an Ruby verwickelt sein.« Jenna seufzte. »Ist die Waffe geladen?« Sie hielt Abstand zu dem Eindringling und wog die Hantel in einer Hand, während Jo das Magazin überprüfte.

»Ja, ist sie.« Jo zielte auf den Kopf des Mannes.

Jenna sprach in ihren Notfall-Ring. »Kane, wir haben den Eindringling überwältigt und gesichert, uns geht es gut.« Sie drückte erneut auf den Stein am Ring, um die Übertragung zu beenden, und starrte den Mann an. »Wer zum Teufel sind Sie?« Vorsichtig beugte sie sich vor und riss ihm mit einem Ruck die Sturmhaube vom Kopf. Als Jo ihm mit der Taschenlampe ins Gesicht leuchtete, starrte Jenna den Mann ungläubig an. »Wie ist das möglich?«

Sie blickte in die wilden Tigeraugen von Brad Kelly.

EINUNDFÜNFZIG

Als er Jennas Notfallsignal erhielt, ging Kane gerade zu seinem Wagen. Sein Magen krampfte sich zusammen, als er die Stimme eines Psychopathen vernahm und mitanhören musste, wie Jenna und Jo um ihr Leben kämpften.

»Was ist los?« Carter kam an seine Seite gejoggt und zog sich dabei seine Jacke an.

Kane drückte sein Telefon ans Ohr, um nichts zu verpassen. »Jemand ist in die Ranch eingebrochen.«

»Jo und Jenna werden doch sicher mit einem Einbrecher fertig.« Carter lachte. »Ich bezweifle, dass der viel gegen die zwei ausrichten kann.«

Kane ging mit großen Schritten auf seinen SUV zu. »Irgendein verrückter Psychopath hat den Strom abgestellt und hat ihre Waffen.«

»Was?« Carter starrte ihn an. »Dann mal los, Mann. Wieso hörst du nur zu und redest nicht mit ihnen?«

Kane runzelte die Stirn. »Er hat auch ihre Handys. Der Ton kommt über Jennas Tracker – so ein Ding haben wir alle, das sind Einweg-Kommunikationsgeräte. Die Übertragung wird automatisch auf meinem Smartphone gespeichert.«

Als Kane hinter das Steuer kletterte, gab Jenna bereits Entwarnung. Er warf Carter das Telefon zu. Das Cattleman's Hotel lag am Rande der Stadt, sie waren zwanzig Minuten von Jennas Ranch entfernt. Falls es dem Eindringling gelang, die beiden doch noch zu überwältigen, würden die Frauen bei seiner Ankunft womöglich beide tot sein. Mit quietschenden Reifen fuhr er vom Parkplatz.

»Wer das wohl ist?« Carter straffte seinen Sicherheitsgurt. »Hast sie irgendwelche Feinde?«

Kane drückte das Gaspedal durch, als sie am Stanton Forest vorbeifuhren. Die Scheinwerfer leuchteten in den wabernden Bodennebel hinein. »Zu viele, um sie aufzuzählen. Aber es gibt ein viel größeres Problem. Wenn er den Strom abgestellt hat, hätte binnen Sekunden der Notstromgenerator anspringen müssen. Der ist sehr zuverlässig, und ich kontrolliere ihn jeden Sonntag, ohne Ausnahme.«

»Bei der Konfiguration kann niemand auf die Ranch gelangen, um den Strom abzuschalten.« Carter sah ihn an. »Ich würde an seiner Stelle den Transformator am Ende der Straße zerstören. Jennas Ranch ist das einzige bewohnte Grundstück an der Straße. Sie hat erwähnt, dass der Besitzer des Schneepflugs vor Kurzem nach Florida geflogen ist, also wäre niemand zu Hause, der meldet, dass der Strom weg ist.«

Kane schaltete das Blaulicht ein und fuhr durch das Stadtzentrum. Abgesehen von den Halloween-Gespenstern und Skeletten, die über dem Meer aus weißem Nebel schwebten, trieb sich niemand auf der Main Street herum, und das war auch gut so, denn Kane raste mit einhundertzwanzig Kilometern pro Stunde durch die Stadt und erreichte in Rekordzeit die Straße, die zu Jennas Ranch führte. Als sie sich der Transformatorenstation näherten, bremste Kane ab, lehnte sich aus dem Fenster und leuchtete mit seiner Taschenlampe. Jemand hatte die Anlage zerstört. Er fuhr weiter und gab wieder Vollgas. »Da hatten Sie recht, der

Transformator ist hin. Aber das gilt ja nicht für das Notstrom-aggregat.«

»Was ist mit dem alten Mann, der am Tag unserer Ankunft bei Ihnen gearbeitet hat? Tom?« Carter hielt sich fest, als der SUV um die Kurve fuhr. »Der könnte den Generator lahmge-legt haben. Sie sagten doch, er wäre knapp bei Kasse. Vielleicht hat er beschlossen, bei Ihnen einzubrechen.«

Kane fand es unvorstellbar, dass ein Mann, dem Jenna so sehr geholfen hatte, bei der ersten Gelegenheit versuchen sollte, sie zu töten. Er zuckte mit den Schultern und lenkte den Wagen die dunkle Straße entlang. »Er kam mir nicht wie ein Psycho vor und hat auch sonst nichts mit Jenna am Hut. Er brauchte Arbeit, und Jenna hat ihm welche besorgt.« Er schaute Carter an. »Es sei denn, er hatte es auf Jo abgesehen.«

»Woher sollte er Jo kennen? Sie war doch noch nie hier.« Carter rieb sich das Kinn. »Ich denke mal, wir werden das noch früh genug herausfinden.« Sein Telefon klingelte. »Das ist Jo.« Carter stellte sein Telefon auf Lautsprecher. »Alles okay bei euch?«

»Ja, aber es war knapp. Jennas frühmorgendliche Trainings-einheiten haben sich auf jeden Fall ausgezahlt. Trotzdem sind wir hier etwas ratlos.« Jo klang verwirrt. »Wie zum Teufel ist es Sam Cross gelungen, Kelly aus der U-Haft freizubekommen?«

»Wie bitte, was?« Carter runzelte die Stirn. »Keine Ahnung. Uns hat keiner informiert. Soviel ich weiß, wurde er per Hubschrauber abgeholt und ins County-Gefängnis gebracht.«

»Ja, das hat Rowley auch gesagt.« Jetzt war es Jennas Stimme, die durch die Leitung kam. »Aber wie kann es dann sein, dass er gefesselt in meinem Hausflur liegt?«

Kane hielt neben Jennas Streifenwagen und rannte ins Haus. Alle Lichter brannten, Jenna hatte den Generator eingeschaltet. Er starrte ungläubig auf den Gefangenen und dann wieder auf Jenna. »Carter hat gerade die Bestätigung bekommen, dass Brad Kelly im County-Gefängnis sitzt. Aber wer zum Teufel ist dann er hier?«

»Er sagt es nicht, aber aufgrund der verblüffenden Ähnlichkeit kann es eigentlich nur Brads verschwundener Bruder Scott sein. Offenbar ist Scott Kelly doch nicht im Wald umgekommen. Dann ist auch klar, warum der Suchtrupp keine Spur von seinen Überresten gefunden hat.« Jenna sah ihn an. »Ich habe ihm seine Rechte vorgelesen. Wir müssen ihn in die Dienststelle bringen und über Nacht einsperren. Ich habe schon arrangiert, dass Deputys aus Blackwater herüberkommen und ihn bewachen. Sobald sie auf dem Weg sind, bringen wir ihn in die Stadt. Ohne Haftbefehl kann ich ihn nicht ins County-Gefängnis schicken, und das mit dem Haftbefehl wird schwierig, wenn er sich weiterhin weigert, uns seinen Namen zu nennen.«

»Wie heißen Sie?« Carter ging in die Hocke und musterte den Gefangenen.

»Suchen Sie sich was aus.« Der Gefangene verengte die Augen zu Schlitzen. »Heute Morgen war ich Tom Dickson aus Saddle Creek.« Er sprach plötzlich tiefer und dehnte die Vokale. »Das mit dem Generator tut mir leid, Sheriff, aber ich habe bloß den Hauptschalter umgelegt.«

»Sie sind nicht Tom.« Jenna starrte auf ihn hinab. »Tom ist mindestens dreißig Jahre älter als Sie und hat braune Augen, graues Haar und Falten im Gesicht.«

»O ja, der arme alte Tom.« Er grinste. »Er hat nie Geld. Vielleicht benutzt er die Verkleidung, um an seine Opfer heranzukommen. Haben Sie noch nie von Kontaktlinsen und Perücken gehört, Sheriff? Die Falten werden aufgesprayt und lassen sich später ganz einfach abziehen.« Er lächelte sie an. »Dazu noch ein Hinkebein und eine alte Jacke, die ich in einem Müllcontainer gefunden hatte, und Sie hatten alle Mitleid mit mir, was?«

»Sind Sie mit Brad Kelly verwandt?« Carter betrachtete ihn aufmerksam.

»Wieso? Sehen wir Jungs aus dem Reservat für Sie alle gleich aus?« Der Mann schnaubte. »Ist ja auch egal, Brad ist tot.«

Kane lehnte sich gegen die Wand. »Wie kommen Sie darauf, dass Brad Kelly tot ist? Ich habe vor ein paar Stunden noch mit ihm gesprochen.«

»Lügner.« Der Mann fuhr herum. »Sie würde ich gerne ganz langsam sterben sehen, Deputy.«

»Warum regt es Sie so auf, wenn wir über Brad sprechen?« Jo trat vor. »Kann ich mit jemandem reden, der das weiß?«

»Lassen Sie mich vom Boden aufstehen, dann können Sie reden, mit wem Sie wollen.« Die Stimme des Gefangenen klang plötzlich sanft und schmeichelnd. »Ich tue niemandem was. Versprochen.«

Kane hätte ihn am liebsten die ganze Nacht observiert. Er hätte sich nie träumen lassen, dass er einmal Gelegenheit haben würde, aus nächster Nähe einen Psychopathen mit dissoziativer Identitätsstörung zu erleben. Ihm fiel auf, dass Carter durch sein Smartphone scrollte und in die Küche ging. Er ließ Jo stehen, die immer noch versuchte, aus dem Verrückten einige vernünftige Informationen herauszubekommen, und folgte ihm. »Wonach suchen Sie?«

»Ich gehe Jennas Vermutung nach und suche nach Geburtsunterlagen.« Carter lächelte ihn an. »Wir kennen Brad Kellys Geburtsdatum, also schaue ich nach Verwandten, die in etwa im selben Jahr geboren wurden. Die zwei dürften im gleichen Alter sein.«

Kane nickte. »Die Augen sind ziemlich ungewöhnlich, und sie sehen aus wie die von Brad – sie *müssen* verwandt sein.«

»Tja, verflixt noch mal.« Carter sah von seinem Handy auf und lächelte um seinen Zahnstocher herum. »Ich glaube, wir können die Suche nach den Überresten von Scott Kelly abblasen. Sein Vater hat ihn offenbar doch nicht ermordet. Scott und Brad Kelly sind eineiige Zwillinge. Sie sind beide geflohen, nachdem ihr Vater ihre Mutter ermordet hatte.« Er deutete mit dem Kinn in Richtung des Flurs. »Eineiige Zwillinge haben exakt dieselbe DNA. Scott ist ein Psycho, er hat zugegeben, dass er Lucas Robinson und Ann Turner getötet hat. Er passt in das Profil und weist im Gegensatz zu Brad eine dissoziative Identitätsstörung auf. Er hat zugegeben, dass er verschiedene Verkleidungen benutzt hat, um an Menschen heranzukommen. Das passt zu den Morden in Baltimore – alles die gleiche Vorgehensweise und nur scheinbar von verschiedenen Personen ausgeführt. Wenn wir sein Haus durchsuchen, werden wir vermutlich eine Menge professioneller Verkleidungen wie farbige Kontaktlinsen und Perücken finden. Wenn dieser Typ allein gearbeitet hat, haben wir den falschen Zwilling verhaftet, und Scott Kelly ist der Chamäleon-Killer. Aber es wird schwierig sein, zu beweisen, dass Brad nichts mit der Sache zu tun hat, es sei denn, der Typ hat irgendwelche Kratzer.«

»Das liegt jetzt nicht mehr in unserer Hand.« Jenna fuhr sich mit beiden Händen durchs Haar. »Das zu klären, ist Sache des Staatsanwalts. Wir fangen lediglich die Verbrecher.«

EPILOG

AM FREITAG DARAUF

Es war der Abend von Halloween, und es war bereits dunkel, als Jenna ihre Berichte endlich fertiggeschrieben hatte. Am Donnerstagmorgen hatte sie Jo und Carter verabschiedet, und sie vermisste die beiden jetzt schon. Sie hatte Jos Gesellschaft genossen und hoffte, dass sie bald wieder mit ihr zusammenarbeiten konnte.

Kane betrat ihr Büro, ganz in Schwarz gekleidet, mit zwei Pappbechern Kaffee und Tüten mit Essen von Aunt Betty's Café in den Händen. Sie klappte ihren Laptop zu und sah zu ihm auf. »Das war's, der Fall ist abgeschlossen.«

»Mit allem hätte ich gerechnet, aber nicht mit eineiigen Zwillingen.« Kane stellte die Tüte auf den Schreibtisch und ließ sich in einen Stuhl ihr gegenüber fallen. »Sie sind sich wirklich verdammt ähnlich, nur nicht vom Charakter her ... Einer ist ein mordender Psychopath, der andere nur ein Wutbolzen.«

Jenna schloss ihr Notizbuch und schob es beiseite. »Das wundert mich nicht. Brad hat es ins Reservat geschafft, und er ist im Familienverbund großgeworden, aber für Scott wurde das

Leben zur Hölle. Wie unwahrscheinlich ist es bitte, dass einer der Brüder es schafft, sich in Sicherheit zu bringen, und der andere im Wald einem Pädophilen über den Weg läuft?« Sie nahm sich eine der Papiertüten. »Ich kann immer noch nicht ganz verstehen, warum Scott so viele Persönlichkeiten hatte.«

»In den Jahren, in denen er in dem Raum eingesperrt war, hat seine Psyche die verschiedenen Persönlichkeiten erschaffen, um mit der Situation fertigzuwerden.« Kane holte sich ein Stück Kuchen aus einer der Tüten und sah sie an. »Der Erste, den er tötete, war sein Peiniger, das gab ihm die Freiheit. Damit war zugleich der Weg frei für seinen mörderischen Amoklauf, und offenbar hatten alle seine radikaleren Persönlichkeiten daran Anteil. Ich konnte kaum glauben, wie viele verschiedene Verkleidungen wir in seinem Haus gefunden haben. Er war ein Meister der Maskerade – kein Wunder, dass das FBI niemanden finden konnte, auf den seine Beschreibung passte. Wenn ich jetzt noch einmal Tom Dickson vor mir hätte und wüsste, dass er Scott ist, würde ich seine Verkleidung immer noch nicht durchschauen. Das hat er wirklich gut hinbekommen. Den alten Pechvogel habe ich ihm komplett abgekauft. Er sah überhaupt nicht aus wie Scott Kelly. Ehrlich, mit den dunkelbraunen Kontaktlinsen, dem Hinken und den grauen Haaren ... Er hatte sogar Falten.«

»Ja, und außerdem hat er ziemlich übel gerochen. Die braunen Kontaktlinsen, hinter denen er seine Tigeraugen versteckt hat, haben ihm ein gewöhnliches Aussehen verliehen, und die aufgesprayten Falten hätten jeden getäuscht. Er redete sogar anders. Auf jeden, der ihm begegnete, wirkte er wie ein älterer Mann. Kein Wunder, dass Jo ihn den Chamäleon-Killer nannte. Er konnte sich in fast jeden verwandeln, entsprechend der Regungen seiner verrückten gespaltenen Persönlichkeit, und niemand erkannte ihn. Wenn man bedenkt, dass er so nah an Menschen dran war, die uns wichtig sind ...« Jenna nippte an ihrem Kaffee. »Warum hat er nicht versucht, einen von uns oder Jake zu töten?«

»Es war ein Spiel für ihn, und indem er uns getäuscht hat, kam er nie als Verdächtiger infrage. Es war ein cleverer Schachzug.« Kane rieb sich das Kinn. »Tom war die Persönlichkeit, die er benutzte, um sich unbemerkt mitten unter uns zu bewegen. Ich vermute, dass er als Tom mit den Arbeitern der Old Mitcham Ranch aneinandergeraten ist, und dann hat Scott übernommen und beschlossen, sie alle zu töten.«

»Ja, das dachte ich auch.« Jenna nickte. »Dann hat er sich in Tom zurückverwandelt und ist am nächsten Morgen seelenruhig zu uns gekommen, um für uns zu arbeiten. Wahrscheinlich hat er seine blutbefleckten Klamotten verbrannt und unseren Generator abgeschaltet, dann ist er flugs mit seinem Pick-up auf den Hügel oberhalb der Old Mitcham Ranch gefahren, um auf uns zu schießen. Dazu musste er nicht einmal meinen Grund und Boden verlassen.« Sie drehte den Pappbecher in ihren Händen und sah ihn an. »Es scheint, als würde er mit seinen Verbrechen prahlen. Jo konnte ihm eine ganze Menge Informationen entlocken. Was er über den Mord an seinem Peiniger erzählt hat, stimmt offenbar auch. Ein Jäger hat damals die Knochen seines Entführers gefunden und den Käfig im Keller, in dem der Mann ihn eigesperrt hatte. Der Fall wurde nie aufgeklärt.«

»Ich weiß.« Kane wischte sich die Finger an einer Papierserviette ab und nahm einen Schluck Kaffee. »Wie Jo es geschafft hat, seine verschiedenen Persönlichkeiten dazu zu bringen, die Ereignisse zu schildern, war unglaublich. Ich fand es schon heftig, als er die Morde gestand, die er hier begangen hat, aber als er dann auch noch von seinen vielen weiteren Morden in Baltimore und anderswo erzählt hat, die die Polizei nie aufklären konnte, blieb mir echt die Spucke weg. Die Aufnahme, die Jo von Kellys Verhör gemacht hat, wird man bestimmt noch viele Jahre zur Ausbildung von Verhaltensanalytikern verwenden.« Er schaute sie über den Rand seines Bechers hinweg an. »Ich habe eine ganze Menge von ihr gelernt.«

Jenna nickte. »Ich werde die beiden vermissen. Es ist gut zu wissen, dass sie in der Nähe sind, falls wir Hilfe brauchen.«

»Finde ich auch.« Kane begegnete ihrem Blick. »Spuren und Hinweise mit anderen Ermittlern zusammen durchzugehen, kann nie schaden, und bei den beiden gehe ich nicht davon aus, dass sie die FBI-Karte ziehen, um einen Fall an sich zu reißen.«

»Dass wir nicht wussten, was die Feder bedeutet, hat unsere Ermittlungen behindert.« Jenna seufzte. »Ich wünschte, Atohi hätte uns da ein wenig mehr erklärt.«

»Stimmt. Wenn er uns verraten hätte, dass ihr Name ›Feder‹ bedeutet, hätte uns das sicher auf die Sprünge geholfen.« Kane seufzte. »Offenbar wollte Scott in seinem Wahn jedes Mal, wenn er jemanden tötete, seine Mutter damit rächen. Atohi ist da allerdings anderer Meinung. Er findet, dass Scott ihren Namen besudelt hat, indem er die Federn in das Blut der Opfer tauchte. Wenigstens ist Brad jetzt wieder auf freiem Fuß und konnte die arme Frau im Kreise ihrer Familie beisetzen.«

»Es ist so traurig. Beide Brüder dachten, der jeweils andere sei tot.« Jenna lehnte sich in ihrem Stuhl zurück. »Ich bin nur froh, dass der Staatsanwalt Brad nicht mehr anklagen will. Ohne den Kratzer an Scotts Handgelenk wäre das schwierig geworden. Zum Glück hat Wolfe noch einmal nachgesehen und in der Gewebeprobe unter Rubys Nägeln noch Spuren einer Seife gefunden, wie Scott Kelly sie in seinem Badezimmer hat.«

»Was täten wir ohne Wolfe?« Kane hob seinen Kaffeebecher.

»Prost, auf Wolfe!«, sagte Jenna und stieß mit ihm an. »Ich glaube, der größte Schock für mich war, dass der Richter Carol Robinson auf Kaution freigelassen hat. Sam Cross baut seine Verteidigung auf der Tatsache auf, dass ihr Mann sie geschlagen hat und stellt sie als das eigentliche Opfer hin.« Sie schüttelte den Kopf. »Wenigstens wissen wir jetzt, warum sie am Tatort so außer sich war.«

»Ja, sie hatte den Killer bezahlt, hatte aber keine Ahnung, wann und wo er ihren Mann töten würde. Sie glaubte, der Killer sei ein Einbrecher.« Kane kratzte sich an der Wange. »Auch wenn sie nicht abgedrückt hat, ist sie trotzdem eine Mörderin. Sie bekommt garantiert lebenslänglich.«

Jenna sah ihn an und runzelte die Stirn. »Wenn man sich die Fälle ansieht, ist alles letztlich auf Misshandlung der Frauen durch ihre Ehemänner zurückzuführen. Es begann vor zwanzig Jahren mit Luitl Kellys Mann und endete mit dem von Carol Robinson.«

»Das muss endlich aufhören.« Kanes Augen blitzten vor Wut. »Vielleicht sollten wir mit dem Bürgermeister sprechen und in Luitl Kellys Namen eine Kampagne starten. Wir können Geld für Frauenhäuser sammeln, wo Frauen Zuflucht finden, wenn sie in Gefahr sind.«

»Ja, das ist eine gute Idee, lass uns das tun, jetzt wo wir ein wenig Zeit haben. Ich bin sicher, dass die Stadt mitmacht.« Jenna deutete auf den Hund. »Jetzt ist mir auch klar, warum Duke sich so seltsam verhalten hat. Ich dachte, es sei wegen der Katze, aber in Wirklichkeit wird er gespürt haben, dass ein Mörder in der Nähe war, als Scott als Tom Dickson aufgetreten ist.«

»Ich muss wirklich mal Hundesprache lernen.« Kane beugte sich vor und kraulte Duke hinter den Schlappohren. »Wahrscheinlich denkt er, ich werde langsam alt.«

»Nee, er denkt bloß, du bist ein Mensch.« Jenna lächelte

ihn an. »Ach übrigens, es gibt auch eine gute Nachricht. Erinnerst du dich an Mrs Grainger? Deren Sohn die Apotheke überfallen hat, um ihr Medikamente zu besorgen?«

»Ja, wie könnte ich das vergessen?« Kane runzelte die Stirn. »Geht es ihr gut?«

Jenna nickte. »Sogar sehr gut. Jetzt, wo sich Dr. Brown um sie kümmert, bekommt sie eine neue Behandlung. Ihr Sohn rief an und sagte, es gehe ihr schon deutlich besser.«

»Das ist ja ganz wunderbar.« Kane räusperte sich. »Meinst du, wir könnten jetzt, da die Fälle geklärt sind, endlich Urlaub machen? Bevor wieder etwas passiert? Ich brauche mal eine Pause. Eigentlich könnten wir wohl alle eine Auszeit vertragen.«

Er musste ihre Gedanken gelesen haben. Jenna hatte gerade darüber nachgedacht, Betriebsferien zu machen und die Dienststelle vorübergehend zu schließen. »Also, ich wollte sowieso vor Weihnachten noch ein paar Tage in die Berge. Außerdem habe ich dir versprochen, ein Wochenende mit dir wegzufahren und das neue Ski-Resort zu testen.«

»Klar.« Kane lachte. »Du schreckst wirklich vor nichts zurück.«

»Ich? Wieso?« Jenna betrachtete sein Zahnpastalächeln. »Raus mit der Sprache, welches dunkle Geheimnis hütest du jetzt schon wieder?«

»Gar keins, aber ich kann verdammt gut Ski fahren.« Kane grinste.

Jenna warf ihren Pappbecher in den Mülleimer und lachte. »Ich auch.«

»Oh, dann werden wir auf unsere Kosten kommen, die Pisten da oben sind schnell.« Kane knüllte die Papiertüten zusammen und stopfte sie in seinen Becher. »Ich kann den ersten Schnee kaum erwarten.«

»Bevor wir fahren, muss ich jemanden finden, der Pumpkin

versorgt. Duke können wir mitnehmen, aber irgendwer muss sich um die Katze kümmern.« Jenna starrte ins Leere. »Vielleicht kann Emily sie für ein paar Tage nehmen. Ich weiß, dass sie Katzen mag.«

»Dann willst du sie behalten?« Kane hob eine Augenbraue. »Und das von der Frau, die keine Haustiere mag!«

»Natürlich mag ich Haustiere, und Duke mag Pumpkin auch.« Jenna lachte. »Sie bleibt bei uns – sie hat mir das Leben gerettet, immerhin war sie die Erste, die gemerkt hat, dass ein Eindringling im Haus ist.«

Es klopfte, und Anna steckte den Kopf zur Tür herein. Jenna hätte Shane Wolfes jüngste Tochter in ihrem Halloween-Kostüm fast nicht erkannt. »Hallo, Anna, hast du mich erschreckt.«

»Oh, wirklich?« Anna kicherte. »Daddy hat gesagt, es ist höchste Zeit, ein paar Süßigkeiten zu besorgen.« Sie grinste Kane an. »Du siehst ja super aus.«

»Danke.« Kane stand auf, zog sich die Kapuze seines langen schwarzen Umhangs über den Kopf und griff nach der Sense, die an der Wand lehnte. »Du siehst auch super aus. Sag deinem Vater, dass wir unterwegs sind.«

»Okay.« Anna huschte den Flur hinunter.

Jenna stand auf, richtete ihr Dämoninnen-Kostüm und ging um den Schreibtisch herum. Sie sah Duke an, der mit einem Superheldenumhang und passender Maske ausstaffiert war, und kicherte. »Wollen wir, Duke?«

Der Hund bellte, schenkte ihr sein bestes Hundelächeln und wedelte mit dem Schwanz.

Im Empfangsbereich unterhielten sich Wolfes Töchter aufgeregt und gingen zur Tür hinaus. Kane und Jenna folgten ihnen in die kalte, neblige Nacht. Oben an der Treppe blieben sie stehen und beobachteten die Menschen, die fröhlich die Main Street entlangschlenderten. Sie blickte zu Kane auf. Als Sensenmann sah er riesig und furchterregend aus. Sie erschauderte, und er wandte sich ihr zu und lächelte sie an. »Was grinst du denn so, Dave?«

»Na komm, meine kleine Dämonin.« Kane nahm ihre Hand und lachte. »Wenn wir schon in diesem Aufzug die Main Street hinuntergehen müssen, dann sollten wir wenigstens so tun, als ob wir es ernst meinen.«

MEHR VON BOOKOUTURE DEUTSCHLAND

Für mehr Infos rund um Bookouture Deutschland und unsere Bücher melde dich für unseren Newsletter an:

deutschland.bookouture.com/subscribe/

Oder folge uns auf Social Media:

 facebook.com/bookouturedeutschland

 twitter.com/bookouturede

 instagram.com/bookouturedeutschland

EIN BRIEF VON D. K. HOOD

Liebe Leser:innen,

ich freue mich sehr, dass ihr mich in *Ihre gebrochene Seele* wieder einmal in die Welt von Kane und Alton begleitet habt. Wenn ihr euch über alle meine neuesten Veröffentlichungen informieren möchtet, könnt ihr euch gerne unter dem folgenden Link in meine Mailingliste eintragen. Eure Daten werden nicht an Dritte weitergegeben, und ihr könnt euch jederzeit abmelden.

deutschland.bookouture.com/subscribe/

Wenn euch meine Geschichte gefallen hat, wäre ich euch sehr dankbar, wenn ihr eine Rezension hinterlasst und mein Buch Freunden und Familie empfehlt. Ich freue mich immer sehr, von meinen Leser:innen zu hören, denn so habe ich beim Schreiben das Gefühl, dass ihr mich begleitet und mitverfolgt, was den Figuren widerfährt.

Einen Roman zu schreiben ist eine sehr einsame Angelegenheit, umso mehr würde ich mich freuen, wenn ihr über meine Facebook-Seite, über Twitter oder über meine Website Kontakt zu mir aufnehmt.

Vielen Dank für eure Unterstützung.

D. K. Hood

BLEIB IN KONTAKT MIT D.K. HOOD

<u>www.dkhood.com</u>

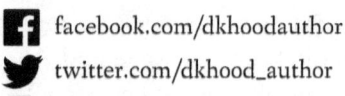 facebook.com/dkhoodauthor
twitter.com/dkhood_author
instagram.com/d.k.hood

DANKSAGUNG

Wo wäre ich ohne das großartige Team von Bookouture, das mich in der verrückten Welt der Büchermenschen stets unterstützt und mir mit so viel Verständnis begegnet? Ich danke euch, dass ich Teil eurer Familie werden durfte.